青春万歳

王蒙
Wang Meng

李海
堤一直 訳

潮出版社

青春万歳

First published in China in 1979 by 人民文学出版社
Japanese version published by USHIO PUBLISHING CO., LTD.
Under license from The author(Wang Meng).

青春万歳

目次

主な登場人物

◉**女子七高の生徒たち**

鄭波……てい・は

小学生の頃父を亡《な》くし、母子家庭で育ってきた。粘り強く、友達思い。北京《ぺきん》を国民党が支配していた頃から共産党員として活動し始め、その後学校の共産党青年団の支部書記になった。ただ、真面目過ぎるところが玉に瑕《きず》で、それが初恋にも影響を与えることになる。

楊薔雲……よう・しょううん

情熱的で元気はつらつだが、「頭と口が繋《つな》がって」おり、李春とはよく「口喧嘩《くちげんか》するほど仲がいい」といった関係。女子高生なのだが、男子と出会う度によく惚《ほ》れられてしまう。ロマンチックな初恋を経験するが、予期しない結末が待ち受けていた。

李春……り・しゅん

幼い頃両親を亡くし伯父夫婦の家で育てられた。母の遺言や伯母とそりが合わなかったことから、自立心が強く、負けず嫌いな性格になった。努力の末に成績優秀、クラスの人気者になったが、ついつい天狗《てんぐ》になり、思わぬ落とし穴にはまってしまう。

蘇寧……そ・ねい

かつて父親が事業で財を成したが、その後うまくいかなくなった。広大だが雰囲気の暗い家に住んでおり、蘇寧自身にもどこか影がある。楊薔雲が蘇寧を何とか元気づけようとするが、その結果、蘇寧の心の傷が明らかになる。

周小玲……しゅう・しょうれい

二年次の学級委員長。バスケットボールが得意で、冗談やいたずらも好きだが、ちょっと無神経なところがあり、周囲を傷つけることがある。あまり悩まない、さっぱりした性格の持ち主でもある。

マリ・フー……まり・ふー

七高への転校生。幼い頃孤児になり、ある教会で育ったが、そこは宗教の名を騙《かた》った児童労働と人身売買の温床であった。その後、宣教師ジョセフ・李《り》に引き取られたが、新中国を憎む李と鄭波たち七高の生徒との間で板挟みになる。

呉長福……ご・ちょうふく

ピーナッツが大好きで、少し太っている。勉強はあまりよくできないが、お調子者で、場の雰囲気を和ませることが大得意。だが、ある日おふざけが過ぎて学校で思わぬ騒動を引き起こしてしまう。

袁新枝……えん・しんし

三年次の学級委員長。誰とでも付き合える温厚な性格の持ち主。手先も器用で、暇があると手を動かしていろいろな物が作れ、製図の成績も抜群。だが、実は周囲に本当の自分を理解してもらえないと悩んでもいる。

◉その他登場人物

蘇君……そ・くん

蘇寧の腹違いの兄。肺病を患《わずら》っており、性格は繊細かつ感傷的だが、実は蘇寧を温かく見守っている。

袁聞道……えん・ぶんどう

女子七高の数学の先生であり、三年二組の担任。袁新枝の父でもあるが、学校では娘にも厳しい。「教師の中の教師」といった雰囲気があるが、若い生徒たちとの考え方の違いに戸惑いながら距離を縮めようと努力している。

張世群……ちょう・せいぐん

男子六十五高校の生徒。豪放磊落《ごうほうらいらく》かつ身体壮健で、男気に溢《あふ》れている。

その男振りの良さが楊薔雲の心を摑《つか》むことになる。

田林……でん・りん

男子六十五高校の生徒。張世群とは対照的に、文学青年風で不器用。だが、その頼りなさが鄭波の母性本能をくすぐることになる。

黄麗程……こう・れいてい

女子七高の卒業生。その後、公務員になった。田林の従姉《いとこ》、かつ鄭波とは共産党の先輩・後輩の関係にある。鄭波に恋愛相談を持ちかけられる。

ジョセフ・李……じょせふ・り

宣教師かつマリ・フーの保護者。新中国を憎んでおり、マリが周囲の生徒と交流することも嫌っているが、実はマリには見せていない裏の顔がある。

装画――坂上楠生
装丁――仁川範子
編集協力――水野拓央

青春万歳

序詩

あらゆる日々よ、あらゆる日々よ　さぁ、おいで
織り込もう　青春の金の糸
縫い付けよう　幸福の玉飾り

小船の上で歌い、笑おう　月下の校舎で歓《よろこ》び、踊ろう
小雨《こさめ》煙《けむ》る春に歩み　初雪の夜明けに、行進しよう
熱き議論　躍動するのは温かい心……

過ぎ去りし日々は光陰《こういん》の如《ごと》く
目を瞑《つぶ》れば想《おも》いが溢《あふ》れる
一つ、また一つ願いが立ち昇る
それはあたかも春雨《はるさめ》の如く
時は多く、力溢れ、信念は炎の如く

渇望《かつぼう》するのは充実の日々、そして飛翔《ひしょう》！

平々凡々たる日々あれば、千変万化の日々もある
広大な世界に、私たちは驚く
この上なく歓び、常に孤独ではない
涙流し、喜び笑い、黙考……すべてこれまでなきほどに

ありとあらゆる日々よ　いざ、さらば
日々は続く　勇んで進もう
務めが重くても、全力でいこう
試練が厳しくても、恥じるところなきよう
ある日、銃拭き、機械磨き、汗を拭う
みんなを思い、呼ぼう
首を上げれば、みんなの姿が見える

一九五三〜一九五六年

第一章　こんな、きれいな月

「みなさん！　これより幸せの泉の竣工《しゅんこう》式を執り行います！」

十八番テントの前で、女子七高、いわゆる七女の二組の生徒たちが小さな泉を掘り当てた。午前九時に彼女たちは山に登り、朝日を眺めて、帰ってきたばかりであった。その疲れをものともせず、泉を掘り当て、今はみんなで輪になって竣工式を行っている。

　短いお下げを結って、すばしっこい袁新枝《えんしんし》は、丁寧だが、ユーモラスに泉の完成を宣言した。そして、拍手喝采《かっさい》を受けながら、腰をかがめゆっくりと泉の上の瓦をずらした。新鮮な水が急に高く噴き出して、袁新枝の緑色のスカートを濡《ぬ》らした。それから、水柱はだんだんと弱まって地面から十五センチほどの高さに落ち着いた。

　女子生徒たちは我先にと、自分のうがい用コップに水を入れていく。笑いをこらえながら、大人っぽい声で「乾杯！」と言い合った。コップ同士がカチンカチンと音を鳴らした。みんなコップを唇に近づけ、グイっと飲み干した。冷たいが、何か歯磨き粉のような味がした。

「いけるじゃない。買って飲むソーダ水より美味《おい》しいわ」

　生徒たちはあれこれほめながらも、舌を器用に動かし、砂と土の粒を吐き出した。

　このとき、運動着を着たスポーツ選手風の女子生徒五人が遠くから走ってきた。走ってきたのだが、疲れた様子は見せず、堂々としている。五人の中でリーダー格の周小玲《しゅうしょうれい》は、水を飲んでいる生徒たちに近づいて言った。

「ねぇ。何か言ってよ。せっかく走ってきてあげたのに……。あんたたち、疲れちゃったの？」

周小玲は額から流れる汗を拭《ぬぐ》った。これら五人は「紅《あか》き勇者の旅行小隊」の隊員であった。この日の夜明けに街を出て、歩いてここまでやってきて、これからクラスのみんなとたき火に参加するのであった。

「あ、お疲れ様！　ようこそ、幸せの泉へ。飲んで！　飲んで！」

泉を掘った生徒たちは小隊の隊員たちを引っ張ってきて、一人一人に水を注いであげた。だが、周小玲は水を飲むと、そこから離れ、泣き出しそうな顔をしながら「何よ、この味。全然幸せになれないわ」と文句を言った。周小玲はそれから「ところで、鄭波《ていは》はどこ」と聞いた。

「鄭波はキャンプの本部で会議中よ」

「彼女のお母さんの具合が悪くなって、叔母さんが早く帰っておいでって言ってるらしいの」

「そうだったの……」

みんな急にしんとなった。袁新枝が、鄭波のところへ行くことになった。

生徒たちは西方の郊外の芝生でキャンプをしていた。三十余りのテントが凸字状に並んでいた。キャンプの門は竹竿《たけざお》と枝でできており、門の上には鮮やかな旗が一列に並んでいた。旗の下の方には「快楽的営（楽しいキャンプ）」という四文字が書かれている。

キャンプの門を入って左に行くと、高く組まれた塔のような展望台が見える。当直の「歩哨《ほしょう》」が軍棒を持って、展望台の上に立っている。キャンプの周囲を警戒して、田圃《たんぼ》、道路、池を見下ろしていた。

とはいえ、たまには気分転換したくもなる。多様に変化していく空の雲、濃くなったり淡くなったりする遠くの山々の輪郭、石の塊《かたまり》が積まれた小高い丘。そして、その丘からさらさらと音を立てて流れる清らかな小川……美しき自然が、歩哨の心をしばし癒《いや》すのであった。

毎朝三時から四時、まだ夜明けの気配もないのに、生徒たちは興奮しきって眠れなかった。ただし、他の生徒とおしゃべりする者は誰もいなかった。むしろ、音を立てないようにじっとしながら、静かにマットに横たわり、はっきりと聞こえてくる喧騒《けんそう》に耳を澄ましたのである。スローガンを叫ぶ声や、ザッザッという行進の足音。それらはまさに付近の部隊が国慶節の閲兵《えっぺい》行進に向け、一糸乱れず準備をしているときの音であった。

木造の手押し車のガタガタという音も聞こえてきた。離れた工事現場からの宣伝が風に乗って大きく聞こえたり、小さく聞こえたりした。華北や東北地方の伝統劇である『小さな女婿《じょせい》』や『劉巧《りゅうこう》児《じ》』のレコードの調べが風に乗って流れてもくる。一言、二言、はっきり聞こえない叫び声や、汽車の高らかな汽笛が聞こえるときもある。

どれほど早く目が覚めても、またどれほどそのとき周囲が静まり返っていても、生徒たちはお行儀よくテントで横になって、耳をそばだてていた。愛する母国の大地に自分たちが身を横たえているのだと思いながら、外からの喧騒に調和と混沌《こんとん》、明瞭と曖昧、そして複雑と単調を感じていた。

生徒たちは、みんなが寝ているときでも、起きて頑張っている人がいることをはっきりわかっていた。布団《ふとん》に潜り込みほっとして、夜更《よふ》かしで赤くなった目を閉じる人もいる。まさにそのとき身なりを整え、襟《えり》を正し、靴の汚れを落としている人もいる。深夜から気合を入れて仕事を始め、各々《おのおの》の務めを立派に果たしているのである。このように人それぞれ生活や仕事のリズムは、多種多様である。かつ、それらは力強かった。

生徒たちはキャンプの日々を楽しく過ごし、かけがえのない青春を謳歌《おうか》していた。彼らにとってあらゆるものが新鮮で、かつ貴重な糧《かて》となった。仰げば、そこには蒼天《そうてん》がある。空はときとして雲《うん》霞《か》の玄妙さで生徒たちを魅了する。大地を思い切り駆け抜け、湖や河で水遊びを満喫する。虫や鳥たちを見かけたなら、命の喜びを共有しているかのように感じる。

朝から晩まで、みんな遠足に出かけて楽しんだ。ピクニック、トンボ狩り、釣り、ボート漕《こ》ぎ、野草や花摘み、そして高いところから大自然を眺める……。くたくたになるまで動き回るのである。

世の中には楽しいことがたくさんある。だが、これらはつい以前までは経験できなかったことなのだ！　一日だけではこれら楽しみを満喫できない。楽しいと時間が経《た》つのは早い！　明日を待つしかない。ああ、待ち遠しい。早く明日が来ますように！

夜になり、昼間の猛暑の熱気がまだ冷め切らないうちに、就寝ラッパが吹き鳴らされた。ラッパ手はキャンプの倉庫のそばで、力を入れて「パー・パパパー」と吹いた。満天の星空を眺めながら、自分のラッパでみんなが眠ることにちょっと鼻高々であった。一方で、自分が吹くことでみんながおしゃべりをやめてしまうので、なんか悪いなとも思った。ラッパの音色の後にはカエルの鳴き声だけが残り、それはすぐに大合唱へと変わっていった。

そして、このキャンプは、七女二組の生徒たちにとって初めてのそれであった。一九五二年の夏。新しい中国、中華人民共和国が生まれてから三年も経っていなかったのである。

鄭波は、袁新枝に呼び戻された。周小玲が鄭波の袖を引っ張ると、鄭波は母の状況を伝えた。

「たぶん大丈夫よ。お母さん……。持病があって、よく体調を崩すの。でも、今帰ったら、私キャンプのたき火には参加できないわよね。ちょっと残念ね」

「ちょっとどころじゃないわよ！　あなたが、いなきゃ！」

ずばっと言ってきたのが楊薔雲《ようしょううん》。鄭波の親友、背は高い方で、背筋のピンと伸びた凜々《りり》しい少女であった。顔立ちは、いわゆる一般的な美人の基準、きりりとした眉、高い鼻、口は小さくはなかった。

それでも、彼女の表情と眼差《まなざ》しには、人を惹《ひ》きつける不思議な魅力があった。豊かで、生き生きとした表情はひときわ目立つものであった。周小玲には、楊薔雲が、鄭波自身よりも鄭波のたき火への参加を熱望しているように見えた。右手で左手の小指をつまみながら、「あなたがいなかったら、たき火がつまんなくなっちゃうじゃない」と楊薔雲は嘆いた。

けれども、鄭波は説得されなかった。

「え、私がいないとそんなに……あなたがいれば、大丈夫よ！　そうだ。まだ幸せの泉の水を飲んでなかった。それを飲んだら、帰るわ」と答えたのである。鄭波が水を飲むと、他の生徒たちもまた飲み始めた。楊薔雲は瞬《まばた》きをしながら当惑していたが、「バス停まで送るわ」と言ってため息をついた。うなずく鄭波を後ろに、楊薔雲はバス停までさっさと歩いて行った。

周小玲がかがんで十八番テントに入っていくと、他の生徒たちも彼女に続いた。このテントは一番大きいテントであった。テントのてっぺんの覆いを取っても、中はまだ暗くて、油のにおいがした。周小玲は壺《つぼ》やロープ、布巾が大量に積まれている一角に腰を下ろした。そして、両足を左側に曲げ、右手を地面についてから左手で疲れた両足を叩《たた》いた。

「いい場所じゃない！」

彼女は地面に敷かれた藁《わら》のマットを触りながら、喜んだ。

「暖かいしね」

「そうでもないわよ。朝は冷えるの。露《つゆ》で袋がびしょ濡《ぬ》れになって、髪が洗ったあとみたいになるの」

他の生徒が周小玲に話した。

「ねぇ、ちょっと学校ですごい話を聞いたの！」

周囲の生徒たちは急に周小玲に注目した。彼女はそんなみんなを見てから、「実はね……冗談よ。ただ、みんなをおどかしたかっただけ。ごめんね」と申し訳なさそうに言った。

だが、そんなとき楊薔雲がテントに飛び込んできた。彼女は、藁の上に伸びた周小玲の足につまずいて転びそうになった。楊薔雲は文句を言った。

「ちょっと、あんたたち何やってんの？　真っ昼間なのに、なんでテントに入っているの……」

「余計なお世話よ……。周小玲が話をしてたの！」

他の生徒が楊薔雲を遮《さえぎ》った。

そこで、周小玲が話を続けた。

「学校で聞いた話だけどね……」

そう前置きしてから
「前期試験の成績が良ければ、メダルがもらえるんだって」

「メダル……どんな？」

眉、目、鼻、口が整っていて見栄《みば》えがするが、ぽっちゃりした呉長福《ごちょうふく》はあぐらをかきながらも、思わず背筋をぴんと伸ばして周小玲に尋ねた。

「路面電車のタダ券じゃないの？」

李春《りしゅん》が笑いながら答えた。

「昨日、学校で会議があったんだけど、来学期から授業がすごく厳しくなるんだって」

「え、本当に？　私、夏休みの課題図書もまだ読んでいないのよ。もともと授業の復習も計画してたんだけど、遊んじゃったからさ。復習し忘れちゃったわ」

「そうなの。でも、一昨日、春ちゃん代数の復習してたじゃない」

「どうしよう？　来学期から高三だけど、そもそも高三の授業はきついわよね……。もっときつくなったら、ついていけないよ」

「大丈夫よ。メダルがあるなら、春ちゃんもらえるわよ」

「冗談、やめてよ！」

「私、代数嫌いだなぁ……」

二人の会話に触発され、周りもしゃべり始めた。

だが、薔雲は周小玲の話をあまり信じていないようであった。

「試験の成績の話は、もうやめて。私なんて前期、半分欠席しちゃったのよ。検査委員会に調べられて、期末試験が不合格になったら大変だわ」

「そうね。前期はみんなばたばたしてきちんと勉強できなかったわ。それなのに、なんでメダルの話が出てくるの」

袁新枝が尋ねた。

「後期しっかり勉強させようとして、馬の鼻先に人参《にんじん》ぶらさげてんでしょ」

李春は面倒くさそうに答えると、仰向けに寝転んだ。テントの穴から空が見えた。

しばらく誰も何も言わなかった。試験でいい成績を取れなかった科目があっただろうなとか、もしかしたらメダルをもらうのはあの子かなとか、生徒たちはあれこれと考えた。高三への進級、これまでの復習、そして卒業、さらにはその後の大学入試が心配になってきた生徒もいた。

「もう！　やめてよ」

薔雲は大声で言うと、手を振った。

「なんで、そんな話してるの？　キャンプに来たんでしょ。学校のことなんて忘れましょう。試験、宿題、メダル……、ああ、考えたくもない。ねぇ、小玲。ここで一日中遊んだら、学校のことなんて忘れるでしょ。もう、ただキャンプを楽しめばいいの。お金持ちの家のお嬢様みたいに、やりたいことやればいいのよ」

呉長福が、そわそわしだした。どこかが痒《かゆ》いのか、丸くて大きな鼻を手でかき、そしてため息をついた。

「やぁね。勉強のこと考えると、落ち込むわ！　試験とか、面接とか、合格、不合格とかさ。もううんざり。いつもここでキャンプできたら本当いいのにね」

そこで、李春が立ち上がった。手で何本か藁をつかんでいる。頭を傾《かたむ》け、眉をきりりとさせた。

それから、気にしていないふりをしながらも、目線を呉長福にやった。李春は瞬きしながら、熱弁を始めた。

「違うわ。キャンプばっかりしてても楽しくないでしょ。目標持って、しっかり頑張んないと。休んだり、楽したりとか、長続きしないわ。そういうことって、頑張ったことへのご褒美《ほうび》じゃない。楽しい時間は短いからこそ、いいの。価値があるのよ」

「はいはい。おっしゃる通り」

呉長福は小声でつぶやき、困った顔で他の生徒を見た。

「外で遊ぼうよ。ここで座っておしゃべりするのは終わり！」

袁新枝が背伸びをしながら言った。彼女はテントの中でのおしゃべりにうんざりしているようだった。

女子生徒たちは三々五々テントから出ていった。近くの「幸せの泉」からは水が静かに流れ続けていた。樹《き》の上から蟬《せみ》たちの喧騒が聞こえて来た。テントの中で長く座っていた彼女たちにとって、大自然をあまねく照らす太陽の光はとても眩《まぶ》しかった。

それからお昼になって、地面の水蒸気は蒸発してしまっていた。テントの中も蒸籠《せいろ》のように暑かったが、外で遊び疲れた生徒たちはぐうぐう寝てしまった。周小玲は暑さにうなされる夢を見ていた。無性にアイスキャンディーが食べたくなって、何軒かお店を回ったのだが、どこも売り切れだった。だが、ようやくある店で一本買うことができた。それを食べようとした、まさにそのとき男子生徒たちの大声が聞こえてきた。

「おーい！」

「まだ寝てんの。暑さで、溶けちゃうよ！」

張世群《ちょうせいぐん》と彼の仲間たちは、彼女たちを誘って頤和園《いわえん》に行きたかったのだ。周小玲は自分の見ていた夢を語りながら、愚痴《ぐち》をこぼした。男子生徒たちは、「起こしてごめん」と謝った。そして、頤和園に着いたら、みんなで一本ずつアイスキャンディーを買ってあげると彼女に言った。

楊薔雲が嫌味を言う。

「あんたたち、気前がいいじゃない。でもさ、夢の中で食べられるような美味しいアイスキャンディーを買えるの？」

張世群はすかさず言い返した。

「はぁ。じゃ、お前がまず一本奢《おご》ってくれよ。そうしたら、夢の中で食べるようなアイスキャンディー、いくらでも買ってやるからさ」

みんな大笑いした。楊薔雲が張世群に一本取られたのは明らかだった。

張世群は六十五高校の青年団（当時の団組織の正式名称は「中国新民主主義青年団」、略称「青年団」であり、現在の正式名称である「中国共産主義青年団」、略称「共青団」ではない）支部委員で、今年卒業したばかりであった。大学入試はすでに受けていたが、今回は初めての、かつ高校生活では最後のキャンプであった。楊薔雲とは「親友」であった。一年前の夏休みに、北京《ぺきん》市の青年団委員会が文芸書籍の座談会を開催したのだが、その座談会で楊薔雲は初めて彼と会ったのである。服は破れていたが、声はよく通った。自分の感想を熱く語り、さらには自分と作品中の人物とを比べながら自身の思想上の欠点をうまく話した。

女子生徒たちは、彼の素朴さと豪快さに好意を持つと同時に、その生真面目さに笑いをこらえた。張世群はそんな反応を知ってか知らずか、「まだまだ内容に深さが足りない……」と作品の欠点をも鋭く、かつ堂々と批判した。

座談会の休憩時間に、彼は薔雲とざっくばらんに話した。

「最後の批判は言い過ぎかな？　ま、仕方ない。つい口が滑《すべ》った……」

薔雲は彼の言い訳に笑いが止まらなかった。また、この人は自分に似ているなとも思ったのだ。

その日座談会が終わったあと、しばらくの間大雨が降った。薔雲は路面電車に乗っていたが、乗ってから一駅目の駅で外を見たとき、遠くから自転車で走ってくる張世群の姿を目にした。雨をものともせず、雨具も身に着けていなかった。興奮しながら片手でハンドルを握りながら、もう片方の手で髪をかいていた。服はびしょ濡れだった。

だが、張世群は駅に近づき彼女を見ると「楊薔雲！」と叫んだ。今日会ったばかりだというのに、まるで親友のように振舞ったのである。楊薔雲は笑ってしまった。

「本当、あんたってバカね」

このとき、自転車が路面電車を追い越した。張世群は振り返り、手を振って言った。

「おぅ。そんなら、追いついてみろよ」

そしてキャンプの初日、薔雲は再び世群に出くわした。彼は上半身裸で、同級生と一緒に藁と板を運んでいた。それらを釘《くぎ》を使って固定し、テントの柱にしていたのだ。世群は汗を流していたが、楊薔雲は「模範労働者様、私のことを覚えている？」と声をかけた。

「は？　忘れるわけないだろ！」

世群はすぐさま答えた。

薔雲と世群、そして世群の同級生たちはまず頤和園の昆明《こんめい》湖に行った。そこで相談し、裏山へ遊びに行くことにしたのだ。走ったり、踊ったりしていたら、袁新枝がやってきてお説教した。

「何やってんのよ？　こんなとこ行くと誰が言ったの？　ゆっくり散歩しながら、景色でも見てなさいよ」

そのとき、ある男子生徒が足をさっと、袁新枝の足の前に伸ばした。袁新枝は思わず転んでしまい、みんなは拍手喝采した。張世群は言った。

「おい。おれの詩を聞いてくれ！」

女が、きれいに転んで
男は、そばで大笑い
景色を見ても、つまらない
あんたが転べば、おもしろい

張世群が言い終わると、みんな「わーっ」と走り去った。空を飛んでも満足できないほど元気いっぱいなんだ。散歩しろなんて言われる筋合いはないぞ！　そんな気持ちで、青松の間を駆け抜け、金色の楼閣をぐるぐる回り、ついには男子が調子に乗って女子のスカートをめくった。

遊び終わって帰る途中、薔雲と張世群は一緒に歩きながら、歌をたくさん歌った。自慢し合ったり、ほめ合ったり、さらには互いに朝顔を送り合った。張世群が「今晩、劇に出るの？」と聞くと、薔雲は目を細めて笑った。

生徒たちは地べたに座って、半円の形になってたき火を囲み、始まるのを待っている。丸太がうず高く積み上げられた。炎はきっと高く燃え上がることだろう。キャンプ場の従業員が丸太にケロシンをかけた。万が一のときに備えて、土や砂に水も準備されている。

四人の少年先鋒《せんぽう》隊員がやってきた。男子二人はパリッとした白シャツと青の半ズボン、女子二人はアイロンがかかった白シャツとバラ色のスカート姿だった。それぞれ松明《たいまつ》を一本ずつ持ち、太鼓が叩かれる中一斉に丸太に点火した。

キャンプ場の暗闇に突如として鮮やかな炎が立ち上がるや否《いな》や、割れんばかりの拍手歓声が湧き起こった。声が大きいからと言ってほめられるわけでもない。でも、この雄大なたき火の始まりには、スポーツ観戦のときのような大声での喝采がふさわしいのだ。

丸太は生徒たちの情熱に染められ、一層轟々《ごうごう》と炎を吐《は》き出しているように見えた。炎と熱、煙と水蒸気が拡散し、周囲を真っ赤に照らした。多くの火花が競うように舞い上がり、散り、消えていく。

蘇寧《そねい》は楊薔雲のそばに座っていた。顔は痩《や》せこけていて、目鼻、耳口みんな小さかった。眼差しは優し気だが、不安そうでもあった。髪色はやや黄色で、くせっ毛のようであった。彼女は他の誰よりも薔雲を信じ、頼っているように見えた。

二人は同じテントではなかったのでキャンプの初日から二日間、一緒には遊ばなかった。だが今晩、薔雲は蘇寧のことに気づき心の中でちょっと悪いなと思った。蘇寧のことを思うと、自分がいなくて彼女はさみしがっているだろうと心配になった。それで、薔雲は蘇寧のそばに来たのである。

蘇寧は薔雲の手を握りながら、言った。

「ねぇ、火花を見てみて。あんな高いところまで、きれいね。たくさん上がってる。みんな形が違うし。すぐ消えちゃうのは残念ね。もっと残ってたらね……」

薔雲は蘇寧に身を寄せて、答えた。

「そう。私は炎が好きだなぁ。火花って、結局炎の子供みたいなもんでしょ？」

そう言ってから薔雲は身体《からだ》を反らし、伸びをしながら、周囲を見回した。彼女は鄭波を捜していたのだ。だが、鄭波はいない。やっぱりいないかなときょろきょろしながら、彼女がいてくれたらいいのにと薔雲は思った。また、他に誰かいないかなとあちこち見てもいた。

出し物が始まった。一番目は五つの学校が合同で腰鼓《ようこ》(腰に小さな太鼓をつけ、ばちで打つ)を演じた。一斉に大きな音が鳴らされたが、みんなきれいな身なりをしている。大人数で力を込めて叩くので、鼓膜が震えるほどの振動が伝わって来た。終わりに、みんなが観衆に深々と感謝のお辞儀をした。生徒たちの礼儀正しさが見ている者を一層感動させた。「アンコール」という叫び声も聞こえた。

これに続いて、多くの歌が流れた。合唱、独唱、二重唱。ロシア語の「おおカリーナの花が咲く」に朝鮮語の「桔梗謡《ききょうよう》」。力強い男性の高音と細《こま》やかな女性の低音が合わさりメロディーを奏《かな》でる。そして、舞踊で一番人気があるのはおなじみの「迎春舞《げいしゅんまい》」だ。


五星紅旗《ごせいこうき》のその下で、喜び、跳ねよ！

楽しみながらいざ迎えん、麗《うるわ》しき春……


みんなも一緒に歌った。女子中学生と男子高校生がしゃがんで、両腕を広げている。頭を左右に揺らして横へ移動すると、たき火、人、天地それぞれがみんな踊って、楽しげに揺れ動いているかのようだ。

　そのとき左側から足音が聞こえてきた。みんなが何だろうと振り返ると、青年芸術劇団から来た数名の芸術家が目に入った。彼らは「生活体験」でここに来たのだ。

　楊薔雲は思わずうなずいた。確かにこのキャンプ生活は体験するに値し、記憶に残るものだ。でも、すべてを味わうことはできないだろう。自分だってそうだ。たき火は心に火を点《つ》け、喜びは溢《あふ》れんばかりであった。

　とはいっても、少し後で自分は詩を朗読しなければならない。これはあまり大したことじゃない。みんなに恩返ししなければいけないことがたくさんある。日常お世話になったこと、友だちとの友情……。ああ、今晩は忘れられないひとときだ。

　司会者が楊薔雲の詩の朗読が始まると知らせた。薔雲は初め聞こえていないかのように、座って黙想していた。蘇寧につつかれて、はっと目を覚ましそそくさと輪の中に入って行った。

　近くではたき火が燃え盛っている。係員がときどき丸太をくべに来る。ずらりと並んでいる同級生の姿が目に入った。知っている子もいるし、知らない子もいる。頭を上げると、炎で赤々と照らされた夜空がある。薔雲は視線を炎と生徒たちから離し、遠く、遠くへと移していった。そして、甘美な声で朗読を始めた。

ああ、言葉に尽くせぬ
この刹那の喜びよ
たき火、燃え盛りしとき

仲間、共にありしとき
歌声は走り抜け
夜は煙に霞《かす》まん

少し間を置き、続けて朗読が早まった。

たき火よ
夕べよ
学《まな》び舎《や》よ
この、日々よ

興奮で顔は赤くなり、胸が高鳴った。目頭が熱くなる。薔雲は空を仰いだ。自分が何を言っているのか分からない。炎から、仲間から、大勢の周囲から、無数の情熱が自分の心に注がれているように感じた。一人の生徒が作った詩がまばゆい光を放ち、周囲もつられて歌いだした。

ああ、丸太よ　なぜまばらに
炎よ、炎、なぜ小さく
火花は飛び散り、行方も知れず
歌と踊りも、過ぎ去った

されど、我が詩いざ続かん
命を讃《たた》えん、老ゆるまで
青春はそう、いつも
激しく燃えて、尽きるもの
青春はそう、いつも
激しく燃えて、尽きるもの

割れんばかりの拍手が起こった。薔雲は元の場所に戻って座った。周囲の笑顔ははっきり見えず、その声もよく聞こえない。心身ともに喜びの海に浸り、ぼんやりしていたのだ。

　夜の集いはお開きになり、生徒たちは各自テントに向かった。歩きながら名残《なご》り惜《お》しそうにたき火の燃え残りを振り返ると、てきぱきと片付ける係員の姿が目に入った。蘇寧が残念そうに言う。

「たき火の夕べ、楽しかったけど、終わっちゃうと寂しいわ」

　薔雲は「そんなこと言わないの。明日があるんだから」と答え、二人は床に就《つ》いた。だが、夜が更《ふ》けても誰も寝たがらない。とりわけ薔雲は眠れなかった。小さいころから寝るのは嫌いだった。寝るということは、広大な暗黒の中に落ちこんでいくようなものと思っていたのだ。

　月が空高くかかり、テントに長い影が伸びた。さっきまでたき火の夕べで賑《にぎ》やかだったキャンプ場は、きれいさっぱり片付けられていた。ひそひそ話が聞こえてくるテントもあれば、いびきが漏《も》れてくるテントもあった。

　薔雲は、キャンプの入り口に向かって歩いていた。軍棒を持って見張りをしていたのは小さな子供であった。その子は少し恥ずかしそうに薔雲に向かって「合言葉をお願いします」と尋ねた。

薔雲は合言葉を言って、出ていった。だが、「知らない」と言って出ていったらあの子はどうしたかしらと心の中で笑った。水田のほとりが見えたので、そこに広がる一面の蓮《はす》の葉を眺めた。蓮の花はほとんど枯れていたが、実はまだ熟していない。薔雲は二、三歩歩んでから、石の上に腰を下ろした。

「楊薔雲！」

誰かの叫び声が聞こえる。振り返ってみると、なんと張世群ではないか。彼もキャンプを抜け出してきたのだ。張世群はさらに大声で呼びかけた。

「楊薔雲！　僕だよ。わかる？」

「月が明るいせいで、よく見えるわ。何してんの？」

「いや、空を見たくてさ。君は？」

「私？　うん……地面を見たかったの」

薔雲はくすりと笑った。木々の間から差し込む月明かりが、彼女の真っ白な歯を照らした。

二人はしばらく何も言わなかった。張世群が指笛を吹いてから、言った。

「詩の朗読、とても良かったよ……」

薔雲は首を横に振った。

そこで、張世群は楽し気に話しだした。

「三反運動（中国共産党と国家機関の内部で行《おこな》われた反汚職、反浪費、反官僚主義の運動）のとき、僕はある『大物の虎（規律違反者）』を監視していた。ある日の夜に当直を終えて寮に帰ったとき、顔を上げてみると、月がなんとも神秘的で清らかだった。それからだね。必ず時間を作って、いつも月を眺めようと決めたんだ」

「今夜の月はどう？」

「こんなきれいな月は初めてだよ。この空、月、木々……見たことがないような新鮮さを感じる。あぁ、なんとも愉快だね」

「そうね」

「そうだ。あらゆるものが調和しているようだよ」

「何もかも不思議ね」

薔雲は感動して、張世群の手を取った。その手にはタコがたくさんできていた。

「張世群、わかる？　眠ってたテント、清らかな空、そして池いっぱいの蓮の葉、それらを見ていると……夏休みを思い出すの。あなたに会った一年前の夏休みをね。そして、今こうして一緒に過ごしている高校のひととき。なんか幸せがあっちこっちから飛び込んできたみたいで、つい……泣いちゃったわ」

第二章　嵐、嵐のその後で

ここで彼女たちが高三になる前、つまり女子七高二年二組のそれまでの歩みを振り返ってみよう。彼女たちが中学校に進んだのは、一九四七年後半のことであった。そのころは中国が解放される前の、最も暗い時代であった。だが、同時に歴史上民衆が最も勇敢に戦い、偉大であった時代でもある。最後に勝利を収めたのは民衆であった。

当時の彼女たちは純粋無垢《むく》であった。新中国以前の争乱と激動を前にして、子供らしい楽しみは吹き飛んでしまい、心には深い傷跡が残った。物価が、一日に三度上昇したこともある。家々は飢《き》餓《が》の悪夢にさいなまれたのである。

愛人を抱きしめる、太ったお役人、真っ昼間なのに出てくる強盗、大衆の面前で鉄道に飛び込み自殺した教師……彼女たちはこのような光景を目にしてきた。軍隊かつ警察、さらには憲兵の権力も持ち、太刀を背負った「執法隊」が街中を巡回していた。彼らは不審者を捕らえ、その場で斬り捨てる権限をも持っていた。「国民党軍自ら陣地を移転」「警察と学生が殴り合い」「行方不明者発生」といった新聞に載る各見出しが意味する現実を、彼女たちはよく分かっていた。

中には道端に立ち、尊敬の念を抱きながら大学生を見つめている子もいた。大学生は、はるばる遠くから危険を冒してデモのために集まったり、ペンキを使っていたるところに国民党支配に反対するスローガンを塗りたくっていたのである。

当時の学校の校長は、ある立法委員（当時の国民党政府の立法府に属する議会の議員、現在の日本で言えば国会議員に近い）の夫人であった。学校に訪れたのは、政府から学校に命令が下されたときのたった一度きり。その「視察」のとき以来学校に顔を出したことがなかったのだが、教師や生徒には忘れられない印象を残したようである。

食うに困るこんなご時世に、よくもまあ、あんなに太れるものだと……話のネタになったのである。長く教員を務めてきた袁聞道《えんぶんどう》先生、袁新枝《えんしんし》の父親は、この校長は学校の実態をほとんど分かっていない、目が見えていないようなものだと、生徒たちにこっそり愚痴《ぐち》を言ったものである。

校長が視察したとき、国語科の先生にお局《つぼね》様はどこにいらっしゃるのかと尋ねたり、体育科の教員に女子生徒は棒高跳びはできるのかと尋ねたりした。学校で実権を握っているのは、あだ名が「黄大口《こうだいこう》」という男性教頭であった。

彼は気分がいいとき、生徒に対し「私は、蒋介石《しょうかいせき》閣下と握手したことがあるんだよ」と口癖のように自慢した。一方で怒ると「女だからって容赦せんぞ。規則を破ったら、はっ倒してやるからな」と、よくもまあおどしたものだった。この黄大口と牛麻子《ぎゅうまし》という体育科の教員が高粱《こうりゃん》酒の飲み仲間であった。国民党が北京《ぺきん》を占拠したばかりのとき、牛麻子は三青団（三民主義青年団）の分隊長をしていた。だが、やがて生徒たちから猛反発を買い分隊長を辞めることになった。

当時の生徒たちはおおよそ四種類に分けられた。まず、ほとんどの生徒は勉強に精を出し、他のことには関心を示さない、いわゆる「真面目な生徒」たちであった。彼女たちは貧しい家庭の出身であり、いつも、学校に行けなくなるかもしれないと不安を抱いていた。さらに、中学校の成績が悪ければ市立高校に行けなくなるかもと心配していた。私立の高校に通えるほどの経済的余裕はなかったのである。

次に、クラスの中には「お嬢様」もいた。数学が嫌いなうえに、体育も苦手であった。カエルを解剖する勇気もなく、化学の実験では、塩素ガスと二酸化硫黄のにおいに耐えられなかった。そんな「お嬢様」たちの愛読書は浮気《うわき》を題材にした『紅杏出墻記《こうきょうしゅつしょうき》』と、運の悪い夫婦を取り上げた『薄命鴛鴦《おしどり》』であった。「あなた。ちょっと待って」をよく歌い、アメリカや香港《ほんこん》で流行《はや》っているおしゃれをするのが好きであった。

冬になると、「原子服」と呼ばれるジャケット、そして綿製の服を着ていた。彼女たちが一番好んだのは、病気のふりをしてベッドへ横になり、うめきながらも、ガムを噛《か》んでいることだった。中には中途退学してお嫁に行ったり、あるいは後妻になった者、さらには外国人相手の娼婦《しょうふ》になった者もいた。

また、わずかだが不良連中もいた。「解放区同窓会」の責任者、逃亡地主の娘、ヤクザ組織「十三妹《シーサンメイ》」の「姉妹」、さらには中統部（国民党の特務組織）の特務員といった面々である。中統部に対しては教員さえへり下り、距離を置いていた。

そして、最後が私たち、共産党や民主青年連盟（国共内戦中に、北京の地下党組織の傘下《さんか》にあった学生組織。内戦終結後には、メンバーは青年団員と呼ばれるようになった）のメンバーである。

彼女たちは党の地下組織の指導下において、民衆と組織との団結力を強めるための活動を行った。一九四七年、彼女らは合法的な組織である学生自治会を設立し、会員を募集するようになった。進歩的な大学生が主催する冬期講習に参加したり、北京と天津《てんしん》それぞれの生徒の交流会を実施したり、さらには小規模な図書館を設けたりもした。

だが、運悪く、「出る杭《くい》は打たれる」という事態が生じる。一九四八年四月、国民党は師範大学に対する調査に着手し、続けていくつかの高校や中学も標的とした。学生自治会のメンバー十七名が国民党政府により逮捕されたが、それらの中でも一番若い生徒はまだ十四歳であった。こうして共産党の活動はとん挫したのである。

一部の高校の地下党員は解放区で身を潜めるしかなかった。他の進歩的な生徒たちも、厳しい監視下に置かれた。しばらくの間、北京の地下党組織と連絡が取れるのは鄭波《ていは》だけであった。このような状況が、他の学校から別の学生自治会メンバーが進学してきた一九四八年九月まで続いた。

鄭波はどこにでもあるような平凡な家庭の出身で、彼女の父はずっとヒラ職員であった。仕事は資料を写すことであったが、周囲には平身低頭であった。誰の恨みも買わないが、かといって誰かに気に入られるわけでもない。言うならば、毒にも薬にもならないような人物だったのである。

一九四五年十二月、鄭波が十一歳のとき、悲劇が起きる。彼女の父が連合軍のジープにはねられ、命を落としたのである。ジープのアメリカ人運転手は酔っ払って雪原を逆走していて、父をはねてしまった。運転手は「おい、大丈夫か」とだけ言うなり、その場を走り去った。

そして、彼女の母の一日は家事に明け暮れていた。食べ残しの肉まんをネズミが齧《かじ》ったことに腹を立てたり、給料をもらって物価が上がる前に、とうもろこしの粉を買えたことに喜んだりと、かつかつの生活を送っていたのである。

父親が事故死してのち、母と鄭波は叔父の家に身を寄せた。居候《いそうろう》に向けられる不平不満に耐えながら、母親はぼろ売り、洗濯、つぎはぎの仕事をした。ときには頭を下げお金や物を借りることもあった。鄭波の母は骨と皮だけのように痩《や》せ細りながらも、娘と二人の家計をなんとか維持してきたのである。鄭波は小学生のころ「転んでもへっちゃら。私の骨は丈夫なの」と歌っていた。だが、鄭波は叔父の家の近所で七女の生徒である黄麗程《こうれいてい》と知り合った。黄麗程は鄭波を沙灘《さだん》地区の北京大学に連れていき、そこで劇を見せた。それは、国民党が内戦を引き起こしたことを糾弾《きゅうだん》する「凱旋《がいせん》」という劇だった。上演が終わるや、観客と舞台の役者までもが一緒に泣き出してしまった。

やがて鄭波も七女に進み、黄麗程の後輩になった。あるとき、鄭波は黄麗程の自分に対する態度が何かよそよそしいと感じた。だが、鄭波は己を責めた。自分が心を開いて、活動家として黄麗程と接しなかったのが悪いのだと。

活動家の中には刑務所で苦難に耐えている者もいれば、神経をすり減らしながら地下活動を行っている者もいる。それに引き換え、自分はただ進歩的な歌を歌っているだけではないか……ああ、なんて甘いんだろうと。

鄭波は黄麗程に「実は、私地下活動をしているの」と打ち明けた。そうしたら、黄麗程は驚きながらも感動してしまった。「あなた、まだこんな若いのに」と言って鄭波の手を両手でぎゅっと握った。鄭波が民主青年連盟に加わったのは一九四八年二月のことであったが、当時彼女はまだ十四歳だったのである。

北京が国民党から解放されてから、世の中は大きく変わった。鄭波は共産党の組織活動に熱心に取り組んだ。授業中もよく学生連合の電話に出ていたし、合唱団の副団長、学習組の組長も務めた。さらに、重要な組織として、新設された少年先鋒《せんぽう》隊の主席も務めたのである。慌ただしい日々を過ごしながら、台湾に派遣され地下工作に従事できたらなとも思った。若いし、周囲の手助けもきちんとできるだろうと考えた。だが、それは実現しなかった。

一九五〇年の学校生活が落ち着いたばかりのころ、人々は平和で幸せな明日を期待しながら、一息つけるようになった。十九世紀半ばからの百年にわたる動乱の時代、外国勢力から攻め込まれ、半植民地化され……だが、今や外国勢力は去り、国内の分裂にも終止符が打たれた。希望がもたらされたのである。

だが、朝鮮戦争の勃発が彼女たちをまたもや不安に陥らせた。国民党占領期と同じように、彼女たちは再び動きだした。戦争の大義を訴えるため、砂嵐の中で街宣活動をしたり、激しい討論活動をしたこともあった。軍事幹部学校に進学する同級生を歓送することもあった。

これに続いて「三反運動」が始まり、彼女たちは学校での汚職分子摘発に従事した。多くの学生が内部統制、帳簿検査、統計作成に携わり朝まで眠れなかった。この「三反運動」の後、鄭波は晴れて共産党に入党したのである。

党の活動で気の抜けない日々が続いていた。鄭波とその他優秀な学生運動家は、尋常ではない日常生活に慣れていった。夜は自習せずに「大報告」(地位のある人物が行う長時間に及ぶ報告)を聴きに行き、授業以外の課外活動の時間にも各種会議を開催するのである。授業中でさえ、教員の講義を聴きながら、一方でその教員が党の理念に反する「愚かな考え」を口にしないかと……注意して聴いていなければならなかった。

学生運動家らは、進学に向けての生活設計もほとんど考えていないようであった。その代わり組織の異動命令にいつでも応じられるように待ち、幹部になったり、軍隊に入ったりするのである。

遠方に配属されるとしたら長江の南側か、朝鮮であった。

彼女たちは、その双肩《そうけん》に普通の生徒の何倍もの責任を負っていたのだ。心の中には若きボルシェビキの英雄ロマン主義が宿っていた。徹夜し、三か月に一度も家に帰らないこともあった。おしゃれな服は捨てて、貧しい同級生には食事代を貸してあげた。常に思想を点検し、日々日記を付けていた。日記帳の赤い表紙をめくり、また毛主席の肖像をめくったら、立派な行書体である言葉が書かれていた。

「人間にとって最も貴いものは生命である……過去を振り返ったとき、ただ何事もなく過ぎてしまったと悔やまないように。つまらない、何の価値もない歳月だったと恥じ入ることがないように。否《いな》、誇り高く言おうではないか『私は、己《おのれ》のすべてを人類にとって最も素晴らしいこと、すなわち人類解放のための闘争に捧《ささ》げた』のだと」

日記帳に、好きな詩を書くときもあった。

　我らが青春、紅《あか》きこと炎の如《ごと》し
　茨《いばら》の叢《くさむら》を、焼き尽くさん
　我らが青春、勇なること海燕《うみつばめ》の如し
　嵐の天空に、飛翔《ひしょう》せん

そして、たとえ何も書かないとしても、少なくとも鎌と槌《つち》を描くのだった。濃い赤で……。

だが、最近はどうしたものか。素晴らしい目標に向かえば向かうほど、それは蜃気楼《しんきろう》のように遠ざかっていく。生活が飛躍的に改善され、憧《あこが》れが現実になったとき、みんなは却《かえ》って自分たちに何かが欠けていると気づいてしまったのである。

一九五〇年の十一月、連合軍総司令官マッカーサーが、年内中に朝鮮半島から北朝鮮軍を一掃しようと「クリスマス攻勢」を開始したあのころ……言い換えるならばアメリカが、中国は朝鮮半島に介入してこないだろうと甘く見ていたころから、まだ二年も経《た》っていない。

ちょうどそのとき、中国は「三年準備、十年経済建設」という、今ではあまりにも有名な標語を打ち出し、「五か年計画」の実行に着手していた。当時の中国人は、これらはしょせん絵に描いた餅だと期待していなかった。だが、それから二年弱、状況は大きく変化した。社会では改革の土台が打ち立てられ、朝鮮半島に出撃した中国軍はマッカーサーの目論見《もくろみ》を打ち砕いた。経済建設も日々、急速に進んでいるのである。

様々な資料や報告、談話がこれから始まる経済と文化の発展について言及していた。それらは規模が大きく、計画的で、かつあらゆる分野にわたるものであった。とはいえ、当時の中国人たちに生活の変化を味わい、楽しむ余裕はなかった。むしろ、変化に翻弄《ほんろう》されているかのようであった。

三反運動が急速に過熱したとき、『人民日報』の記事「ある集団農園の成長」が高校生の間で大きな話題となった。みんな「自分の故郷もきっとこうなる」と喜び、期待したのである。

長江《ちょうこう》・黄河《こうが》に次ぐ第三の大河である淮河《わいが》の治水工事、そして長江の中下流域である荊江《けいこう》での洪水防止のための遊水地造成事業も彼らの話題となった。この一年間で大学では学部が整備され、高校生らは将来の大学生活に胸を膨《ふく》らませるようになった。

同じくこの一年間、団中央委員は一九一九年の五・四運動の記念行事の宣伝の際に、高校卒業生が大学に進むよう積極的に呼びかけた。中学生もこの呼びかけに関心を持った。彼らは国の将来について語り合いながら、大学進学を考えるようになった。もっとも、これ以前はと言うと団支部は大学へ進んだ者を落伍《らくご》者として批判していたのだが……。

今年のメーデーでは、北京の女子生徒たちが初めておしゃれをした。色鮮やかな服やスカートを身に着け、美しく装《よそお》った。

そんな中で、「若きボルシェビキ」たちも自身の学校生活を長い目で見て、計画するようになった。「兄弟たちよ、太陽へ、自由へ」を高らかに歌い上げる一方で、「なんと幸せで、麗《うるわ》しき日々……青い星が私を照らす……」と夢中になって歌った。厳しい戦いだけでなく、これまでなかった壮大な社会主義建設も生活の中に含まれるのだと、若きボルシェビキたちは気づいたのである。

そう……我々高校生は、新しい歴史の転換点に立っていた。

第三章　私、負けないもん

九月一日、街中に鞄《かばん》を背負った中学生が久しぶりに現れた。教育大臣の祝辞が無線で流れて来る。各校の門には新入生を歓迎するスローガンが掲げられていた。北京《ぺきん》だけでなく中国全国、さらにはおそらく海外のどこかでもこの九月一日に新学期が始まるのだ。

「今日から、中学生か」「私、高校生になったのね」「もう高三か。あと一年で卒業だ」などなど。新学期になると生徒たちは意気揚々としており、それは北京七女の生徒たちも例外ではなかった。ただ、成長したから学年が上がるというより、学年が上がったから自然と成長したようなものだ。加えて賢《かしこ》く、逞《たくま》しくもなったようだ。このように自分が徐々に成長していることを感じ、輝かしい未来の足音を聞くことは生徒たちの特権と言える。

だが、そんな晴れの日に鄭波《ていは》は落ち込んでいた。その原因は、掲示板のあるお知らせであった。

「生徒諸君の学業奨励がため、校務委員会は以下の如《ごと》く決定する。

一、成績優秀なる生徒にメダルを授与する。

二、上記メダル授与の条件は以下の如し。

甲……

乙……

三、今週土曜日の午後二時より、講堂にて全教員参加による生徒大会を開催し、第一回のメダル授与式を執り行う。積極的に参加すること」

掲示の下には、校長と副校長の署名があった。

鄭波はメダル授与の条件が書かれた部分に、何度か目を走らせた。そんなに難しくはないだろうが、自分は満たしていないだろうと思った。前期が始まってから、一か月以上きちんと出席していなかった。三反運動がまだ続いていたので、彼女は検査委員会の統計作業を手伝っており、最初数回の試験の成績が良くなかった。その後から頑張ったのだが、前期平均して二科目は甲に達しなかったのである。

掲示を見ようと、多くの生徒が集まってきた。彼女らは、他のお知らせに対してもそうなのだが、生意気に評論した。

「何よ。このお知らせ。どうせうちらとは関係ないわ」

「うちのクラスは、誰がもらうのかしら？」

「メダルって？　立派なもんかな」

「優等生でももらえない子っているの？　かわいそうにね」

鄭波は最後の一言を聞いたとき、耳を塞《ふさ》ぎたくなった。思わず振り返ると、発言の主は李春《りしゅん》だということが分かった。李春は小柄で、薄茶色の上着を着ていた。ポケットに手を突っ込んだまま少し大きな頭を傾け、のんきな顔をしていた。李春も鄭波に気づき、明るく尋ねた。

「あら、来てたのね。夏休みはどうだった？」

鄭波は彼女に近寄り、ぶつぶつと愚痴《ぐち》を言った。李春は「あ、図書館に本を返しに行かないと」

と言うなり、その場から立ち去った。

李春の言葉が、まだ鄭波の心に突き刺さっていた。

メダルをもらえないのは仕方がない。でも、北京が国民党から解放されて以来、自分はあらゆることでみんなを先導していたのだ。率先して務めを果たし、周囲を鼓舞し、支えてきた。恥じるところはまったくない。

ただ、今回の重要な日常課題である学業に対してはやる気が出ず、ちゃんとできなかった。団支部の書記として、共産党員として、これから周囲に頑張って勉強しましょうと言える立場だろうか。優等生なのに、言動不一致だと思われるのではないだろうか。

だが、同級生から大会に行こうと誘われた鄭波は悩むのをやめ、それに参加することにした。

大会は長くはかからなかったが、盛り上がった。校長が大会の意義を話し終えると、メダルの授与式が行われた。拍手と音楽の中、校長が笑顔でメダル受賞者一人一人と握手し、受賞者の片方の手にメダルを置いていく。受賞者は左から講壇に上がり、メダルを受け取ると、すぐ胸に付けた。そして振り返りみんなに見せると、講壇の右側から降りていった。

メダルは円形で、銀白色。青い紋様が彫られており、開かれた本とペンもデザインされていた。本の一つの角と、ペンの先端は円形のメダルの外にまで伸びていた。生徒たちは授与されたメダルを首を伸ばしてじっと見ていた。一つ一つ同じものだというのに、目を丸くして見つめていた。

全校で受賞者は四十名以上であった。彼女たちの多くは顔を赤くして、うつむいていた。不思議なことに、メダルを授与されるのが罰を受けるよりも恥ずかしかった。

ただ、そんな女子生徒たちのなかで、李春だけが飄々《ひょうひょう》としていた。彼女は、校長と握手をせずに、まずお辞儀したのである。それから片手でメダルを受け取り、さっと胸に付けた。さらに、なんと両手をポケットに突っ込み、首を少し振りながら講壇から駆け下りた。彼女は興奮し、瞳はきらきらと輝いていた。

　高校三年生の他の授与者の中には袁新枝《えんしんし》がいた。彼女も喜びを隠しきれなかったが、やり過ぎたわけではない。講壇から気分良くぴょんぴょんと降りていったが、席に戻ると、周囲に向かって頭を下げ、自ら感謝の拍手を送った。

　授与式の後には自由討論が行われた。メダルを授与されたある生徒が登壇し「私がこのような栄誉にふさわしいとは思えませんが……学校の励ましに感謝します。こ、こ、これからも……期待を裏切らないよう……頑張ります！」と述べた。受賞者たちは緊張して、あるときは途切れ途切れに言葉を繋《つな》いだ。聞いている生徒たちは笑いながら、楽しく聞いていた。

　受賞者以外の生徒も登壇して、受賞者に負けないよう努力すると決意表明したが、次回は自分が受賞者になるとまで言った者はいなかった。そこまでの自信がなかったのだろう。最後に団総支部書記の呂晨《ろしん》が、身振り手振りを交えて熱弁した。

「親愛なる青年団員のみなさん！　親愛なる生徒のみなさん！　本日の大会は大変良い機会となりました。多くの収穫があったことでしょう。党は、私たちが学業に勤《いそ》しみ、科学の難関を突破するよう呼びかけています。この務めを立派に果たすよう、私たちも心に誓いましょう！」

　呂晨の誓いが終わると、講堂の四つの扉が一斉に開いた。生徒たちはわいわいがやがや、押し合いへし合いしながら出ていった。

　校長の郭《かく》先生は党支部の書記も兼任していたが、党員の生徒たちを校長室に呼びだした。校長室は北側の二部屋にまたがっており、真ん中に仕切りが置かれている。奥の部屋が校長の執務兼休憩室、そして手前の部屋がソファーや籐《とう》の椅子《いす》が置かれている応接室であった。先生や生徒を応接したり、ちょっとした会議を行うときに客間を使うのである。

　党員生徒は合計七人であったが、彼女たちは一つのソファーにぎゅうぎゅう詰めで座ったので、三人がソファーのひじかけに寄っかかる形になった。

「お疲れさま。どうでしたか？　党員の中では一人だけでしたね」

　校長は高校二年生の党員を指さした。

「あなたはメダルをもらえましたね。みんなにとっても、まぁ、いい刺激になったんじゃないでしょうか」

　七人の生徒たちはお互い顔を見合わせはにかんだが、何も言わなかった。

　だが、鄭波が静かに話し始めた。

「はい。校長先生。ちょっと刺激になりました」

「ちょっと？　そう。ちょっと、ですか……はは……」

　校長は鄭波の言葉を繰り返しながら、男のように豪快に笑った。校長は話し始めると、よく笑う人であった。校長は笑いながらそばの机から魔法瓶を取り、自分のコップに水を注いだ。

「刺激はあったほうがいいですよ。気が引き締まれば、早く成長できますからね」

　そう言ってから校長は生徒たちに近づき、少し真剣な表情で諭《さと》した。

「党員の成績はあまり良くなかったですね。でも、これはあなたたちのせいではないのですよ。だから、あまり悔しがってはだめ。北京が解放されてから三年あまり。この間、私たち党員の主要な任務は大衆を動員して、残った敵を追いだすことでしたよね。

そういうわけで、学校も混乱していて落ち着いて勉強できる環境は整っていなかった。あなたたちはこれまでいろいろな活動に携《たずさ》わってきました。でもね。生徒として当然やるべきこと、勉強は二の次だったでしょう。これからは、今までのようにはいかない。ちゃんと宿題をやらないと、まったくだめですよ。学習では日々の積み重ねが大事で、地道さが求められます。

そのときの情熱やスローガンに駆られて、やるものじゃないからね。ソ連のスターリンが言う『騎兵隊の突撃』ではいけないのです。もっと大きな視点から考えるならば、勉強がきちんとできる生徒は政治に科学の要素を取り入れることができるということです。そうでないと時流に乗り遅れ、言葉だけの活動家になってしまう。それでは、大衆の中でそれまで培《つちか》ってきた信頼と影響力もなくなってしまいます」

校長は話し終わると、瞳をきらきらさせながら、返事を促《うなが》すように彼女たちの顔をぐるっと見回した。ある高二の生徒が答えた。

「私、実は心配していたんです。勉強に没頭して、政治に無関心な生徒が大きな顔するんじゃないかって……これまで政治に対して消極的だったけど、それで良かったんだと。そんな生徒たちが、『え、私って努力不足なの。メダル取ってるんだけど』と言ってきそうで……」

他の生徒もうんうんとうなずき、同調した。

「心配じゃなくて、もうそういう生徒が出てきてるんです」

「これから、私たちの活動、やりにくくなるんじゃないでしょうか」

校長は切り返した。

「そうだとしても、じゃ、どうするの。勉強が大事だとは思わないのですか」

別の党員が答えた。

「切磋琢磨《せっさたくま》していきます。歯を食いしばって……あの子たちには負けません」

校長は、そこでまた笑って諭した。

「その心意気は立派ね。でも、競争だけじゃだめよ。彼女たちの勉強を支えてあげなきゃ。あなたたちは実際の行動で、助け合いの精神を示さなきゃいけないの。進歩的な思想で武装することは、政治活動だけでなく、代数、国語にも言えることなんだから」

七人の党員たちが、これからクラスで何をすべきか話し出した。メダルをもらえなかった恥ずかしさは、徐々に追いついてやるぞという雪辱の思いに変わっていった。みんな自信が湧いてきて、今度こそという決心も固まったようであった。解放以来、激務に鍛えられてきたことを思い起こせば、自信も湧いてくるというものだ。

鄭波が校長室から教室に戻ると、楊薔雲《ようしょううん》と李春の口喧嘩《くちげんか》が聞こえてきた。教室のすみっこの机で、周小玲《しゅうしょうれい》が上に座って、両側に楊薔雲と李春がいる。李春は薔雲と目を合わせようとしなかった。薔雲が一方的に話している。

「やっぱり、あんたはそう思ったのね。私がメダルをもらえないから、変だなって……でも、メダルがもらえなくても、どうでもいいわ。私、遠慮なんてしませんから。文句があれば言うわ。でもさ、メダル授与の基準が公正じゃないのよ。受賞者はみんな思想的には問題ありじゃない。生徒の中でもらえるはずなのに、もらえなかったのもいたでしょ」

李春は少し首を傾《かし》げてから、ふんぞり返るようにして冷たく言った。

「はぁ、誰のことよ」

楊薔雲はつい、そばにきた鄭波を指さした。

「例えば、この子」

鄭波は顔が赤くなった。

「やめて」

楊薔雲は他人のメンツを気にせず、友達がどう思うかということも気にしない生徒だった。

「え、あんたと鄭波？　じゃ、なんで私がもらえたのかな～」

李春は思わず言った。

「自分で、よ～く考えてみたら」

楊薔雲が突き放すように言い返した。

そのとき李春はメダルを外し、さっと薔雲の手の上に置いていた。周りが、何が起きたのかと戸惑うほどの素早い動作だった。李春は教室の隅っこに下がり、「ふうん。ふさわしいと思うなら、あんたが付けてみたら？」と嫌味な笑いを浮かべながら言った。楊薔雲はむくれてしまった。

楊薔雲と李春はよく口喧嘩していた。これまでは楊薔雲が李春を言い負かすことが多かったが、今回はそうではないようだ。李春の「巧みな反撃」で勝負あり！

二人は以前からよく一緒にいた。一九五〇年の秋、彼女たちが高校生になったとき李春は天津《てんしん》の中学校出身で、試験を受けて北京に来たのである。楊薔雲は彼女のさばさばしたところを気に入った。しかも、李春は地元天津の特産品を気前よく持ってきていた。楊村《ようそん》餅、天津肉まんを同級生に分けていたのだ。

もう一人、よその学校から進学してきた新入生の呉長福《ごちょうふく》と李春とは「対照的」であった。呉長福のポケットはピーナッツで膨《ふくら》らんでいた。ポケットの中で皮をむいて、せっせと口に入れていた。他の生徒に見られると、あげるのを嫌がるようにもじもじしていた。

新入生歓迎会で、李春はウイグル語の歌、「京韻太鼓（北京、天津、華北地方で流行していた曲）」の一節、そして民謡を一曲歌った。これらが同級生を楽しませ、特に楊薔雲は喜んだ。

やがて、みんなは李春が勉強も得意であるということを知った。すでに一九四九年に団に入団しており、団の支部委員を務めたこともあったのだ。さらに、『天津日報』で文章を発表したこともある。それは百字程度で報道の要旨をまとめたものだったが、それでも立派なものであった。

生徒会の執行委員を選出する際、高一の新入生たちは迷わず李春を推薦した。そして、李春は生徒会で文化交流に関わり、サークルを組織し、交流会の司会も務めた。彼女は一躍全校で知られるようになった。

楊薔雲は李春とおしゃべりするのが好きだ。とはいっても、試験が難しかったとか、先生のあだ名とか、お下げの結い方は話題にならない。二人はこれらに関心がない。では、何についてよく話すのかと言うと本についてであった。特に、翻訳小説に興味があったのだ。

彼女たちが高校に進学してまもなく、朝鮮戦争が勃発した。生徒のほとんどは都市の街頭や地方で宣伝活動に参加し、学校は休校となった。李春は寝食を忘れて、快板（天津で生まれた大衆芸能、竹製のカスタネットなどでリズムをとりながら行う語り物）を制作した。また、わざわざ場所を借りて、ガリ版刷りの速報『吼声《こうせい》』の出版にも注力した。

団総支部は朝鮮戦争での母国支援運動に熱心に取り組んだ者を表彰したが、それらの中には李春も含まれていた。だが、実はそのとき彼女は大きな挫折を経験し、一八〇度の転換を余儀なくされていたのである。

一九五〇年十二月に軍事幹部学校が学生を募集したのだが、これは李春の予想外だった。生徒も将校になれるのだ。でも、将校の数は十分足りていて、復員している者もいるのではなかったか。自分は高校生になって、それから大学に進んで大学を卒業したら技術者になりたいのだ……それなのに、今学業を中断したら将来の計画はひっくり返ってしまう。

朝鮮戦争はどうせ長引かないだろう。軍隊に入って将来性があるとはまったく思えない。女の自分はせいぜい看護師になるのが関の山のはず。でも、大学に進んだら医者や科学者にだってなれる可能性がある。

それに、将来戦争のない時代が来て、軍人さんがみんな復員して、自分は歳《とし》だけ取っていったらどうする。いやはや、軍に行く必要なんてあるのか？　決めた。絶対志願しない……と李春は心に誓ったのである。

もちろん志願と言うからには自発的なものであって、志願しなかった生徒もたくさんいた。だが、李春が志願しないことはあまりにも不自然であった。みんなで議論するときは誰よりも積極的だったのに、この重要な機会に尻込みしてしまうとは……こんなことをして、みんなの不興を買わないわけにはいかないだろう。ベッドでごろごろしていた李春は、やがて「熱が出て」しまった。

そんなとき、ちょうど楊薔雲が聞いてきた。

「ねぇ、明日から志願開始よね。一緒に行かない？」

「ううん。ちょっと……」

李春は病気になり、二週間学校を休んだのである。戻ってきたとき、軍事幹部学校に進む生徒の歓送会はすでに終わっていた。

李春の行為に対しクラスのみんなは驚き、怒り、そして呆《あき》れた。誰かがはっきりと「ふん。どうせ仮病でしょ」と言い放った。李春が休んでいるときお見舞いに行った友達もいたのだが、李春はいなかった。学校に戻ってからも、李春は一日中マフラーを巻き、マスクを着け、鼻声になっていた。さばさばした、自信満々な李春はどこに行ってしまったのやら。

初めのうち、李春は恥ずかしくてしょうがなかった。だが、周りの思いやりのない態度に、だんだんと腹が立ってきた。彼女に対して、冷ややかな生徒もいれば、気を使ってしまいどうにも近づけない生徒もいた。まったく、冷たいわね、李春は心の中で愚痴を言った。

二学期になると彼女は体調が悪くなり、成績も下がったので生徒会の仕事を辞めることにした。そのときも、みんなはあっさりとそれを認めた。このことにも李春はいらだってしまった。

「やっぱり私はいなくていいのね。引き留めの言葉さえないなんて……」

李春はみんなを見返そうと、勉強に力を入れるようになった。見てらっしゃい、あんたたち。今は私のことを見下しているみたいだけど、いつかきっと私を羨《うらや》むようになるから。

こうして李春とクラスの全員は日に日に疎遠になっていき、中でも楊薔雲とはそうであった。楊薔雲は李春の様子を日記に記していた。

「やっと李春の本性が分かった。あの子は裏切り者！」

楊薔雲はしょっちゅう、李春に突っかかるようになった。

例えば、一九五一年の春、クラスで愛国公約を作成したとき、愛国公約の中に毎日三十分間新聞を読むという項目があった。だが、李春がこの項目に賛成しなかった。

「確かに立派よ。でも、できもしないことを書かないほうがいいわ。私自身も無理だと思うし」

だが、楊薔雲は聞かなかった。

「私はできるわ。みんなは」

みんなはうなずいた。

「はい。じゃ、この項目は可決ね。ただし、『李春を除く』と注記します」

「何？　どういうこと？」

「あんた、無理って言ったじゃない」

「この……意地悪！」

「わがまま言うほうが悪いのよ！」

愛国公約はなんとか完成したが、三つの項目で『李春を除く』と注記された。

でも後で楊薔雲も大人げないと注意された。団のみんなが何度か話し合って、その中には李春に同情する者もいた。状況が少し良くなって、李春はクラスで「奉仕と規則順守」に勤しんだ。会議があれば参加し、奉仕活動を割り振られたら引き受けた。とはいっても、相変わらず人をからかい皮肉を言う。コツコツ努力し必ずや競争に勝とう、汚名返上しようと彼女は心の中で誓っていた。

そして、「その雪辱の好機」は来た。李春はメダルをもらったが、鄭波や楊薔雲はもらえなかった。いやはや、李春も大したものである。

第四章　正解は地響きとともに

　その後、楊薔雲《ようしょううん》は鄭波《ていは》に聞いてみた。

「メダルもらえなくて、悔しかった？」

「さあね。でも、一からやり直さないと。民連に参加する前もそうだったけど、私、革命活動に参加できなくて恥ずかしかったの。まぁ、なんて言ったらいいか分かんないけど、それまでできなかったことが、できるようになったら……けっこう嬉《うれ》しいでしょ」

　薔雲はしばらく黙って考えていた。そして、遠くの方に目をやった。そのとき、事物や景色だけでなく、何かぼんやりとしているが、美しいもの……未来が見えたかのように感じた。

「そうね。そうなったら、いいわね。キャンプのときから分かってたんだけどさ、メダルをもらえたら自分も生まれ変われると思う。波ちゃん、一緒に頑張ろう」

　さて、鄭波は教室で六時間目の授業を受けていたが、楊薔雲との話を思い出した。新学期の生活はやはり気分のいいものだ。その教室の扉と窓は南向きで全校で一番日当たりが良かった。北側の壁には「向科学進軍！（科学に向かって突き進め！）」と赤で五つの文字が書かれている。感嘆符の「おまけ」まで付いていた。

　西側の壁にはかけられたばかりのエメラルドグリーンのガラス製の黒板が見える。二組の生徒は先生の授業補助にも取り組んでいる。授業の前に教材や器具を準備し、図表をかけておく。黒板は、顔が映り込むくらいきれいに拭《ふ》いておくのだ。

後ろの壁にはクラスの学級新聞『学習』を掲示するのだが、この二文字は『学習雑誌』という実際にある雑誌の二文字を切り取ってはったものだ。今学期のクラス新聞の主な題材は、中間試験の準備に関するものであった。

最近は試験がしょっちゅうある。先生も授業が十分ほど早く終わると小さな紙を生徒たちに配って、昨日教えたばかりの問題を二題解かせる。クラス新聞の隣には一枚の宣伝画がはってある。二人の女性探検隊員が描かれ、題名は「青春を祖国に捧《ささ》げよう」であった。

教室に入る度に熱気と緊張を感じ、サボりたくてもサボれない。土曜の夜も、ここで頑張っている級友がいるのだ。拳を握りながら考え込む者、自分の頭を叩《たた》く者（どうか、思いっきり叩き過ぎませんように！）、さっさと字を書き続ける者もいる。そして、鄭波はと言うと「目的を達成しない限り、決して休まないわ！」と自分に活を入れた。

ある日の午後、鄭波は難問にぶち当たった。夕飯を食べてからも考え続けたが、メモ書きの紙だけが重なっていく。硬い鉛筆を使い、柔らかい鉛筆も使い、さらには赤、青の色鉛筆まで……。数式、答案、図表をあれやこれやと書いた。消しゴムのカスもたくさん出た。「先に簡単な問題をやった方がいいかも」と、鄭波は幾度か自分に言い聞かせた。

だが、他の問題を解こうとしても、なぜか彼女はこの難問に戻ってしまう。さっと数式を書き並べ、一つ一つ解いていくが、だめだ。未知数が一つ足らないのか。やはり解けない。

「たぶん問題がおかしいんだわ」

「いや、そんなはずない」

そうつぶやく素直な鄭波。目を閉じて少し休み、そして鉛筆を削りながらまた解き方を考えた。削り屑が服の上、足の上へと落ちていった。鉛筆を覆う木の部分がどんどん削られていき、細い芯がむき出しになった。その芯もついに折れた。それでも、鄭波は削って、また削っていった。

「波ちゃん」

そばで自分を呼ぶ声がした。振り返ると、呉長福《ごちょうふく》のぽっちゃりした顔が見えた。ほっぺもぷっくりしている。ちょうどそのとき、教室の明かりがついた。オレンジの明かりが彼女の丸くて大きな鼻を照らし、唇と右頬骨の間に影ができた。

呉長福はしゃがんで、鞄《かばん》からゆっくりと教科書を取り出した。そして、一つの問題を指さしながら、鄭波に聞いた。

「悪いんだけど。本当は自分で考えないといけないんだろうけどさ……頭良くないから分かんないのよ。三日間考えても、だめ……教えてくれない？　ヒントだけでもいいから」

鄭波は呉長福が指さした問題を見ると、自分も教科書を開いて、言った。

「ねぇ。私もその問題で悩んでいるの。解けないの」

「邪魔して、ごめん。なんとかならないかな」

鄭波は笑ってしまった。

「あのね。解けるなら、できないなんて言わないわよ。しょうがない。一緒に考えましょう」

鄭波は、まず呉長福に自分が考えた三つの解き方を話した。うんうんとうなずく呉長福。

「そうよね。たぶん、それでいいのよ」

鄭波は呉長福を邪魔だとは思わなかった。むしろ、自分が彼女を手伝えないことが申し訳なく、すまなそうに彼女の顔を見つめていた。

そのとき、パタパタという軽快な足音と共に袁新枝《えんしんし》が笑いながら、教室に駆け込んできた。袁新枝は鄭波の座席に近づくと彼女の手をつかんで、立たせ、そして握手した。

「どうしたの。気でも触れたの？」

鄭波は思わず、国語の授業で習ったばかりの「気が触れた」という表現を使ってしまった。袁新枝は真顔に戻り、話し始めた。彼女は話しながらは、笑えない。とはいっても、袁新枝は思いついたままに話すので、滑稽《こっけい》であった。

「あのね、分かったの。長い時間考えて、やっと答えにたどり着いたの。それで、わざわざ自転車に乗って教室にきたんだから。家に帰っても、ご飯もきちんと食べないで、誰の相手もしないで……あのことをずっと考えていたの。お母さん、私の具合が悪くなったんじゃないかと心配していたわ。でもさ……私たち今日の午後は本当に苦労したもんね」

袁新枝は、答えを先に言わなかった。過去のことから「くどくど」と話してきた。

「どうやって解いたか、分かる？　実はね。難しそうに見えて、そんなことないのよ」

鄭波が袁新枝を遮《さえぎ》った。

「もう、いいわよ」

「もう、いい？」

「あなたは解けたんでしょうけど、私はまだ行き詰まっているの。ほっといて」

「大変ね。教えてあげるわよ。とても嬉しかったの。本気で手伝いたいのよ……」

袁新枝はしつこかった。

「ご立派ね。でも絶対に言わないで。絶対よ。言ったら耳を塞《ふさ》ぐからね」

鄭波も負けずにはねつけた。袁新枝はぺろっと舌を出し、すごすごと引き下がった。だが、呉長福が袁新枝についてきて、「お願い、教えてちょうだい」と助けを求めてきた。さて鄭波はと袁新枝が目をやると、ちょうど教室から出て行くところであった。

袁新枝は、熱心かつ理路整然と呉長福に教えてあげた。彼女は、答えを誰かに教えてあげたくてうずうずしていたのだ。解答の過程、方法、習得した内容、問題に対する彼女自身の分析、さらに良問だと気づいたこと……これらを立て板に水の如《ごと》く語ったのである。天空で向かうところ敵なしの孫悟空《そんごくう》のように、彼女は興奮し、意気揚々としていた。

袁新枝は少年先鋒《せんぽう》隊の指導員を務めるうちに、「名演説家」となったのである。あらゆる訓話と解説を物語化することができた。呉長福も感激してしまい、ポケットからヒマワリの種を一握り（ヒマワリの種がたくさん！　まったくもって不思議なポケットである）、袁新枝の手のひらに置いた。

やがて鄭波が教室に戻ってきたが、袁新枝が問題を解いたことにいらいらしていた。「先を越された」鄭波は再び教室を出て、運動場で新鮮な空気を吸った。少し考え、自分の切り口は正しいと改めて思った。そして、気を取り直し「よしっ」と自信を持って机に向かった。

夜九時を過ぎたころ袁新枝が呉長福に問題を一から十まで説明してから帰ろうと、周小玲《しゅうしょうれい》や華《か》僑《きょう》の生徒数人と共に歌いながら教室に入って来た。周小玲は扉を開け、何人かの級友たちを目にした。そこで、彼女は「あら」と言ってから、かかとを寄せ、手を真っすぐ挙げて言い放った。

「みなさ～ん、こんな時間まで教室に閉じこもって勉強とは、素晴らしいことですね。遊び好きな不良生徒として、みな様に心から敬意を表します」

生徒たちは笑っていたが、勉強している生徒の中には「早く帰んなよ。ばかにしないで」と怒る者もいた。

「今夜は楽しかったわ」

周小玲はまだご機嫌であった。

「街を歩くのもとても気持ちよかったわ！　国慶節も近いし。その前の中秋節は、もうすぐね。ねぇ、知ってる？　街でさ、いろいろ売ってるでしょ。檳子《びんし》(林檎《りんご》と梨の交配種)、葡萄《ぶどう》、バナナ、梨、赤い徳洲《とくしゅう》スイカ、それとナツメのこしあん入りの月餅、あと兎児爺《トゥルイエ》(中秋節に供える頭がウサギ、身体《からだ》が人の泥人形)もあるわ……」

クラスメートはまた大笑いした。「何食べたの？」と何人かが聞いてきた。周小玲は後頭部をなでながら、「見てただけ。目で、いっぱい食べたわ」と答えた。彼女は袁新枝の方を向くと、大きな声で「袁新枝、あなたは!?」と聞いた。

鄭波は教科書を置いて、周小玲をからかった。

「勉強してる袁新枝になんで聞くのよ？　彼女は赤いスイカじゃないのよ」

周小玲は鄭波を無視し、袁新枝のそばにいき、真剣な顔で「どうしたの？　具合でも悪いのかと思ったわ」と尋ねた。

「ある問題を考えていたんだけど、答えが出ないから、外には行かなかった」

「映画の券は？」

「行かなかった。もう期限切れよ」

「え〜なんで？　頑張る姿勢は大切だけどさ。長時間並んでも買えない人がいるのよ。あんた、まったく……」

周小玲は嘆いたが、やがて座って黙り込んだ。袁新枝は苦笑しながら「自己批判」した。袁新枝が帰ろうと言うと、周小玲も立ち上がり一緒に帰ってしまった。

他のみんなもそろそろ帰るようで、本、ノート、文房具を片付けだした。家から通っている生徒は家に、寮に住んでいる生徒は寮に戻って行った。

教室に一人残っていたのは、鄭波だった。さっきまで生徒たちが笑っていた教室は、普段より一層静まり返っている。何か音楽が流れて来るだけである。

今日は土曜日だというのに、あの袁新枝は映画を観《み》るのを我慢してやっと問題を解いたのだ。鄭波はそんなことを思いながら、ふと顔を上げた。ちょうど、「向科学進軍！」の仰々《ぎょうぎょう》しい感嘆符「！」が目に飛び込んでくる。赤い帽子を被《かぶ》った女性探検隊員が、自分に向かって微笑《ほほえ》んでいるかのように鄭波は感じた。周小玲の嬉しそうな声も耳に蘇《よみがえ》った。

こんなあらゆるものが混じり合い、鄭波は頑張らなければと思うと同時に、何か愉快にもなってきた。そして、また少し問題を考えていたら別の解き方がふわっと浮かび上がってきた。

そのとき、周小玲と袁新枝が手を繋《つな》いで教室に駆け込んできた。

「ね、早く来て。戦車よ。戦車が見えるわ！」

遠くからかすかに轟音《ごうおん》が伝わって来る。その音は、ますます大きくなってきた。頭がぼんやりとしていた鄭波は「ちょっと待って……」と言った。周小玲と袁新枝が、また教室から駆け出して行く。

鄭波は、また一人ぼっちになってしまった。そこに轟音が迫って来る。地面が揺れる。まるで戦車が学校に侵入してきたかのようであった。鄭波はどきどきしてきた。早く戦車を見てみたい。だが、「もっと複雑で重大なこと」に彼女は没頭していた。新しい視点から、問題を解き直してみよう。轟音に背中を押されるかのように、何度も計算した。ゆっくり、焦《あせ》らずにと自分自身に強く言い聞かせた。

できた！　思わず声が出そうになった。鄭波は落ち着いて何度か深呼吸してから、繰り返し見直した。間違いない。合ってる。

で〜きた。で〜きた。約九時間、難関を攻略したのだ。鄭波は嬉しさのあまり、椅子に手を置きながらくるくると回った。あやうく机にぶつかり倒れそうになった。

雷鳴のような轟音も、彼女を祝う太鼓の音のように聞こえた。電灯も嬉しそうに揺れている。明かりが彼女の影を映し出し、背が高く見える。彼女はにこやかに女性探検隊員に向かって手を振った。

「ねぇ、見て、見て。できたわよ」

教室の中で長時間我慢して勉強していたせいか、鄭波の胸は重い鉛を飲み込んだかのようであった。しかし、今や彼女は籠から解き放たれた鳥のように外へ飛びだした。初秋の夜風の爽やかさを感じながら、深呼吸をし「計算できた……」とつぶやいた。そして、嬉しさのあまり子供のように頭を左右に振った。

そのとき、横町の入り口近くに人波ができていた。鄭波が進んでいくと、みんな道を開けてくれた。「今晩、天安門の前で閲兵《えっぺい》行進の練習があるんだって」と誰かが教えてくれた。彼女はうなずくと、緊張しながらみんなの視線の方向を見つめた。重砲を牽《ひ》いたトラクターが見える。太い砲口が挑むように空に向かい、砲身は月下に青い光を放っていた。砲兵部隊が通り過ぎると、戦車部隊が轟々《ごうごう》たる地響きと共にやってきた。キャタピラーが重々しく、ゆっくりと回転していた。大通りには堂々たる轍《わだち》が刻まれ、エンジンから吐き出される煙のにおいは鼻を突き刺すようであった。

だが、路傍で行進を見物していた群衆は、そのにおいを嫌がることなく、むしろ「誇らし気」に嗅《か》いでいた。そのにおいは心地よいものでさえあった。虐《しいた》げられてきた祖国が、今やこのような精鋭部隊を持つようになったのだから……彼ら群衆は、この長大なる部隊を細部まで、食い入るように見つめていた。

生徒と言えば息を呑《の》んで、一台、二台、十台と数えたり、あるいは笑いながら、隣の仲間をぎゅっと抱きしめたりした。「すごいわ。かっこいい」とだけつぶやく者もいた。落ち着き払って堂々と座り前方を見据える戦車兵たちよりも、生徒の方がもっと緊張していた。校長先生も観《み》に来《き》ていた。

「これらすべて、我々のものなのね」

簡潔な言葉だったが、苦難を嘗《な》め尽《つ》くした弱小国の若者たちは、祖国がだんだんと強くなることを実感し、胸を打たれた。

鄭波は胸の内で、進んでいく戦車に向かって誓った。

「私も強い気持ちを持って勉強するわ。大砲や戦車のようにね」

第五章　小さな英雄たちへの誘惑

十月一日は国慶節、その前夜彼女たちは並んで大通りを歩いていた。映画「貫徹、淮河《わいが》治水事業！」を観覧したあとのことであった。彼女たちはいまだ高揚感が抜けておらず、ゆっくり、軽やかに歩んでいた。蘇寧《そねい》は言う。

「映画を観《み》終わったけど、何か名残惜しいわね。気持ちも落ち着かないわ……。観始めたらすっかり没頭しちゃった。楽しい場面も悲しい場面もあって、それで映画以外のことは何も考えられなくなった。それから、幕に『終《おわり》』の文字が出てきたら、窓が開いて光が射《さ》し込《こ》んで、拡声器から映画とは関係のない広東《かんとん》の音楽が流れてきたじゃない。でも、席を立ちたくなかったわ」

彼女はそう言うと、絹のハンカチを取り出しおでこに当て、上から指で押さえた。周小玲《しゅうしょうれい》は首を横に振った。

「そうかしら。映画館出たとき、私は全然そう思わなかったわよ」

彼女は大股に歩く。周小玲の一歩は、蘇寧の二歩である。

蘇寧は構わず続けた。

「あ～あ、この映画を観てない同級生がいたら、紹介してあげたいわ。早く勧めてあげなきゃ。あの子たち、映画を観ていないことを後悔して、眠れなくなるかもしれない。そう考えたら、ちょっとどきどきするわ」

「映画より日常生活のほうがいいじゃない」

袁新枝《えんしんし》も蘇寧に同意しなかった。彼女は軽やかにみんなの前を歩きながら、ときどき振り返った。

「例えば、今日の国慶節前夜の長安街《ちょうあんがい》は、映画よりもっと素敵よ」

袁新枝は左右を指さした。

それから、みんなは長安街を楽しそうに歩いた。役所や学校などの正門の前には色鮮やかなアーチ状の飾りが施されている。古めかしい赤提灯《ちょうちん》も掲げられ、夜通し輝く街は、不夜城となっていた。

道端では、祝日に期待した屋台の売り子が、売り切れてしまうほど果物やお菓子を買い込むお客のために、慌ただしく動き回っている。行進を管理する係員が、石灰を使って隊伍《たいご》が停止する標識を歩道と路面に描いている。彼女たちと同じように晴れ着を着た女子生徒たちが、反対方向から歩いて来る。その子たちはスイカを齧《かじ》ったり、リンゴを投げて遊んだり、また手を繋《つな》いで歌を歌ったりしている。

「北京《ぺきん》の街は素敵ね。でも、私たちの故郷の村はいったいいつになったら都会みたいに豊かになるのかしら。どれだけ時間がかかるか分からないわよ」

蘇寧はそう言うと、ため息をついた。

「なんでそんなこと言うの」

楊薔雲《ようしょううん》が蘇寧のそばにきて、肩に手をかけた。

「最近、変化が速いじゃない。日常生活がジェット機みたいに進んでいるわ。まさに一日千里よ。

私たちがお下げを結《ゆ》ってさ、秧歌《おうか》（もと、農村の田植え踊り。集団生産生活の感動を表す歌と踊り）を踊って、東交民巷《とうこうみんこう》（北京市の正陽門《せいようもん》内の東側の地域）に入ってくる解放軍を歓迎したこと、昨日のように思い出すわ。でも、そのとき街にはまだゴミの山があったのよ。

それなのに、来年には五か年計画が開始されるかもしれない。気づいたら、社会主義が出来上がっているかもしれないでしょ。農村の発電所だってそうよ」

こんな「妄想」をした薔雲は、話し終わるとつい笑ってしまった。

「確かに、私たちは本当に幸運よね」

鄭波《ていは》も話し始めた。

「中学生のときまで、いろんなことがあったわ。国民党の時代が終わって、新中国が成立。それから朝鮮戦争。中学を卒業したときちょうど経済計画が始まって……」

「私はついてないと思うわ」

周小玲が冗談を言う。

「先生たちが国を発展させなければと言って、めちゃくちゃ難しい試験問題ばかり出してくるじゃない」

周小玲の冗談にみんなは笑ったが、続けて李春《りしゅん》がある問題を提起した。それまでのおしゃべりとは違う、落ち着いた低い声には大人びた雰囲気があった。

「運・不運と聞いて、ちょっと考えたんだけど。例えば、英雄たち。そう、映画の中の模範労働者は幸せ者よね。まさに英雄よ。でも、私たちがよく知っている劉胡蘭《りゅうこらん》、董存瑞《とうそんずい》は命までも失ってしまった……そうでしょ」

周小玲が首を傾《かし》げた。

「何が言いたいの？」

李春は周小玲に答えず、ただ「ふふ」と小さく笑った。そして、ある交差点を通り過ぎてから振り向いて周小玲に尋ねた。

「ねぇ、どんな英雄になりたいと思う？」

李春は得意げな様子で楊薔雲にも顔を向けた。薔雲は李春が何を言いたいのか分からず、不機嫌な視線を投げ返した。

「そういうあなたはどうなのよ？」

周小玲は李春に言い返した。

「私も分かんない」と李春は答えた。

楊薔雲はいらいらしてきた。しばらく考えてから、堂々と言った。

「たぶん、英雄たちの歩んだ道は一人一人違うかもしれないわ。でもね、頭でああでもない、こうでもないと考えた上で、人生の道を選んでいくような人……そんな人は、一生英雄にはなれないでしょうね」

李春も、怒ってはいなかったが、ずけずけと言った。

「オーチン・ハラショー！（ロシア語で「とても良い、素晴らしい」という意味）格言みたいなこと言うじゃない。しかも哲学めいているし。そんなことが言えるなんて、それこそ英雄にふさわしい心構えがあるんじゃない！　お世辞じゃなくて、本気で言ってるのよ。格言通りにしないと、確かによく人生を誤るものだわ」

それから、話題は変わりみんなばらばらに話した。周小玲は、鄭波に淮河両岸の子供たちの話をした。周小玲は子供たちの表情を覚えており、真似《まね》しながら「似てるかしら？」と鄭波に尋ねた。楊薔雲は一人で早足になったり、ゆっくり歩いたりしていた。

そして、袁新枝と蘇寧はと言うと映画の挿入曲「淮河両岸に花は咲く」を思い出して、歌ってみた。出だしは覚えていたが、終わりは忘れてしまった。

「もったいない！　今度映画を観るときは、二人で協力して、片方は前半、もう片方は後半と手分けして覚えましょう」と「作戦会議」を行った。

そのときである。

「おい、そこのあんた！　自転車の明かりを点《つ》けなさい！」

彼女たちが叫び声のほうに目を向けると交通警官がいるではないか。背中を丸めた中年男性が自転車でびゅんと通り過ぎていく。警官はまた大声で注意した。袁新枝がすぐ追いかけてやろうとしたが、周小玲が彼女を制止して「私が行くわ！」と言った。腰をかがめ百メートル走の構えをするなり、矢のように駆けだした。

男は、警官の怒鳴り声に構わず通り過ぎようとしながらも、少しもたもたしていた。その隙を周小玲は見逃さなかった。男を捕まえると、「降りなさいよ！」ときつく言ったのである。男は声の主が「小娘」だと知るとたんに横柄《おうへい》になり、「お前にゃ、関係ねぇだろ」と言って睨《にら》み返してきた。

だが、他の子たちもその場にやってきた。男の無礼な態度に対し、わあわあと取り囲んで責め立てた。

「連れていきましょうよ！」

「交通違反じゃない？　警察署に突き出してやるからね！」

一番きつかったのは李春である。「交通違反は犯罪でしょ。犯罪を犯したら思想教育受けなきゃね」と。

女子生徒に囲まれぎゃんぎゃん責め立てられた経験がなかったせいか、「犯人」はすっかりお手上げとなり、小声でぶつぶつ言うしかなかった。そして、警官がやって来た。警官が男にお説教するのを見て、ようやく女子生徒たちはその場を離れた。

横断歩道に戻ってから、彼女たちは「犯人」を追いかけたせいで、新しく開店した百貨店の前に来てしまったことに気づいた。このお店はつい最近開店したばかりであったが、明日が国慶節なので、営業時間を延長していた。夜遅くだというのにネオンサインが輝き、お客さんで混み合っている。

周小玲が「百貨店、行ってみない？」と提案したら、「いいね。社会勉強になるわ」と李春が賛成した。二人についてみんな入っていったが、実は楊薔雲だけはあまり面白いと感じず、早く帰りたいと思っていた。明日、どうしよう。国慶節をどう過ごそうか。大事な日だけど、でも国慶節をお祝いするよりも、本当はもっと楽しいことがあるんじゃないかなと頭の中で考えていた。

百貨店に入ると、急に温かくなったので顔が火照《ほて》った。初秋の夜ということで、もともとちょっと寒かった。でも、百貨店は人も多く、熱気に満ちている。上を見上げるとなんと二つの大きな扇風機が設置されており、ぐるぐる回っていた。ガラスのショーケースや陳列棚一列一列にはきれいな商品が置かれている。まるで、明かりの下で百合《ゆり》が咲き乱れているかのようであった。

彼女たちは右側通行で歩いていた。まず、化粧品と服を見て回った。いろいろな種類の石鹸《せっけん》、クリーム、乳液、クリップ、ヘアピンが並んでいる。さらには、香水、ボディー・パウダー、口紅も少なくない。

どれもきれいに飾られている。一枚の厚い紙に取り付けられた髪留めがある。髪留めは扇形をしており、厚紙には長髪の美女が描かれている。香水瓶には赤い絹のリボンが結んである。容器入りクリームが塔の形に組み上げられているが、塔の下で円状に並んでいるものもある。塔や円それぞれの大きさに合わせて一緒に置かれた箱は、色鮮やかなモザイクのようである。

蘇寧は美容や化粧に詳しかった。彼女はちょっと恥ずかしそうにしながらも、仲間たちの質問に答えた。ブランド同士の優劣を評価したり、珍しい商品の使い方を説明したりした。

だが、そこで楊薔雲が軽蔑するように、「何だってのよ。ブルジョアが、飛びつきそうね」と言い放った。他の子はびっくりし、中でも袁新枝は薔雲をどつきながら「あんたね。自分の国が作った商品に、悪口言うんじゃないの」と反論した。

さらに先に進むと、帽子売り場があった。暗い色が多く、華やかさはなかった。さらに越冬用のブーツが並んでいる売り場では、かすかに臭気が漂《ただよ》っていた。

「行こう。行こう。いい物ないじゃない」

楊薔雲はみんなを促《うなが》した。

だが、そこで一同は面白い光景に出くわした。子供のおもちゃ売り場で一組の母子がいた。母親が店員に頼んで、カエルのおもちゃを試している。そのおもちゃは鉄製だったが、ばねを緩めるとぴょんぴょん跳んでいくではないか。彼女たちもそれを見て、楽しそうに笑った。機嫌の悪かった楊薔雲も首を伸ばして、あちこち面白いものがないかと探し始めた。

また、袁新枝はおもちゃを買おうとしていた。それは、弟や妹にあげるものではなく、彼女自身へのご褒美《ほうび》であった。彼女はあれこれ試したのちに、結局ピンク色の起き上がりこぼしを買うことにした。その起き上がりこぼしはとても小さく、指先にも立てられるほどであった。他の子も、順々に自分の指先に起き上がりこぼしを立てて遊び、楽しんだ。

本当に面白く、魅力的で、飽きないものばかりであった。中国人なら誰でも知っているような人気商品が並んでいた。上海《しゃんはい》梅林、青島《ちんたお》水産、北京《ぺきん》義利、天津《てんしん》稲香村といった有名な製造業者の商品が山積みにされていたのである。これら商品を見ているだけでは物足りない。生徒たちは、手に取って遊んでみた。みんなで一緒になって楽しんでいたら、時間はどんどん過ぎてしまった。

周小玲は以前食べたお菓子がどれだったか、頑張って思い出そうとしていた。その味は忘れられないものであった。だが、結局みんなと相談して、高級な飴《あめ》を少し買うことにした。みんなに背中を押され、周小玲は気に入った飴の籠を指さし、店員さんに尋ねた。

「すみません。この飴は一ついくらですか？」

店員は笑いながら、「量り売りですよ。一個、二個ではご購入頂けません」と言ってきた。

周小玲は「一斤(五百グラム)でいくつ買えますか？」とまた聞いたが、店員の答えによると、どうやら一人一回しか買えないようであった。彼女たちの懐《ふところ》具合も寒かったのだ。それでも、思い切って買って、口に放り込んでみた。そしたら、何ということか。その場にあるすべてのお菓子を味わったかのように、彼女たちは楽しく気にうきうきし出したのである。

このように彼女たちはみんな百貨店で買い物を楽しんだ。蘇寧は小さなハンカチを、李春はノートを買った。みんなそれぞれ「収穫」があった。「資本主義が大嫌いな」楊薔雲も何も悪口を言わなかった。自分で働いた上で、少額ではあったが買い物ができたのである。みんな金持ちになったかのように感じ、ご満悦であった。

鄭波が楊薔雲とおしゃべりしながら、お菓子売り場を立ち去ろうとしたとき、鄭波は誰かが自分を呼ぶ声を聞いた。

そちらのほうに目をやると、二十代半ばと思われる女性幹部が新しく買った魔法瓶を持って、走って来るではないか。青いギャバジンの制服を身に着け、髪にはパーマをかけていて、瞳は大きい。賢《かしこ》く落ち着いた雰囲気があり、そして美しかった。その女性は鄭波の手を引っ張ると、「波ちゃん、久しぶり！」と言った。鄭波は跳び上がらんばかりに驚いた。その女性は、鄭波を小さいころからかわいがってくれた黄麗程《こうれいてい》という人であった。鄭波は機関銃のようにまくし立てた。

「先輩、なんでしばらく連絡してくれなかったんですか！　手紙出しても、お返事くれないし。新聞で先輩が書いた体験談読んだことがありますよ。あ、体験談じゃなくて、何かについてのまとめでしたね」

「人のせいにしないで。あんた、二回も電話したけど、出なかったじゃない。用務員室に言伝《ことづて》をお願いしたけど、連絡来なかったし」

「え、知らなかったですよ。そんなこと。うちの学校の用務員さんって、無責任なんですね」

二人は愚痴《ぐち》の言い合いをやめ、すべてを用務員のせいにした。仲間たちが鄭波を待っていたが、鄭波は「先に帰ってて」と言った。彼女は黄麗程とまだ話がしたかったのだ。解放後、黄麗程はずっと商業局で働いていた。解放直後のころ、彼女は鄭波とよく会っていた。鄭波は小さかったころと同じように黄麗程にいろいろ質問しては教えてもらい、また議論も交わした。彼女たちは会う度に、解放前共に過ごした辛《つら》いが勇敢な日々、またそのころの地下闘争の日々を思い起こした。また、解放前の学生運動の歌を歌ったこともあった。

転んだって、へっちゃらよ
折れない骨が、あるからね

そして、互いに励まし合ったものだ。「解放されたら、もっと元気になれるわよ！」と。

だが、やがて二人とも忙しくなり、あまり会えなくなった。「三反」の後、共産党入党が認められた鄭波は黄麗程に長い手紙を書いた。手紙を読んだ黄麗程は鄭波の家に飛んできて、お祝いしてあげようとしたのだが、そのときちょうど鄭波は学校で会議に出ていた。鄭波が家に帰ってきたら、今度は黄麗程の会議の時間が迫っていた。黄麗程は、ただ鄭波の手を握って軽くお祝いすることしかできなかった。

鄭波にとって黄麗程は、人生という旅路で初めて会った導き手であり、かつ革命魂に火を点けてくれた恩人であった。黄麗程の姿は崇高《すうこう》なものとして、鄭波の心に深く刻まれていた。黄麗程の存在は、鄭波にとってとても大きかったのである。

一方黄麗程も、自分も若いくせに鄭波のことを「波ちゃん」「お嬢ちゃん」と呼んで、かわいがった。鄭波もこう呼ばれるのが嫌いではなく、気に入っていた。周囲の先輩の中では、黄麗程を最も信頼していたのである。

二人は百貨店を出たが、鄭波は学校に戻ろうとしていた。黄麗程は鄭波の肩に手をポンとおいて、「大きくなったわね」と言葉をかけた。

「先輩も大きくなりましたよね。でも、最近お元気にされてたんですか？」

「うん。元気よ」と答える黄麗程。

「ところで、こんな大きな魔法瓶を買って、どうするんですか？」と鄭波が尋ねた。

すると、なぜか黄麗程は顔を赤らめ「水を……入れるだけよ」と答えた。黄麗程は鄭波の母の具合を聞いた。鄭波は少し落ち込んだ声で、「ずっと、治らないままなんです」と打ち明けた。母親は叔父の家で静養しながら、針仕事をしていること、一方自分自身は忙しくてあまり母親に会えないこと……そんな悩みを懇々と語った。

だが、鄭波は黄麗程がちらちら後ろのほうに目をやっていることに気づいた。「用事あるんじゃないですか？」と気を使ったが、なぜか黄麗程は言葉を濁している。そのときである。三十代くらいの長身の男性がこちらに走ってくるではないか。

「麗程、どうした。どこ行ってたんだ？　待ちくたびれたよ」

黄麗程は、その男性を鄭波に紹介した。

「この人、顧明《こめい》さんって言うのよ」

鄭波も自分の名前を言って、挨拶した。

「あ、鄭波さんですか。麗程から、話を聞いていますよ」と顧明が答えた。彼の抱えている鞄《かばん》はぱんぱんになっていた。

そのとき、鄭波は黄麗程が市役所に行かなければならないことを思い出した。

「ここでお別れしましょう。見送りもお気遣いなく」と鄭波が言う。黄麗程は「時間ができたら、お母様のお見舞いに行ってあげてね」と温かい言葉をかけてから、顧明の鞄から箱入りのケーキを取り出し、遠慮する鄭波に無理やり持たせた。そして、二人は別れた。

「顧明さん」がどんな人か、鄭波はすぐに勘づいた。彼は黄麗程と親し気に話していた。黄麗程が顧明に自分のことを話していたこともわかった。しかも、二人は一緒に買い物をしていたのである。そうだ。顧明さんは黄麗程の恋人なのだ。あの二人はたぶん結婚用の品々を買《か》い揃《そろ》えていたのではないか。

そう考えているうちに、鄭波はどうも胸がもやもやしてきた。あの「聖なる黄麗程先輩」が、こんな俗っぽいことしてちゃだめ。彼女はどうしても認めたくなかったのだ。おかしな考えかもしれないが、それでも、認めたくなかったのである。

探照灯の光が空を乱舞し、赤いライトを付けた飛行機がゆっくりと飛んでいく。散水車は水《みず》撒《ま》きの仕上げをしているようだ。路面に書かれた行進部隊の番号が洗い流されていく。明日の行進やお祝いのことを思いながら、鄭波は足早に学校へと向かった。走り出したら友人たちに追いついたので、歩きながら黄麗程がくれたケーキ（当時のケーキは今より大きく、現在の日本で言えば蒸しパンのようなものであった）を六つに割って、一人一人にあげた。

第六章　あぁ、天下無敵の生意気娘

定期試験は国慶節のすぐ後に行われたが、みんな準備不足で不安であった。どの科目も出題内容が多くて、難易度が高い。先生はみんな、試験問題を配る前に今回の試験の意義を強調し、自分が担当している科目では必ず合格するようにと生徒たちに釘《くぎ》を刺した。生徒に勉強の大切さを忘れさせない……結局は、それが教師の最も重要な務めなのだ。

だが、先生がこう「おどした」せいで、教室の雰囲気は一層緊張してしまった。試験問題を見て、息を呑《の》んだ生徒もいる。「しまった……」と言って、小さくため息をついた生徒もいる。蘇寧《そねい》は最初の三科目はいずれもだめだったし、四つ目の物理では四分の一しか答えられなかった。

一方で、鄭波《ていは》は今回の試験を待ち望んでいた。全科目で九十点以上を取るという高い要求を彼女は自分に課していた。今回の試験前、彼女は自他ともに宣言していたのだ。「あなたたちに負けないからね！」と。彼女は李春《りしゅん》に、自分が口先だけではないということを思い知らせてやりたかったのだ（堂々と見せつけてやろう！）。彼女は試験前にあらゆる難問を解き終えており、課題の名称さえ覚えてしまいそうな勢いであった。

ところが、出だしの数学の試験で彼女はつまずいた。数が多く、範囲も広いが、問題自体は難しくなかった。ところが、彼女は慌ててしまったのである。ちゃんと解けなかったせいで、彼女の鼻っ柱はぽきんと折れてしまった。物理の試験時間、そわそわと落ち着かない蘇寧の姿が目に入ってきた。そのせいで、鄭波もとても焦《あせ》り、結局極々簡単な単位の計算を間違えてしまった。

どんな間違いをしたかと言うと、一時間は六十分であるという小学校低学年の子供でさえ知っている「常識」を、なんと一時間を百分と換算してしまったのである。あと半年で大学生になるというのに、この有様《ありさま》であった。

物理の試験が終わると、蘇寧は保健室でおでこにタイガーバームを塗ってもらった。そして、教室に戻った途端に泣き崩れた。めそめそしながら、仲間たちに、いくつかの科目で零点だったかもとこぼしたのである。

呉長福《ごちょうふく》も良くできなかったが、初めから諦めていたので悲しんではいなかった。だが、そんな呉長福も、蘇寧の泣き言を聞いているうちに「泣き虫」が移ってしまったようだ。呉長福は鄭波に「あなたと比べて、私の方がうんと悪かったはずよ」と慰《なぐさ》めたが、なぜか鄭波は一層落ち込んでしまった。教卓の内側に引っ込むと、呉長福もついてきて二人はその中で縮こまって泣いていた。鄭波は我を失っていたのだ。

そんな鄭波を見ていた李春はと言うと、一緒に泣いていいんだか、はたまた笑って励ますべきか……よくわからなくなってしまった。翌日、鄭波は病気で学校を休んだ。

それから一週間後、クラス担任の袁聞道《えんぶんどう》先生が学級会を開いて試験結果を公表した。袁先生は今年で五十一歳になるが、学校の先生の中では一番在籍期間が長かった。袁先生は大学生であった二十二歳のとき、すでに高校で臨時講師をしていた。その後、大学に通えなくなってしまったので卒業証書を偽造し、高校の数学科教師になったのである。袁先生は、数学以外にも国語、図工、音楽など他の科目も教えたことがあった。

　彼の全身……眼鏡、鼻筋、髭《ひげ》、衣服にはチョークの粉が付いていた。

「僕が死んだら、身体《からだ》をきれ～いに洗い清めて欲しいな。チョークの粉がたくさん出てきて、三ダースくらいのチョークを作れるはずさ」と袁先生は自分をネタに冗談を言うのであった。

　生徒が質問すると、往々にして生徒が質問をすべて言い終える前に黒板に答えを書いてしまう。ひ弱に見えて、顔はしわだらけ。そんな自分を「いくつもの川が流れる山脈なのさ」とちゃかして言う。とはいえ、長らく先生をしてきたおかげで背筋はピンとしていた。しかも、声は響き、抑揚もあるので教室の前から後ろまでよく聞こえた。袁先生は、クラス担任にはなりたくなかった。高三の生徒は生意気で手に負えないと、敬遠していたのである。だが、教務主任の先生が是非ともと袁先生に頼み込んだので、やむなく引き受けたのである。

　さて、学級会に話を戻すと袁先生は開口一番「生徒諸君、私はがっかりしている！」とまず言った。

「今回の中間試験では、不合格者がクラスの三分の一に達した。そのうち、二科目が不合格の者は五人、三科目が不合格の者は三人。全科目で九十点以上を取った者は一人もいなかったんだ。同じく八十五点以上の者もたったの七人である」

　袁先生は続けてお説教した。

「うちのクラスの成績が、こんなに悪かったことは今まで無かった。高校三年生と言えば、全学年の先輩じゃないか。抜きん出ていなくても良いが、落ちこぼれてはだめだ。

　もちろん、先生の採点基準が厳し過ぎると思っている生徒もいるだろう。まぁ、確かに今回先生たちはけっこう厳しく採点している。例えば、筆記に対する要求は高かった。以前は国語を除いて、誤字があっても減点はしなかった。だが、今回はそうじゃない。全科目において誤字は減点の対象である。とはいえ、これはある意味当然のことだ。

みんなは、もう高校三年生なんだ。祖国に貢献しなければいけないし、他の生徒の模範ともならなければいけない。であるから、まず反省会をしよう。今回の結果が良くなかった原因を振り返って、この失敗を今後どのように活《い》かしていくのかきちんと考えること。以上！」

生徒たちはみんなうつむいたまま、無言であった。みんな自分は悪かったと思っていたのだ。

袁先生は重ねて言った。

「みんなで、なぜ今回は結果が思わしくなかったか話し合えばいいんだ。その原因は何か、ちょっと考えてみなさい」

教師を長年務めると、生徒と話すときに「明らかだ」「ちょっと考えてみなさい」「逆も然りだ」「その原因は」といった言葉が口癖になる者が多い。

「問題が難しすぎました」

周小玲《しゅうしょうれい》がうつむいたまま、口を開いた。

「量も多かったですし、答えがわかりませんでした」

他の生徒が続いた。周囲の生徒たちもうんうんとうなずいた。

「じゃあ、できなかったのは、先生が難しい問題を出したから。そう言いたいのかな？」

袁先生は不満げに言い返した。

「結果が良くなかった一番の原因は、焦りです」

袁新枝《えんしんし》が答える。彼女は袁先生の娘であった。

「なぜ、焦ったのだ？」

父は娘にも厳しかった。

「やはり、問題が難しかったからです」

周小玲がおずおずと繰り返した。

「また、問題のせいにするのか？」

袁先生は呆《あき》れてしまった。そのとき、楊薔雲《ようしょううん》が挙手して起立するとみんなを責めた。

「問題のせいにしちゃだめよ。一番難しい問題だって、勉強したことあるものでしょ。成績が良くなかったのは、ちゃんと勉強しなかったから。こんな当然の理屈がどうして分からないの？」

袁新枝の嘆きが続いた。

「なんで焦ったかって。それは、自信が無かったからよ。それでなんで自信がなかったかと言うと、問題を繰り返して解かなかったから。それで……繰り返し解かなかったのは、努力が足りなかったから！」

教室の隅で誰かがぼやいた。

「努力不足なのかな……もう、勉強のしすぎで死んじゃうよ」

鄭波が恥ずかしそうにしながらも、まとめた。

「学校が始まってから、特に最近数週間みんな確かによく勉強したと思うの。でもね……十分に努力したとは言えないんじゃない？　私だって、前からきちんとはやってこなかったし。

最近になってようやく猛勉強し始めたけど、授業内容は全部うろ覚えだったわ。体系的、徹底的には勉強しなかった。体調を崩すのが怖くなって、手抜きもしたわ。焦りもあったし。これじゃ、いい成績なんて取れるわけないわよ」

李春が鄭波に同意した。

「鄭波の言う通りよ。うちのクラスの成績が悪かったのは前からよ」

袁先生は「そうだ。その通りだな！」と言ってうなずいてから、再び課題を提示した。

「で、これからどうするんだ？」

再び沈黙の時間が流れた。

袁先生はみんなに、結果が良くなかった原因を反省したうえで、今後の課題を見つけ出し、それを発表して欲しかったのだ。先日、高校では試験の成績が悪かったいくつかのクラスが担任の指導の下、話し合いを行い今後の誓いを提出した。教務係もこの誓いに満足した。袁先生は、高校三年生にもそうして欲しかったのである。

だが、袁先生の意図を汲《く》んでくれる生徒はいないようであった。袁先生は仕方なく自ら指摘した。

「生徒のみんなで学校宛に決意表明を書いて送ってはどうだろう？　全員が合格できるよう、これから一生懸命勉強しますとね」

教室は静まり返ったままであった。勉強がこんなにも大変なのに、手紙で決意表明なんてできないよと、みんな諦め気味であった。袁先生は気まずくなったが、重ねて言った。

「どうだろう？　みんな、賛成かな？」

「手紙は、意味がないと思います」

なんと、楊薔雲がずばっと言った。

「うん？　何を言ってるのだ？」

袁先生は驚いて聞き返した。

楊薔雲がまた言う。

「解決できない問題がたくさんある状態なのに、手紙を書いても意味ないんじゃないでしょうか？」

他の生徒も続いた。

「私もです。なぜ手紙を書かなければいけないのかわかりません」

手紙での決意表明に賛成する生徒は一人もいなかった。

袁先生は頭にきてしまった。しばらくがみがみと話していたが、ついには匙《さじ》を投げた。

「学級委員長が司会をして、もう少しみんなで反省すること！　私は用がある。労働組合の会議があるのでね。これで失礼するよ」

クラスをまとめられなかったことで、ご機嫌斜めのまま袁先生は教室を出ていった。

学級委員長は周小玲であったが、彼女もどう学級会をまとめればいいのかわからなかった。仕方なく教壇に上がって「何か意見あるかしら？」と尋ねた。

楊薔雲が言う。

「まず、率直に感想を言い合いましょうよ。うわべだけの反省じゃだめ。それじゃ問題の所在がうやむやになっちゃうからね」

担任の先生がいなくなって、楊薔雲も気持ちがすっきりしたようだ。

「さっき焦ったのは、ちゃんと勉強しなかったからだって言ってたわよね？　でも、私は他に原因があると思うの。それは、勉強の目標がはっきりしていないということよ。
例えば、試験で高得点を取るためだけに勉強をする生徒がいるでしょ。でも、そんな生徒だって、本当は苦労したくないし、そのせいで息切れしちゃうのよ。そして、少しでも問題が解けなかったら、弱音を吐く。こういうふうに気持ちが後ろ向きになると、試験を重ねる度に焦って、悪い結果ばかり出るんじゃないの？」

それから少し間を置いて、李春が起立し発言した。彼女は苦笑していた。

「本当はあまり言いたくないんだけどさ。今回の試験結果の良《よ》し悪《あ》しはみんな予想できてたじゃない。

でも、試験がうまくいかなかったのは勉強する目的がはっきりしていないから、というのが楊薔雲の意見よね。ご立派ね……でも、どうなのよ。考えて欲しいんだけどさ、試験で焦ったとき、『祖国のために学んでいるんだ』と自分に言い聞かせれば、壁が乗り越えられて、気持ちが落ち着くのかしら？」

呉長福が隣の生徒にささやいた。

「『壁を乗り越える』」なんて、うまいこと言うわね」

李春は続けた。

「先生は、散々言ってたわよね。うちらの成績が良くない、出来が悪いって。みんな、とても胸が痛かったでしょ？　そんなときにさ、楊薔雲が正論を言ってもね！

そうね……私は率直に言う方だから、鄭波も怒らないでね。楊薔雲は、鄭波があやふやな目標を持って勉強しているとは決して思わないでしょ？　それなのに、彼女は焦って一時間を百分って計算しちゃったのよ。

　原因はもっと単純なことじゃないの？　頭を冷やして考えましょうよ。こんなみっともない結果になったのは、どうしてなのかって。うちのクラスはいつも政治活動では、ほめられてきたからね。団支部の指導の下会議を開いて、スローガンを斉唱して、さらに劇も演じたわ。そんなわけだからさ。勉強なんて忘れてたのよ。

　私ね、周小玲が団に入団したときのことをよく覚えてるの。楊薔雲が、周小玲はとても優秀な生徒だけど、奉仕の精神が無いって言ってたじゃない。それで結局、周小玲は政治活動にのめり込んだでしょ。勉強の妨げになることも気にしないでね。

　だから……鄭波の言う通りよ。以前からちゃんと勉強してこなかったのよ。基礎ができてないの。クラスのみんな、基礎ができてないの」

　李春はさらに続けた。

「ねぇ、鄭波、本気で忠告させて。もちろん受け入れるかどうかはあなた次第だけどさ。会議にあまり参加しない方がいいわよ。他の人と議論しなくてもいいじゃない。まずは、ちゃんと勉強しましょうよ。

　私、楊薔雲にも忠告したことがあるの。それで嫌われてると思うけどね。でもね、薔雲。政治用語ばかり言ってないで、暇があったら図形演習でもしてみたらどう？　みんなもそうよ。ちゃんと勉強しなきゃ。選挙とか、思想学習とか。それから、自己批判とか、入党申請とかさ……もう、全部後回しでいいの。

　私の話は、これで終わり。どうせ、違うって言うんでしょ！　でも、ちょっとは考えてみて欲しいわ」

李春は話し終わると、興奮して顔を赤くしたまま椅子に座った。

李春が、こんなことを言うとは誰も予想していなかった。教室がざわざわした。みんながあれこれ勝手に言いだした。李春は、積もり積もった鬱憤《うっぷん》を発散させるかのようにまくし立てたのである。話し初めから、ずばずばと言ってきたのだ。

それでも、李春の思いが伝わらなかった生徒もおり「うちのクラスは、あの子が言うほど出来が悪いのかしら？」と言った。他にも「勉強の目的って言っても、確かにはっきりしないわね」「他人の入党申請にケチつけないでよ」といった声が聞こえてきた。

周小玲はどうすればいいのかわからず、「誰か意見言いたい人、いる？　手を挙げて」と大声で言うしかなかった。

袁新枝が「ねぇ、李春、何が言いたいの？　もう一度説明して」と言った。李春と他の生徒の口論が始まった。

「だから、みんなちゃんと勉強しなきゃだめってことよ」

「政治活動はしなくていいの？」

「するなってことじゃない」

「思想学習は？」

「大事じゃないなんて言ってないわよ」

楊薔雲が鄭波をじっと見つめていた。このまとまりの付かない事態をなんとか収拾して欲しかったのである。だが、鄭波は黙って何も言わない。しばらくして鄭波は起立し話し出したが、その内容は楊薔雲の期待を裏切るものであった。

「このことについて、学級会で話すのはまだ早いんじゃないの？　先生もいないし、李春の意見もまとまってなかったと思うの。もう会は終わりにして、みんなで改めて考えた方がいいんじゃない？」

鄭波の提案を受けて、周小玲はこれ幸いと学級会を終わらせてしまった。

楊薔雲が、さっそく鄭波に噛《か》みついた。

「あんた、言いたいことなかったの？」

「言いたいことって、何？」

「それは、もちろん李春に反論するのよ」

「李春の言ってることには正しい部分もあると思うの」

「そりゃそうよね。中国人が中国語を話してるんだから、文法は正しいわよね。とにかく、あんたが大人しくしてたらだめじゃない」

「はぁ、どうして反論しなきゃいけないのよ？」

「じゃ、李春の忠告を受け入れるってこと？」

「楊ちゃん、考えてもみてよ！　もしかして、気づかないの。私ね、自分の成績が悪くて、それが本当に辛《つら》いの。成績が悪いのに、口先で何を言っても説得力無いでしょ！　反論しても、意味ないの。仮に李春がいないとしても、他の生徒にそれを指摘されるのはとても嫌よ。『支部書記さん、あなた一時間が六十分って知らなかったの？』って」

「結局、自分がかわいいんじゃない！　蘇寧も一週間以上学校に来てないけど、たぶん勉強がよくできなくて、やる気がなくなったんでしょ。

あと、呉長福もさ。私に『育ちが良くない』って言い訳してたわ。彼女が子供のころ、お母さんのお乳の出が悪くて、仕方なく水で溶いた小麦粉を食べてたって話。そのせいで自分は不器用で、勉強もよくできない……なんて愚痴《ぐち》ってたのよ。

今回の試験の前と後で、いろいろ問題が起きていたわ。でも、点数がどうのこうのじゃなくて、結局その子が頑張ったかどうかなのよ。でも、あんたはただ恥ずかしくて、沈黙して自分を守っているだけね。でも、そんな自分を守る権利すら、あるのかしらね？」

鄭波は楊薔雲をじっと見つめていたが、心の中では彼女の言う通りだと思っていた。楊薔雲はときどき思ってもいなかったような賢《かしこ》く、鋭い指摘をしてくる。楊薔雲自身は、そうだと気づいていないのだが、そばで聞いている鄭波にはその鋭さがよくわかるのだ。鄭波にとって楊薔雲の直言はありがたかった。物《もの》怖《お》じしないので、ずばりと言ってくれる。もちろん、間違いも多いのだが、そんなときもすぐ反省する。

一方で、鄭波は恥ずかしさがあり、自分を責めるうじうじした気持ちをまだ解消できなかった。彼女は楊薔雲をただ見つめるだけで、ぐうの音も出なかったのである。ちょうどそのとき、教員休憩室にいる用務員の侯《こう》さんが「袁先生がお呼びだよ」と鄭波へ伝えに来た。こうして二人の「論争」に終止符が打たれた。楊薔雲は自分の席に戻り、しばらく考え込んでいたがやがて団支部の事務室へと向かっていった。

第七章　陽が落ち、暗闇へ

　さて高三の教室を出た袁《えん》先生は教員休憩室へと向かったが、校長室の前を通り過ぎようとしたら郭《かく》校長から声をかけられた。

　校長は袁先生を座らせると、「学級会はうまくいきましたか？」と尋ねた。

「いえ……参りましたね。以前、クラス担任の仕事は難しいと申し上げましたが……高三の生徒というだけでなく、党員や青年団員もいますので、政治意識が高く、扱いにくいですね」

「どうして、党員や青年団員が扱いにくいのですか？」

　郭校長は気になって尋ねた。

　袁先生は手紙を書くようにという自身の提案を、楊薔雲《ようしょううん》が無礼にもはねつけたことを校長にこぼした。言い終えた後、袁先生は郭校長に「ところで、何かご用でしょうか？」と尋ねた。

　そこで、郭校長はある問題児の件を袁先生に話した。今学期、高三のクラスにマリ・フーという生徒が新たに転校してきた。マリ・フーはカトリックの信者だが、それ以外の経歴は分からない。現在、カトリックの「苦修会《くしゅうかい》」に住んでいる。彼女の保護者は「李《り》」という名前の司祭であった。

　そのマリ・フーの今回の歴史試験での解答が驚くべきものであった。歴史の担当教員が答案用紙を校長に送ってきたので、見てみたら「義和団闘争の概要について述べよ」という問題に対して以下のように書かれていたのである。

「中国のキリスト教徒にとって、これまでで最も大きな試練は義和団事件であった。義和団の悪魔たちは教会を焼き払い、信徒を殺戮《さつりく》した。多くのキリスト教徒が命を落とした。だが、聖母マリア様は自らのお子イエス・キリストを遣わして義和団の悪魔を懲《こ》らしめ、地獄に落としたのである」

それ以降の段落は教科書通りの内容が書かれている。だが、最後の鍵括弧《かっこ》で強調された部分が、またふるっていた。「この部分が、先生に教えて頂いた通りの内容です。この部分をご覧になり、採点頂けますでしょうか」と書かれていたのだ。

校長はマリ・フーの答案を出して、袁先生に見せた。袁先生は呆気《あっけ》に取《と》られ「こんな生徒がいるなんて……まさか」とつぶやいた。

郭校長は袁先生の方に少し身を乗り出し言った。

「これは問題です。この生徒はどれほどキリスト教の悪影響を受けているのでしょうね。当然、教会の帝国主義者たちが彼女に吹き込んだのでしょう。だとするならば、これは帝国主義者の私たちへの挑戦であり、私たちの元から若者を奪い取ろうとしているのですよ。一人の若者が愛国者を悪魔とみなし、かたや侵略者である八か国連合軍を聖母の使者と思っているなんて……こんなことは許されませんよ」

袁先生は「よく注意しておきます」と答えた。だが、校長は首を横に振った。

「団支部や学級会を通じて、まず状況を調べた方がいいでしょう。この子と仲がいいのはどの子でしょうね。友達を通じて調べましょう。先生が彼女におっしゃっても、警戒されると思いますので」

二人がこの件についての相談を終えて、袁先生が校長室を出ようとしたとき、校長が振り返って袁先生に尋ねた。

「楊薔雲は、先生にそんな無礼なことをしたんですか？」

袁先生はタバコに火を点《つ》け、ふーっとはいてから答えた。

「まぁ、実はそこまで無礼ではないと思いますね。ただこのクラスの担任は本当に難しい……生徒はいろいろな政治活動に参加していて、そのことについては教師より物知りなのです。団はしっかりした組織ですよ。私たち教員が知らないことはたくさんありますが、それら知らないことを生徒たちはとっくに習っているのです。生徒に教員が引きずられているようなもんです。教務係からは、担任の主な仕事は生徒に思想教育を行うことと言われていますが、実のところそれをまだ教えるほどの力量は教師には無いのでしょうね。担任が、生徒を管理しようとしてもしきれない。かといって、管理しないわけにはいかない。うちの学校の教師の多くがこのような悩みを抱えていると、私は思いますね」

郭校長はしきりにうなずき、同意していた。そして、袁先生に思いを込めて語りかけた。

「そうですね。私たちの世代は運が悪いですよ。生徒のときに少年先鋒《せんぽう》隊に入ったことはないし、団に入ったこともありません。だから、党の教育を受ける機会がなかったんですもの。でも、弱気になるわけにはいかないですよ。生徒たちに追いつかないとね。生徒たちが成長できるように、私たちが励まし、引っ張っていかなければいけませんからね。

いずれにせよ、教師には豊富な知識と経験があります。生徒にとって最も頼もしい存在であるはずです。そして生徒が将来、師を超えて大きく成長してくれたならば、いわゆる出藍《しゅつらん》の誉《ほま》れを成し遂げるならば、それが私たちにとっての希望であり、また幸せですからね。教師が最善を尽くして、生徒たちの手を引いて助けることができたら幸いですよ……」
郭校長の話、声色、そして表情から袁先生は校長の若者や生徒に対する熱い思いを感じ取った。校長の情熱は袁先生の心を確かに揺さぶった。二人はしばらく黙っていたが、自分たちや生徒たちのことを考えながら、次世代のあるべき姿を思い描いていた。袁先生はタバコの煙をくゆらせ、一方校長は指で机を軽く叩《たた》いていた。

教員休憩室に戻った袁先生は、呼び出した鄭《てい》波《は》にマリ・フーの件を話した。鄭波は、どうしたものかと困り顔で教室に戻った。しばらくすると、用務員の侯《こう》さんがまた「電話だよ」と鄭波を呼んだ。

どうして教員休憩室に電話がきたのだろうか？　急いで電話に出たら、声の主は彼女の叔母だった。叔母さんからの電話だと知った鄭波は、母に何かあったのかと胸がどきどきした。

「波？　早く帰っておいで。お母さんが体調を崩したわ……具合が良くないの。だから、早くね。え？　自習しないといけない。あなたねぇ……」

電話がガチャンと切られた。鄭波の顔は青ざめていた。先生に休みをもらい、家に帰る準備を始めた。

鄭波が慌てていたそのとき、楊薔雲は団総支部書記の呂《ろ》晨《しん》に会おうと総支部にやってきたが、呂晨は見つからない。一通り探して後、ようやく呂晨が見つかった。楊薔雲は彼女に、試験後の学級会のことを話したあと、李春、袁先生、鄭波について散々文句を言った。

呂晨は楊薔雲の意見に賛成であった。

「そうよ！　私、団の区委員会で思想教育と勉強とをしっかり両立していくという課題について研究を始めたところよ。李春の言っていることはおかしいわ！　あの子、政治から距離を置こうとしているのよ。蘇寧《そねい》と呉《ご》長福《ちょうふく》は、力になってあげないとね。努力すれば、彼女たちもちゃんと勉強できるし、一〇〇点だって取れるわよ。鄭波も、自分のしっかりした考えを持たなきゃね。

でも、あんたたちが自分の勉強に力を入れなきゃいけないことも確かよ。自分がちゃんと勉強してこそ、役割をきちんと果たせるんだからね。もちろん大変なことはあるけど、私たち青年団員はどんなときだって、そんなことはへっちゃらよ！」

さて、一方鄭波は図書館から義和団運動について書かれた何冊かの本を借りてきた。彼女が校門を出ると、マリ・フーが鞄《かばん》を持って壁に身を寄せて歩いているのが見えた。鄭波が「マリ・フー！」と呼ぶと、振り返った。まず鄭波の目を引いたのは、彼女の悲し気な双眸《そうぼう》であった。二重まぶたの目は、彼女の痩《や》せこけた黄色い顔には大きすぎた。それはいつも冷静であるが、ときには熱狂的なようであり。また、いつも怯《おび》えてはいるが、ときには敬虔《けいけん》であるかのようであった。

左眉の上とあごには小さな傷跡があった。腕は、そんな大きな鞄を持って大丈夫なのかと心配したくなるくらい細かった。身体《からだ》のあちこちに傷があった。そんなマリ・フーが、枯れそうな小さな木に見えた。

マリ・フーも鄭波を見つめていた。鄭波が「家に帰るの？」と尋ねると、マリ・フーはうなずいた。鄭波が続けて「私もよ。お母さんが病気になっちゃってね」と言った。

マリ・フーは鄭波に同情の眼差《まなざ》しを向けた。「どこに住んでいるの？」と聞くと、マリ・フーは「あっちのほう」と指さしながら答えた。

二人は一緒に大通りまで歩いていった。そこでマリ・フーは曲がるのだが、鄭波は真っすぐ進まなければならない。鄭波は「じゃあね」と言った。マリ・フーは思い出したかのように「あ、お母さん病気か。病院に行かなきゃね」と返すと、曲がって路地を歩いていった。

鄭波は、マリーの後ろ姿を見送った。膨《ふく》れ上がった大きな鞄を持ちながら、フラフラと歩いていく痩せこけたマリー……彼女の姿が視界から消えるまで、鄭波は茫然《ぼうぜん》と立ち尽くしていた。言葉では表現しにくい葛藤《かっとう》が鄭波の心を浸していた。

鄭波が家に戻ったら、お母さんはもう病院に運ばれていた。鄭波は病院に駆け付けた。医者は「心配しなくていいですよ。ただの風邪。症状が重いだけです」と教えてくれた。だが、熱はひどく最高で四十一度まで上がった。けっこう身体が弱っており、加えて慢性化した重度の心臓病もあったので、最初は意識不明であった。注射を一本打ってから、具合が良くなった。鄭波は薬をもらうと、母に付き添いながら家に帰った。

母は東側の小さな部屋に住んでいた。ぼろぼろの鞄と古びた風呂敷《ふろしき》が積んであって、それらを夕陽《ゆうひ》が照らしていた。母は横になった。鄭波は医者が言った通り、冷水に浸したタオルを母の額の上に置いた。母は窪《くぼ》んだ眼《め》を開いて、鄭波に聞いた。

「授業は無いの？」

「もう、終わった」

「話し合いは？」

「ううん。無いわ」

鄭波は母に「具合はどう？」と聞いた。母は無理に笑いながら、「大したことないよ。一年中、やっぱり二〇〇日くらいは調子が悪くなるでしょ」と答えた。叔母が鄭波に度々こぼしていたことだが、母はあまりにも自分の健康を顧《かえり》みていなかったのである。病気が治ったらすぐあれこれ動きだし、倒れるまで働いてしまうのだ。今はまだ秋だというのに、母はすでに鄭波のために綿入れの上着を準備していた。

　一昨日の夜も母は仕事をしていたのだが、小雨《こさめ》が降った。

「この時期は雨が降ったら、冷え込むのよ。冷気が身体に障《さわ》ったら、具合が悪くなっちゃうじゃない！」と叔母さんは心配していた。

　鄭波は麺を茹《ゆ》でた。母は少し食べると、寝てしまった。鄭波は部屋をきれいに掃除をすると、ふすま紙を少し交換した。それから、母のための冷やしタオルを交換した。すでに空は暗くなっていた。

　鄭波は座って一休みしていたが、自分がまだ夕飯を食べていないことにふと気づいた。蒸しパンが二つあったので、一口一口食べながら、自分がかつて過ごした、ひもじい幼女時代の小屋を眺めていた。そのときどこからか、ドン、ドンと音が聞こえてきた。太鼓の音だ。この音を聞いた鄭波の頰を、涙が伝った……

　幼女の五、六歳のころと言えば、まだ学校には通っていなかった。彼女が悩んでいたのは毎日どう過ごせばいいのかということであった。とても暑いお昼、乾いた暑さの中で大人たちはみんな昼寝をしていた。子供にできることなんてなかった。幼い鄭波には友達もおらず、おもちゃもなく、相手をしてくれる子守りもいなかった。

　狭いお庭、それが彼女の生活空間だった。どこから拾ってきたとも分からない一本の薪を拾っては、空に投げたり、地面に転がしたりして遊んでいた。楽しく遊んでいたら、つい力が入って、どこに飛んでいったか分からなくなった。

庭にも部屋と同じくらい大量のガラクタが積まれていた。鄭波は階段の隙間や、ドア枠の裏や、豆炭の山の中を探したが、見つからなかった。鄭波は泣きだしてしまい、あまりに泣いたので京劇の道化役みたいな変な顔になってしまった。でも、誰も彼女を助けてくれない。

そんなことを思い返していたら、ふと「ドン……ドン……」という音が聞こえてきた。玄関に出ていった鄭波が目にしたのは太鼓を叩いている行商人であった。彼女はそのままぼんやりと玄関に立っていた。単調な太鼓の音色《ねいろ》を耳にして、貧しさ、卑《いや》しさ、虚《むな》しさ……そんな小さいころから彼女の心を圧迫していた感情が、今また溢《あふ》れ出していた。あぁ、幼き日々よ。黄金の、花の少女時代よ……けれども、こんな太鼓の音のような単調な生活の中で、日々を漫然と過ごしてしまった。

「波ちゃん」

母の声がした。

「まだ、いたの？」

「お母さんが良くなったら帰るわ」

「心配しないで。宿題、ちゃんとやんなきゃだめよ」

「やったわ」

母はほっとしたようで、また眠ってしまった。石ころが池に落ち、水が飛び散るように……母と話すと、鄭波の記憶もあちこちに飛んでいってしまう。母はぐっすり眠っているようで、寝息もすやすやとしている。どうやら、思っていたより体調は悪くなさそうだ。すぐに回復するだろう。元気になったのなら、これからも度々遊びに行きたいのだが……そうできたら、どんなに嬉《うれ》しいことか！　鄭波は母にすまないと思った。

そして、鞄の中から『中国近代史』を取りだしたとき、マリ・フーのことが思い出された。あの悲しい瞳をしたマリー、彼女にも悪いことをしたと鄭波は反省した。他にも楊薔雲、蘇寧、李春、袁先生……鄭波は、彼らにも申し訳ないなと思った。みんな鄭波に大きな期待をかけていた。だが、鄭波は誰の期待に対してもきちんと応えられなかったのである。

とはいえ、そう考えていたら、以前も同じようなことがあったのだが、自責の念は消えていった。むしろ、やる気が湧いてきたのである。

「いつも私がやらなきゃいけないことは、たくさん。それならそれで、しっかりしないとね」

鄭波は再び子供のころを思い出した。黄麗程《こうれいてい》のことも思い浮かんだ。自分の寒々とした心に、革命の火を灯《とも》してくれたのは黄麗程であった。それから、鄭波は戦い続けた。弱音を吐いたり、尻込みしたことは一度もなかったのだ。鄭波は拳をしっかりと握り、深呼吸した。それからランプを点け母の邪魔にならないよう、ランプを紙で覆《おお》った。そして、『中国近代史』の「義和団」の章をめくり、一ページずつ読みだした。

さて、楊薔雲であるが、団総支部から帰ってきた彼女の目に入ったのは鄭波が残したメモであった。「母がまた病気。先帰るね」というメモ。楊薔雲は、メモをポケットに入れると、これからどうするか考え始めた。まず、今夜の自習では歴史をきちんと復習する。それから、明日の土曜日には午後蘇寧のところに行く。そして、どうやって李春にやり返そうか……と。

楊薔雲は蘇寧の家の玄関まで来た。真っ黒な小さな扉。扉の左右両脇に「物華天宝（物産に恵まれ）」「人傑地霊（偉人を輩出する地）」という対句が書かれているが、文字はすでにぼやけている。扉の取っ手の造形は、神獣が輪を咥《くわ》えているというものだ。

　蘇寧の父は建設会社を経営している「資本家」であった。だが、「五反運動（贈賄・脱税・国家資材の横領・原料のごまかし・経済情報の漏洩の五毒に反対すること）」の時、点検班（検察に当たる）の調査に抵抗し、また「五毒の罪（詐欺、賭博《とばく》、阿片《あへん》、買春、機密漏洩《ろうえい》）」を犯したとされ、投獄されたのであった。蘇寧の父は最近釈放されたばかりであった。そんなこともあって楊薔雲は蘇寧の家に来たとき、少し緊張していた。

　楊薔雲が軽く扉を叩くと、ギィという音とともに開いた。一人の老婆が顔を突き出した。老婆は背が低く、頭につやつやした小さな髻《たぶさ》を結っている。腰には薄い灰色の前かけを着けていた。

「何かご用？」

「蘇寧さんに会いに来ました」

　小柄なおばあちゃんがくりくりした目で、頭のてっぺんからつま先まで自分を品定めしているかのように楊薔雲は感じた。そして、老婆は満面に作り笑いを浮かべながら、北京《ぺきん》人がよく使う気取った早口で言った。

「あぁ、あの方に会いたいのね。この二日間お身体がよろしくなくて、たぶんお休み中さ」

「私は蘇寧の同級生です。それでお見舞いに来ました。もし、寝ているならば、少し待たせて頂いても構いません」

「まぁ、お上がんなさい」

　小さな老婆は薔雲を連れて扉をくぐると、広い四合院《しごういん》（四方向に建物、中央に中庭のある伝統的な建物）へと入っていった。老婆は北西の角の小さな通路を指さしながら「通路に沿って行けば裏庭。

次女様はね。そこの北側の部屋の中で、一番東側の部屋にお住まいさ」と教えてくれた。楊薔雲は蘇寧がなぜ「次女様」と呼ばれているのかそのときは分からなかった。だが、後で知った際泣いていいのか、笑っていいのか分からなくなってしまうのである。

　薔雲は裏庭に出て、北側の部屋の階段を登り「蘇寧！」と叫んだ。一番東の部屋の白い絹のカーテンがかかっている窓が開き、蘇寧が顔を見せた。薔雲は蘇寧の返事を待たずに、ひゅっと風のようにその部屋に駆け込んだ。薔雲は蘇寧の手を握ると、枕元に座った。ベッドは南に面しており、窓に接している。蘇寧はベッドの上に片膝を立てて座っていた。布団《ふとん》はくちゃくちゃになっている。薔雲は床に触れている布団をたくし上げてから、部屋を見回した。

　東北側の隅っこには古ぼけた本棚が置いてある。たくさんの本や雑誌は整理もされず、棚に積まれている。本棚のそばには小さな籐《とう》の机があり、机の上には竹製の筆立てと花瓶があったが、筆記用具も、花も入ってなかった。本棚の向かいには洗面台があった。

　壁を見ると、清代の画聖鄭板橋《ていはんきょう》が描いた竹林の絵が見えた。一方で、カレンダーのような安っぽい絵もかかっている。絵の中では女性が一人でブランコを漕《こ》いでいる。もう一枚カラー写真もかかっていたが、写っているのは杭州《こうしゅう》に位置する西湖の景勝地、三潭印月《さんたんいんげつ》だった。ベッドのそばには小さな机があり、薬瓶、魔法瓶と茶碗《ちゃわん》が置いてある。薔雲は彼女持ち前の鼻の良さで、不思議な、慣れないにおいを嗅《か》ぎつけた。薬、石鹸《せっけん》、古新聞、絵画、そして蘇寧のお布団……いろんなにおいを嗅いでしまったのである。

「窓の上半分、開けようよ。空気が悪いわ」と指摘する薔雲。

「私、上気道炎なの……」と嫌がる蘇寧。

「今日は風も無いし、お日様も出てるじゃない。窓を開けた方がいいわよ」と薔雲は引かない。

彼女はそのまま窓枠に足をかけると、上の小窓を開けた。だが、ふと窓際《まどぎわ》に一冊の本が置いてあることに気づいた。それは、新ロマン主義文学の旗手徐訏《じょく》が著した『鬼恋』であった。薔雲は窓枠から降りて本を手に取ると、訝《いぶか》し気にページをめくった。蘇寧は悪いことでもしたかのようにうなだれている。

「あらま。こんな本を読んでるの？」

「あたしね。病気になってから、他の本読むと疲れるようになったの」

蘇寧の答えが薔雲には屁理屈《へりくつ》に聞こえ、いらっとしたようだ。

『鬼の恋』なんて、題名からしてろくな本じゃないわ。鬼？　恋？　他の本を読むのが面倒くさいからって、こんな本を読むなんてどういうことよ⁉」

詰問《きつもん》に対して、無言で布団をいじるだけの蘇寧が哀れに見えた。薔雲は蘇寧に具合はどうなのと尋ねた。

「大したことないわ。よく頭痛がするけど、前からそうだもん。気分が落ち込むと、ひどい頭痛がするの。私の頭、おかしくなっちゃったんだわ」

「頭がおかしくなった？」

「一層おバカになって、記憶力も悪くなったの。ベッドで横になってても、ときどきずきんと来てさ。針で刺すような痛みを感じて……怖いわ」

蘇寧は自分の枕を膝に置くと、小動物に対してするかのように、それをなでた。

「逃げちゃだめよ」

薔雲は心配すると同時に、蘇寧の尻を叩く一言を言った。

「あんたと何度か会ったけど、おバカさんじゃないし、頭も悪くないって分かるの。ただ卑屈になって部屋に引きこもっているだけ。でしょ？」

蘇寧は怒りもせず薔雲の顔を見つめていたが、近づいて首を横に振った。

「少し心配なの。勉強が追いつかないかもって……試験に落ちて、追試もだめだったら留年よね」

「もう！」

薔雲はいらいらしながらお説教を始めた。

「本当は、具合悪くないんでしょ。ただ、不安になっただけ。風邪をひいたら病気になるかもしれない。病気が治らなければ、障害が残るかも。その障害のせいでもしかしたら命がって……気にし出したら、きり無いでしょ！

同級生みんな、今頑張って勉強しているのに、誰も諦めていないのに……あんたのことみんな心配してるのよ。なのに、どうして腑抜《ふぬ》けになっちゃったのよ？」

薔雲の熱いお説教に、ふと足音が入り込んだ。痩せてひょろっとした、やや猫背の男性がゆっくりと部屋に入ってくるではないか。男性は薔雲を見ると一瞬たじろいだが、すぐ軽くうなずいた。

「私のお兄ちゃんよ」、蘇寧が紹介した。

薔雲が立ち上がると、その兄は焦《あせ》ったように「どうぞ、お座りください」と気遣った。そして、タバコで黄色くいぶされた指で薔雲と軽く握手した。長めの、癖のある頭髪が目に少しかかっており、額は広いがしわがある。薔雲は、その姿に「退廃した美」を感じた。

「蘇君《そくん》と言います」と兄が自己紹介すると、薔雲も名乗った。蘇君は薔雲を見て、何かを言おうとした。だが、しばらく沈黙してから本棚の方を向いた。

そして、突然激しく咳き込み腰をかがめた。薔雲は、以前蘇寧が自分には兄がいると話してくれたことを思い出した。蘇寧の父の最初の妻が生んだ子で、蘇寧より七、八歳年上だ。蘇寧は兄が好きで、尊敬していると言っていた。

その兄、蘇君は小さいころ、田舎の祖父の下で学芸を身に付けた。その祖父は清朝《しんちょう》時代の知識人であった。蘇君は大学では国文学を修めたが、失恋の心の傷から自殺を図ったことがあったそうだ。重い肺病にもかかり、一九四八年からずっと家で静養していたのである。

蘇君はめくっていた本を置くと、薔雲と蘇寧に近づきリンゴをいくつか取りだした。一番大きいものは薔雲に、次に大きいものは蘇寧に、そして自分は一番小さいものを手に取った。蘇君は薔雲にナイフを貸そうとしたが、薔雲はリンゴをハンカチで拭くと、勢いよく齧《かぶ》りついた。

「楊薔雲さんでしたよね？」

「はい。そうです」

薔雲は笑顔で答えた。彼女は初対面の相手に対しても物《もの》怖《お》じせず、ざっくばらんな方であった。

蘇君も彼女に微《ほほ》笑《え》み返すと、「会えて嬉しいです。妹からよく話は聞いていますよ。けっこうお世話になっているみたいですね。寧の親友になってくれて、ありがとね」

「いえ、そんなには」と謙遜し、少し戸惑う薔雲。

蘇君は目を細め、落ち着いた表情で薔雲を見つめていた。とはいえ、彼の物腰が柔らかかったせいか、その視線に厳しさは無かった。そして、「最近の高校生活はどうだい？」と薔雲に聞いた。

彼の話し方は、まるで年寄りが若者に尋ねるかのように穏やかであった。

「どうですかって……うん、順調に過ごしてます」

「そうですか。寧は学校でちゃんとやってますか？」

「お兄ちゃん、余計なこと聞かないで」

蘇寧が慌てて口を挟んだが、兄は妹を手で制止した。

「蘇寧さんはいい人ですよ。でも、あまり元気がないんです」と率直に答える薔雲。

「そうですか」

蘇君は腰をかがめ、つま先で軽く土間を打った。

「今の高校生が羨《うらや》ましいです。君たちは私が生徒だったときよりしっかりしていますよ。でも、かわいそうなことに、やらなければならないことが、何かと多い。無駄に忙しいし、気持ちだけ空回りしているようで残念ですね。妹がお世話になっていて、感謝します。でもね、この子をそのような面倒なことに巻き込んで欲しくはないなぁ」

「お兄ちゃん！」

蘇寧はどうしたらいいか分からず、叫んだ。

「お兄様、どういうことでしょうか。詳しく言って頂けますか」

薔雲が鋭く尋ねる。彼女はどうもわくわくしてきたのだ。この人と議論してやろうと。

蘇君は、女性用のシルクのハンカチを取り出すと、これまた女性のような優雅な仕草で額の汗を拭《ぬぐ》った。そして、ゆっくりと言った。

「繰り返しになるけどね。君たちは勉強で大忙しだ。もちろん勉強は生徒の務めだよ。でもね、生徒が狂ったように勉強することには賛成できないな。

あと君は青年団員のようだね。学生が集会したり、団体を組織したりするのに反対はしないよ。でも、こんな若いときから神経をすり減らして活動することには賛成できませんね。君たちの生活は、スローガンや呼びかけだらけでしょう。熱心にやるのが悪いとは言わないけど、未熟な若者を駆り立てるようなやり方はおかしいと思うよ……」

「では、高校生活とはいかにあるべきでしょうか？」と薔雲が問う。

「そう問うこと自体に意味がないんじゃないかな？　このように生活すべき、ではなくてね。生活は生活、ありのままでいいんですよ。人間は万物の霊長として生まれ、天地の間に暮らし、太陽と月の下で生きている。

もちろん、家庭の内外で様々な悩みを抱えることもあるよ。でもね、余暇、自由、楽しみもなくちゃやっていけないよ」

蘇君は、例として見せたいのか、籐製の机の上にある筆立てを手に取るとそれに書かれている絵画や字を指さして、薔雲に見せた。絵画には、昔の男女が共に乾杯している様子が描かれている。字は「花中真富貴《ふうき》、無事小神仙（花の中にこそ真の富貴がある。何事もなければ、それで十分）」というものだ。字には緑色のカビが生えている。

「これこそが、自然で、そして心配もない生活の情緒じゃないかな。理想だと思いませんか？」

薔雲はうつむいて、考え込んでいた。蘇寧が薔雲に水を勧めてくれたが、彼女は飲もうとしなかった。そして、蘇君をしっかり見据えると首を横に振った。

「お兄様のおっしゃったことは完全に間違っています。いや、私がお話を理解できていないだけなのかもしれませんが……それでもお兄様は、私や蘇寧さんの生活をよくご存知でないと思います。

お兄様のお考えは、この筆立てのように古ぼけています。

確かに負担は大きいですが、私たちは目標をもって前向きに生活してきたんです。重荷ではなく、光栄な任務だと思ってやってきたんです。この忙しさは無意味じゃないですよ。例えば、ロシア語の勉強と一緒です。初めからできる人はいませんが、頑張って勉強すれば、話せるようになり、書くこともできるようになります。このように、ゼロからの努力が無意味なんてことはないはずです。

むしろ、何もせずだらだらと過ごしているだけの人たち、そんな人たちの怠惰な生活は本当に無意味で、嘆かわしいことだと思うんです。情熱が大事です。一人の人間は炎のようなもので、その炎が燃え尽きれば灰しか残りません。でも、炎の熱や、光は虚構じゃないです。残った灰は風で吹き飛ばされてしまいます。ですけど、炎の熱や光は周囲の人を感化するエネルギーのようなものとして、残り続けます。

ですから、お兄様がおっしゃった『無事小神仙』というのは男の辮髪《べんぱつ》と女の纏足《てんそく》のように、時代遅れなだけでなく、人間の道理に合っていないと思うんです」

薔雲は心の中で蘇君を軽蔑してしまった。だから、断固かつ堂々と反論したのである。

「いやはや、大したもんですね！」

蘇君は手をこすり合わせた。蘇君と薔雲は初対面だというのに侃々諤々《かんかんがくがく》、哲学的な議論をしてしまった。とはいえ、薔雲は蘇君の飄々《ひょうひょう》とした態度の中に何か善良さや真摯《しんし》さのようなものを感じてもいた。蘇寧に対して思いやりがあるという共通点が二人を結び付けていたのかもしれない。

薔雲は、蘇君の助言は親切心から出たものであり、決して押しつけがましいものではないと感じていた。薔雲は思い切って話を続けた。会話の端々に彼女の情熱が迸《ほとばし》り、感情の高ぶりで言葉が続かなくなることもあった。

「蘇寧さんを面倒なことに引きずり込んだとおっしゃいましたよね。でも、もしお兄様が生活をそんな面倒なものだとお考えなら、むしろ背中を押して頂きたいです。そんな中で揉《も》まれないと、いずれどっかでつまずいてしまうんです。そして、お兄様もご自身の青春を無為に過ごされていては……」

蘇君の元気のない顔に、徐々に暗雲が垂れ込めていくかのようであった。彼は、長髪をかき上げながら「幸運だね。羨ましいよ……」と寂し気に言った。それから大きく咳き込み、顔を赤らめた。蘇君はくるっと出口の方に身体を向け、ゆっくり部屋を出ていった。彼のリンゴは皮が半分だけ剝《む》かれたまま、椅子の上に置いてあった。

「部屋がにおうわよ！」

薔雲が蘇寧の手を引っ張って言った。

「お兄様の肺には細菌がいるんでしょう。でも、心の中にもいるわよ。あんたは、くれぐれも移されないようにしなきゃね！　あとさ、この家の女中さん、意地悪そうね。扉を開けてくれたとき、あんたのこと次女様と呼んでいたけどさ。あと、この『鬼恋』って本も……」

蘇寧のまぶたが赤くなっていく。

「お兄ちゃんを責めないで。ときどき、心の病で発作が起きるの。私以外、家族の誰とも会おうとしないの。お父さん、お母さん、母方の叔父さん、あとあんたが会った女中の趙《ちょう》おばあちゃん。誰とも接しようとしないのよ」

「そうなの？　確かにあなたの家は楽しくなさそうね」

「楽しくないわよ」

　蘇寧はぽろっと涙をこぼした。

「一番辛《つら》いこと、あんたに話してなかったわね。お父さんが釈放されたばかりで、仕事をしなかったわ。みんな、ひもじい思いをしたの。お母さんが一番かわいがっているのは私よ。でも、お母さんが怒ると大変よ。お父さんの首まで絞めちゃうの……優しいときには気を失うまで感極まって泣いちゃうのにね。

　あと、私にはお姉さんがいたんだけど、悪い奴《やつ》と結婚して台湾に行っちゃったわ。それから、趙おばあちゃん。よく不和の種を撒《ま》くし、手《て》癖《くせ》も悪い……それでもね、この家がなくなったとしたら、お兄さんはどう生きていけばいいか分からないのよ」

　薔雲は自分がきつく言ったせいで蘇寧が混乱し、泣きだしたのだと後悔した。お見舞いに来てあげたのに、余計具合が悪くなってしまったようだ。彼女は慌てて場の雰囲気を変えようとした。

「だめよ。泣かないで。なんで泣いちゃうのよ。私本当にあまり考えないで、しゃべっちゃったわね。おっちょこちょいだったわ。

　お兄さんを傷つけるようなことを言っちゃった……ごめんなさいと言ってたって、あんたからお兄さんに伝えといてよ。もちろん、あんたの家庭は雰囲気があまり良くないけど、ご両親も立ち直らなきゃ。お兄さんだって、もっと立派になれるわよ。肺病はね、みんなが思うほど、怖い病気じゃないと思うの。

　あんたもね、若くて、たくさんの仲間がいて、こんなにいい学校があるんだからさ。病気が治ったら、早く学校においでよ。学校に来たら、すぐすっきりするわよ」

「月曜日には行くわ」

蘇寧はすすり泣きながら答えた。

薔雲は帰るときも、趙おばあちゃんに玄関まで送ってもらった。だが、外に踏み出そうとしたそのとき、ふと何かひらめいた。「あっ、まだ用事があった」と言うと、薔雲は趙おばあちゃんを置いて蘇寧の部屋に駆け込んだ。

「蘇寧！　あんたがちゃんと学校生活を送れるように、頑張れるようにちゃんと支えるからさ。もう明日から来てよ、ね！」

薔雲は興奮しながら言った。

とはいっても、「明日」は日曜日であった。だが、薔雲は周小玲《しゅうしょうれい》ともう一人の同級生を誘って、蘇寧の家にまたやってきた。彼女たちは蘇寧の意見を聞くと、袖をまくり上げて「作業」に取りかかった。すべての隅のほこりを掃除してから、石膏《せっこう》製の毛主席の胸像を置いた。

「レーニンと子供たち」の鉛筆画と、女傑ゾーヤ（ゾーヤ・コスモデミヤンスカヤ、旧ソ連の第二次世界大戦時の英雄）の画像を壁にはった。彼女たちは蘇寧に何冊かの本もあげた。『すべてを党に捧《ささ》げる』『劉胡蘭《りゅうこらん》小伝』『青年団基本知識講話』、蘇寧はそれらを本棚の最も目立つところに置いた。周小玲の提案を受け、壁にスローガンをはるところまで漕ぎつけた。「祖国建設の大団円を迎えよう」「学べ、学べ、もっと学べ！」というスローガンをはったのだ。

部屋の模様替えをすべてやり終わると、彼女たちは山頂にたどり着いた登山家のように笑った。蘇寧も笑った。大きく眩《まばゆ》い世界が、少女たちの笑い声の中で、凱歌《がいか》をあげながらやってきたのだ。

第八章　哀れな少女に救いあれ

　それから一週間が過ぎた。ある日の放課後、同級生はみんなクリケットの試合を見にいったのだが、マリ・フーだけ教室に残っていた。団総支部書記との話を終えた鄭《てい》波《は》は教室に入ると、マリ・フーのほうへやってきた。

　マリ・フーは振り返って、「何？」と言わんばかりに双眸《そうぼう》で鄭波を見つめた。

　鄭波は隣の席に座り、「なんで試合を見にいかないの？」とマリ・フーに聞いた。

「宿題がまだ終わってないの」

「ボール遊びは嫌い？」

「できないの」

　マリ・フーが黙り込んだままで、どうも場の空気が重くなってしまったようだ。鄭波はしつこく質問した。

「具合でも悪いの？　顔色が良くないわよ」

「何ともないわ」

「最近は元気？」

「まあまね」

何とも素っ気ない。マリ・フーは鄭波から身体《からだ》を戻し、再びノートを見ている。だが、鄭波も隣に座ったままだった。マリ・フーは鄭波に気を使ったのか、再度鄭波のほうを向いて「何か用？」と尋ねた。マリ・フーの問いかけに対し、鄭波はしばらくうつむいていた。が、突然顔を上げると緊張しながら言った。

「ねぇ、マリ・フー。なんで他の子と話そうとしないのか、教えてくれない？　うちのクラスに転校してからもう二か月よ。でも、初めに会ったときから今まで、あなた周りと関わろうとしないでしょ。高校生活もあと半年。一緒に仲良く過ごそうよ。もし、私たちがみんな仲のいい姉妹みたいで、あと温かい家族みたいだったら、素敵じゃない？」

　マリ・フーの顔が一瞬赤くなったが、またいつものように青ざめてしまった。それから彼女は視線をあげて鄭波を見たが、その瞳には疑いが込められているかのようであった。マリ・フーは「これから、距離を縮めるようにするわ」とだけ言った。

　鄭波は首を横に振った。

「だめ。そんなあっさり言わないで。どうせ建前でしょ。正直に言って！　うちのクラスが好きなの？　仲間たちが好きなの？　あなたと、他の五十一人の仲間同士とで心を通わせることができるの？」

　マリ・フーはわなわなと震えていた。こんなことを聞かれたのは初めてであった。そして、他にもいろんなことが彼女の心に積もり積もっていたのである。

「私ね……よく分かんないの。一人で……いることに慣れちゃったから……親戚もいないし……友達もいない……あなたたちとは違うの」とだけマリ・フーは答えた。

そして、彼女は小声で打ち明けた。

「もう正直に言うけどさ。私ね、信仰を持っているの。このクラスの生徒五十二人の中で、私一人だけよ……あぁ、なんであなたたちはイエス様を信じないのかしら？」

マリ・フーは十九歳だった。だが、その十九年は孤独と苦労の歳月であった。物心が付いたころから彼女はすでにカトリック教会仁慈堂《じんじどう》の孤児であった。貧しさゆえか、私生児であったからか、はたまた両親が亡《な》くなったからなのか、理由はよく分からないが彼女は小さいころそこに送られたのである。お父さんも、お母さんもいない。そこは子供にとって温《ぬく》もりのある、かけがえのない「家庭」ではなかった。

実際のところ仁慈堂は子供を売り物にする「吸血鬼工場」であった。人身売買が行われる、世間をぞっとさせるような地獄だったのだ。教会の「帝国主義者たち」はここで数えきれないほどの悪行を犯したのである。

「仁慈堂」の子供たちは毎朝四時に起き、ミサを捧《ささ》げる。それから一日の仕事をして、二時間読書する。そして、夜また降福礼拝をする。毎日三回の食事と就寝それぞれの前に聖書を読まなければいけない。子供たちはもう四、五歳のころから仕事を始めているが、まずは少し年上の子供を手伝うのである。針仕事、花模様作り、それから編み物、ハンカチ、絹織物《きぬおりもの》、キャラコの作成。マリ・フーは刺繍《ししゅう》のときに使う木や竹の枠の近くで、仲間たちと一日中重労働していた。

小さいころは背が低くても、竹の枠が高いので彼女たちは一日中立ちっ放しであった。足や首が痛くなり、動けなくなる。やがて成長して背が伸び枠との差が縮まっても、今度はまたもや一日中腰を曲げなければいけなくなる。腰はだるくなり、伸ばしにくくなる。こうして彼女たちが作った美しい工芸品はと言うと市場に出ていき、毛皮を羽織った奥様やお嬢様方に高値で買われていくのだ。

彼女たちの主であるシスターたちは全身黒ずくめで、靴も黒。頭巾を被《かぶ》り、顔と両手しか出ていなかった。胸の前にある銀の十字架は、銅製の鎖のついたロザリオであった。シスターたちの性格は意地悪く、ひねくれていた。彼女たちはしばしば何の理由も無しに、子供たちを叩《たた》いたり、罵《ののし》ったりしていたのである。幽霊のうめき声のような聖書暗唱の音の中で、人を苦しめる竹枠のそばで、そして外国のシスターの残忍な目つきの下で、マリ・フーは人生を歩んできたのである。

マリ・フーが十二歳のとき、新しく七歳の男の子がやって来た。誰も彼の本当の名前が分からなかったので、ただ「毛毛乖《もうもうかい》」と呼ばれていた。年上の子供が言うには、彼の両親は最近犯罪を犯して捕まったとのことであった。毛毛乖の頭髪は薄くて黄色っぽく、おでこが出ていた。少し落ちくぼんだ瞳に、高い鼻。みんな、彼が西洋人形に似ていると言っていた。だが、下唇がいつも突き出ていたので意地っ張りのようにも見えた。毛毛乖は透き通った声で北京《ぺきん》語を話したが、そこには南方のなまりが混じっていた。

毛毛乖のそれまでの暮らしぶりは悪くなかったようだ。仁慈堂に来た子供の中では、彼はとても丈夫で明るく、また腕白な子であった。陰気な教会とのっぺり顔のシスターたちも、彼の陽気さ、無邪気さを抑えつけることはできなかった。両親の下《もと》から仁慈堂に来たとき、彼は二日間泣いただけで落ち着いた。

彼は人の心を惹《ひ》きつけずにはいられない存在であり、かわいがられた。シスターが何をさせても、いつも言う通りにする。シスターがいなくなると、彼は周りの子供たちに変な顔をして笑わせた。
　仁慈堂のせいで少年・少女時代を味わえない孤児たちは、毛毛乖を見るとその楽しさが蘇《よみがえ》ったかのようであった。みんな毛毛乖の近くにいたがった。彼の手を引っぱったり、あるいは仕事で余った色鮮《あざ》やかな糸の切れ端をあげたりもした。中でも、マリ・フーは時間があると毛毛乖に会いにいった。毛毛乖の歌を聞いたり、服にボタンを付けてあげた。二人は、まるで姉と弟のようであった。

　翌年の秋になり、毛毛乖はだいぶ痩《や》せてしまった。ある日、修道女会の副会長である雷《らい》シスターがケーキを二切れなくしてしまった。ちょうどその日は毛毛乖が雷シスターの部屋を掃除した日であったので、雷シスターは毛毛乖が盗み食いしたのだと決めつけた。毛毛乖を呼びつけると問い詰め、口をひねった。毛毛乖が泣きだすと、雷シスターは泣くのは悪いことをした証《あかし》だと責め、毛毛乖に罰を与えた。「今日の夜は庭で告解《こっかい》しなさい、部屋で寝たらいけません！」と言いつけたのである。そのころは晩秋で「雨が降るごとに寒くなる」という秋雨《あきさめ》の時期であった。夜には冷たい風が吹いた。子供たちはみんな毛毛乖のことが心配で、なかなか眠れなかった。

　次の日、毛毛乖がいなくなった。雷シスターは「あの子は泥棒《どろぼう》。逃げたのよ」と罵ったが、誰も信じなかった。仁慈堂の壁は高く、とても八歳の子供が乗り越えられるものではなかったのだ。この日の水汲《みずく》み当番はマリ・フーで、彼女は井戸へとやってきた。その井戸の中で毛毛乖は冷たくなっていた。彼女は驚き、我を失った。そして、バケツを捨て、走って戻った。しばらく茫然《ぼうぜん》としていたが、やがて泣き出した……。

　あの毛毛乖が死んでしまった。亡骸《なきがら》を引き揚げて、井戸のそばに置いた。彼の顔は縮み、老人のようなしわが刻まれていた。顔には内出血の跡がある。マリ・フーは毛毛乖のそばで、ぼんやりと彼を見つめていた。マリ・フーのポケットには新しく折った折り紙の燕《つばめ》があった。それは、もともと毛毛乖にあげようと作ったものであった。でも、もう毛毛乖に燕は要らない。何も要らないんだ……。

雷シスターは子供たちを叱《しか》った。

「毛毛乖は天国に行ったの。あの子の魂は救われたのだから、泣くんじゃない！」

雷シスターが子供たちに天国の美しさを詳しく話すうちに、マリ・フーは泣《な》き止《や》んだ。マリ・フーは、毛毛乖みたいな子ならきっと天国に行って、幸せになれると信じていた。でも、まだとっても、とっても辛《つら》かった。

告解をしていたとき、マリ・フーは年老いた中国人の黄《こう》司祭に罪を告白した。

「毛毛乖、死んじゃいました。雷シスターはあの子が天国に行ったっておっしゃってました。それなら、泣いちゃだめですよね。でも、私泣いちゃった……涙には罪があります。司祭様、人間が死んだら天国に行けると言うなら……私も早く死んじゃいたいです」

黄司祭は何も言わず、震えた手でマリ・フーに聖餐《せいさん》をあげた。マリ・フーは驚いたが、同時にふとあることに気づいた。黄司祭の乾いた瞳からぽろっと涙がこぼれ落ちたのだ。それからしばらくして、黄司祭はその場を離れた。

一九四八年に解放戦争は激しくなっていったが、子供たちに塀の外の出来事を知る術《すべ》はなかった。栄養不足と小さいころからの働きすぎのせいで、マリ・フーは成長しても痩せ細っていた。だが、彼女の双眸には変化が生じていた。大きくなり、まつげも長くなっていた。そして、西洋人形のように周りをきょろきょろ見回す癖はなくなった。そのころから、彼女は注意深く、悲しみを宿しながらも、それでいて冷静に、周りの人や物事を観察するようになったのである。マリ・フーの、他の子にとっては最も美しいが、彼女にとっては最も痛ましい少女時代が幕を開けたのだ。彼女の心は少し広く、かつ鋭敏になった。混沌《こんとん》とした時代は彼女にとって新鮮なものであった。

春が訪れ柳《やなぎ》の綿《わた》が舞うころ、彼女は風につられて一握りの柳の綿をそっとつかんだ。口でふっと吹くと、澄《す》んだ眩《まぶ》しい青空の下、綿は軽やかに飛び去った。夏の彼女のお気に入りは、うだるような暑さの後のにわか雨であった。そんなときは、まるですべてが新しく生まれ変わるかのように思うのだ。雨にきれいさっぱり洗われた枝と石段を見つめると、重苦しい生活の中に憩いを見出《みいだ》せたかのようにも感じられる。

晩秋にはコオロギが鳴いたり、鳴き止《や》んだり、涼しさが心に染《し》みわたる。マリ・フーは眠るときは他の子供たちと一緒にいたがった。そうすれば少しは温かくなる。そして、大雪が降りしきるクリスマス、彼女は天国の幸せはどんなものだろうかと一人空想に耽《ふけ》っていた。

女の子たちみんなが自我に目覚めるように、それはあたかも自分が呼吸し生きている存在であることに改めて気づくかのように……マリ・フーは優しさと愛情を求めていた。だが、それはもちろんシスターたちから得られるものではなかった。仁慈堂によって生活を滅茶苦茶《めちゃくちゃ》にされ、傷つき、足取りも重い他の子供たちも、彼女の心の乾《かわ》きを満たすことはできなかった。毛毛乖の表情も記憶の中で薄れつつあった。美しいものはどこにもない。過酷な仕事、一日三食の糠《ぬか》の蒸しパン、蛆《うじ》がわいてる漬物……ただ、それだけ。

マリ・フーは言葉をたくさん知り、それらの意味も分かるようになった。そして、彼女は聖書や祈りの力を感じ始めた。この薄幸な少女は祈りのときにだけ、仁慈堂にはない仁慈の心を感じるのだ。マリ・フーは祈る。

「あぁ、聖なる父の愛娘《まなむすめ》よ。私たちの熱心な祈りをお聞きください。苦しみを憐《あわ》れみ、悪人の鉄石の心を溶かし、受難者の涙をお拭《ふ》きとりください。弱きを救い、貧しきを助け、敵を打ち払いください。最も甘美にして、天に溢《あふ》るる御名《みな》の下、万国万民の人々を兄弟の如《ごと》く、親子の如く、結び付けてください」

そして、彼女は涙を流し、聖霊が己《おのれ》の魂《たましい》に降臨したと感じた。あらゆる哀《かな》しみ、疑い、恐れが一瞬にして敬虔《けいけん》の心へと変わるのだ。宗教の力が、聖書で言うならばナイル河のように清らかに、心の田圃《たんぼ》を満たし続けたのであった。

四大礼拝、イエスの生誕と復活、聖母マリアの降臨と昇天、それぞれの祭日のときはいつも子供たちは仕事をやめて北堂に行くのだ。特に、イエス生誕のクリスマスのときには、クリスマスツリーに明かりがつき、各地から信者がやってくる。いつもはつんけんしているシスターたちも笑顔を振りまき、子供たちにキャンディーや絵葉書をくれるのだ。

それから、荘厳《そうごん》な鐘の音が響きわたる。枢機卿《すうききょう》や副司教、さらに数百名の中国人・外国人司祭とがみんな教会内で背筋をぴんと伸ばしつつ、祈りを捧げる。マリ・フーは神様がそこにいるかのように感じた。だが、彼女が手に持っている絵葉書は何とも残酷なものであった。そもそも絵が下手であったが、イエスが十字架に付けられ、首を垂れ、そして血を流していた……。

ある日、マリ・フーは雷シスターに部屋へ来るようにと言われた。行ってみると部屋には三十代くらいの足の不自由な男が座っているではないか。右の額には大きな傷があり、腕には青筋が立っている。酒のにおいもする。雷シスターはマリ・フーに「この方は、あなたの夫になるのよ。三日後にご一緒するようにね」と告げ、「主はあなた方を結びつけたもう。どうか祝福がありますよう……」と祈った。

ところが、足の不自由な男は口を歪《ゆが》め「ちっ、こんなチビに、袁の頭でっかち（一九一二年に鋳造された袁世凱《えんせいがい》の横顔が彫られた一元銀貨のこと）五枚も払うのかよ……」とぼやいた。

仁慈堂の女の子はみんなこうなるのだ。十五歳前後になると、いや幼ければ十二歳でもシスターの手で嫁がされるのだ。これら、仁慈堂での人身売買の買い主たちが、聖母の従者であるシスターに「払う敬意」が数枚の銀貨であった。マリ・フーは大泣きして、あちこちで懇願した。

「教会から出たくない。シスター様や司祭様から離れたくないよ。シスター見習いになってもいいから、ここにいたい」

このとき、マリ・フーの先生であるジョセフ・李《り》司祭が彼女を救った。李司祭は雷シスターに話してくれたのだ。

「他の子じゃだめなのか？　この子は賢《かしこ》い。教会に置いておいたら、役に立つかもしれないぞ……」と。

雷シスターは「私はそう思いませんけど」と言った。

「お嫁に行く前は、みんなこんなふうになるじゃないですか。嫁いだら変わりますよ。アーメン」

だが、結局ジョセフ・李の意見が通り彼はマリ・フーの人生唯一《ゆいいつ》の恩人となった。それまでこんな人はいなかったのだ。ジョセフ・李のように彼女の苦痛を察し、希望を尊重してくれる人、彼女の悪運を払いのけてくれた人は……。

マリ・フーは恩を忘れず、あたかも父親に接するかのようにジョセフ・李に接した。あらゆる聖典や祈りが教示する配慮と真心でもって、彼に奉仕したのである。マリ・フーは心の中で、ジョセフ・李司祭の下僕として自分は仕えるのだと誓った。司祭が行くところはどこであれついていった。司祭のために己のすべてを犠牲にする覚悟であった。

ある深夜、祈りのときにマリ・フーは聖母マリアに「これでよろしいのですよね？」と問いかけた。問いかけへの答えはなかったが、そのときマリ・フーは心が平穏で満たされていると感じた。このように気持ちが落ち着くのは、マリア様が「それで良いのですよ」とお答えくださったことの証ではないかと彼女は思った。ジョセフ・李司祭に奉仕することを、神がお望みなのだと確信したのだ。

北京が解放されて後ジョセフ・李司祭はマリ・フーを連れて、山西省の潞安《ろあん》教区へと赴《おもむ》いた。この教区で行われている、中国名を康先知《こうせんち》という外国人枢機卿主催の苦修《くしゅう》会布教活動に加わることが目的であった。マリ・フーは潞安府（現在の地名は長治《ちょうじ》）の中学校に通うことになった。ジョセフ・李は毎日彼女に説いた。

「共産党は悪魔なんだ。共産党が力を持てば、信仰の危機がやって来る。主を信じない者はみんな地獄に落ちるんだよ。彼らの言うことを聞くだけで、地獄行きなのだよ」

マリ・フーはきちんと通学し、しっかり勉強したいと思っていた。だが、その一方で「悪魔の異端説・邪説」が頭に侵入してこないようにと、耳を塞《ふさ》ぎたくなることもあった。学校の歴史の授業では、八か国連合軍の侵略に対し義和団が勇敢に戦ったと教わった。でも、それはジョセフ・李が以前言っていたこととは違う。彼女は迷い、帰ってからジョセフ・李に質問したところ、李は目を丸くして諭《さと》した。

「何？　私の言ったことが信じられないのか。でたらめを聞いて、私の話や主のお言葉も忘れてしまったのか？」

李は怒りながら、十字を切った。

「そんな話を聞くなんて……君はね。迷うことなく彼らを呪わんといかんよ。十字を切りなさい。そして、マリア様への祈りを心の中で唱えなさい。どうか彼らを懲《こ》らしめてくださいと。彼らを恐れてはいかんよ。絶対にね」

マリ・フーは李司祭の気迫に押され、思わず後ずさりした。それから深く告解し、自分に強く言い聞かせた。今後は司祭様以外の誰の言うことも信じないと。こんなことがあったせいで、彼女はその後義和団についての試験問題でも堂々と自分の思いを答えたのである。

とはいえ、学校が悪魔の巣窟《そうくつ》だとはさすがに信じ難《がた》かった。先生は優しく、責任感があった。同級生たちもみんな親切で、彼女の勉強を手伝ってくれた。どう考えても、学校生活での友情と楽しい雰囲気のほうが、いつも陰気な仁慈堂や息苦しい苦修会よりも魅力的であった。

彼女の生活は少しずつ普通になっていった。しっかり勉強し、仲間とおしゃべりし、そして懇親会にさえ参加した。けれども、重苦しい宗教の学びと、根深く、かつ凝り固まった不信感がいまだに彼女を抑えつけていた。そのせいで彼女は終日疲れ、かつしょんぼりしていた。

潞安教区での生活は以前より苦しくなっていたが、ジョセフ・李は二十年間維持してきた生活習慣を変えなかった。早寝早起き、食後の散策と聖書朗読。だが、彼はだんだんと心の余裕をなくしていった。

あるとき、ジョセフ・李は康先知がこっそり苦修会のお金をネコババして、肉を買って食べていたことに気づいた。ジョセフ・李は激怒し、康先知との仲は険悪になった。康先知も首筋を赤くしてジョセフ・李に怒るようになった。彼は、中国語で絞り出すように「アナタハ……ナニガ……セイショクシャダ！」と文句を言った。

ジョセフ・李は自分の部屋に戻ったが、彼を見つめるマリ・フーの困ったような目つきを気にもせず、大声で罵った。

「クソ枢機卿が。まったく、イエスを裏切ったユダだ！」

それから、いったんパイプを吸いだしたが、火を点《つ》けてあげようとしたマリ・フーはうっかり彼の手に火を触れさせてしまった。ジョセフ・李はパイプを落としてしまい、マリ・フーを手でぴしゃりと叩いた。

マリ・フーはジョセフ・李とは長い付き合いであった。だが、聖人の後光を崇《あが》めるかのような李に対する敬意は、徐々に薄れていった。マリ・フーは日増しに気づいてしまったのである。ジョセフ・李は、イエスの博愛も、イエスの弟子ペテロの忠誠も持ち合わせていない人間だということが。むしろ、見えてきたのはその俗っぽさと醜《みにく》さであった。

だが、いかなる理由や事情があろうとも、マリ・フーは悲しくなったり、不安になったりすればジョセフ・李の前に跪《ひざまず》いた。ジョセフ・李は厳粛かつ神秘的な雰囲気を醸《かも》しだしながら、マリ・フーの心から溢れでる告解に耳を傾ける。そんなとき、ジョセフ・李は彼女の魂に宿る神の化身となるのだ。マリ・フーは自分が抱いたであろうジョセフ・李への不敬の念を恥じた。あの不敬は神への冒瀆《ぼうとく》という大罪であったと深く後悔したのである。

　そして一九五一年、康先知は無線発信機の所持と反動的言論の拡散の罪により追放処分となった。ジョセフ・李はマリ・フーと共に悪魔を追い払う聖母の祈りを一回唱えたあと、北京へと戻った。そのころ、仁慈堂はすでに政府に接収されていた。だが、ジョセフ・李はある部屋を見つけ、そこを小さな教会とし身を落ち着けた。マリ・フーはと言うと、いったん北京郊外に新しく設立された高校に転校したが、一九五二年になり教会から比較的近い七女に転校してきたのである。

「なんで、あなたはイエス様を信じないの？」とマリ・フーは不満と嘆きを込めて級友たちによく問いかけた。七女の高三クラスに来て、マリ・フーは級友たちがそんな悪者だとは思えなかった。むしろ、自分がいろいろな面で劣っていると感じたのだ。勉強ではかなわないし、度胸も及ばない。みんなへの奉仕も他の仲間に比べて自分は少ない。周囲への奉仕はカトリックの大事な教義なのだが……。

　マリ・フーは多くの級友たちが、あまり信仰熱心でないという点を除けば、すべてにおいて自分より優秀であると感じた。聖母マリア様の輝ける信者になれるだろうに……もったいないとも思っていた。

　もし、鄭波がクリスチャンになったら。もし、袁新枝《えんしんし》がクリスチャンだったら。また、もしも楊《よう》薔雲《しょううん》が情熱的にカトリックの福音《ふくいん》を宣伝したらと……さらには、級友全員が神聖なお導《みちび》きのもと一つになったならば、とまで思った。でも、あいにくクラスにいる「聖女」はマリ・フー一人だけであった。こんな多くの級友たちが残念ながら悪魔に誘惑され、聖なる教会の敵になっているとは！

　マリ・フーの話を聞いた鄭波は、心の底から言いたくなった。マリ・フー、おいでよ。私たちと友達になろうよ！と。そして、一緒に勉強したり、北海公園でボートを漕《こ》いだりしたい。一緒に歌を歌って、歌い終わったら笑い合いたい。笑ったら、また歌って、歌ったら笑って……。鄭波はマリ・フーとこんなふうに遊べないとは分かっていた。鄭波は困ったように左目にしわを寄せながら、一方右目では逆にマリ・フーをじっと見つめていた。彼女は悩むとこんな顔つきになるのだった。

　鄭波はついにマリ・フーに言った。

「ねぇ、まさか、私たちがキリスト教を信じなかったら、あなた距離を置き続けるつもり？　声かけられても無視して、思いやりも信じないでさ。このまま一人ぼっち……ずっと、そうするつもりなの？」

　すると、マリ・フーはすっと手を伸ばし、答えを待っている鄭波の手に添えようとした。だが、その瞬間、脳裏に刻み込まれたジョセフ・李の言葉が蘇った。

「党員は悪魔だ。悪魔は甘い言葉でささやいてくるんだぞ！」

　でも、みんなに尊敬され、先生たちに愛され、誠実で、素朴で、周りの人を大切にする鄭波を……悪魔だなんて思えるわけない……マリ・フーはひっくひっくと咽《むせ》び泣《な》いた。

第九章　お人好《ひとよ》しも泣いた。じゃじゃ馬も泣いた

初の中間試験を終え、李春《りしゅん》はご機嫌であった。彼女は毎日他の生徒より三十分早起きして発声練習をする。「ドー、ミー、ソー、ドー、アー、アー、アー、アー」。こうして彼女の一日は幕を開けるのだ。講義中彼女はノートにたくさん書く。それも、いろいろな筆記具を使い分けて書くのである。万年筆、赤鉛筆、青鉛筆。さらに、なるほどと思うようなことを聞くと、彼女は自分の腿《もも》をパンと叩《たた》く。彼女ほど楽しそうに授業を受けている生徒は他にはいなかった。

午後の授業が終わると、彼女はぱんぱんに膨《ふく》らんだ鞄《かばん》をひょいと担《かつ》ぐ。鞄の中には本や文房具がいっぱい詰まっている。そして、図書館に駆けつけると、出入り口から遠くの窓際《まどぎわ》の席を「占領」するのだ。それから、鞄の中の物を全部取りだし自分の机の上にまるで「小山」のように積み上げるのである。さぁ、勉強始め！

こうしなければ、「頭脳労働」の意欲は湧《わ》かないのだ。彼女は級友たちの前でも元気いっぱいであった。以前と変わらず、ピーナッツを買っては「食べて、食べて」と勧めておしゃべりするのだ。彼女の周りに集まって食べたり、おしゃべりしたいという友達がだんだん増えていった。一方楊薔雲《ようしょううん》に対してはというと、自分のほうが上だとでも思ったのか、自信ありげに自分のほうから薔雲に声をかけ、本を借りるようになった。

だが、これから話すある事件が無かったならば李春はこのまま楽しい高校生活を送れたことだろう。楊薔雲から何を言われても、余裕綽々《よゆうしゃくしゃく》に言い返すことができただろう。ロシア革命記念節のことである。生徒会主催で、多くの生徒たちがソ連映画を鑑賞した。その翌日は日曜日だったが、李春と他の級友たちは教室でソ連の舞踊について「分析」していた。ある南洋地域から来た華僑《かきょう》の生徒によれば、ソ連舞踊の特徴は足がとても疲れるということであった。

一方、南洋地域の踊りと言えば両手を使うものが多いとのことであった。ある質問好きな生徒が「なんで？」と聞いたら、またある生徒が「たぶん気候と地理的な条件のせいでしょ」と言った。ロシアはとても寒いので、地団太《じだんだ》を踏むように踊るしかないのだろうと。「南洋はどうなのかしら？」「調べてみないとね」とおしゃべりが続いた。

さて、李春がこのおしゃべりに割り込んできた。

「ソ連舞踊をバカにすんじゃないの！　寒過ぎて地団太踏むしかない？　ロシアもウクライナも、踊りが情熱的という点では同じよ。飛んだり、しゃがんだり、左に行ったり、右に行ったり。それから十八回も回転してさ。何か抑えきれない力があるみたいじゃない……」

呉長福《ごちょうふく》はぽちゃっとした手を振った。

「違うわよ。ち・が・う。例えば、バレエのウラノワはそんなふうに踊ってないでしょ？」

彼女は腕を伸ばし、足を組んで、『白鳥の湖』の王女オデットの恰好をした。

呉長福の話か、話し振りか、はたまたその恰好が大きな原因であったか、みんなは大笑いした。呉長福は自分が笑われてネタになっていると知り、かえって興奮しあれこれ話しだした。彼女は背が低いので首を伸ばし続けてしゃべる恰好となった。

「ダンスはいろいろあって、どれも違うでしょ。バレエと紅軍のダンス、男性舞踊と女性舞踊はみんな違うじゃない！」

周小玲《しゅうしょうれい》が笑いながら、大声で「やめてよ！」と言った。呉長福は周小玲の言うことを聞かなかった。

「邪魔しないで。ねぇ、わかる。私が一番好きなダンスが何か？」

彼女は尋ねるように周囲をぐるっと見回した。

「わかんないでしょ。私が観《み》ていて一番好きになったのは『幸せな生活』って映画に出てくる二羽《わ》の小鳥よ。知らない？　あの二人の太ったおばちゃんよ。あ、言ったら笑ったじゃない」

それから呉長福はおばちゃんの真似《まね》をしながらべらべらと話した。

「おばちゃんたち、あんなにふとっちゃってさ。スカートの裾もだぶだぶで。お尻もあんなおっきくて。右手でスカートを引っ張りながら、踊ってたじゃない。歌って、騒いで、踊って。あれは芸術よ。

あんな踊りを見たらさ。本当に、そうね、夏に冷たい水を浴びたときみたいに、冬に二十日大根を食べたときみたいに。あと、喉《のど》が枯れたら、棒を入れて通りを良くしたときみたいね。あ、そうしたら消化も良くなって長生きできるわ。ふぅ！」

周りの生徒たちは呉長福の肩を叩いて、げらげら笑い続けた。李春が笑いをこらえながら提案した。

「静かにして！　ねぇ、みんな。私たちの人間国宝、バレエ界の天才、魅力溢《あふ》れるダンサー呉長福に小鳥ダンスを踊ってもらわない？」

「賛成！」

生徒たちは呉長福を押したり、引っ張ったりして前のほうに押しだした。周小玲は寮に戻って、シーツを持って来た。李春はみんなの意見を参考にして呉長福にお化粧をしてあげた。そして、髪型は頭髪の真ん中の髪をつまみ上げ、上に向けて結《ゆ》う「沖天杵《ちゅうてんしょ》」というものであった……。

呉長福は自分がからかわれていると分かっていた。あたふたしながら止めようとしたが、強気になれなかった。むしろ、このバカ騒ぎの中で周りを笑わせてみようかとも思ってしまった。周小玲は長福の腰にシーツを巻いて「スカート」にするつもりのようだ。

李春も長福を前に押しだし、合図をかけた。「はい、いち、にぃ、さん！」、長福は一瞬たじろいだが、李春が彼女を押し戻した。他の子たちも一斉に手拍子を始めた。長福も初めは顔を赤くしていたが、やがてそろりそろりと歩みを進めた。だが、ついには手拍子に合わせてばたばたと動きだした。教室は笑い声に包まれた。長福は「みんな、ちょっと支えてよね！」と言ったが、周りは笑い転げていた。

李春が叫《さけ》ぶ。

「ねぇねぇ、暇《ひま》だったらおいで。豚ちゃんダンスよ。券は要らないわ。タダよ。タダ！」

教室の窓ガラスの近くにみんなが集まってきた。「ふざけてるの？　誰？」と互いにささやき合っている。李春が大声で煽《あお》っているまさにそのとき、袁《えん》先生が教室に入って来た。クラスで何かあったのかと心配したのだ。呂晨《ろしん》も、教室に駆け込んできた。

李春の「豚ちゃんダンス」という一言には、長福含めみんな呆《あき》れてしまった。袁先生と呂晨もびっくり仰天した。みんなも先生が来たことに気づいて、賑《にぎ》やかな場の雰囲気は即座に凍り付いた。袁先生と呂晨の視線が、生徒の塊《かたまり》の奥にいる呉長福の「お顔」に止まった。一瞬、呂晨は彼女が狂ったのではないかと思った。袁先生もわけがわからず、「君、何をやってるんだ？」と尋ねた。

呉長福はうつむいたままで、顔は真っ赤。お下げを外すのも忘れてしまい、「沖天杵」が真っすぐ袁先生のほうを向く形になった。「どういうことだ？」。袁先生は生徒たちに尋ねたが、みんな蜘《く》蛛《も》の子を散らすようにその場から立ち去ってしまった。先生を見たら逃げるというのは生徒の本能でもある。その場に残されたのは哀れな呉長福、焦《あせ》る李春、そして困惑した袁先生と呂晨だけ。四人で教壇の前に立ち尽くしていた。

呂晨はじっと李春を見据えていた。もう「犯人」はわかったのだ。「何したの？」と詰問《きつもん》した。

「ちょっと遊んでただけよ」

李春は偉そうに返した。

「さっき言ったことは、なぁに？」

「みんなに見においでって言ったの」

李春は叫んだ後、すぐ言い過ぎたと気づいていた。だから、呂晨の「尋問」にどう答えようかと対策を練っていた。言い逃れられるか、それともありのままに話すか……。

「他に何か言わなかったっけ？」

たたみかける呂晨。

「覚えてない」

「あなた、『豚ちゃんダンス』って言ったじゃない。みんな聞いたのよ！」

袁先生は頭を振り「まったく……ひどいな」と嘆いた。呂晨は李春を責めた。

「豚ちゃんダンスって何よ？　言ってみなさいよ！」

李春は袁先生に頭を下げ「二度とこのようなことはしません」と謝った。それから、呉長福のそばに行き化粧を落としてあげようとした。

だが、呉長福は彼女の手を払いのけ、自分でお下げを取り外しシーツのスカートも脱いで、床に捨てた。周小玲はバツが悪そうに捨てられたシーツを少し離れたところから見ていたが、敢《あ》えて拾おうとししなかった。遠巻きに見ていた他の生徒たちも勉強を再開した。教室の外から見ていた生徒たちもいなくなっていた。

袁先生はみんなにむかってお説教した。

「こんな遊びがあるか！　人をバカにするな」

呂晨が先生のそばで付け加えた。

「仲間に対する侮辱よ！」

袁先生は止まらない。

「これが仲間に対する態度か！　君たちは高校三年生だ。最高学年なんだ。中学生のみんなも見ていたんだぞ。お手本にならなきゃだめじゃないか！」

「もう二度としません」と謝るしかない李春。

呂晨は呉長福に対しても「あなたも自尊心がなさすぎよ！」と叱《しか》った。

袁先生と呂晨のお説教で呉長福は自分がいかに情けなかったか痛感したようだ。「ワー」と子供のように泣き出し、顔を覆《おお》いながら教室を出ると寮へ帰ってしまった。呉長福は寮に戻ると、遠くのベッドに飛び込んでうつぶせになり左足を床に垂らしたまま、えんえんと泣いた。そして、自分の愚かさを心の中で責めた。

「あぁ、私、バカ、バカ、バカ。みっともないわ。恥かいて、笑い者になって。李春に、豚ちゃんって呼ばれて団支部の書記には『自尊心がない』って怒られたじゃない。私、何やってんだろう……」

「バカにされてることに……すぐ気づかなきゃ。からかわれてるのに……ちょっとは冷静にならなきゃ。私って……あの子たちの私に対する態度はいつも、あんなもんよ。勉強はよくできないし団員でもないから、支部の会議にも呼んでもらえない。

でも、進歩はしてる。今学期が始まったとき、私は鄭波《ていは》に頼んで勉強の計画を一緒に立ててもらった。団のグループが購読している『中国青年』だって、よく借りて読んだし。この前の大掃除でも、私は息を切らしながら長い時間頑張った。李春や楊薔雲よりも気合入れてやった。痰壺《たんつぼ》の掃除だってやったじゃない！

決めた！　もう、これからはあんなくだらない真似はしない。真面目に話をして、バカにされないようにできる……かな？」

お昼が近づくにつれ、呉長福はだんだん気持ちが落ち着いてきた。たらいに水を汲《く》んで、顔を洗った。そのとき、周小玲が部屋にやってきて「ごめんね」と言ってきた。呉長福は初め顔を赤くして何も言わなかったが、やがてそれも悪いなと思い冗談を言ってお茶を濁《にご》した。

そして、お昼ご飯のときみんなは我先にとスープを汲みにいった。おかずは一人ずつ用意してあるので、焦る必要はないのだが、スープは「早い者勝ち」であった。もたもたしているとなくなってしまうので、急いで取りにいかないといけないのだ。ふと気づいたら、この時期よく降っていた長雨は完全に止《や》んでいた。

　教室の後ろの壁の学級新聞には新しい標語がはりだされた。曰《いわ》く、「仲間に対する態度に気を付けよう」と。まさしく「呉長福事件」への猛省を促《うなが》すもので、とりわけ李春がやり玉に挙げられていた。クラスの誰かがこの標語を書いたのだ。李春はこれを見ると頭にきてしまい、学級委員長の周小玲に問いただした。

「周小玲、これ誰が書いたの？」

「なんで、そんなこと聞くの？」

「やり過ぎよ。私に対する攻撃じゃない？」

「文句があるなら、みんなの前で言いなさいよ」

「いったい誰が書いたの!?　楊薔雲でしょ？」

「しつこい！」

「しつこい？」

　いらっとした李春は周小玲に「これ剝《は》がして！」と言った。

「あんたに言われる筋合いはないっ」

　周小玲は言い終わると、李春にくるりと背を向けて別のことをしようとした。

　李春は、これはだめだと思った。この生意気娘は周りの意見を聞かないのだと諦めた。なんなら、自分で壁新聞を剝がして捨ててやる！　そして、李春は壁新聞をビリビリに破ってしまった。

　団支部は一日おきに団員大会を招集し、李春の問題行動を討議することになった。団員でない生徒もマリ・フーを除き全員が参加した。みんな何があったのか知ってはいたが、周小玲が経緯を説明した。壁新聞を破り捨てた李春の横暴に周小玲は怒り震えていた。周小玲は言った。

「あの日はみんなと呉長福がふざけてたでしょ。私も中心にいた一人よ。私たちは、あのとき軽率だったわ。それで、わいわい騒いでさ、確かにやりすぎちゃった。

でも李春はこんなもんじゃなかったでしょ。李春は……李春はさ。何て言ったらいいか、とにかく相手の人格を傷つけたのよ。壁新聞まで破いてやりたい放題じゃない！　バレーボールのスマッシュよりも乱暴よ。感情をぶつけたのよ」

会議の司会者であった鄭波は李春に発言を促した。李春はうつむき、ため息をついた。

「悪かったわね。改めないと。ごめん。呉長福、二度とからかわないわ。ごめんなさい。周小玲、もう壁新聞に文句は言わないわ。この、はぁ……まずかったことの責任はすべて私にあるわ。そうすればみんなにとっても都合がいいでしょ。責任取りたいわ……」

「からかわないだって……偉そうね！」

「学級新聞に何か文句があるなら、言えばよかったんじゃない？」

「どうやって責任取るつもりなの、あんた？」

李春は手を挙げて鄭波に言った。

「司会！　こんなにたくさん意見が出たら、答えられないわ」

袁新枝《えんしんし》が嘆いた。

「その日、私いなかったんだけどさ。こんなこと聞いて、ちょっと信じられなかったわ。自分の仲間、親友に、まさかこんなことが起きたなんて……」

楊薔雲には袁新枝の嘆きが弱気に聞こえたようだ。新枝が話し終わるのを待たずに「私ね、今回のことだけじゃないと思うの。李春は最近ずっと言動に問題があったのよ。李春はさ。あんなに偉そうにして、自分が一番だと思ってるんでしょ？」

李春は「反撃」した。

「いつか私がメダルをもらえなくなってたとして。楊薔雲がそれをもらえたら、みんなに対してどう振舞うんでしょうねぇ」

「あんたって人は……」

楊薔雲が立ち上がった。

「座りなさいよ！」

李春がぴしゃりと言った。

「あなたね……失礼よ！」

李春は席を立つと、みんなに背を向けて教室から出ていこうとした。

「李春！」

鄭波が叫んだ。李春は立ち止まったが、相変わらずそっぽを向いたままだ。

「席に戻ってよ。これから大事な話があるんだから」と鄭波。

「もっと大事なことって何よ？」

李春は相変わらず鄭波を見ようとしなかった。

鄭波は額にしわを寄せると、緊張しつつ、ゆっくりと言った。

「あのね……あなたが、青年団員にふさわしいのかどうか……議論しないと、いけないの」

「え？」

振り向く李春。教室が一瞬水を打ったように静まり返った。李春は呆然《ぼうぜん》と突っ立っている。こんなことを話すなんて楊薔雲でさえ思いもよらなかった。楊薔雲は鄭波をじっと見つめた。彼女にとって今や李春よりも鄭波のほうが気になるのだ。

鄭波は相変わらず座ったまま、李春を見つめていた。鄭波の表情は怒っているというより困っているかのようであった。消しゴムをつまんでいたが、曲げ過ぎて、ぽきんと折れてしまった。

「李春、あんなことしちゃだめよ！」

鄭波はこう言いながらもみんなのほうを向いて話し出した。

「私たち李春のやったことを見て、彼女の話も聞いて、とんでもないことだと思ったでしょ。それはさ、こんなこと青年団員の思想や振る舞いからは、かけ離れているからよ。

でも、ひどいことをしたら一人で責任を取るとか、そのほうが周りにとっても良いとか。そういう決まりあった？　そんな決まりのある国とか社会とかあるのかしら。私たちの関係ってどんなものなのよ？　楊薔雲がメダルを……とか、あなたの考えを人に当てはめちゃだめ」

「李春はさ……勉強がよくできるなら、何したっていいって勘違いしてるんじゃない。あなたは優秀よ。勉強はよくできるわ。私たちもあなたを見習って勉強すべきだと思うわ。あなたにも私たちを手伝って欲しいけどね。

でもね。道徳心がなくて、思想も立派じゃなくて、そして周りに対する態度も改めないのなら……たとえ全科目で満点取ったとしても、それが何だってのよ？　あなたは過《あやま》ちを犯したの。私たちはあなたが悪さをし続けるのを見逃せないわ。そして、青年団員の道から外れていくのを、放ってはおけないの！」

李春は相変わらず突っ立っていた。口を動かしたが、声が出なかった。
その日の夜遅く、李春は細かいことまで振り返り、自分がいったいいかなる過ちを犯したのかはっきりさせようとしていた。過ちがあったならば、それを改めることを決してためらっているわけではなかった。だが間違いがなければ、妥協するつもりも絶対なかった。

　李春は幼いころから伯父の家で育った。彼女の父親はもともと河南《かなん》の小地主であったが、李春が小さいころに亡《な》くなった。母は、まだ二歳であった李春を連れて、天津《てんしん》銀行で働いていた伯父を頼ることにした。李春の伯父である李季湘《りきしょう》は当時四十代であったが、子供がいなかったので、この母娘《おやこ》を受け入れた。

　ところが、伯母はこの二人の「居候《いそうろう》」を毛嫌いした。それで、この伯母は義理の妹をうまく使ってやろうと、李春の母を一家の「お手伝いさん」にした。それだけでなくしょっちょう怒ったり、不満をぶつけたりした。伯母は李春の母がトウモロコシ饅頭《まんとう》を食べすぎだとも言って嫌っていた。李春の母はけっこう繊細《せんさい》な人だった。夫の死が彼女の魂《たましい》の半分を殺してしまったとするならば、伯母のいじめは残りの半分を奪い取ってしまったと言える。居候から二年後、李春の母は喘息《ぜんそく》でこの世を去った。

　亡くなる間際《まぎわ》、彼女は「お母さんみたいな意気地なしには……どうか、ならないでね」と一言い残した。母が世を去ったあと、小さな李春は伯父にかわいがられる一方で、伯母にはいじめられるという対照的な扱いを受けた。李春はだんだんと状況を理解していった。うまく生き抜いていくためには、伯父のご機嫌を取りながら、伯母からはなるべく距離を取るしかないのだと。伯父が家にいるとき、李春は伯父のそばでおとなしくしている。伯母が李春にあれこれやらせようとしたら、その通りにする。きちんと言うことを聞くのだ。

伯父がいないときには、彼女は遠くに出て行ってしまう。捜しても見つからないどこかへと。伯父が李春におもちゃやお菓子を買ってくれても、李春はそのことを伯母には言わない。伯母が李春を叩くと、彼女はいつも伯父にこのことをうまく伝えるのだ。伯父はますます李春がいとおしくなり、さらには庇《かば》おうとまでして伯母と何度か口喧嘩《くちげんか》した。幼い李春はこのように賢《かしこ》く振舞い、両親がいない困難な状況下で生き抜いたのである。

こういうわけで、李春は幼いころから自立心と気の強さを育《はぐく》んでいった。彼女は学業にも打ち込んだ。李春自身はっきり覚えてはいないが、他の子はちゃんと勉強しなくても温かい家庭があった。一方李春は、自分自身がしっかりするしかなかったのである。毎日親に送り迎えしてもらっている子供たちを、李春は見下してさえいた。あの子たちは意気地なし。でも私は何も怖くない、全部自分で乗り越えていくんだと。

かつて生徒たちの間で人気者になるためには「法則のようなもの」があった。ある生徒がいて、勉強がよくできて、身なりがきちんとしていて、さらに話し上手であったならば一週間もしないうちにみんなの憧《あこが》れの的になるのだ。そして、今度は一か月も経《た》たないうちに全校生徒に知られるようになるのだ。李春の小学生時代は、まさにこのように順風満帆であった。小学校を卒業するとき彼女は、先生たちに「送る言葉を書いてくださいませんか？」とお願いした。大半の先生が「成績抜群、前途有望」といった類の賛辞を書いてくれた。

だが、中学校に入ってから李春は段々とあることに気づいた。それは、自分がどれだけ「成績抜群、前途有望」であったとしても、国民党の統治下では「前途」は決して「有望」ではないということである。彼女は国民党を、そして旧社会を恨んだ。こんな時代では才能があり、努力を惜しまない若者がいたとしても、自分の目標をかなえることはできないと思ったのである。

だから北京《ぺきん》が解放されたとき、彼女はとても喜んだ。解放されたその日から、彼女は迷うことなく様々な進歩的な活動に参加した。すぐさま団にも加入した。彼女のような聡明《そうめい》で、積極的で、またかつて「抑圧された者」にとって今や前途は有望であった。

軍事幹部学校の学生募集に間に合っていたらなぁ……このことを思い出したとき、李春は今まで自分がやってきたことは決して簡単なことではなかったとますます思った。蘇寧《そねい》だったら、自分のような境遇に置かれたら、伯母のいじめに耐え切れず、死んでいただろう。呉長福だったら、学業ももってせいぜい二年間、進学も望まず十七か八でお嫁に行って、そのまま人生を終えるだろう。

一方自分は過酷な境遇に置かれながらも、小さいころから処世術に長《た》け、一日も怠《おこた》ることはなかった。他人がしないような苦労を経験し、他人がしないような心遣いをして見事に「成績抜群」な生徒となったのだ。五年間学費は免除されたし、三回も表彰された……あぁ、誰も私のこんな苦労をわかってくれはしない。

軍事幹部学校の学生募集に応募できなかったことが改めて悔やまれた。自分のように成績優秀で科学者になれる素質もある生徒なら、申し込んでもどうせ軍隊に行かせてはもらえなかっただろう。楊薔雲、鄭波も申し込んだが、行けなかったじゃないか。とはいえ、あの選択は間違いだった。

今学期が始まってようやく調子が良くなってきたと思ったら、なんで今回こんなひどい目にあったんだろう……李春はベッドで仰向けになったが、鄭波の声が脳裏に蘇《よみがえ》ってきた。「青年団員にふさわしいのかどうか……議論しないと、いけないの」という声が。鄭波は団支部会議の場でどうしてあんなことを言ってきたのか。また、李春は以前の「愛国公約からの李春除外事件」を思い出してしまい、情けなさが一層増してきた。

確かに自分は呉長福を少しバカにしてはいる。でも、まさか鄭波や楊薔雲は、呉長福のことを認めているのだろうか。自分は呉長福より優秀だ。鄭波、楊薔雲が呉長福より優秀なことと同じく、それは客観的な事実なのだ。謙遜《けんそん》を装《よそお》ってもいい。本音を言わず、呉長福に気を使うのもいい。だが、それは裏表があるということだ。だったら、なんであの二人は自分に当たってきたのか……。

李春はそのとき自分の行為についてはあまり考えていなかった。つまり、壁新聞を破り捨てたことや団支部での発言と態度について。というのも彼女はもう自分が過ちを犯したことはよく分かっていたのだ。後で考えても、確かにあれは自分が良くなかった。でもそれ以上くよくよと考えはしなかったのだ。

そして、李春は結論を下した。それは自分に大きな落ち度はないという結論であった。鄭波の言ったことはおどしだ。きっと思いつきで言ったのだ。もちろん、鄭波はあまり考えずに物を言う子ではないが……でも、おどしに決まってる。おどしだ！　李春は考えれば考えるほど、腹が立ってきた。自分は天津では党総支部の委員をしていたのだ。そんな自分が、ちっぽけな支部の書記ごときに団員にふさわしくないなんて言われる筋合いは……ないっ！

このままではやられっ放しである。李春はいらいらして寝付けなかった。布団《ふとん》を蹴《け》っ飛ばしてみたが、ぐちゃぐちゃになっただけ。ベッドから起きて引き直したが、しわが消えない。ますますいらいらしてきてベッドの上に座り込んだ。

そのとき突然、李春は妙案を思いついた。そして慌ただしく褐色《かっしょく》のオーバーを羽織り、靴をつっかけると、闇夜に駆けだしていった。李春が向かった先は学校の教室であった。紙と筆記用具を取りだすと、今度は南側の校舎へと向かい、廊下《ろうか》の明かりの下に座った。李春は下敷きを紙の下に引くと、校長先生と袁先生宛の手紙を書き始めたのである。

薄暗い明かりが彼女の黒い影を映し出した。晩秋の深夜、寒風が彼女の裸足《はだし》の足に刺さった。彼女は怒りを綴《つづ》りながらも、自分の境遇を嘆き、かつこれまでの「人生の戦いの歩み」を振り返った。復讐《ふくしゅう》の炎が心の中でめらめらと燃え上がっていた。

袁聞道《ぶんどう》先生は李春という生徒が好きであった。というのも彼女は勉強がよくでき、特に数学が得意であったからだ。加えて、袁先生も自覚していたが、彼にはある「願い」があった。約三十年前、袁先生が教師になりたてのころ彼が最も尊敬していた古株の教師は袁先生にあることを言った。

「教師になったからには、一生で教える生徒の数は一万を超えると思うよ。もしこれら大勢の生徒がみんな平々凡々ならば、その教師は評価されないだろう。だが、仮にこれら教え子の中に十人、五人、いや一人でもいい、天才が現れたならばそれこそ教師の誉《ほまれ》だろうね」

その古株の先生はこう言うと、袁先生の肩を叩き「肝に銘じておくといい。隠れた名馬を見つけたら、徹底的に鍛えあげるのだ。将来、彼らが私たちの苦労を忘れることは、決してないぞ」と付け加えた。

袁先生はこの教え通り、いつも自分の生徒たちの中で「名馬」がいないかと目を凝らしているのであった。解放以前、彼はすでに十数名の「名馬」を見出《みいだ》していたが、惜しいことに高校卒業後これら生徒たちは音信不通になったり、病気で亡くなったり、結婚して家庭に入ったりと、みんな世に出ることは無かった。袁先生は自分が女子高の教師であることを悔やんだ。

とてもがっかりしていたが、解放後の二年間彼は李春の「名伯楽《めいはくらく》」となったのだ。李春ならば自分の最高の弟子になるだろうと期待したのだ。この願いは、彼の娘ですらあずかり知らないことであった。

袁先生は李春の手紙を読むなり、さっそくご機嫌斜めになった。団支部が会議を開くなんて事前に聞いてなかったぞ……。いったいこのクラスは、学級担任が管理しているのか？　それとも、団支部が管理するものなのか？　李春の言葉にも同情した。手紙には「団支部が会議を開いて、私を攻撃してきました。鄭波さんは私を処分するつもりのようです……」と書かれていたのだ。鄭波たちには寛容さが欠けている……。そう言わざるを得ないと袁先生は思った。

だが、これはあくまで団支部の中で起きたことなので、自分は首を突っ込まないほうがいいとも考え直した。と言っても……袁先生の逡巡《しゅんじゅん》は止まなかった。帰宅した袁先生は娘に文句を言った。

「新枝！　いったいどういうことだ。お前のクラスは、私という学級担任を役立たずとでも思っているのか？」

新枝は何があったのか経緯を話したあと、父親に向かって弁解した。

「あの日の会議だけど、お父さんに相談しなかったのは支部が悪いわ。でも、つい忘れちゃっただけよ。学級担任を蔑《ないがし》ろになんて絶対にしてないわ！」

だが、袁先生は「この小娘！　お前は支部の代表者か？　擁護するなんて、生意気な！」とますます腹が立ってしまった。

その後、郭《かく》校長も李春の手紙を読んだ。郭校長はすぐさま袁先生のところに事情を聞きにいったが、袁先生も李春の自分宛の手紙を郭校長に見せた。

「私は、どうせ頭のお堅い『お役人教師』なんでしょうね。事の経緯がまったく理解できません」と袁先生は嘆いた。郭校長は袁先生が言わんとしていることをわかっており「先生が団支部を叱りつけても構いませんよ。彼女たちはどうして会議のことを相談しなかったのでしょうね？」と言った。

　袁先生は力なく笑ったが、郭校長は二通の手紙を袁先生に渡してからこう言った。

「団支部に行かれて、よく話されたほうが良《い》いですよ。私が思うに、誰かと李春の間に誤解があったはずです。みんな所詮十代の子供たちですよ。当然いろいろ言い合うものです。でもね、李春が手紙の中で書いているようないがみ合うような状況はまずい。やはり手と手を取り合って、一緒に成長していかなければいけませんよ！」

　実のところ袁先生は郭校長に手紙を渡して、処分を一任しようと思っていた。すべてお任せします、お好きなようにご処置願いますと言って、自分はこの件から手を引こうとしていた。ところが、結局のところ「袁先生のほうでご処分願います」というのが校長の意思であった。確かにそれはそうだ。あれもこれもと校長が一人で引き受けたら、とてもじゃないか処理しきれない。だが、さてどうするか。自分はこれまで団支部に意見をしたことがないのだが……と頭を抱えているうちに、郭校長はいなくなっていた。

　さて娘の新枝であるが、彼女はすでに鄭波から、父が団支部に意見したことを聞いていいた。その場には楊薔雲もいて聞いていた。鄭波は「そうね。うちのクラスは最近担任の先生としっかり意思疎通してなかったわ」と反省した。

　一方楊薔雲は「でも袁先生、あまり私たちと関わろうとしなかったじゃない！」と不満気である。袁新枝は「お父さんはもともと学級担任にはなりたくなかったのよ」と打ち明けた。「じゃ、なおさら私たちは先生としっかり意思疎通しないとね」と鄭波は言った。その後、しばらく彼女たちは話し合っていたが、鄭波と楊薔雲が自分たちのほうから袁先生がいる数学教員室を訪ねることになった。

数学教員室はこぢんまりとしており、数学科の教員四人がそこにいた。鄭波らが訪ねて行ったときはちょうど袁先生だけで、他の三人の教員はいなかった。袁先生は窓際の席に座り、雑誌『数学通報』の新刊を読んでいた。

鄭波が扉をノックしたが、袁先生は気づかなかった。窓から『数学通報』のページをぱらぱらめくっている袁先生の姿が見える。ガラス窓に近づいて見ると「あの子だ。きっとそうだ」という袁先生の独り言が聞こえた。鄭波、楊薔雲はやきもきしながら少し間を置いてまたノックした。気づいた袁先生はびっくりして顔を向け、二人を目にした。

袁先生は二人を座らせると、雑誌を閉じた。と、思ったらまた開いた。そしてある頁の角を折り、目立つようにしておいた。鄭波は聞かれる前に今回の団支部会議のことについて話しだした。そして、事前に袁先生に相談しなかったことを謝った。袁先生はうなずくと、李春の手紙を二人に見せた。楊薔雲は手紙を見るなり「あの子、歪《ゆが》んでるわ……」と怒りだしたが、鄭波が楊薔雲の裾《すそ》を引っ張って制止した。

鄭波はあのときの団支部会議の様子をありのままに話した。袁先生は「君たちは、李春がそんな子だと思っているのか？」と尋ねた。楊薔雲が顔を少し上げて「あの子自分勝手なんです……」と言う。袁先生は思いもしなかったように「自分勝手？」と聞き返した。

「ご存知ないのですよね？」

楊薔雲は手振りを加えながら「彼女は先生がおっしゃるような意味では自分勝手じゃないです。学校生活ではそうじゃないんです。でも、いっつも計算高いんです……」

「あまりにも傲慢《ごうまん》なんです」と付け加える鄭波。

「君たちは李春のことが嫌いなのか？」と袁先生が尋ねた。

「いいえ、嫌いではないです。ただ、周囲を不快にさせるんです」と楊薔雲が答えた。

「いらいらさせるんです」とまた付け加える鄭波。

「彼女のどこが周りを怒らせるんだ？」と袁先生は聞いた。

楊薔雲は李春の欠点を逐一挙げた。生意気、協調性が無い、奉仕活動にも参加しない、みんなのために貢献しない、しょっちゅうくだらないことを言うなどなど。

　袁先生は少し考えてから、口を開いた。

「一言、言わせてくれ……嫌な気分になるだろうが、李春という生徒に対する私の印象は、君たちのそれとは大きく違うようだな。李春は、学業に真摯《しんし》に取り組み科学に情熱を傾け、一を聞いて十を知る生徒だ。得難《えがた》い才能だな。もちろん多くの欠点があるだろうが、君たちも支えてやらんと……」

　鄭波たちは何も言わず、袁先生が言ったことについて考えていた。袁先生は『数学通報』を手に取り、ふと苦笑いしてから、鄭波たちに「思い出話を聞いてくれるかな……」と言った。鄭波は袁先生をじっと見つめ、楊薔雲は何だろうと瞬《まばた》きした。

　袁先生は語り出した。

「約三十年前のことになるな。そのとき、僕は朝陽《ちょうよう》大学に通っていたが、同時にある男子高で臨時講師をしていたんだよ。中学三年生に平面《へいめん》幾《き》何《か》を教えていた。そのクラスにはある生徒がいた……名前が思い出せないんだが……とても頭が良くて、痩せていて小柄、でもぼろを着ていた。眼《め》に病気も持っていて、まぶたがよく痙攣《けいれん》していたな。

その子は数学だけは大好きだった。数学にのめり込んでいた。僕よりもそうだった。聞いた話では、朝から晩まで数学の本を読《よ》み耽《ふけ》っていたので、お父さんに叩かれたこともあったそうだ。一回目の授業の後、その子は僕のところに質問にきた。証明問題を見てくれませんかと言ってきてね。どんな証明問題だったかと言うと、点移動の証明問題、それが解けないということだった。任意の点が移動する際には、その点に最も近い他の点を経由しなければいけない。ただ、その最も近い点が見つからないって言ってきてね。

それで見てみたらこれはとんでもない難問だとわかった。十代の子供がこんな水準の幾何を学ぶ必要はないし、駆けだし教員の私の手にも負えないと思った。その後、授業内容が難しくなっていくと講義中によく質問してきた。答えてあげたが、僕が言い終わらないうちに理解してしまう。ときには、起立して僕の間違いを訂正してくれたこともあるんだよ。

でも、場の空気を乱すので、他の生徒はその子を黙らせようとしたり、文句を言ったり、罵《ののし》ったりしていた。授業中にぼんやりしてしまうこともあった。眼の持病でよく痙攣していたが、動かなくなったまぶたをよく見たら、膿《うみ》が溜《た》まっていたな。

あるときには、どこから見つけてきたのか、たくさんの難問について質問してきたこともあった。僕はね、内心、あの子は歩けないくせに走るかのように、自分を大きく見せようとしていると感じた。本当に面倒くさい生徒だなとも思ってんだよ。他の先生の話によれば、その先生は数学を教えていないのに、数学の教科書を読んでいるということだった。

こんなこともあった。僕の授業中に彼は高校で借りてきた『大代数』という本を読んでいた。僕はそれを見て、すごく怒った。『大代数』をすぐしまいなさいと注意したんだ。だが、まさかね。しばらくしたらあの子はまた『大代数』を読んでいたんだよ。あのころは、僕も若くて血気盛んだった。つい彼をビンタしてしまった。当時、生徒を叩くというのはよくあることだったんだよ。放課後にはまた三時間お説教をした……」

こう話してから袁先生の表情が曇った。そして、言った。

「その後はね。あの子は僕の授業に出てこなくなった。僕は校長に意見して、あの子の授業登録を抹消してもらった……。しばらくして、僕もその学校を離れたんだよ」

袁先生は語り終えると深くため息をついた。外した眼鏡を拭《ふ》いている彼の手はかすかに震えていた。楊薔雲は目を大きく見開いて、「それから、どうなったんですか？」と聞いた。

「それからだって？」

袁先生は声が枯れたので咳《せき》をすると、痰壺のほうに行き痰を吐き捨てた。戻って来ると『数学通報』を鄭波と楊薔雲に渡して、震えた声で言った。

「この論文はね。あの子が書いたんだ。あの子がね……」

袁先生はタバコを一本取り出した。普通、先生は生徒の前ではタバコを吸わないのだ。だが、袁先生は我慢ができず、タバコに火を点《つ》け思い切り吸った。鄭波と楊薔雲は雑誌に顔を近づけて読んでいる。筆者への尊敬の念が湧いてきた。その論文の複雑怪奇な題名を見ているだけで、思わず

「はぁ〜」とため息が漏れた。

袁先生はタバコの火をもみ消し、箱をポケットにしまった。

「僕とあの子のことだが、約三十年間教壇に立ってきて言えるのは、優秀であればあるほど往々にして癖《くせ》があるということだ。でも、そこで教師としての冷静さを欠くと、一生後悔することになる」

袁先生はこう言ってから、付け加えた。

「君たちも、李春を気遣ってやってくれないか……」

「先生、ご指摘ありがとうございます。私たちもこれまで配慮が足りませんでした。何も分かっていませんでした」

鄭波が言った。だが、鄭波はおずおずとした様子で袁先生を見ながら、こうも言った。

「ですが、先生は成績優秀な生徒であればあるほど癖があるとおっしゃいましたが……そう、そういうものなのでしょうか。もしかしたら解放以前はそうだったのかもしれませんが……今は、なんとか生徒をしっかりと教育できないものでしょうか」

楊薔雲は袁先生の話を聞いていて、それをある物語のように感じていた。彼女は鋭敏な感性を巡らし、その痩せた、まぶたを痙攣《けいれん》させている、数学の虫を思い描いた。彼女の心に同情の念が湧いていた。そして、鄭波と袁先生の会話をぼけっとしながら聞いていた。

袁先生はうなずいた。

「そうだな。僕が話したのは以前のことだから、今は違うかもしれない。長年教壇に立ち、いろんな生徒を見てきたよ。多くの人や物事を覚えているし、また自分の過ちも少なくなかったな……。

話を戻そう。やはり李春のことだけどね。彼女は自分をしっかり持っていて、努力を惜しまない生徒だ。かつ負けず嫌いで自信があり、科学が大好きで、思考力もある。このような特性は好ましく、また愛されるべきものだろう。

だが、一方で傲慢かつ我がまま。自分が上に行くことだけしか考えないときもある。だから、周りに配慮できない。僕の考えはね……彼女の性格の長所を伸ばしてあげれば、立派な大人に成長するということだよ。生活態度や人付き合いに関しては、厳しく教育すべきだ。

ただ、生徒一人一人に団支部書記と同じような態度を求めるのは酷だろうな。新しい教育理論について僕はよくわかっていないかもしれない。だから、この意見が正しいかどうかも分からんけどね」。袁先生はとても丁寧に諭《さと》し、話を終えた。

鄭波と楊薔雲は相変わらずぼんやりしたまま考えていたが、しばらくしてから鄭波がうなずいた。

「今まで私たちと李春は激しく対立していました。この対立は、これまでの蓄積の結果でしょうね。団支部の任務はずっと、みんなを政治活動に参加させることでした。積極的に参加しない生徒がいたら、私たちはその子を責めたんです。李春に対しても、私たちの理解が足りないところがあったかもしれません。楊薔雲、そう思わない？」

楊薔雲は瞳をくりくりさせながら言った。

「そうね。よく考えるべきね。これまで自分が正しいと思ったら賛成し、違うと思ったら言い争ったわ。他のことは考えなかった。これからはよくよく考えないとね」

袁先生の話は効果覿面《てきめん》だったようだ。彼女たちは部屋から出るとさっそくどうやって李春と仲直りするか相談し始めた。

李春は夜中に廊下で手紙を書いていた際に冷気に触れ、加えてその日はよく眠れなかった。翌日起きたら頭も重く、目もしょぼしょぼしていた。彼女は冷たい水で顔を洗い、ちゃんと目を覚まそうとした。こうしてなんとか登校したが、こめかみがずきずきしてきた。さらに肩も凝り、まるで重石《おもし》が乗っているかのように感じた。李春は我慢できなくなり、お休みをもらい寮に帰ると横になった。

女子生徒たちの寮は一間の大部屋で、かなり古いが南側に位置していた。部屋はかび臭さと石鹸《せっけん》の香りが混じり合っていた。その一部屋に十二人の女子生徒が寝起きしているのである。李春のベッドは一番奥の隅っこにあり、とても暗い。

李春はベッドの上に横になると、布団を被《かぶ》り、ロープにかかっている十二枚のタオルと一着の洗濯したばかりのスカートをぼんやりと見つめていた。李春にはタオルがそれぞれ誰のものかは分からなかった。雪のように白く「祝君平安（平安を祈ります）」という言葉が書かれているのは張ちゃんのかな。ぼろぼろで穴だらけ、紅《あか》い四角の飾り付きはたぶん呉長福のものだろう。あと、あのきれいな水色のものは誰のだったか？　どうも思い出せない。

そのとき、さっと風が吹いてきて扉がガタガタと音を立てた。授業終了の鐘と共に生徒たちのざわめきが聞こえてきた。李春は、ふと誰かに呼ばれたかと思ったが空耳だった。孤独を覚えながら息を吸い込んだが、鼻の中がカビのにおいと石鹸の香りでいっぱいになってしまった。それから、彼女はまたタオルを一枚ずつ見ていった。そう言えば、自分のタオルはみんなのとは一緒にはないな。遠くに置いてあるな。それを見ると、病人がよく味わう孤独感や無力感に李春は襲われた。

「もしかして、私もあのタオルみたいに独りぼっちなのかしら？」と彼女は自問した。

また鐘が聞こえた。喧騒《けんそう》は静寂へと変わり、授業が再開された。この授業は国語だろう。癖のある長髪の四川人、劉《りゅう》先生が担当だ。劉先生のなまりは本当におかしい……学校生活、鐘に管理された規則正しい集団生活はなかなかいいものである。でも、自分は体調が悪くなってしまった。今、元気だったら何をしていただろうか。

自分を批判する生徒はいる。距離を置いたり、逆に突っかかってくる生徒もいる。親友がいないのだ。いや、普通の友達すら一人もいないだろう。天津で中学生活を送っていたころは元気いっぱいだった。積極的だった。生徒の輪の中心にはいつも自分がいた。そのとき、自分は団総支部の委員をしており、とても忙しかった。高校の生徒ともよく一緒にいたし、また他校の男子生徒、学生連合の幹部、青年報の記者たちとも交流したんだ。

じゃ、今は？　こういったことは全部、他の生徒に任せてしまった。自分は勉強に打ち込んでいるので、やってる暇などないのだ。いや、誤魔化してはだめだ。こういった活動の大切さは分かっている。友達だって本当は欲しいし、温かい友情も必要なのだ。みんなのために頑張って、認められたいんだ。

でも、どうすればいいの？　鄭波に頼み込んで奉仕活動をやってみるのか？　奉仕活動は自分から辞めたことだ。改めて頭を下げて、反省するなんて嫌だ。じゃ、いったい何をすれば自分の真の実力をわかってもらえるのだろうか？　どうやって敵対する生徒を黙らせ、またどうやって活動の幅を広げ、そして自分を慕う生徒たちを増やすことができるのだろうか？……やがて李春はうとうとと寝てしまった。

お昼ごろ、何人かの生徒が彼女の様子を見に来た。患者用の食事と、その日の『青年日報』も持って来てくれた。李春は麺を何口か食べてから、食器を脇に置いた。そして、肘を付き身体《からだ》を斜めにしながら新聞を読んだ。『青年日報』の文芸欄には学校生活に関する随筆が載っていた。彼女はそれを読んでみたが、そんなにいいとは思わなかった。近ごろの生徒の記事には深さがなく、どうでもいいことが書かれている。

　何かと言うと、大雨になったので傘を貸してあげただの、病気になった人にリンゴを送ってあげただの……だめだめ。私が病気になっても、リンゴなんて絶対に要らないわ。もし自分が学校生活について書くならば、こんなことは取り上げない。李春はさらに皮肉に考えた。空論を唱える団支部書記、勉強ができない劣等生を取り上げたらいいんだわと辛辣に考えたのだ。

　そうだ。自分で書けばいいんだ。自分の記事は『青年日報』のこれらの記事には決して劣らない。むしろ自分なら『青年日報』のこれら記事よりもいいものを書けるだろう。書くことは得意だから、きっといい文章が書けるはずだ。これまで寄稿したこともあった。作文の点数はいつも九十点を超えていた。もし、彼女の文章が載ったならば、中一の生徒たちが高三の教室にやって来るのではないか。そして、『青年日報』を見せながら「この記事は李春先輩が？　先輩の同級生の李春先輩が書かれたんですよね？」と聞いて来るのではなかろうか。

　もし、その後輩が質問した相手が楊薔雲だったならば、ざまぁみろだわ！　海南島の読者から手紙が来るかもしれない。自分のことを大先生だと思って、手紙には「李春おば様」と書かれているかも……そんな妄想をしていたらわくわくしてきて、彼女は『青年日報』の随筆を七回も読んだ。毎回何かしら書き間違いが見つかる。もし自分が書いたならば、こんな間違いだらけになんかなるもんか。李春の決心はますます固まっていった。弱った身体に障《さわ》るほど、強烈な執筆欲が湧きあがってきたのである！

　午後五時ごろ、鄭波が寮に戻ってきた。そのとき李春は少し元気になっていて、ベッドの上で本を読んでいた。鄭波は李春に「身体は大丈夫？」と聞いてから、今日の授業内容を教えてあげた。鄭波の話によればロシア語の授業で先生が質問したのだが、周小玲が発音を間違えたそうだ。先生が直してあげたのだが、周小玲はいつもの通り出来が悪く、起立しても、きちんと答えようとすればするほどしどろもどろになった。

　周囲の嘲笑も買うようになったので、先生は彼女を座らせたがそのとき、周小玲はつい口が滑って「やめてよ！」と言ってしまった。それを耳にした先生は、周小玲が自分に文句を言ったと勘違いし、かんかんに怒ってしまった。だが、幸いにも袁新枝が「いつもの口癖なんです」と助け舟を出したので、丸く収まったそうである。この話を聞いて李春は笑い出したいのを必死にこらえていた。

　話し終えてから鄭波は李春に「この前の会議のことだけど、何か話したいことはある？」と尋ねてきた。李春は気を引き締めた。どうやら先生に手紙を出したことを鄭波は知ったのだろう。

「そうね。あるわ」と李春はぶっきらぼうに言った。

「話してくれない？　だめ？」

　李春は顔を赤くした。「反省」や「振り返りと自己批判」といった形で他の生徒と話したくなかったのである。そんな形で話してしまえば、鄭波が「仕かけた罠《わな》」にはまってしまうのではと邪推したのである。心の中で、あなたに言いたいことはあるわ。でも、それはさ、校長先生に聞いてよ、とつぶやいたのだが、喉《のど》で止まった。

そんな李春の様子を見て、鄭波は単刀直入に言った。

「あの日の私の発言は良くなかったわ。態度もね。軽々しく人を批判するべきじゃなかったの。勘弁してちょうだいね。ただ、みんなの意見はね……ま、いいや。体調が良くなってから、また話しましょう」

鄭波はこう言うと出ていった。

李春はあっけに取られてしまった。彼女は怒りに任せて一通の「名文」を書いたのだが、今、鄭波のほうから過ちを認めてくれたではないか。たぶん、彼女はあの手紙のおかげで、「勝利を収めた」のだ。でも、他に何か得たものはあっただろうか？　気を張り詰めたまま半日を過ごしたので、マラリアにかかったかのように具合が悪い。一方の鄭波はと言うと、肩の力が抜けている。李春は、むしろ鄭波が過ちを認めないことを望み、怒ってやろうと思っていたのだが……鄭波は大人だった。これじゃあ、暖簾《のれん》に腕押し、糠《ぬか》に釘《くぎ》である。

第十章　ガリ勉乙女《おとめ》の反撃宣言

鄭波《ていは》の母が病気になったとき、彼女は自分の勉強の成果を徹底的に振り返った。高三で初めての中間試験後の学級会で、鄭波は自分はちゃんと勉強していなかったと反省した。みんな同じように授業を受け、同じく多くの時間をかけて学んでいる。ただ、鄭波はときどき奉仕活動で忙しくなるので、他の生徒よりも自習時間が少し減ってしまうのだ。じゃあ、どうやったらみんなに追いつけるのか、どうすればしっかりと勉強できるのか……。

彼女自身も気づいていたのだが、そのためには勉強の効率を上げるしかないのだ。他の生徒が授業中に理解できず、覚えられないことでも、自分はその場で理解し頭に叩《たた》き込《こ》むしかないのである。他の子が二時間でやれる宿題ならば、自分は一時間で終わらせなければならない。効率を上げるためには集中力を高めることが大事だ。李春《りしゅん》の一件という頭痛の種はあったが、鄭波は自身の勉強についても積極的に取り組まなければいけなかったのである。

彼女は紙を一枚取り出すと、「瞬間に最善を尽くそう！」という標語を心を込めて書いた。彼女は画鋲《がびょう》で紙を机の左上にはりつけた。授業の度にその紙を見ると、やる気が湧《わ》いて来る。そのとき彼女は背筋をぴんと伸ばし、瞳を見開いて、拳《こぶし》を握りしめるのだ。耳をそばだてて、先生の講義内容を一言一句聞き漏らすまいと努めたのである。鄭波は気持ちを高揚させながら、この紙があれば、集中して授業を聴けると自信を持った。

だが、翌日になり初回の授業ですぐ「過《あやま》ちを犯して」しまった。それはロシア語の授業であった。先生は文法を教えていたのだが、鄭波は聴いていてどうも耳に入ってこなかった。そのとき、窓越しに何かがさっと通り過ぎるのが見えた。横目で見ると、スズメが一羽《わ》いるではないか。教室のそばのレンガの上に飛び降りてきたようだ。後ろ脚には赤い絹糸が巻きつけてある。

鄭波は思った。この小さな生き物はおそらくどこかの子供の「捕虜」になっていたのだろうと。そして、今でも足枷《あしかせ》が残っていて足掻《あが》いているのだろうと。か弱きスズメは脚を引きずってぴょんぴょんしている。鄭波にはスズメの瞳が不安げに見えた。そのとき、ふと人影が伸びてきた。庭掃除をしていた用務員の侯《こう》おじさんがスズメに近づき、無神経な感じで手を伸ばしたではないか。

「やめて！」

鄭波は思わず声が出そうになった。身体《からだ》がつんのめり、腕を机にぶつけてしまった。彼女はびっくりして、気持ちを落ち着けようとした。二分ほど過ぎたが、先生の講義は頭に入ってこなかった。鄭波は胸がどきどきしていることに気づいた。まるで何か悪いことでもしたかのように……周りの生徒を見てみたが、誰も自分のことを気にしていないようではあった。

そこで、彼女はまた自分の中で決まりを作った。授業中は必ず先生の顔を見ていよう、視線は常に先生にだけ向けていようと。外をスズメが飛んでいても、たとえそれがフクロウであっても、決して気を取られまいと。

この「自戒」には効果があった。先生の一挙手一投足を彼女は見逃さなかった。集中して講義に耳を傾けた。これだけでもとても体力を使うし、目も疲れてくる。同時に気持ちが張り詰めてしまった。何かが突然自分の集中力を乱しはしないかと気にしていたのだ。

授業が四コマあるときはとても疲れてしまい、気も散ってしまった。彼女は目をぱちぱちさせてから、改めて目を大きく開いた。先生のはげかかった頭と深いしわ、ぱくぱく動く口はしっかり見えた。だが、講義の内容は三十秒くらいではあったが聴き漏らしてしまった。

「また、やっちゃった」

鄭波は自分に腹が立ち、我が身をつねった。

その日の夜、鄭波は気持ちを落ち着けて考えた。これじゃ授業なんて受けられない、ただ自分で空回りしているだけだと思った。食堂での夕食時間、鄭波は同じテーブルの友達に聞いてみた。

「あのさ。授業を受けているとき、どうしたら集中できるのかな？　私は何やってもうまくいかないの！」

何人かが答えてくれた。

「分かんないよ。結局、頑張って聞くしかないじゃない？」

どうやって集中力を維持すればいいのか、誰も分からなかったのである。

呉長福《ごちょうふく》はお箸《はし》を、お碗《わん》と料理皿の間でせわしなく動かしながら、笑って言った。

「集中力を保ちたかったら、そのことを好きになるしかないわよ」

「私さ。お肉食べてると、そのことで頭いっぱいよ。白菜よりお肉が好きだからね」

楊薔雲《ようしょううん》はぷっと笑って、危うく飲んだスープを噴き出しそうになり「じゃ、授業と食事どっちが好き？」と呉長福に突っ込んだ。

呉長福は薔雲を無視して、話を続けた。

「それでね。お腹《なか》が空くと、注意力が高まるの。お腹がいっぱいだと、気が散っちゃうけどね」

周小玲《しゅうしょうれい》はお碗を置くと、少し考えてから言った。

「私はボール遊びしているときが一番集中できるな。地震が起きても、気になんないわよ」

するとみんな、がやがや話し出した。鄭波は集中して授業を聴く方法を知りたかったのだが、みんな何をしているとき一番集中できるか、好き勝手に話し始めたのである。ある生徒はお芝居を観《み》ているとき、特に悲劇物を観ているとき没頭できると言った。またある生徒は、自分は先生に怒られると周りのことがわからなくなると話した。他に寝ているときが一番集中できるわ、何も考えなくていいからと言った生徒もいた。楊薔雲がまた突っ込んだ。

「あんたたち。結局、くだらないおしゃべりしているときが一番集中できるんじゃない！」

でも、みんなは負けずに楊薔雲に言い返した。

鄭波は教室に戻り、悶々《もんもん》と悩み続けていた。いったいどうしたら集中できるんだろう。さっき冗談で返されたが、その冗談にも一理あるようだ。呉長福は好きになったら集中できる、お腹が空いたら集中できると言った。じゃ、自分も授業を好きになれるだろうか？　あるいは、お腹を空かさなければいけないのだろうか？

鄭波は予習を始めた。明日の一・二時限目は物理なので、物理の教科書を開いた。教科書は翻訳されてから、さらに修正されたものだろう。ちょっと読んでみたが内容が難しそうで、用語も難解だ。ざっと目を通しながら、声に出して読んでみたが頭に入ってこない。本を閉じて、しばらく考えてみた。う～ん、ちょっとはわかったかな。でも、まだきちんとは理解できていない。鄭波は赤鉛筆で大事な部分に印を付け、翌日の授業でちゃんと聴くことにした。

さて翌日、授業が始まった。自分が一番難しく感じた問題を先生がさっさと説明してくれないのかと、やきもきしていた。ところが、先生はその問題については解説せずに、以前講義したことのある一連の基本法則や公式から話し始めた。なんでこれらをまた講義するのかと、鄭波は怪訝《けげん》に思った。一秒一秒過ぎていく時間が気になった。先生は、授業中にこの問題をちゃんと説明してくれるのだろうか？

先生は相変わらず基本法則や公式について講義していたが、鄭波はふと思った。もしかしたら、これら基本法則や公式はこの問題を解く際の鍵になるのではないか？　そう思った鄭波は気持ちを集中させた。先生が今話している基本法則や公式を自分はすでに分かっているが、それと、彼女が予習中に感じた難問とを結びつけて解法の鍵を模索したのである。だが、解法の鍵は思い浮かびそうで思い浮かばず、これだと思っても違っていた。

それから、ようやく先生が問題について話し始めた。鄭波はほっとした。これでやっとわかる。彼女は身を乗りだして手で髪を後ろにやると、瞬《まばた》きをしてやる気満々で聴こうとした。

ところが、先生はてきぱきと問題の解説講義をしようとしなかった。逆に、「いくつか解き方がありますね」と言ってきたのである。鄭波の頭は混乱してしまった。いくつもの道があるようだ。左に行けばいいのか。それとも右か。鄭波の頭はいっぱいになってしまい、力を入れて掻《か》いた。

これに違いない！　ふと鄭波はたどり着いた。彼女が納得すると同時に、先生も同じ内容を話していた。鄭波はあまりに嬉《うれ》しくて、「私もそう思っていたんです。先生の答えと同じです」と大声で言いそうになった。自分は授業中にただ一方通行で聴いているだけではないのだ。教師と共に秘密を探り当てる「冒険者」なのだ。そう思うと、自信が湧いてきた。

先生は解答を説明しただけでなく、それをグラフでも示してくれた。先生は事前に準備していた指導用かけ軸を開いた。それですべてが分かった。疑いの余地もない。先生はグラフについて説明しただけでなく、その他の誤った解法についても指摘してくれた。鄭波は「うんうん」とうなずいた。

こんがらがっていた頭が、きちんとした論理で整理されるのは本当に快感だ。悩みと憂鬱《ゆううつ》が確信へと変わるのも、なんとも心地よい。鄭波の呼吸は落ち着き、身体も軽くなったようだ。この授業での収穫はたくさんあった。鄭波は感激の面持ちで先生を見つめた。授業が終わり、日直の生徒が、「起立、礼！」と号令をかけると、鄭波は心を込めて深々と先生にお辞儀をしたのであった。

このように授業を受けるならば、毎回四十五分の授業があたかも人の一生や事業のように有意義に感じられる。漢王朝の創始者劉邦《りゅうほう》の深謀遠慮《しんぼうえんりょ》だったり、劉邦を項羽《こうう》から救った樊噲《はんかい》の義俠《ぎきょう》心だったり。あるいはソ連のヴォルガ・ドン運河建設事業や南アメリカ民衆の英雄的な闘争であったり。はたまた、放射線医療の応用と原子核分裂の多大な威力であったり。そして、わが国で作り上げられている社会主義と共産主義の美しい風景であったりと……。

授業の一コマ一コマ、それを受ける度に知識が充実し、前に進むことができる。無数の「神聖なる四十五分」が過ぎ去り、幼い子供は、豊かな知識を持つ大人物へと育っていくのだ。

自習でも気を抜かない。鄭波は一分一秒を大切にするよう努めた。彼女はいつも教科書、ノート、原稿用紙を取り出すと、決められた位置に自分が復習しやすいように、きちんと配置していく。鐘が鳴り、生徒たちが入ってくる。他の生徒はあまり考えずに教科書を机の上に置いていくが、彼女はすでに文房具を取り出し勉強を始めている。

長時間勉強したあとは、少しは休まないといけない。だが、鄭波はこの時間を使って、鉛筆を一本、また一本と削っていく。そして勉強を再開し、もし鉛筆の先が丸まってしまったり、折れてしまったりしても、すぐに他の鉛筆が使えるようになっているのだ。だから、「戦いの武器」の修繕に時間を費《つい》やさずに済むのである……。

鄭波は勉強中周りのことに気を取られなくなり、むしろ少しにこにこするようになった。一方で、ふと表情が厳しくなり顔がこわばるときもある。何か痛みでもあるかのように、何かに怒るかのように、はたまた何か決意するかのように表情がよく変わるのである……。

あるときには天井を眺めながら、机の上に指で円を描く。またあるときには頬杖《ほおづえ》を付きながら、頭を下げて考え込んでいる……。目を見開いて前方を見据えたり、それを細めたり。そして、眉間《みけん》にしわを寄せて鼻腔《びこう》が縮こまり、顔面がぴくぴくしているときもある。

こんなふうに鄭波は粘り強く、規則正しく、そして時間を無駄にしない。一分でも有効に使い、一歩でもクラスの優秀な生徒との差を縮めようと努力するのだ。これが……高三初の中間試験という試練に対する彼女の高らかな「反撃宣言」であった。

第十一章　流れ去る日々

李春《りしゅん》の勉強ぶりは、学者が論文でも書くような「気宇壮大《きうそうだい》」なものである。一方、袁新枝《えんしんし》のそれは物語を読んでいるかのように軽妙かつ柔軟なものであった。また、鄭波《ていは》は牛が畑を耕すかのように黙々とそれに没頭する。そして、楊薔雲《ようしょううん》はあるときは歌を歌うかのようであり、またあるときは喧嘩《けんか》をしているかのようにしゃかりきになる。

例えば、朝早くに李春はロシア語の単語を暗記しているのだが、勉強をしている姿をあまり周りに見られたくなかった。李春は図書館の前の槐《えんじゅ》の大木にもたれ両足を交差させ、口の中で「シュッシュッ、ヒュッヒュッ」と不思議な音を発しているのだ。目を閉じたり開いたり、また開いたり閉じたり、そして勉強の終わりころに足を伸ばし、近くにあったレンガを蹴《け》っ飛ばして「ウラー（ロシア語で万歳の意）」と叫《さけ》ぶ。なぜか？　単語をちゃんと覚えたぞと勝利の雄叫《おたけ》びをあげたかったからだ。

ロシア語は音楽みたいだ。楊薔雲は「その音楽」をいろんな授業で見つけた。ロシア語は本当に耳に心地よく響く。多くの生徒はロシア語の性別名詞、数詞、格変化を嫌っている。だが、楊薔雲が感じるのは、このような変化に富む言葉を覚えるのはただただ快感ということだ。ロシア語学習の初心者を悩ませる巻舌音「ル…アール……」も、母音と合わせて口にするととても響きがいい。

数学といえばこれまた音楽であり、歌である。「既知の条件」は既存の調べ、拍子、速度に喩《たと》えられるであろう。そして第一節から始まり、次は自分が歌う番である。問題が解けたときは、最後の一節、一音符を歌い終わったときのようなものだ。オクターブを上げて、共鳴を止めることなく……。そして、聴衆の拍手のうちに終わるのだ。

難問にぶち当たったときは喧嘩をするかのようだ。楊薔雲はぷんぷん怒りながら「あんた、嫌がらせしないでよ。まったく、もう」と言うのだ。またもし彼女が考えた解法が間違っていたら、こんなことを言う。

「いいわよ。今回はあんたが正しかったけど、私は負けない。覚悟しておきなさいよ。すぐやり直して、なんとかするわ……。あんた、やっつけてやるからね」

生徒たちは楊薔雲に「あんたさ。勉強しているとき、本当自分が好きなようにやってるでしょ？」と尋ねて来る。そんな質問に対し楊薔雲は「私ね、カザフスタンの舞を踊りながら、物理の問題を考えられるのよ」と答えたこともある。まさか？　でも、彼女の近くに座っていた生徒は楊薔雲からある話を聞かされたことがある。それは、気分よく自習を終え帰宅し眠りについてから、「そうよ。そうよ。軟母音が一つ足りないの。違う。ミ、ファ、シじゃなくて……」と寝言を言ったということであった。

だが、そんな楊薔雲の気持ちを挫《くじ》いた科目がある。それは製図であった。まず、彼女は製図の先生が好きではなかった。その先生はけっこう歳《とし》を取っていて、七〜八校の学校を兼任しており、あるときには服の上にそれらの校章をいくつか着けていた。授業のときは教科書をめくってすぐ読み始め、読み終わるとチョークを取って黒板に書きだす。板書しながら、念仏を唱《とな》えるかのように講義するのだ。生徒がどんな質問をしても、きちんと答えられない。「うん……そうだな」とか言うだけだ。

こんなこともあった。ある一人の生徒がその先生に「今日は練習問題の問五はやらないのですか？」と聞いたとき、先生は「あ、やるよ」と答えた。続いて別の生徒が「問六も一緒にやるんですよね？」と聞いたら、「そうだったな」と答えたのだ。みんな大笑いしたが、先生は生徒の反応などどこ吹く風であった。

楊薔雲自身も製図の授業の無味乾燥なところが好きではなかった。彼女が考えるには、製図では創造性が求められず、ただ言われた通りに作業するだけの科目なのだ。頭の良さは求められず、細かさだけが要求される。面倒くさいし、いらいらしてしまう。しかもすべて決められた型で描かなければいけない。描いても描いても、知識が増えるわけでもないのだ。

あるとき、複雑な製図の問題が出た。さっさと描き終わらせないといけない。ところが楊薔雲は何日間も手こずり、そのうち土曜の昼になってしまった。彼女はやる気なさげに消しゴム、紙、製図用ペンを鞄《かばん》から取り出した。同級生のほとんどはすでにこの製図を終わらせていた。教室の中では小声で歌っている生徒もおり、小説を読んだり、あるいは大声で国語の教科書を朗読している生徒もいた。薔雲はそんなみんなが羨《うらや》ましくて仕方ない。もうどうしようもなく、怒りに任せて製図用ペンで机を突いた。

大きな声で国語の教科書を朗読していた生徒は山西《さんせい》省の出身であった。その子は頑張って北京《ぺきん》語に慣れようとしていたのだが、やっぱりときどき山西なまりが出てしまい、耳障《みみざわ》りな音になっていた。薔雲は硬い製図用ペンで図を描いていたが、その子のことが気になって、我慢できなくなった。ペンを放り投げると、その山西っ子のそばに行き「あなたの、その『飢』っていう音、ちょっと小声で言ってくれない」と文句を言った。山西っ子は笑っていた。むしろ薔雲に自分のなまりを直してと頼んだのだ。薔雲はため息をつきながらも、その子の隣で発音を直してあげた。あるときは教えて、またあるときはからかって言った。

「だめねぇ。いくら頑張っても、あなたの発音からはお酢《す》の香りがするわ」

酢は山西の名物であった。

やがて薔雲は席に戻り製図を再開した。なんとかできあがったそのとき、蘇寧《そねい》がちょうど薔雲の席にやって来た。蘇寧はどんな問題を解いているのかと薔雲に聞いたら、薔雲は題名を軽く見てから、蘇寧に言った。

「この問題は簡単過ぎるわね。題名が長いのが気になって、難問みたいだけど、実はそうじゃない！　題名読んで、やる気なくしたらだめ。どんなに題名が長くても、今まで学んだ範囲に入っているのよ」

さらに薔雲は力強くうなずくと、蘇寧に対して「弱気にさえならなければ大丈夫、そうすれば解法が思い浮かぶわ」と励まし、「自分で解いてみなよ」と後押しした。考えている蘇寧のそばで、薔雲があれこれヒントをあげている。蘇寧は解法の糸口に気づいたようだ。薔雲は太鼓を叩《たた》くように「うん！」とうなずいた。

「そう、そう、それよ……」

実はこの問題は五分で解けるのだが、結局彼女と蘇寧は一時間以上かけて解き終えたのであった。蘇寧に説明し終えたら、夕飯の時間が迫っていた。そこで楊薔雲は仕方なく紙、鉛筆を片付け、夜に製図を再開することにした。

その晩のこと、教室にあまり生徒はいなかった。土曜日だから家に帰ったり、映画を観にいったり、また大通りをぶらぶらしている生徒もいた。さて薔雲だが、しゃかりきになって自分に活《かつ》を入れた。

「私って最低ね。まさか、こんなつまらない問題につまずいちゃうなんて……嫌よ」

彼女は強く言った。

「やっつけないと！」

そして慎重に製図用ペンで描き始めた。

ところが、何とペンの調子が途中で悪くなった。手が震《ふる》え、小さな二本線が出てしまう。実際はそんな大した誤りでもない。であっても、しっかりやると決めたからにはささいな誤りであっても薔雲は許せず、すぐ消しゴムで擦《こす》った。だが、「しまった！」。消しゴムが汚れていたせいで、まっさらな紙を擦ったら、小さな二本線は消えたが、汚れは却《かえ》って広がってしまったのだ。

楊薔雲は頭にきた。

「どうすりゃいいのよ！」

また描き直さないといけない。何時間かが無駄になるのだ。この数時間、大切で貴重な時間を全部この嫌な製図作業に費やさなければいけないのだ。薔雲はこみ上げる怒りを抑えきれなくなってきた。くるっと振り向き、製図用紙をつまみ上げると、ビリビリ引き裂いた。製図用紙を破ると、薔雲は叫びたい気持ちを抑えながら、教室から走り去り、校門から飛びだした。そして、校門のそばの壁に寄りかかると、自然に「う〜ん……」と呻《うめ》き声が出てきた。本当もう泣きたいと、心の中で嘆いた。

それでも涙は流さず、しばらく肌を突き刺す寒風に身震いしていた。だが、そんな寒風に乗ってまるで夢の中で聞くかのような軽快な調べが流れてきたのである。

青い糸に　藍《あい》の糸
藍の花ぞ　咲き乱れん

この二つは聞こえたのだが、続きは聞こえなかった。歌手はあの人じゃないか？

「清楚《せいそ》なる藍の花」

郭蘭英《かくらんえい》じゃないだろうか。この歌は彼女の印象に残っていた。一九五一年に放送局がこの歌を流し始めたのだが、楊薔雲はすぐその美しさの虜《とりこ》になった。純粋さを感じ、魂《たましい》を揺さぶられたのだ。

楊薔雲は頑張ってこの歌を覚えると、周りの生徒にまで無理やり覚えさせようとした。他の生徒が「え、こんな歌嫌《いや》よ。なんで、そんなにハマってるの？」と呆《あき》れたので薔雲は怒った。だが、その後ソ連軍の赤旗歌舞団が訪中したことがあり、そのときソ連の功労章受章歌手がこの歌が好きで中国語で歌ったのである。薔雲は鼻高々であった。

「ほら、私はソ連の芸術家と目の付けどころが同じなのよ！」

それにしても、さっきの調べはどこから聞こえてきたのであろうか。この歌が大好きな自分が、すっかり萎《しお》れていたときにいったいどこから？　薔雲は大通りに向かって歩いていった。でも、結局がっかりした。この歌を流しているラジオが置いてある店はなかったのである。この歌の出どころはまったくわからなかった。何軒かの百貨店のラジオが夜の京劇を流しているだけである。

　薔雲はぼんやりと立ち尽くしていた。一組の男女が彼女のそばを通り過ぎた。はっきりとはわからないが、男は官庁の役人だろう。そう薔雲は「判断」した。男は厚手の外套《がいとう》を羽織《はお》っており、しきりに笑いながら話しうなずいている。お下げに白い絹の花飾りをつけた女は？　薔雲は看護士に違いないと思った。そうでなければ、あんなに小ぎれいに装《よそお》うはずがない。その「看護士」は黙って微笑《ほほえ》んでいる。男は豪快に笑い、女は微笑む。あの人たち面白いくらい対照的ねと薔雲は茶化すように思った。だが、同時に胸を打たれた。きっと幸せに違いないわ、と。

　そして、楊薔雲は夜空を仰いだ。小さな星々が散らばっている。星たちはちっぽけで、寂しそう。それは、命がないからだ。そして、この自分からあまりに遠く離れてもいるからだ。薔雲はキャンプで星を眺めたときのことを思い出した。あのとき一緒にいた仲間たちは元気だろうか。張《ちょう》世群《せいぐん》はどうしてるのだろうか。

　そのとき、また一陣の寒風が吹いて来て薔雲は身震いした。ふと周囲を見渡すと、道端に葉がすっかり落ちてしまった槐の木が見える。ミカン売りの老人が台車を押しながら、ゆっくりとやって来る……。「もしかして、もう冬なのか？」。彼女のその問いかけに答える者はいない。楊薔雲が、李春にああだこうだと意見をしていた、嫌々製図に取り組んでいた、そんな日常もただ過ぎてゆくのだ。そう、一九五二年もそろそろ終わりなのだ。

第十二章　あの人は初雪とともに

初雪が降った。その日の午後、空は灰白色の雲で覆《おお》われ小雨《こさめ》が続いた。人々はささやき合った。

「本当におかしいな。陰暦の十一月なのに、まだ雨が降るなんて」

そのうち小雨は霰《あられ》に変わった。北京《ぺきん》ではこんな天気のことを「翻不辣子《ファンプーラーズー》（しけた唐辛子）」と呼んだり、また「粟《スー》（あわ）」と呼ぶ人もいる。白い米粒のような雹《ひょう》もたくさん降って来るのだが、地面に落ちると溶けて消えてしまう。

普通の人は霰が嫌いだ。溶けやすくて、身体《からだ》に落ちてもふるい落とす前に溶けてしまう。そのせいで灰色に薄汚れて、きれいじゃない。またそもそも雨でもなく雪でもないので「心も癒《いや》され」ないからだ。その日は、しばらく霰が降り続いていたが、やがて日が暮れると止《や》み何も降らなくなった。

生徒で初めに雪に気づいたのは楊蕾雲《ようしょううん》だった。彼女は湯呑《ゆの》みを持ってボイラー室で白湯《さゆ》を飲んでいた。それから外に出て、講堂を通り過ぎたとき軒下《のきした》の明かりに照らしだされている雪を見たのだ。その明かりが照らしている空間は狭かったが、雪は真下に落ちるのではなく、左へ右へと幻想的に舞い落ちていた。

蕾雲は一瞬ぼんやりとしてしまった。周囲を見回したが雪は見えない。もう一度明かりの下へ視線を向けた。

「あ、やっぱり降ってる」

明かりの下に駆け寄ると、あたかも雪はそこでだけ降っているように見えた。明かりの下へ、漆黒の空の彼方《かなた》から雪がまばらに落ちてきているようだ。

そんなまばらな雪は、まるで地上に早く来過ぎてしまったことを気まずく思っているかのようだ。また、同時にそっと人の姿を見つめているかのようにも……見えた。楊薔雲は両手を伸ばし、手のひらを広げて雪を受け止めようとした。けれど雪は手のひらの上には降ってこなかった。薔雲の鼻先に降りてきて、彼女をひんやりさせた。

そして、やっと手のひらの上に雪がやってきた。けれど、その六角形の角のうち二つはもう崩れていた。この愛らしくも、不具になった雪が静かに明かりの下できらめいている。楊薔雲は手を伸ばしたまま、教室へ走りこむと大声で言った。

「雪よ。雪が降ってる！」

それから、手のひらの上の雪を見せようとしたのだが……もうなくなっていた。跡形もなく消えていた。急いで来たのに、孤独な雪はあまりにも儚《はかな》かった。少女の温《ぬく》もりにも耐えきれないとは！

手のひらの上の雪は消えてしまったが、みんな楊薔雲が伝えてくれた「一大事」を疑いはしなかった。教室にいた何人かの生徒は手を伸ばし、顔を向けた。またなんとある子は舌まで出し、冷たく瑞々《みずみず》しい今年の初雪を迎えようとしたのだ。雪が少女たちの身体に落ち、冬の温もりと、ひんやりした癒しを感じたとき、みんなは大喜びしてはしゃぎ、にこにこと微笑《ほほえ》んだ。

初雪が降ったその日の夜、鄭波《ていは》は黄麗程《こうれいてい》の結婚式に参加していた。彼女は北京市商業局に行き受付で出席簿に記入すると、すぐ会議室へと向かった。黄麗程の結婚式はそこで行われていた。

扉を開けると、喧騒《けんそう》と熱気が彼女を包んだ。会議室は長方形で、中央に長いテーブルが置いてあり、そのテーブルの上にはいろんな色のテーブルかけが敷かれていた。テーブルかけの上にはお茶やお菓子が並べられている。

会議室の両端にはストーブが見える。壁には大小様々な赤の対句と「喜」の字がかかっている。扉の脇にいた人が鄭波に「ここでお名前を書いてくださいね」と言った。彼女は近くの小さな机であまり使ったことのない羊毛の筆を使い、桃色の緞子《どんす》に名前を書いた。

彼女はどこに座ればいいかと迷った。人がたくさんいる。テーブル近くの席はもう埋まっており、新婚夫婦のために取ってある席のそばにはたくさんの子供たちが座っている。結婚式が始まるまでじっとしていられないようで、お母さんの足元にしゃがんでいたり、食べ物を取りにいっている子供も見える。

その周りを見ると、黄麗程の仕事仲間がいるようだ。みんなきれいに着飾っている。男はタバコをくゆらせ、女は毛皮の上着を着ている。静かに話しながらも、ときおりあちこちから笑い声が聞こえてきた。

そして、鄭波は黄麗程を見つけた。黄麗程は真新しい紺色の制服を着ていた。だが、たとえ服が粗末であったとしても新婦の輝きは隠せなかっただろう。彼女は鄭波の腕に手をやって、「あら、元気だった？　来てくれてありがとね」と言った。

「本当によかったわ。来れないんじゃないかって、心配してたのよ……」

黄麗程は続けて言ったが、とてもはきはきした明るい口調だった。

黄麗程は微笑んだり、うなずいたり、目をぱちぱちさせたりもしていた。鄭波も思いを込めて黄麗程を見つめている。黄麗程の幸せがわがことのように嬉《うれ》しいのだ。鄭波はお祝いの言葉を述べてから冗談を言い合い、一緒に笑った。

そのとき黄麗程は「うん……」という感じで眉《まゆ》を動かすと、鄭波の手を引いて席を立った。「どうしたんですか？」と尋ねる鄭波に、「人を探しているの」と答える黄麗程。

「誰を探してるんですか？」

「当ててごらんよ」

彼女たちは片側を端から端まで歩いた。黄麗程は周りを見回すと、また鄭波の手を引いて反対側へと歩いた。鄭波がさっき座っていたところのちょうど対角線上の位置だ。そこに一人の男性が座って本を読んでいるではないか。このお祝いの席で本を読んでいるなんて、本当に場違いねと鄭波は感じた。だが、黄麗程は鄭波を連れてその男のそばに行き、「ねぇ、誰を連れてきたか分かる？」と聞いたではないか。

男は顔を上げ、立ち上がった。鄭波を見つめながら、本を置く。

「はは」と笑うと手を広げ「おまえ、あのおチビだな！」と言った。

「田林《でんりん》先輩！」と鄭波も驚いた。

「そうだよ」とうなずく田林。

田林は黄麗程の従弟《いとこ》であった。解放前は六十五中学校に通っていたのだが、鄭波と同じ民連（三民主義同志連合会）グループにいたのだ。そのとき鄭波はとても小さかったので、田林に「おチビ」と呼ばれていた。

鄭波は不思議そうに尋ねた。

「ここにいらっしゃるなんて……なんでですか？」

「そりゃ、麗程姉さんをお祝いするためさ。飛行機に乗ってきたんだよ」

黄麗程は手を振って、「私、戻るわね」と鄭波に言った。ついでに「二週間前にね。この子『青年日報』に異動になったのよ」と付け加えた。

田林は鄭波に尋ねた。

「波は、今どうしてるの？」

鄭波は少しバツが悪そうに「前と同じとこにいます」と答えた。解放前に一緒にいた仲間の中では彼女は学年が下の方だった。だから他の仲間はほとんど働いていたり、進学したりしていた。鄭波だけが、まだ高校生なのだ。

そのとき、黄麗程がお盆を持って二人のところにやってきた。お盆には落花生《らっかせい》、ナツメ、ミカンが盛ってある。黄麗程は椅子《いす》を一脚引っ張ると、その上にお盆を置いて「食べて、食べて」と二人に勧めた。彼女はさらに「お茶を持ってくるわ」と言ったが、田林が彼女を止めた。

「いいよ、いいって。波はお茶は飲まない。昔から、そうだったじゃん。むしろタバコがいいなぁ」

鄭波はタバコという言葉に驚き「え？　若いのにタバコ吸うんですか？」と田林に尋ねた。

田林はぺろっと舌を出すと、黄麗程に言い直した。

「忙しいでしょ。戻ってよ。うちらはしゃべってるからさ」

それから、田林はすまなそうに鄭波に言い訳した。

「徹夜で仕事しなきゃいけなくて、そのうさ晴らしにね。普段は吸わないよ」

田林はいったん立ち上がると、身体を伸ばしてからまた座り、ミカンの皮を剝《む》きだした。

「背高いですね！」と言う鄭波。

「まあね」と田林は軽く答えた。

「伸びたんだよ。大きくなっただろう？　あと、痩《や》せた」

田林は話すとき人の顔を見ない。片方の足が貧乏ゆすりのように震えている。

鄭波は笑った。

「そうですね……」

でも、二人は長話できなかった。三十代くらいのぽっちゃりした男性が朗らかな声で結婚式の始まりを告げた。田林は剝いたミカンを分けて、その半分を鄭波にあげた。そして、後ろ向きに座り直し姿勢を正すとじっと司会者を見つめていた。

短いやり取りではあったが、鄭波は田林の独特の雰囲気を感じた。その一挙手一投足は、率直で気ままな一方、意味ありげだったり、ユーモラスなときもある。また、落ち着いているときもあれば、凜《りん》としているときもあるのだ。でも、この人の仕草や表情はいつも周りとどうもずれているようだ。

鄭波はそんな田林に人を惹《ひ》きつける何かがあるのかどうか分からなかった。ただ、この人は何かとても面白く、純粋な人だと思ったのだ。田林が微動だにせず襟《えり》を正して座っている姿を見て、鄭波は心の中で笑ってしまった。

式が始まったが、人が多過ぎた。しかも新郎新婦の近くに座っている人たちがみんな首を伸ばして見ていたせいで、鄭波には黄麗程と彼女の連れ合いの姿が見えない。やがて、司会者が二人にご挨拶《あいさつ》願いますとお辞儀を促《うなが》し、鄭波の瞳にやっと二人の姿が映った。式全体を通してまばらな拍手や大笑いの渦が巻き起こっていた。

お辞儀をするとき、新郎の顧明《こめい》が椅子《いす》にぶつかって音を立てたので、どっと笑いが起こった。黄麗程のお辞儀は深々としていたが、顧明のそれは浅かった。これまた笑いを誘った。お辞儀の後、職場の上司がお祝いの辞を述べたが言葉のなまりもみんなを笑わせた。解放後の結婚式は簡素なものだった。合奏団はなく、花輪もなく、宴会もなかった。でも、そんな物足りなさをみんなの大笑いが埋め合わせてくれたのだ。

笑い声が溢《あふ》れ、結婚式は楽しく進んでいった。そして、新郎新婦が「二人の馴《な》れ初《そ》め」を話す番がきた。黄麗程は堂々と立ち上がり、意地悪そうに言った。

「みなさんは、もしかして……花嫁がおどおどする姿をご覧になりたいのかもしれません。ですが、この私、誰よりも肝《きも》が据《す》わっております。何かご質問があれば、どうぞご遠慮なく！　メモでくださっても構いませんよ」

こう啖呵《たんか》を切って、黄麗程は結婚式で最大の難関を乗り切ったのだった。それから自由歓談となった。各々《おのおの》自分たちの溢れんばかりのお祝いの気持ちを二人に伝えている。鄭波は生徒寮の門限が気になったので、お祝いの言葉を書いて黄麗程に渡すと閉会の前にそっとその場を離れた。

外は大雪になっていた。道が白く覆われている。ひんやりとした雪が鄭波の疲れを取り払ってくれた。鄭波は道端に立って、一瞬逡巡《しゅんじゅん》した。何か心残りがあるかのようであったが、身をひるがえし路面電車の駅へと向かって行った。

「おチビ！」

鄭波は気づかなかった。

「おチビよう！」

誰かがまた叫んだので、彼女はやっと自分が呼ばれていることに気づいた。振り向くと、田林が走ってくるではないか。

「なんで、何も言わずに帰ったんだよ？」

「田さんこそ、な、なんなんですか……」

「送りにきたんだよ」

田林は続けて言った。

「波が悪いんだぞ。お互いしばらくぶりなのに。よく波のこと思っていたんだよ。それで、やっと今日会えたのに、波は何も言わずに帰っちゃうんだから……」

「すいませんね」

二人は話しているうちに駅を通り過ぎてしまったが、鄭波は次の駅で乗ろうと思い道端を歩き続けた。

「黄麗程先輩、なんで結婚したんでしょうね？」

鄭波は田林の顔を見ずに、尋ねた。

「変なこと聞くなぁ」と笑う田林。

鄭波はふと田林の痩せた顔を見つめた。彼が話すと、額《ひたい》に若者にしては似つかわしくないしわが現れる。鄭波は言った。

「覚えてますか？　一九四八年、いや一九四七年だったかもしれない。あの日も小雪が降ってました。私たち黄先輩とおしゃべりしてましたけど、黄先輩は学連がこっそり印刷した『聞一多《ぶんいった》記念集』を私たちに贈ってくれましたよね。あのときは、私、詩人の聞一多のこと知らなかったんです。ちっちゃかったから。

　黄先輩は私たちに聞一多について教えてくれました。なんで抗日戦に勝利したあと、髭《ひげ》を剃《そ》ったのか。どれほど若者を愛していたか。なぜ、雲南《うんなん》で国民党に抵抗した『一二・一事件』の四烈士の霊前に題字を捧《ささ》げたのか。そして最後、国民党のスパイに暗殺されたことも……。黄先輩の話は奥深く、厳《おごそ》かで、そして力強かったですね……」

　鄭波は気分が高揚したのか、話し続けた。

「黄先輩は本当に素敵だったんです。解放前にあの人が言った言葉すべて、田先輩の心も揺さぶりましたよね？」

「波も覚えているかい？」

　田林も気持ちが高ぶったようだ。

「麗程姉さんが解放区から引き上げるとき、僕らに何を託したか？　あのとき、姉さんは高校生だった。でも、あのとき言われたこと、学校の先生の言葉よりも胸に響いただろう？」

　次の路面電車の駅に着いてしまった。鄭波はちらっと駅を見たが、また次の駅で乗ればいいやと思った。

「でも、やっぱり黄先輩はなんで結婚したんでしょうね」

　鄭波はまた聞いた。田林は何か考えているかのように見えたが、首を横に振った。

「いや、結婚するのは当然だよ。波はそう思わないか？　姉さんの心はずっと少女のまま、なんてこたぁない。成長と成熟、いいことだろう？」

鄭波は嬉しくなった。彼女は、田林が言ったこの二つの言葉を、深くて、素敵ですね……とほめそうになった。でも、彼女はそう言わなかった。代わりに「あ、けっこう身体に雪が付いちゃってますよ」と言って、田林の肩、そして背中の雪を払ってあげた。

二人はそれぞれ、これまでの歩みについて話しだした。田林は一九四九年に南下工作団に加わり、そこの部隊で文化教育を担当していたそうだ。それから、また団の仕事に戻ったが、三反運動の後に『青年日報』に異動し文芸欄担当になったのだ。

「編集者になったんですね。本当にすごい！」

鄭波は嬉しそうに言った。

「僕なんかに、勤まるかなぁ？」

田林は手を振った。

「でも一つだけ言わせてな。どんな忙しくても、毎日小説を読んでるんだよ。よく夜の十二時まで読んでるよ」

「小説を読む？　とても努力してるんですね……」

「努力しても波たちにはかなわないさ。もうすぐ高校卒業だろ？　それから大学生。学習環境がいいよなぁ……」

二人は次々と路面電車の駅を通り過ぎていった。そして、もう七女がある地区が近づいてきた。鄭波はそれに気づくと、慌てて言った。

「あ、もう学校の近くに着いちゃった。でも、先輩は……」

「僕の職場もすぐそこだよ」

田林が指さした。

「波の学校からけっこう近いな……。僕はそこの角を曲がってくよ」

「うん。じゃ、さよならですね」

二人は力を込めて握手した。田林は、雪の光に映る鄭波をじっと見つめた。まん丸な顔、切れ長な眉、優し気な瞳、意思の強さを感じさせるあご……。田林は、この平凡だが控えめな顔立ちから、目には見えない「力」を感じた。別れ際、田林は「じゃ、また会おうね」と言った。鄭波はしっかりとうなずいた。

田林は去っていったが、鄭波はその場に立ったままだった。田林は脚《あし》が悪いせいかゆらゆらと雪の中を歩き、足跡がくっきりと残った。田林は振り向いてくれなかった。急いで路地へと入っていった。鄭波は心の底から笑った。しばらく笑っていたが、自分でも何でこんなに笑うのか分からない。本当によかった。この初雪の夜、大通りはひっそりとしていた。彼女の笑い声を聞いた人はいなかったし、雪もたくさんは降っていないので邪魔にならない。でも、雪は彼女の喜びを知っていたに違いない。きっとそうだ。そうじゃなきゃ、こんなにも楽しそうに空を舞うわけがない。

どうして雪は鄭波を取り囲んで舞っているのだろう。鄭波の髪、眉、耳に降り立つと、すぐに溶けて消えてしまう。そんな雪たちが、鄭波の心を静かに揺さぶった。鄭波はまだその場に立ち続けていた。雪のお陰でこんなにも優しくなれるのだ。

豪雨が降ったとき、雷が落ちたとき、多くの人は大自然の力を感じる。でも、今の鄭波のような者はいるだろうか。この汚れなき、静かで、心に刻まれる初雪から……自然が秘めた無限の力を感じる者は。こんな空の下で生きる幸せを感じている者は、いるのだろうか。

あぁ！　鄭波は両手を握りしめ……想《おも》った。走りだしながら、ある歌を口ずさんだ。それは、彼女が四歳のとき母親から教わったものだ。

提灯《ちょうちん》、要らない
松明《たいまつ》、要らない
雪が、少し、あればいい
雪や、雪や、道照らせ
お家《うち》に、私を、連れてって

雪が彼女の足元で、ザクザク音を立てている。

第十三章　氷の上で、久しぶり

製図の授業で、先生がみんなに宿題を返した。先生は楊薔雲《ようしょううん》の前に行くと言った。

「君が提出してくれたものがなくなってしまったよ。すまんね。だが、今回出来が良かったことは覚えているよ。九十五点としておくね」

薔雲は顔を赤くして立ち上がり、どもりながら言った。

「せ、先生……」

先生は眼鏡が鼻からずり落ちそうになっていた。レンズの上から薔雲を見つめて、「申し訳ない」と詫《わ》びた。だが、薔雲は言った。

「今回の宿題、私はそもそも提出していません」

このやり取りは周りの生徒たちにも聞こえており、彼女たちはくすくす笑った。先生と生徒お互い気まずいことこの上ない。先生はちょっといらいらして、薔雲を問い詰めた。

「何だって？　宿題を出さなかったのか？」

「図を破ってしまったんです」

「図が破れたからって、提出しなくていいのか？　君はもう高三なんだぞ！」

製図の授業中、先生はいつものように優しくはなかった。薔雲はそのまま席に座っていたが、先生はご機嫌斜めなままだった。

その週の土曜の夜、薔雲は夕食を済ますと嫌々ながらもあの厄介《やっかい》極まりない製図の宿題に再び取りかかった。でも、実はクラスの生徒六、七人でスケートに行く予定だったのだ。周小玲《しゅうしょうれい》が薔雲の隣で着替えながら、「行こ、行こ」と誘った。

「なんで行かないの？　スケート場は今日が営業初日よ。一年間で何回スケートしに行けると思う？　一回逃すだけでももったいないじゃない。今年スケート場は一・五倍広くなって、売店が二つできて、更衣室の建て替えも終わったって。今日は、華北代表チームや国家代表の演技も見られるかもよ。初日だからね」

「あんた、行きなよ」

薔雲は面倒くさそうに彼女を追い払った。

「製図やんなきゃいけないの」

「製図、製図ってさぁ。スケート場の開業初日に行かないで、ここで製図だって!?　製図の提出期限もう過ぎたの。先生に出しても、受け取ってもらえないよ。よく考えてよ。あなたには友達がいるのよ。夏にみんなで一緒に泳ぎに行ったとき、スケートも一緒に行くって言ったじゃない。それで今日みんなで行くのに、あんた、約束破るつもり？」

薔雲は鉛筆で机を叩《たた》いた。

「放《ほ》っといて！」

周小玲はすでに厚手の上着に着替えていたが行こうとせず、なんと薔雲の手を引っ張った。薔雲は動かない。周小玲は自分のスケート靴を取り出し、薔雲に見せびらかした。二つのスケート靴の刀がぶつかってカチンと音を立てた。

「ねぇ、考え直してよ。あんたが行かなくちゃ、開幕式にならないの！　みんなは行って、ひゅいひゅい氷の上を滑《すべ》っているのに、スケートの達人、楊・薔・雲！が、いないのよ」

周小玲は悔しそうに、自分の太腿《ふともも》を叩いた。

「素敵じゃない。スケート場は涼しくて、賑《にぎ》やかで、照明は空の十五夜お月様みたいで。氷の上は銀色の光の粒でいっぱいよ……」

周小玲は目を細め、もっと感情を揺さぶるような表現を使おうとしたが、語彙力《ごいりょく》不足のせいで出て来なかった。でも、しまいに彼女は薔雲を指さした。

「行かないと、後悔するよ」

薔雲は立ち上がり、彼女に言った。

「いったいいつまで行け、行けって……。これ以上ごちゃごちゃ言ったら、ひっぱたくわよ！」

周小玲は悔しそうに地団駄《じだんだ》を踏み、「はぁ」と嘆いた。そして、スケート靴を背負って、仲間のところへと去っていった。

周小玲はいなくなったが、楊薔雲は却《かえ》ってじっとしていられなくなった。彼女は小さいころにスケートを覚え、やみつきになってしまったのだ。周小玲の巧みな「演説」も相まって、心はもう什《じゅう》刹海《さつかい》公園のスケート場へと飛んでいってしまった。彼女は製図用紙を手に取ったが、何を描けばいいのか思いつかなかった。そして、口をひん曲げながらも、今ここで苦労して、両方だめになるより……今晩はスケート場で遊んで、明日また製図すればいいかと、心を決めた。

楊薔雲は急いでスケート靴を捜しだすと、周小玲を追いかけていった。スケート靴に履《は》き替えるための小屋は人で溢《あふ》れていた。スケート靴をぶらさげたまま座る場所を探している人もいるし、履き替えたあと木板の上をよたよたと歩き、靴の保管所に向かう人もいる。

床には飴《あめ》の包装紙、結びかけの靴紐《くつひも》、刃を磨《みが》いた布、汚れた紙が散らばっている。「靴は一足いくらなのかね？」「刃は磨いた？」「文化会館のスケート場の方がこっちよりいいかな？」と、みんなわいわいがやがや話している。紳士的な青年たちもいた。彼らは腰をかがめて、連れ合いの女の子たちが靴紐を結ぶのを手伝っている。

この見慣れた風景、年に一度の風物詩を目《ま》の当《あ》たりにして薔雲はこっそり拍手した。そうよ。これよ。それから、彼女は慣れっこのように空《あ》いた場所に入り込み、座って靴を脱ぐとスケート靴に履き替えた。服を預け、銅製の札を受け取ると、ポケットに入れた。同時に札の紐《ひも》を服のボタンに巻き付けた。そして口笛を吹きながら、威風堂々《いふうどうどう》と氷上で滑り始めたのである。

薔雲はまず一周して、身体《からだ》を温めた。スケート場の明かりは眩《まぶ》しく、昼間のように明るい。空は真っ暗であったが、新月とまばらな星がかすかに光を放っていた。ある女の子が真っ赤なセーターを羽織《はお》り、色鮮《あざ》やかなスカーフを靡《なび》かせながら、軽やかに曲線を滑っている。氷上には深い、浅い、長い、短い、いろんな刃の跡が刻《きざ》まれている。

何人かの男子選手が紅《あか》い帽子を被《かぶ》り、灰色の綿のセーターを着て、腰をかがめながらシュッ、シュッ、シュッと、まるで燕《つばめ》のように滑走していった。毛玉を縫い付けた毛糸帽を被った子が、突然誰かのそばにひょっこり現れた。と思ったら、また隠れて見えなくなった。厚い綿入れを着た初心者と思《おぼ》しき人が、恐《おそ》る恐《おそ》る歩みを進めているのも見える。

薔雲は足元の氷の具合を確かめた。今日の氷は最高だ。硬過ぎでも、柔らか過ぎでもなく、小さな亀裂さえ入っていない。薔雲は右脚を上げた。刃が明かりの下できらきら輝きを放っている。彼女は何度か氷を踏みつけカチン、カチンと音を立てながら、刃についている少量の氷屑《くず》を落としていった。そして、しゃがんで手を伸ばし氷に触れたが手袋越しでは何も感じられなかった。

彼女はまた身体を起こすと、手袋のまま自分の頬に触れた。氷の屑がちょっぴり首の上に落ちてきた。

「いいわ。なんて気持ちいいんだろう」

もし、自分しかスケート場にいなかったら、薔雲はこのかわいいスケート場に口づけするところであった。なんて素敵なスケート場なんだろう。なんて素晴らしい冬なのかしら。なんて楽しい日常のひとときなんだろう。

「製図の宿題が無かったら、もっとよかったのに」

薔雲はため息をつき、そして笑った。薔雲はベルトを締めると、ズボンのポケットに手を突っ込んだ。「見てなさいよ。本気出すからね」とつぶやくと勢いよくリンクを滑り出し、一周、また一周と走り抜けていった。数周したら、さすがに足が疲れてきたので手すりを伝って、席へと倒れこんだ。喉《のど》も乾いた。彼女は赤と緑の紙がぶら下がった売店に駆け寄り、「すいません。これ一杯ください」と店員に指さしながら言った。彼女が指さした先にはガラス瓶の中に入っている真っ赤で、泡立った、赤い実のジュースがあった。

そのとき、分厚い手が彼女の肩を叩いた。「おごるよ」。聞こえてきたのは男の低い声である。薔雲が振り向いたら、久しぶりの張世群《ちょうせいぐん》であった。まさか、あんたが！　張世群は黒い綿のセーターを着ていた。また背が伸びたようで、大きくなっていた。世群は手袋を外すと、薔雲と握手した。

「来てたの？」

薔雲の眉が跳ね上がった。

「早めに来てたよ。薔雲は？」

「今来たばっかりよ。まさか、あんたが……。もう会えないと思ってたわよ」

二人はまた一杯ずつ赤い実のジュースを頼み、お金を払うと、二人とも一気に飲み干した。冷たく、酸《す》っぱく、それでいて甘い、赤い実のジュースのおかげで元気が出てきたようだ。薔雲は左手で空っぽになったコップをつまむと、右手の人差し指と中指でタンタンと叩いた。薔雲は世群に「まだ飲む？」と聞いたが、世群は「ううん」と首を横に振った。

二人は長い腰かけを見つけて休んだ。時間もけっこう遅かったので、もう靴を履き替えている人も多くなかった。スケート場ではヨハン・シュトラウスの「美しき青きドナウ」が流れている。

「初めて会ったのは夏だったのに、今はもう冬よ」と薔雲。

「そうだね」

張世群は明るく答えた。

「何度か会いたいと思ったんだけどさ。でも、勇気がなかったんだ。手紙を書こうと思ったけど、やっぱり勇気がね」

「私が怖いってこと？」

薔雲は鼻で笑うと、「今、どこにいるの？」と尋ねた。

「地質学院（名称が学院であるが、実際は四年制大学。当時の正式名称は北京《ぺきん》地質学院。現：中国地質大学）だよ。本当立派な大学でね。でも、春になったら郊外の新校舎に引っ越すんだよ。僕はもうその土地の守り神にでもなろうかなって思ってる。荒野で過ごすのさ……」

　薔雲は世群の学校の話を聞きながら、「うんうん」とうなずいた。そして「スケートは好き？」と尋ねた。

「好きさ。薔雲は？」

「大好きよ。私の考えだけどね、スケートは運動ってだけじゃなくて、芸術舞踊なのよ」

「そうだ！　スケートとはあらゆるものを包括する……」

「包括？　また論文でも発表するつもり？」

　薔雲は世群をからかった。

　張世群は真面目に言い続けた。

「例えばね。ここに来たら修理部で刀を研《と》ぐため、列に並び札を買って、焦《あせ》りながら待つだろ？　それからやっと係員がスケート靴を取って、電気ローラーを廻《まわ》し、火花が散る。そんなときは、わくわくするよな。

　それから靴を履き替えるために、人だかりをかき分けて場所を見つけスケート靴をびしっと履く。今回はうまく滑れる。きっとうまくできる。そう思うと、居ても立ってもいられなくなるんだよ。

　あとは、例えば売店で買い物したり、ラジオ放送の音楽を聞いたり……。このワルツもいいな。それにさ、スケート場でよく知り合いに会うだろう。しばらく会ってない親友にも会えないかなって期待する。これもスケートの楽しみじゃんか。これら全部と、スケート自身の楽しさを合わせて、スケートはあらゆる楽しみを『包括』するって言えるのさ！」

「あんたのスケート分析って、地質成分の分析と一緒ね」と薔雲。張世群は無邪気に笑った。彼は話さずにはいられなかったのだ。絶好の機会だったのだから。自分のスケート愛を話すのにふさわしい人が目の前にいたのだから。

しばらくして、張世群は突然「おとぎ話を聞いてくれない」と言った。薔雲は彼をちらっと見て言った。

「はぁ、おとぎ話？　あんた三歳児じゃないんだし。それにね、どうせ冗談で言ってるんでしょ」

張世群は「本気だよ。聞いてくれよ」と諦めない。まるで子供がおばあちゃんに駄々をこねるかのように。ついに、薔雲は言った。

「冬だからね。雪の話でもしてよ」

「昔、昔、ある独りぼっちのおばあさんがいた。働き者で誠実で、心も優しかった。でも、家には誰もいなくて、とても寂しかった。ある年の冬、彼女は雪だるまを作ったんだけど、とっても、とってもきれいな雪だるまができた。さて、おばあさんは一日中雪だるまに話しかけた。『うちの子になってくれないかね。寂しくてしょうがないんだよ』って。

そうしたら、雪だるまに突然命が宿《やど》った。何が起きたのか？　なんと白い服を着た娘さんが現れたんだ。その子が歌いだしたら、山で遠吠《とおぼ》えしている狼《おおかみ》でさえ鳴き止《や》んでしまったんだよ。踊れば、まるで白い花が舞っているかのようだった。その子はおばあさんの手伝いもしてあげた。水汲《みずく》み、洗濯、ご飯炊き、刺繍《ししゅう》。一日中働いて疲れても止めなかった。彼女のおかげで、かわいそうなおばあさんの生活は一変したんだよ。

でも、気候がだんだん温かくなってくると、その雪ん子は落ち込むようになってきた。いつも目立たないように襟《えり》で涙を拭《ぬぐ》っている。おばあさんが、どうしたのと聞いても雪ん子は答えない。

さて、おばあさんの村ではある行事があった。温かくなってきたら迎春会を開き、山の麓《ふもと》で火を焚《た》き、若者が手を繋《つな》いで、舞い、踊るというものだった。一人一人火の上を跳び越えて、冬にさよならするんだよ。

迎春会の最後に、雪ん子が冬にお別れする番が回ってきた。彼女は悲し気な歌を歌ったので、その場にいた若者はみんなもらい泣きしてしまった。そして、雪ん子はさっと跳ぶと、急に消えてしまったんだ。

おばあさんは泣き崩れた。生きる気力をなくしてしまったんだ。突然、温《ぬく》もりが奪われてしまったのだから。それまで感じてきたいかなる寂しさよりも、過酷《かこく》な喪失《そうしつ》だった。おばあさんは、生きていても何の意味もないと思った。それで山の中の谷へ行き、死のうとした。でも、山に入ったとき歌声が聞こえてきた……。

大切なお母さん、悲しまないで
雪舞い散るときは、過ぎ去った
私は大地に還《かえ》り、またあちこち散ってゆく
金色の陽の光は、氷河を照らし、溶かす
十二月を待っててね。一年、春、夏、秋、そして冬
私、また人の世に戻るから」

張世群は話し終わると、何か考え込んでいた。音楽はもう流れていない。女性係員の案内が聞こえてきた。

「……本日の営業終了時間は九時三十分です。あと十五分で、閉園となります」

たくさんの人が席に戻ってきた。楊薔雲はふと何か思いついたのか、張世群をえいと押すと、急に立ち上がりリンクへと向かった。彼女は手を挙げると、周りを気にせず大声で叫んだ。

「ねぇ、世群。つかまえてごらん！」

張世群は何が何だか分からなかったが、身体は自然と動いていて手を伸ばして薔雲をつかまえようとした。薔雲はさっと身をかわし力強く氷を蹴ると、氷上で跳び上がった。前の方に跳ぶ力が強過ぎたせいで、リンクに着氷しても勢いがついたままだった。薔雲はその勢いのまま腰を曲げ、足も曲げると、速度を上げて前方へ滑走した。

薔雲は身体を揺らしながらも、満足そうに笑った。振り向けば、張世群はちょうど子供に手を引っ張られて動けないではないか。薔雲はまた茶目っ気たっぷりに彼に手を振りながら、「さぁ、おいで。勝負よ！」と挑発した。薔雲はリンクの上を滑走した。堂々と制服のボタンを外し、セーターを露《あら》わにすると、両手を振り切った。速ければ速いほど、快感！　速ければ向かい風も強くなり、ビュービューと真正面から吹きつけてくる。彼女の髪や衣服を吹き上げ、髪留めをずらすのだ。

頭を下げると、白い氷が足元であっという間に過ぎ去っていくのが見える。頭を上げれば、ゆらゆらした明かりがだんだん近づいてくる。近づいたとき、明かりがさっと頭上から降ってきた。両足の前後を入れ替え、身体の重心も替える。この緩急のリズムに合わせ、薔雲は大声で歌いたくなった。

フィギュアスケートの区画では、一組の男女が氷の上で巧《たく》みに三回転を披露していた。三人の女の子が手を繋いで柔軟にいろんな技を試してもいた。勢いよく回転している若者たちもいる。でも、薔雲には彼らがはっきり見えなかった。滑走している彼女の目に映るのは、直立している人、傾《かたむ》いている人、そして身体と氷が平行になっている人というだけだ。彼らは彼女と同じように美しく、元気いっぱいだ。

多くの、色とりどりの残像が、次から次へと楊薔雲の頭に浮かんできた。それらはぼんやりとしていたが、愛すべきものだ。

「このひとときが最高！」

自分が大好きな日常はこれではなかったか？　楊薔雲はさらに速度を上げて、みんなを追い抜いた。彼女を取り巻く世界は、驚くべき豊かさと魅力で彼女の心を満たす。彼女を陶酔させ、魂《たましい》を揺さぶるのであった。

普段から、彼女は物事に対する感受性が強かった。あまり見かけないほど繊細であり、そんな気質が周囲の人々を感動させることもあった。今夜滑走したときの流れていった光景、吹き去っていった甘い夜の風……。それらは、あたかも自分のところへ突然訪ねてきた友人のようであった。そして、海の波が岩にぶつかり砕《くだ》けるように、彼女の胸は激情にゆさぶられ、いっぱいになっていたのである。

だが、薔雲自身、なぜこのような激しい思いを抱くのかよく分からなかった。言葉できちんと言い表すのも難しかった。彼女は、かつての人目に隠れた大変な努力の日々を再開しようとしていた。だが、そんな思いは今、霧《きり》のように緩《ゆる》やかに漂《ただよ》っているだけであり、ふんわりふんわりとしていた。

そのとき薔雲は思った。自分のこの小さな身体には何か落ち着かない心が、いつも不完全燃焼な思いが宿っているのだろうと。彼女はよく興奮し、じれったくなることが多い。決して満足することがないのだ。だが、今こんなにも並外れた滑走をして、一瞬ではあったが心が満たされたとも感じた。

「楊薔雲！　楊薔雲！」

誰かが大声で彼女を呼んでいる。周小玲の声だ。自分は周小玲を捜しにきたのだった。なんで忘れちゃったのか？　早く停《と》まらないと。だが、停まろうとしたら、突然一人の子供が横から滑ってきた。薔雲は一瞬どうしていいか分からず、二人はぶつかりそうになった。薔雲は必死に先に走り去ろうとしたが、身体の平衡《へいこう》を失い、転んでしまった。

勢いがついているので、転んでしまってもそのまま遠くまで滑った。薔雲は起き上がったが、身体の半分は氷の屑だらけである。まるでちょうど大雪に降られたかのように。手袋を外し氷の屑をはたくと、屑がきらきら舞った。薔雲はふと思い出した。張世群はスケートの楽しさを全部言わなかったわ。スケートの楽しみが「包括」するもの、それには転ぶことも入るのよね。薔雲は心から笑った。周りを見回すと、周小玲が心配そうに駆け寄ってきた。張世群の姿はもう見えなかった。

第十四章　大晦日《おおみそか》は……元気いっぱい！

年末最後の一週間、全校で教師と生徒は忙しくなってきた。毎日午後の四時以降、いたるところで出し物の準備が行われている。赤い絹を使った踊りの練習、オペラの練習、さらに何人かの教員が京劇の練習をしていた。「龍格龍《ロオングゥーロオン》、龍格《ロオングゥー》……」「框気《クゥアンチー》、呆気《ダイチー》」「曹操《そうそう》討つべし。壇台設け、東風を借り、周瑜《しゅうゆ》を助けん……」といった発声練習が学校のあちこちから聞こえて来る。

生徒会は「すべては偉大なる祖国のために」という展覧会を企画した。主に三部で構成されており、第一部は「祖国の大規模建設　その産声《うぶごえ》」である。内容は鞍山製鉄所《あんざんせいてつじょ》の建設であった。第二部は「最も敬愛すべき人を支えよう」で、内容は朝鮮戦争の勝利と英雄の歩みであった。最後、第三部は「科学の砦《とりで》を攻略しよう」で内容のほとんどは生徒の学習成果や課外活動で制作した工芸品であった。

楊薔雲《ようしょううん》は第一部の資料集めを任されたが、喜んでこの任務を引き受けた。李春《りしゅん》以外、クラスの全員が彼女を手伝った（楊薔雲は初め李春に頼んだのだが、李春はみんなをびっくりさせるような脚本を作っていて今忙しいと言って、断ってきたのだ）。みんないろんな新聞や雑誌から鞍山製鉄所に関する報道、手紙、図画を探しだしてきた。生徒たちは鞍山の労働者に手紙を書きもした。

袁新枝《えんしんし》が指導している少年先鋒《せんぽう》隊の中隊では、子供たちが丁寧に採集した花の種を鞍山の労働者に送り、そちらの様子を教えてくださいとお願いした。返信は一通、また一通とすぐに届いた。労働者たちは年内にシームレス鋼管の模型を送るので、それを新年の贈り物にして欲しいとも言ってくれた。この知らせに全校は湧きたち、みんな嬉《うれ》しそうに語り合った。

　みんなは贈り物だけでなく、鞍山製鉄所のあらゆることについても語り合った。毎朝北京《ぺきん》人民放送局の女性アナウンサーが、丁寧かつ感情を込めた声で生徒たちに鞍山で起きた出来事を語ると、全校生徒は自ら立ち上がり熱烈な拍手を送った。そして、教室、廊下、食堂といたるところで話し合っている人たちがいた。

「ねぇ、知ってる？　鞍山製鉄所を建設するときに使った設計図だけでものすごい量になるんでしょう？」

「そうよね。ネジだって何トンもあるんでしょう！」

「あのね。あれはネジって言わないの。ボルトって呼ぶのよ！」

「まぁ、一つ一つ見ていきましょうよ。あの〇一九二工程の十一号基地では、掘削体積は七千数百立方メートルで、二百数十トンの部品が必要なんでしょ？（この話をしていた生徒は数学が苦手だったが、自分の記憶力を最大限に発揮してなんとか各数値を覚えようとしていたのだ）」

「見て！（彼女たちは写真を指して言った）この二人の女性溶接工、半年前まで田舎で養豚をしてたそうだけど、今は……」

　一九五二年の冬、みんなの思いは鞍山にあった。我らが多難な祖国は、破天荒なる近代工業建設の道を突き進んでいるのだ。偉大な祖国は、巨人のようだ。片手では狼煙《のろし》を上げて上甘嶺《じょうかんりょう》の陣地を守り、もう片方の手では怒号と共に旧時代に残された汚毒（「三反」「五反」）を洗い落し、豊かで幸せな社会主義のための礎《いしずえ》を築いているのだ。
周知のように、「建設」がもうすぐやってくる。だが、これほど早く、これほど大規模に進むとは！　こんなにも技術・設備が新しいとは！　予想できなかった。新中国のために臥薪嘗胆《がしんしょうたん》、血と汗を流してきた紅軍の歴戦の兵はもちろん、輝く未来を仰ぎ見る若者たちも、この日々を思い起こしたならば感動の涙と魂《たましい》の高揚を抑えられないだろう！

最近、李春も自分の脚本のためにあれこれ知恵を絞った。初めのころは病気だったので、試しに少しやってみるかと思っただけだ。自分の能力を試して、他の生徒に見せたいだけであった。だが、発想が生まれてからというもの、自分の予想を超えた作品になりそうであった。もし脚本を書き上げることができたら……という期待がずっと彼女の心の中にあった。李春は幸せを感じ、どきどきした。彼女は何かをして人を驚かすのが大好きなのだ。そして、今やその目標は現実のものとなりつつある。

やがて、李春はこの執念に幽霊のように憑《と》りつかれた。食事中にも読書中にも考えた。寝ている最中でも寝返りを打ち目覚めると、微笑《ほほえ》んだり、また不安を感じたりした。楊薔雲と一緒にいたとき、李春は「あんたたち、今に見てなさいよ！」と思った。北京劇場を通り過ぎたときは、「もし私の劇がここで上演されたら……」と彼女は妄想した。

『天津《てんしん》日報』に高校生が書いた小説が載ったとき、彼女は慌てて持ってきてはらはらしながら目を通した。

「この子も高校生よね。私だって高校生よ。私が……この子にかなわないなんてことある？」
羨《うらや》ましく、また妬《ねた》ましく一晩中胸が苦しかった。

初めは何を書くかほぼ決まっていた。李春は、賢《かしこ》く、正しくかつ思慮深い生徒がいかに同級生に誤解され、いじめを受けたかについて書きたかったのだ。その劇の最後の台詞《せりふ》も決めており、こんな感じだった。

「団の支部書記（その同級生に向かって言う）：『もう私たちはあなたを相手にしない。あなたの考えは古いのよ。マルクス・レーニン主義の要求には合わないの……』」

「いじめられている生徒：『笑いなさいよ。どうぞ、罵《ののし》りなさい。私は私よ！　時は流れる河の如《ごと》く過ぎゆく。光陰も矢の如し。でも、私の心は、心は……変わらないわ！』」

　この終わりの台詞が、常に李春の耳に響《ひび》いている。それが何を意味するのか、彼女自身もはっきりとは分からなかった。とはいえ、李春は何か思いを伝えたかったのだ。「深い」何かを。李春は書き始めたが、どうも自力では何も書けなかった。それでその週の日曜日、映画も観にいかず、買い物にも出かけず、一人ではるばる北京図書館にまで足を運んだ。無理やり頭を絞って書きだそうとしたが、苦しくなってしまった。そのとき、ある脚本を読んだらそれからヒントが得られた。何行か書き上げることができ、とても嬉しかった。

　創作は彼女にとって大事な秘密であった。彼女は下書きをファイルの中に挟んで隠し、ファイルは鞄《かばん》に入れた。彼女が鞄を背負ったとき、鞄の中に何か不思議な宝物があるような気がした。鞄が軽く、柔らかく、丈夫になったようにも感じた。

　みんなは李春が最近変だと気づき始めた。病気になってから寡黙になり、周囲と争うこともなくなった。でも、瞳からは自信が感じられ、顔つきは人を見下しているかのようである。彼女は毎週日曜日ずっとどこかに行っているので、誰かが何してるのと聞いたが、言い逃れして何も教えてくれなかった。彼女はときどき机で前のめりになって何かを書いているが、他の生徒が通るとすぐファイルで覆《おお》い隠す。何してるんだろう？　皆目《かいもく》見当が付かなかった。鄭波《ていは》が彼女と話をしたが、何も聞き出せなかった。

一九五二年の最後の一日、全教室はきれいに清掃された。生徒は新しい服に着替え、柄模様の襟《えり》を出した。お互い顔を合わせると、改めて友情を感じ、抱き合ったり、引っ張り合ったりしている。すべてがいつもとは違う雰囲気であった。

先生は授業中でも、にこにこしている。最後の一コマは鐘《しょう》先生の化学の授業だった。鐘先生はとても厳格だった。彼女は四十代だが、結婚したことがない。でも、今日はモダンな革靴を履《は》き、話し振りも穏やかであった。生徒のちょっとした過《あやま》ちにも目を瞑《つぶ》ってくれた。生徒が授業中にぼんやりしていても、見逃してくれたのである。しばらく授業をしてから、終了の十分前になって先生はポンと教科書を閉じ、生徒たちに「新年の抱負を話します」と言った。

「来年、明日から五か年計画が実施されます。私は化学工学を学んでいますが、旧社会では工業を建設する余裕がありませんでした。私は幾度か新年を迎えてきましたが、いずれの新年でも、国が豊かで強くなるという希望を持つことはできなかったのです。

ただし、一九五三年は希望の年です！　生徒のみなさん、あなたたちは幸せ者なんですよ！」

彼女は目を赤くしながら、生徒への希望を語った。

「……化学をしっかり勉強しないといけませんよ！　ロモノーソフも化学が生活のあらゆる分野に関係していると言いましたね……。あなたたちは辛《つら》い日々を過ごしたことがないので、今日の学習環境がどれだけ恵まれたものかわかっていないのです。

青春は最も貴重かつ最も短いものなんです。一日中何もしなければ、あっという間に過ぎてしまいます。一分、一秒を惜しんで学び、歩んでください！」

鐘が鳴り響き、一九五二年の最後の一コマが終わった。生徒たちは先生に深々とお辞儀をすると、歓声を上げながら校庭に走っていった……。

袁新枝は教室の装飾を担当する「内装責任者」である。彼女の仲間が赤や緑の紙を抱え、針、のり、はさみを持って、彼女のそばにいた。袁新枝は、自分の装飾への自信と作業開始前の期待とで胸を膨《ふく》らませ、自分の案をみんなに話した。

「これまで、私たちの装飾はどれも平面的だったわ。花柄の紙を細長にして、交差させて、真ん中には出目金の形のでっかい提灯《ちょうちん》をかけてたでしょ。これじゃ、ぱっとしないわ……」

「どうやって立体的にするの？」と蘇寧《そねい》が尋ねた。彼女も教室装飾に参加していたのだ。

「これまで通り、まず一番上にさ。花柄の紙を横向きに飾ってみてよ」

袁新枝は上のほうを指さし、さらに言った。

「それから、黄緑の紙を細長く切って、花柄の紙の横にはってみて。緑の短冊《たんざく》が柳の木みたいでしょ。最後に白色、桃色の小さな花、黄色の燕《つばめ》をそれぞれ切って作って柳の枝にはりましょう」

「これ、新年と何か関係あるの？」

ある生徒が聞いた。

「新年が来た。じゃ、私たちは早めに春を迎えましょう、ってことよ」

袁新枝は得意気に答えた。みんなはさっそく作業に取りかかった。

これら装飾以外にも、彼女たちは教室の前の黒板に大きな赤い帽子をかぶった男の子と、跳ね上がった三つ編みを結った女の子を色つきのチョークで描いていた。男の子は鞄を高くかかげ、女の子は自分の体の半分もの大きな羽根つきを載せ、二人で手を繋《つな》いで前に向かって走っている。黒板の一つの角の、彼らが走っている方向には、顔を半分ほど出した真っ赤な太陽が描かれていた。真ん中には芸術書体で「一九五二－一九五三」と数字が書かれている。

教室の後ろはもっと美しい。生徒たちは空色の布を折って背景を作り、左下の角には数本の青々とした松の大木が描かれている。この松はもともと竹製の紙に描かれた水墨画だったが、松の部分を切り抜いて空色の紙に重ねたのだ。空色の布全体に、白い紙を切って作った雪がちりばめられている。そして、雪の中に二行の字が縦書きで書かれている。

「祝你们新年快乐、万岁常青！（謹賀新年、万歳繁栄）」

女子生徒の神がかった器用さのお陰で、古ぼけた教室は息を吹き返し理想郷へと変貌したのだ。

「すべては偉大なる祖国のために」の展覧会会場である図書館では、楊薔雲が忙しくてんてこ舞いだった。彼女は少し外に出て、列に並んで見学している生徒の相手をしたり、姉妹校の生徒や、近くの工場の労働者たちの対応をしていた。また「建設！　鞍山製鉄！」の展示に駆け寄って解説者の説明を聞いたり、しばらくしたらまた出口に行って、さっと入場者の感想に目を通した。

感想のほとんどは高評価であったので、薔雲はとても喜んだ。ただ一人、「内容欠充実（内容が充実していない）」の五字を乱雑に書いた者がいたようだ。薔雲は頭にきた。いったい誰が、こんなでたらめな、抽象的な感想を書いたの？　たぶん、六十五高校から来た男子生徒だな。あいつら女子をバカにしてるのよ。まったく！

実のところ、展示内容は多くない。でも人目を引くものが二つある。一つは志願軍が押収《おうしゅう》した壊れていない落下傘《らっかさん》である。これは、中学二年生の少年先鋒隊の隊員がいつも文通していた志願軍の兵士から贈られたものであった。もう一つはあのシームレス鋼管である(今朝届いたのだが、みんなは首を長くして待っていた)。真新しい、黒々とした鋼管が木箱に収められ、下には緞子《どんす》が敷いてあった。生徒たちが見学しに来たが、「これが、あの鞍山のもの？　本物かな？」と疑っている者もいた。薔雲はちょうどそれを耳にし、怒って言った。

「あの方々が、鞍山の労働者がわざわざ贈ってくださったのよ。なんで偽物《にせもの》だなんて言うのよ！」

さて、李春は朝早くに脚本の初稿を書き終えほっとしていた。原稿の一番最後に「一九五二年大晦日《おおみそか》」と書き、それから片足で立つと三回くるっと回った。一九五二年は過ぎたが、彼女に思い残すことはなかった。一九五三年を迎え、彼女の心は希望に満ちていた。なぜなら大仕事を成し遂げたからだ。李春は自ら大晦日の集いのために何かをやろうと声を上げたのだ。

そして、呉長福《ごちょうふく》と一緒に買い物を任され、みんなで集めたお金を持って、協同組合にお菓子や飴《あめ》を買いに行った。呉長福は買い物のときにあれこれ選《え》り好みをし、ぐずぐずしていたが、李春はさっさと決めればいいと思っていた。それで、二人は買い物中だというのに口喧嘩《くちげんか》した。

教員休憩室では、校長と鐘先生がソファーに座って頭を抱えていた。集いで生徒たちに何かやってくださいと言われるのではないかと心配していたのである。彼女たちは歌さえ歌えなかった。それで、音楽の先生を呼んで、にわか仕込《じこ》みで簡単な歌を覚えようとした。音楽の先生は「われらは春の花」を選び、校長と鐘先生は音程を変えながらも、歌い始めた。「…潑剌《はつらつ》として、勇んで進まん……」

六時半、各クラスは個別にまたは共同で活動を始めた。校舎全体が鮮《あざ》やかに彩《いろど》られ、銅鑼《どら》や太鼓の音が空に鳴り響く。受付室の用務員侯《こう》さんは、貯金で大量の爆竹を買っており校庭のあちこちで「バン、バン」と爆竹を鳴らした。

校門脇には各クラスの生徒が大勢立って、集いにやってきたお客さんを迎えている。各クラスに招待されたお客さんは労働英雄、志願軍兵士、解放軍兵士、俳優、作家、団の市及び区委員会の幹部たちだ……。お客さんは続々とやってきて、拍手の中各クラスに案内された。

高三クラスは一人の志願軍の戦闘英雄を招き、集会でまず講演してもらっていた。彼は口を開くと、「子供たちよ……」と言った。クラスの生徒はみんな大笑いした。志願軍のこの同志は、たぶん少年先鋒隊員とよく文通し「おじ様」という呼ばれ方に慣れっこになっていたのだ。それで、高三の生徒も「子供たち」と呼んでしまったのだ。

生徒たちはみんな化粧をしていた。ある生徒は彼女のお母さんが三十年前に結婚したときに着ていた服を探しだし、身に着けていた。ある生徒は劇団からお芝居の服を借りてきて、恋愛物語「梁《りょう》山伯《ざんはく》と祝英台《しゅくえいだい》」のようなきれいな恰好をしている。チベット族の男女で化粧し、長袖を振っている生徒もいる。また、インド女性のように化粧し額に赤い点を付けている生徒もいる……。校長と袁《えん》聞道《ぶんどう》先生は高三の活動に参加し、生徒たちと一緒に座っていた。袁先生は教室の装飾を絶賛した。袁先生は校長にも「よくぞ、やってくれたものです」と言わずにいられなかった。隣の生徒が袁先生に「これ、お嬢様がやったんですよ」と伝えると、袁先生はもっと喜んでいた。

志願軍同志の話が終わると、一人のお年寄りが入ってきた。だぶだぶの服に、長い、白い髭《ひげ》。みんなぽかんとしていた。この方は誰？　お年寄りは言った。

「子供たちよ、わしゃの、火星から来たんじゃよ。わざわざ君たちの集会に参加するために、やって来たんじゃ……」

みんな声を聞いてわかった。周小玲《しゅうしょうれい》だ。

周小玲は自分の喉《のど》をなんとか絞って年老いた男の声を出そうとしたが、だめであった。結局のところ、得体の知れない何か……おじさん役のようでもあり、若い女性役のようでもあった。新年からさっそく不運なお年寄りは、逃げて行った。

生徒たちの出し物はみんながあらん限りの才覚を振り絞ったものであった。おばあさんから習った河北梆子《かほくほうし》（河北省北部の伝統的な戯曲）や、近所の子供の叔父さんに学んだ奇術などあらゆるものが披露されたのだ。出し物の途中、突然誰かが力いっぱい扉を叩《たた》き、大声で「郵便です！」と叫ぶではないか。

緑の服を着た三人の小さな郵便配達員が入って来た。彼女たちはたくさんの袋を背負っていた。その中の一人が四方に挙手の礼をしながら言った。

「少年先鋒隊新年郵便局を代表し、皆様に新年の挨拶を申し上げます。皆様のご健康もお祈り申し上げます」

新年郵便局とは学校の少年先鋒隊が郵便局を真似《まね》て、年賀状や贈り物、おもちゃを送ってくれる組織であった。配達員はさらに伝えた。

「この中には各地から贈られて来た年賀状、お祝いのお手紙、贈り物があります。袁先生がみな様にくださった十キロのリンゴもありますよ」

さぁ、リンゴが机の上に並べられた。贈り物もみんなに分けられ、配達員は戻っていった。生徒はリンゴを食べたり、手紙を読んだり、贈り物を眺めたりしている。集会の前に、全校の教師・生徒が贈り物を贈り合い、少年先鋒隊の新年郵便局がまとめて処理するのだ。ノートをもらった生徒もいれば、絵をもらった生徒もいる。おもちゃや本、鉛筆もあった。

呉長福は表紙に金の文字が書かれたノートをもらい、とても喜んだ。だが、表紙をめくったとたん彼女は泣きだしそうになった。呉長福は蘇寧に「ねぇ、見てよ……」と言った。なんとまぁ、最初の一頁《ぺーじ》にこう書かれていたのである。

「新年の後の最初の大きな行事は期末試験です。生徒のみなさんが、各科目で百点が取れるよう祈ります。いい結果が出ますように！」

楊薔雲は厚い新聞紙で包まれた小包を受け取ったが、新聞紙の上には「中には宝物が入っています。一か月後に開封してください」と書かれていた。薔雲は何言ってんのよと、ビリビリ包みを破いた。だが、宝物なんて物はなく、ただの指よりも小っちゃい陶製のヒヨコがあっただけ。薔雲は即座にそのヒヨコを仲間にあげてしまった。

生徒たちは講堂に行き、男子生徒と一緒にダンスした。講堂の中には一本の大きなモミの木がある。その枝は、外から採ってきた大量の針葉樹で作られている。モミの枝には金の星や、花柄の紙がはられている。落花生の殻、卵の殻、紙で作った人形、草で編んだ小動物、各種楽器や文房具の模型も吊《つ》り下《さ》げられている。モミの中には赤、緑の明かりが隠されており、生徒たちがやって来ると、それら赤、緑の明かりが同時に点灯した。

レコードが流れ始めたが、ダンスをしている生徒はほとんどいない。高校生は社交ダンスには慣れていないのだ。そのとき、周小玲はモミの木の下に行き、大声で呼びかけた。

「生徒のみなさん。私たちは高校生活最後の新年を迎えました。来年からは五か年計画が開始されます。わが国は大きな成果を収めることでしょう……。だから、みんなで踊りましょうよ！」

理由なんてどうでもいい。「踊らにゃ損々《そんそん》」なのだ！

何度か音楽が流されると、生徒たちは汗をかきだした。次々と上着や防寒着を脱ぐと、いろいろな色のセーターが姿を現した。顔がほんのりと赤らみ、一層美しく見える。そんなとき、三人の男子生徒が講堂に案内され、入ってきた。

彼らは生徒会委員であった。案内してきた生徒がさっそく紹介した。

「この人たちは第六十五高校の生徒会委員のみなさんです。うちの学校に来て、新年をお祝いしてくださるそうです。ようこそ、お越しくださいました！」

拍手の中で、緑のマフラーを巻いている男子生徒がみんなに言った。

「私たちは、同級生たちが書いた二通の手紙を持ってきました。あなたたちの、二つのクラスに宛てたものです。みなさんダンスの真っ最中ですので、私たちは読みあげません。ですが、私はわが校の兄弟全員を代表し、姉妹の皆様の新年をお祝いいたします！」

みんなどっと笑った。でも、周小玲は舌を出し「不自然ねぇ。ぶきっちょな男」と言った。

ダンスは続いていたが、三人の男子生徒は蓄音機のそばで寂しそうに座っていた。やがて、二人の男子は自らダンスをしにいったが、あの緑のマフラーをした生徒は一人でぼけっとしている。薔雲は少しかわいそうに思って、彼の前に行くと思い切って手を差し伸べた。

「ご一緒しませんか？　いかが？」

その子の童顔が、すぐ紅《あか》くなった。照れながらも嬉しそうに、不器用な感じで立ち上がった。そして、おそるおそる薔雲の腰に手を回したが、それ以上彼女に身体《からだ》を近づける勇気はないようだった。

　二人は少し踊ったが、薔雲は相手がダンスが上手であることに気づいた。でも、彼の顔は薔雲の右肩越しにしか見えない。正面から薔雲を見てくれないのだ。薔雲はおかしいなと思った。この生徒はどうみても張世群《ちょうせいぐん》の仲間とは思えない。だが、そのとき男子生徒が聞いてきた。

「お名前教えて頂けますか？」

「あなたの名前は？」と薔雲はただ聞き返した。

「趙麈《ちょうじん》と言います。六十五高校の二年生です」

「苗字《みょうじ》だけでいいのに。私は楊《よう》です。以上」

　音楽が軽快になり、みんな素早く回りだした。モミの木の金の星が点滅し、女子たちのお下げが揺れた。講堂の四隅にある大きなストーブが燃えている。ストーブの中で赤い炎が勢いよく舞っているのも見える。つま先が離れては閉じ、瞳も閉じてはまた開く。五光十色……そう、あらゆる色が生徒たちのつま先に合わせて踊っている。薔雲はのろのろ踊っている趙麈に苛立《いらだ》った。テンポを速め、受け身から主導へと趙麈を連れて会場中を飛び回った。趙麈の鼻の上には汗がにじみ出てきた。

　袁先生も踊った。まずは娘と踊ったが、袁新枝は踊りながら父親にダンスを教えてあげた。袁先生は少しコツが分かってきてから、校長と一緒に踊った。一曲踊ってから、袁先生と校長は息を切らしながら座って休んだ。袁先生は校長に話した。

「生徒たちは、本当に大したものですね！　あの子たちは幸せ者ですよ。楽しみのために、いろんな案を考えだせるんですから……」

ある円舞曲が流れたとき、薔雲は優しく、朗々としたバリトンを耳にした。薔雲はふと気づいた。この有名ではないリズム、でもけっこう聞きなれていて、とても親しみを感じる……。この感じは、まさに「似曾相認燕帰来（燕いつもの如く帰り来て）」と表現できるではないか。どこかで聞いたことのある曲に似ているのだ。彼女は趙塵の身体を押して離れ、「ちょっと待ってて」と言った。蓄音機のそばに走っていき、放送班の生徒に尋ねた。

「この曲、何て言うの？」

「『大学生の歌』よ」

薔雲は戻りながら、笑った。そうだ。分かったぞ。歌詞の一節が終わり、伴奏が聞こえてきた。薔雲は少し目を閉じ、学校生活を思い出した。硫酸が服にこぼれ、だめになってしまったこと。百メートル競走の「よーいドン！」の瞬間。学年が一つ上がって、教室が別の教室になって……薔雲は嬉しい。「大学生の歌」。あぁ、なんて素敵な「大学生の歌」。張世群はもう大学生だ。来年、楊薔雲も大学生になる。でも、なんで「高校生の歌」がないのかな。高校生のための歌が……。

薔雲が帰ってきたとき、趙塵はぼんやりと立ち尽くしていた。薔雲は彼に声をかけた。

「ぼけっとしてないでさ。踊りましょ。趙塵」

「うん。楊……」

趙塵は薔雲の名を言えなかった。

親愛なる読者の皆様。皆様はどのようにこの年末年始をお過ごしでしょうか。生徒たちがこんなにも盛り上がり、またこんなにも多芸多才であることをご存知だったでしょうか。彼らは礼儀正しく、また愉快に「行く年」を見送ってから、新しく、輝かしい「来る年」を迎えるのです。また、彼らはあらゆる祝日を重んじ、それらすべての日々に美しい記憶を残しました。

風雪吹きすさぶ国境線や機械音が耳をつんざく坑道の底、こんな場所にいらっしゃる年配読者の方々。あなた方の両の手が、青年たちの幸せを守ってくださっています。敬礼を捧《ささ》げます。皆様に感謝申し上げます。

一方、このような読者もいらっしゃいます。時間に対する感覚が段々と鈍《にぶ》くなり、飛び去って行く光陰の鼓舞と激励を徐々に感じなくなっている読者です。そのような読者は新年をいつも通りに過ごすのみで、心から笑ったり、生活が充実するという幸せを、なぜ胸いっぱいに感じようとしないのでしょうか。

あぁ、読者の皆様。労働者、農民、兵士、幹部の皆様……。新年にはどうぞ学校へお越しください。青年たちの誘いをお断りになりませんよう。十二月三十一日の夜、どこの学校を通り過ぎても校門には生徒が鈴なりになっています。彼らは皆様に手を振り、歓迎することでしょう。

第十五章　新年のトマト

夜十一時を過ぎたころ、ダンスが終了した。各クラスの生徒たちは講堂に集まり、全校教職員と生徒との大懇親会が始まろうとしている。まず、労働組合の代表、生徒会の代表が祝辞を読み上げた。一番初めは教育労働組合から生徒たちへの新年の祝辞である。続いて、生徒会代表として、中学校の生徒がまだ幼い声色で先生への感謝の手紙を朗読した。

「親愛なる先生方。一九五三年を迎えて、私たちはとても感激しています。先生方が私たちを苦労して育ててくださったことを思い出します……」

そして職員への、続いて受付の用務員への手紙があり最後は食堂の調理師への手紙であった。

「親愛なる調理師様。私たちの最も貴い敬意を受け入れてください。あなた方が作った炒《いた》め物はいい香りがします。炊《た》いたご飯は柔《やわ》らかくもなく、硬《かた》くもなくてちょうどいいです。蒸《む》した饅頭《まんとう》は丸くて柔らかくて……」

こんな時、感謝すべき人は数えきれない！

これら手紙を読み終えたとき、時計の二つの針が一つになりそうだった。拡声器からラジオ放送が聞こえてきた。最後の音楽が流れてから、アナウンサーが「現在、二十三時五十九分です」と伝えた。講堂の人だかりは息を呑み、静かに時計の針のみがチクタクと過ぎていく。あと十秒、五秒……。

「チン！」

一九五三年が来た。みんなは喜びの声を上げた。二人の少年先鋒《せんぽう》隊員が話している。

「わぁ、早いね。チン！　一九五二年は行っちゃった。一九五三年がやって来た」

国歌が流れ、全員が厳かに起立した。校長が登壇して演説を始めた。

「先生方。生徒のみなさん。一九五三年になりました！」

「校長先生、おめでとうございます！」

台の下から一斉に声が聞こえた。

郭《かく》校長は拳《こぶし》を机の上に置きながら言った。

「このようなときに、私たちが一堂に集うことができ、みんな温《ぬく》もりを感じていることでしょう。ご存知のように、繁栄する新中国は我々の参加の下《もと》、かつ我々が見守る中で建設されています。鞍山製鉄所《あんざんせいてつじょ》の偉大なる建設事業はご存知ですよね。私の夫、このようなときに家庭の事情を話すべきではないかもしれませんが（校長は笑いながら言った）、彼は最近軍部隊から、内モンゴル自治区包頭《ぱおとう》に転進し、包頭で新製鉄所の建設に取りかかるところだと教えてくれました。みなさん、私たちの工業基地、私たちの製鉄所は一か所、二か所ではなく、十、二十、五十、百と建設されることでしょう！」

講堂では歓声が鳴り響き、生徒たちは互いを見ては校長の言葉を反復した。彼女たちは笑っていたが、笑いだけでは自分の感情を十分に表現できないと思い互いの手を繋《つな》いで、力を込めて身体を揺らし合った。

校長は続けて述べた。

「生徒のみなさん。私は、あなたたちが羨《うらや》ましいです。あなたたちは将来、みんな第二、第三の五か年計画の建設事業に参加することでしょう。工場、鉱山、田畑いたるところが、あなたたちを待っているのです！　偉大な建設を目《ま》の当《あ》たりにして、私は自分の知識の乏《とぼ》しさを強く感じ、惨めにさえ思いました。

もう一度高校生に戻りたいと心から思いました。代数、物理、国語、工学、トラクターの運転を学び、己《おのれ》を祖国の新しい歴史のために捧《ささ》げたかったです。ですが、私が高校を受験しようとしても、結局のところ応募させてもらえませんでした」

校長は振り向いて政治指導員に尋ねた。

「まだ高校生になれますかしら？」

政治指導員は微笑みながら首を横に振った。

「年齢制限を超えてらっしゃいますので」

講堂中でどっと笑いが起こった。

「仕方ありません。私には、みなさんのように学業のための良い環境は与えられないのです。でも、私は落ち込んでいません。みなさん、私はあなたたちに挑戦します。各科目の科学の知識は、戦争の混乱の中で抜け落ちて、すっかり忘れてしまいました。そこで今、一から学び直し復習していくつもりです。みなさん、切磋琢磨《せっさたくま》しましょう。誰がより多く学び、国家に最も貢献できるのか競い合いましょう！」

校長は大きな笑い声と盛大な拍手の中で演説を終えた。彼女は講壇から降りて来たときも、興奮で顔を紅潮させたままだった。

みんなは新年の挨拶《あいさつ》をそれぞれ交《か》わしてから、大食堂で夜食を食べる。テーブルごとに赤米とナツメの粥《かゆ》、一皿の蒸しパンが置いてある。マリ・フーがのろのろと食堂に入ったとき、自分のクラスの生徒はすでに一テーブル毎に座っていた。彼女は空いている席に駆け寄り、何人かの中学生と同席することになった。

みんなお碗《わん》を持って粥をよそおうとしていたが、生徒会の福祉部長が大皿を叩《たた》いて大声で告げた。

「みなさん、聞いてください！　今日、食堂の調理師さんにはお休みいただいています。それで、このお菓子は、生徒会福祉部が生徒の中から料理が上手な人を呼んで、作ってもらったものです。みんな、よく味わって、食べ終わったら率直な感想を教えてくださいね」

みんなは箸《はし》でお碗を叩き、わいわい賑《にぎ》やかに「ありがとう！」と答えた。

みんな先を争って食べていたが、マリ・フーはまだ食べず、まず首《こうべ》を垂《た》れて食前の祈りを暗唱すると、手で十字を切った。彼女と同席していた少年先鋒隊員はみんな呆気《あっけ》に取られてしまった。彼女たちは食事のことを忘れ、不思議そうにマリ・フーの風変りな行動を見つめていたのだ。そして、一人の生徒が気づいてもう一人の耳元でささやいた。

「神様……神様よ！」

生徒たちがひそひそ話し始めた。

マリ・フーはまだその場で神妙にお祈りを唱えていたが、生徒たちは我慢できなくなり「フフフ」と笑い始めた。あるいたずらっ子がわざとらしく低い声で言った。

「神はぁ、おっしゃいました……あなたたちは我が子供であるとぉ」

他にもいたずらっ子がいて、マリ・フーが祈禱している間に彼女のお碗とお箸をこっそり見えないところに隠してしまった。

だが、マリ・フーはこれらすべてを見て、聞いていた。祈禱を終えると、お碗とお箸はない。彼女は怒り、いたずらっ子を睨《にら》みつけた。そして一言も言わず、涙を浮かべながら恨みを込めて手を振り下ろすと食堂から飛び出していった。

少年先鋒隊員たちはもともと好奇心があっただけだ。冗談ですよと言おうとしたが、意外にもマリ・フーを激怒させてしまった。マリ・フーは去り際に彼女らを一瞥《いちべつ》したが、その一瞥には深い怒りが込められていた。隊員らは互いに顔を見合わせ、大変なことをしてしまったのだと気づいた。マリ・フーの食器を隠した生徒は驚いて顔を覆《おお》い、泣きだした。彼女たちの中でやや年上と思われる一人の生徒が、この泣いている生徒を連れて指導員の袁新枝《えんしんし》のところに行った。彼女たちは袁新枝のそばに行き「指導員さん、大変です」と訴えた。

袁新枝は彼女たちの様子を見るとびっくりして、すぐ「どうしたの？」と聞いた。泣いてる生徒が言った。

「私たちは神様のことを……ううん。お祈りしていた生徒を怒らせてしまったんです」

「お祈りしていた生徒って、誰？」

「私たちは…し…知らない……。背は…低くなかったです。もしかしたら、せ…先輩たちのクラス」

「マリ・フーだ！」

そばにいた鄭波《ていは》が頭を上げた。彼女は周囲を見回したが、確かにマリ・フーは高三の仲間たちとは一緒にいなかった。他の場所にもいない。彼女は事の顚末《てんまつ》を最後まで聞くと、袁新枝に言った。

「マリ・フーに違いない！　見つけて来るわ」

箸を置き、袁新枝の「待って」という声も聞かずに食堂から飛び出して行った。

鄭波はまず自分たちの教室を見に行った。全教室は真っ暗で、講堂の明かりも消えている。みんな食堂に行ったのだ。鄭波は確信した。マリ・フーは家に帰ったのだ。彼女は学校の校門まで走った。校門の前で少し立ち止まったが、誰もいなかった。彼女は以前見たマリ・フーの帰り道を思い出し、その道沿いに追っていった。外では北西の風が吹いていてとても寒かったが、彼女はセーター一枚しか着ていなかった。冷気が肌《はだ》に突き刺さる。鄭波は両腕で身体を抱えながら、必死に走った。

大通りに出ると、遠くに人影が見えた。「マリ・フー！」と鄭波は叫んだ。その人影は一瞬立ち止まったが、また早足に先へと歩いていった。鄭波は息を切らしながら追いかけ、やっとマリ・フーに追いついた。鄭波は、また「マリ・フー！」と言った。マリ・フーは歩みを止めた。

「なんで帰ったのよ？」

鄭波はマリ・フーの冷たい手をつかんだ。

「疲れたの」とマリ・フー。

「生徒たちがあなたにすごい失礼なことしたのは知ってるわ。でも、まだ幼いんだし、悪気は無かったのよ。あなた本気で怒ってるの？」

鄭波は改めて言った。

「今は、一九五三年の最初の一時間なのに、なんで怒ってるのよ？　どうしてみんなから離れちゃうの？　もう少しで全校の大交流会も始まるのよ。こんな楽しい新年会なのに……」

　鄭波はくしゃみした。

　マリ・フーは鄭波が着ている服に触れ、凍《こご》えてかじかんだ顔を見た。鄭波の瞳は優しかった。この子はいい人だと思った。彼女はこれまで味わったことのない、友達同士の見返りを求めない同情と気遣いを感じた。彼女は鄭波に少しでも感謝の思いを伝えたかった。ただ、うまく口から言葉が出なかった。振り返り黙って学校へと戻って行ったが、鄭波に声かけするのも忘れてしまった。鄭波は彼女がやっと戻ろうとするのを見ると、喜びのあまり寒さを忘れた。

　鄭波はマリ・フーの手を引き、一つの食卓に押し合いへし合いしながらも座り食事した。あの数人の少年先鋒隊員が袁新枝に言われて、駆け寄ってきた。彼女たちはマリ・フーに謝《あやま》った。マリ・フーも彼女たちに「ごめんね」と小声で言った。同席していた仲間たちが次々とマリ・フーと鄭波に粥を入れてくれた。袁新枝は自分の防寒着を脱ぐと、鄭波にかけてあげた。

　鄭波は落ち着いてからすぐお粥を何口か食べたが、突然誰かが「鄭波さんいますか？　会いに来た人がいますよ！」と呼んだ。鄭波は首を傾《かし》げながら出て行った。誰がこんな時間に来たのか？まさかお母さんがまた具合が悪くなったのだろうか？　心臓がどきどきしてきた。

　彼女が入り口を出ると、暗闇の中で、背の高い男が自転車を支えて立っていた。その男は、あたかも校門にかかっている大きな赤提灯《あかちょうちん》の明かりに照らされるのを恥ずかしがっているかのように、わざわざ物陰に立っていたのだ。

「田林《でんりん》さん！」

　鄭波が驚いて声をかけた。この前会ったので、覚えていたのだ。田林は恥ずかしそうに自転車を押しながら近づいてきた。彼の眼鏡のレンズがぴかぴかと提灯の紅い光に反射している。

「明けましておめでとう！」

「こんばんは。先輩こんなときに来るなんて、面白いことしますね」

鄭波は無邪気《むじゃき》に言った。その言い方には、かすかな疑問と心からの感謝が込められているかのようであった。

「波ちゃんに会いにきたんだけど、どういうわけか、会えないかもって心配してたんだよ。もう寝てるかなって思ってた。それに、こんな遅くに受付が通してくれるかなとも……」

「何、気にしてるんですか？　私に会いにきたんですよね。見つけたじゃないですか！」

「新年の贈り物を少し持ってきたよ」

田林は自転車のハンドルにかかっていた鞄をほどくと、中から四つの大きなトマトを取りだした。

「トマト？　冬にトマトですか？」

鄭波は笑っている。

「一九四八年に一緒にトマトを食べたことを覚えてる？　僕ら民連グループは土地法の要綱を議論していたけど、波ちゃんはたくさんトマトを食べたんだよ。自分で言ったじゃん。『私、トマト大好き。一日に数百グラムでも食べられます。でも、残念だけど、今年の冬は食べられないんですよ』って。だ・か・ら、一九五三年の年明けにトマトを持ってきたのさ」

「冬だってのに、どこのトマトですか？」

「冬でも、温かいところならトマトは取れるよ」

「本当に、面白いことしますね」

鄭波は嬉しそうに言った。

田林は鄭波に、少年先鋒隊のバッジも一枚あげた。それは彼が中南地区で軍に入隊した際に子供たちとの交流会で、子供からもらったものであった。田林は小さなバッジを、自ら鄭波の胸の上に付けてあげた。鄭波は頭を下げバッジを見つめてから、田林をチラッと見た。それから、トマトを手に取って一口齧《かじ》った。

鄭波は田林に聞いた。

「新年はどう過ごしたんですか？　どこで、一九五三年を迎えたんですか？」

「移動中だったよ」

田林は少し嫌味っぽく微笑んだ。

「零時のとき、自転車に乗って大通りを走ってたよ。僕は、全速力で一九五二年から一九五三年にかけて、僕んとこから波ちゃんたちのとこまで自転車で走ってきたのさ」

「本当、面白いこと言いますね」

鄭波は感心して、三度目の「本当、面白い」を口にした。

さて、このとき食堂は大いに盛り上がっていた。粥はすぐなくなったのだが、教育労働組合の委員が、先生方が事前に数千個の白玉餡《あん》団子を買って今煮ているので、帰らないで食べるようにと知らせたからだ。この予期しない贈り物に、生徒たちはしばらく割れんばかりの拍手を送った。

お団子を待っている間、テーブル同士で歌合戦が始まった。あるテーブルがあるテーブルに要求し、生徒が先生にお願いすることもあった。誰か一人を指名して、「歌って、踊って」と言うこともあった。同時に、生徒たちは次々にお互いを祝い合った。

周小玲《しゅうしょうれい》が蘇寧《そねい》の手を握る。

「おめでとう！　一歳大きくなったわね！」

蘇寧も返した。

「小玲もおめでとう！一歳大きくなったね！」

それから蘇寧は改めて考え、「あ、違う。新しい数え方だと、誕生日を過ぎてからやっと歳を取るんだよね」と言い直した。

「いいじゃない。前祝いしましょうよ」

周小玲は気にせずに、言った。袁新枝も李春に「すべてうまくいきますように」と祝った。李春はふと思い出して、つぶやいた。

「あの脚本うまくいくかしら？」

楊薔雲《ようしょううん》は走り回りながら、あちこちでお祝いの言葉を言っている。彼女は呉長福《ごちょうふく》に「髪が長くなればなるほど、髪が増えますように」と祝った。呉長福は髪を洗うと、毛が抜けると文句を言っていたのだ。それから袁新枝には「ますますきれいになりますように」と、蘇寧には「お兄様のご健康を祈ってるわよ」と祝った。そして、けっこう年上の先生に会ったとき彼女は大胆にも「先生、いつまでもお元気でいらしてください」と祝ったのだ……。楊薔雲はたくさんの人に「おめでとう」を言った。

「おめでとう！」

「おめでとう！」

「おめでとう!!」

第十六章　お空から、見ててね

新年当日、楊薔雲《ようしょううん》は小包と手紙を受け取った。小包の中には朝鮮戦争を題材にした出版されたばかりの新書、『三千里江山』が入っていた。手紙を送ってきたのは張世群《ちょうせいぐん》であった。

楊薔雲ちゃん

本を送るね。新年のお祝い、そしてスケート競走のご褒美《ほうび》として。君は、あの日僕が必死に追いかけてくると思ったんじゃないかな。そんなことはありえないさ。僕、分かってたんだよ。もし君が追いつかせないと思ったら、誰も追いつけやしないからね。

こっちの大学生活はとても快適さ。でも、不満が二つある。一つは、勉強がまだそんな難しくないということ。高校生のとき「大学の勉強は難しくて、天に登るより難しい」という話を聞いていたので、大学に入ったら猛烈に、体当たりで勉強しようと覚悟していた。でも、結局普通だった。死に物狂いでやらなくてもいいんだよ。

もう一つは、睡眠時間が長過ぎるということ。消灯から起床まで、規則では八時間半睡眠となっている。遅寝はだめ、早起きもだめ。実のところ、僕の体質なら五、六時間寝れば十分なんだ（ロシアのピョートル大帝は毎日四時間睡眠でも、長生きしたそうだよ）。夜は眠れないので、布《ふ》団《とん》に横になって計算問題を解いたり、詩を暗唱《あんしょう》したりするだけさ。

新年が来て、国が大きく発展しているね。君には何か計画があるかい？ 文学を学ぶことを勧めるよ。物語は人の心を揺さぶるものだよ。僕の助言は、この新しい一年で勉強をちゃんとすること以外に何か楽器を学んだり、絵画を習って、それと同時に一年間に少なくとも五十冊の小説を読むべきだということ。体育のほうも、飛び込みやフィギュアスケートも学ぶといいだろうね。飼い主を失った犬のように元気なくふらついたりはしないでね。

もちろん、君が僕の助言をまったく無視してくれても構わないさ。でも、これらのことができっこないって思ったらだめ！ 日常では「攻めの姿勢」が大事！ 送った本を読んだら、これらのことがきっと分かるはずだよ。

張世群

蕾雲は嬉《うれ》しそうにこの手紙を読んだ。何度も読んでから、手紙の内容を要約して何人かの生徒に読んで聞かせた。袁新枝《えんしんし》は「本当、頑張り屋さんね！」と驚いた。どういうわけか、蕾雲はこの「頑張り屋さん」という呼び方にとても気分を良くした。張世群の馬力と自分の仲間を見れば、男子は確かに女子よりも多くの長所があると思ったのだ。彼女は張世群に返事を書いたが、初めの部分で彼のことを「尊敬する頑張り屋さん……」と呼んだ。返事を書いている途中、彼女は『鋼鉄は如何《いか》に鍛えられたのか』を読み始めた。読みだすと夢中になった。蕾雲は読書や仕事にもともと没頭しやすい。ましてこんないい小説ならなおさらだ。

元旦の午後、彼女は家に帰ると家族と話をせず、本ばかり読んでいた。夜になっても深夜まで読み続け、その日のうちに大半を読んでしまった。薔雲は『鋼鉄は如何に鍛えられたのか』を読《よ》み耽《ふけ》った。登場人物たちは頑張り屋で、自己を厳しく律している。熱い思いを持ち、真っすぐだ。そして奉仕精神を持っている。

これらは、まさに薔雲の目指すところであった。お正月の夜、家族がみんな寝てしまっても、彼女はその本をずっと読んでいた。ああ、狭苦しい宿舎や教室にはもううんざり。情熱的な日々を送りたい。そんな日々は、きっと平々凡々な生徒とは違う素晴らしいものだろうな。本を読みながら、心の中でこんな思いがふつふつと湧いてきたのだ。

だが、彼女は復習時間の前までにその本を読み終えることができなかった。自習時間中も、まだ読んでいたのである。袁《えん》先生は、彼女にお説教した。

「鄭波《ていは》は、いくつもの課題をこなして、今は復習に専念しているというのに……。なんで君はのんびりと小説を読んでいるんだ！」

薔雲は返す言葉もなく、不満げな顔をして本を鞄《かばん》にしまった。のんびりと小説を読んでいる？ そんなわけないでしょと、心の中でつぶやきながら。薔雲は読書にのめりこんでしまったが、張世群への返信を書き終えるのを忘れていた。やがて復習で忙しくなると、彼女はだらだらと手紙を書くのは止めようと思い、張世群に結局返信を書かなかったのだ。

鄭波の母が亡《な》くなった。

お正月の三日目の夜。母は急に心臓に激しい鼓動を感じ、半身が痺《しび》れだした。彼女はベッドから降りて人を呼びたかったのだが、下りた途端に倒れてしまった。鄭波の叔母が音を聞いて駆けつけると、母はすでに気を失っていた、叔母は慌てふためいてどうしてよいか分からなかった。

それから交番の警察官が母を病院まで運んでくれて、入院させた。

「心臓に異変が生じ非常に危険であるため、ご家族に連絡願います」と医者が言った。鄭波が駆け付けたとき、母はもう虫の息であった。息は吐くだけで、吸うことができない。母は目を見開き緊張した面持ちで鄭波を見つめながらも、話すことができなかった。

　叔母は鄭波に言った。

「早く、何か言ってあげて。お母さんを安心させて。目を閉じてもいいよって……」

　鄭波は涙をこらえ、むせび泣きながら「お母さん、波だよ。心配しないでね」と語りかけた。母のあえぎ声がもっとひどくなり、そしてとぎれとぎれに話しだした。

「あなたのお世話……お母さんは……できない……。毛主席……お前を見守ってくださる」

　しばらく静かになったが、彼女はまた苦しそうに言った。

「ひと息吸うこと……も……大変なの……ね」

　こうしてついに母は目を閉じた。目尻から涙が一滴こぼれ落ちた。


　お母さん、愛するお母さん。こんな日が、どうしてこんなに早く来てしまったの……。お母さん、あなたは娘を愛し、娘もあなたを一番愛していた。私が生まれてからの最初の記憶はある日の夜、二匹の大きな黒猫を夢で見たということだ。黒猫が私をおどかしたとき、私は夢から覚めたのだ。そのとき、私はお母さんの温かい腕が私の頭の上に伸びているのが見えた。私はお母さんの腕にしがみついて、何も怖くなくなったんだよ。お母さんがそばにいれば、何も怖くなかったんだよ。

　お父さんが亡くなったときのことも忘れられない。お父さんの同僚が駆け込んできて、アメリカ軍のジープに轢《ひ》かれて死んでしまったと言うじゃない。お母さんは呆然《ぼうぜん》として、信じようとしなかった。その同僚がもう一度告げたら……お母さんは気絶した。お父さんの同僚がお母さんを頼むと私に言った。私はあなたの耳元にひれ伏して、「お母さん、波だよ！」と叫んだ。今、叔母さんが私に同じことをさせた。あのときあなたは目を覚ましてくれた。でも、今は……。

それから、お母さんは痩《や》せ、目は落ちくぼんだ。手は厚くなり、腫《は》れていた。あなたは毎日何十枚、何百枚もの服を洗濯し、指はニンジンのように太くなった。手の甲にはたくさんの深いひびやあかぎれができた。「お母さん、少し油を買って塗ってみたら？」と言ったけど、あなたは強がって笑い「大丈夫よ。節約して、私たち二人いつも麵を食べられるようにしなきゃね」と言った。

煮《にゅう》麵といえば、私はいつも言うことを聞かない娘だった。ある日、お母さんと一緒に麵を食べたときのこと。あなたは麵を混ぜ合わせた際、うっかり酢を多めに入れてしまった。私は一口食べたら、あまりに酸《す》っぱくて泣いてしまった。あなたはすぐ私をあやすと、胡麻《ごま》ダレを私のお碗《わん》に入れて酸味を薄めてくれた。それから自分で味見して「酸っぱくないよ。いい香りだよ」と言ってくれた。

私はそれでもその麵を口にできず、泣いていた……。でも、お母さんは麵をどれほど苦労して作っていたか。その前の日に悪そうな奴《やつ》が家に来て、お父さんが生前彼に「金を借りていたぞ」と言った……。でも、そんな話聞いたことがない。解放後、私は変わった。自分が進むべき道がはっきりわかって、仲間もでき新しい生活を始めた。私はあなたのあらゆる愛情を受け入れなくなった。あなたが私を子供扱いしているのが嫌だったんだよ。でも、娘はやっぱりお母さんの子供なんだ。

お母さん、娘を許してね。あなたを愛していたんだよ。忙しくても、よくお母さんのことを思ってたんだよ。あなたの額に日々しわが増えていくのを見たとき、私はそのしわを自分の額に移したくなった。いつの日かお母さんを支えたいと思っていたが、私があなたの世話をしたことはなかった。

この数年間、私はいろんな人と仲良くなったけど、自分のお母さんには優しくなかった。あなたと一緒にいた時間はあまりにも少なかった。話したいことがたくさんあったのよ。私がどうやって勉強していたか。どんな遊びをしていたか。どんな友達がいて、学校で何を食べていたのか。お母さんに話したかったよ。母親が子供のことを心配しないわけがない。お母さんが亡くなるとき、言いたいことはたくさんあったけどもうそんな時間はなかった。

どんよりした空の下、鄭波は母を埋めてあげた。派出所の所長、区の婦女連合会の副委員も参列した。鄭波の母は、体がまだ丈夫なとき、派出所と婦女連合会のお手伝いをいろいろやっていたのだ。楊薔雲や何人かの同級生はお休みをもらって、参列した。鄭波が黄麗程《こうれいてい》に伝えたので、彼女も来た。でも、彼女は忙し過ぎるので終わりを待つことなく急いで帰った。

この日の午後、鄭波が所属する団の隊員たちは計画を立て、自らこぢんまりとした追悼会を開いた。全員、白い花を付けていた。蘇寧《そねい》はずっと涙を流していた。彼女は鄭波よりも泣いていた。マリ・フーは鄭波のそばに座り、手を握って呆然としていた。楊薔雲は眉をひそめている。呉長福《ごちょうふく》はきょろきょろと周りを見ていたが、顔が青ざめていた。

袁新枝が司会をした。黙禱《もくとう》をしてから、彼女は言った。

「私たちはみんな家族と暮らしているわ。友達の喜びは分かち合いたいし、悲しみがあればともに悲しみたい。鄭波のお母様が亡くなったわ。鄭波は本当に悲しいでしょう。私たちも悲しい。私たちの中でも、たくさんの生徒が鄭波の家に行ったことがあるよね。優しくて、真面目なお母様だったわ……」

ここまで言ってから袁新枝は話し続けることができなくなった。教室の中はしんと静まりかえっている。時計の秒針がカタッ、カタッ、カタッと聞こえる。

「鄭波、あんまり悲しまないでね。身体《からだ》を大切に。鄭波は私たちのクラスの素敵な仲間よ。いろんなことで私たちを助けてくれた。生徒みんなあなたが好きなの。頑張って欲しいのよ」

袁新枝は座った。蘇寧は声をあげて泣きだした。

「泣かないで、蘇寧！」と鄭波が言った。彼女は喉を動かした。何かを飲み込むかのように。それから小声で告げた。

「みんな、会に来てくれてありがとう。母が亡くなって、私にはもう肉親は誰もいないけど、みんなが私の家族だからさ。母は革命家ではなく、ただのどこにでもいる主婦だった。

でも、お母さんは心が優しくて、いい人で、穏やかだった。他人を傷つけたこともない。一生の間にたくさん、苦しい目に遭《あ》った。解放後は身体も悪くなって、新しい社会での生活についていけなくなった。

お母さんは不運な人だといつも思ってた。あの人はずっと着る物のため、子供のため駆けずり回り、忙しくて、苦労した。一生、河北省から出なかった。小学校まで行ったけど、めったに読書はしなかったわ。昔は本を読む余裕なんてなかったし、そんな気にもなれなかったんでしょう。私と仲間が一緒に楽しく、有意義な時間を過ごしている間にね。お母さんのことを思うと悔しかったわ。とてもいい人だった。でも、お母さんの人生は……今さら何を言っても無駄だけど。お母さんは、もうそんな充実した生活を楽しむことができない」

　ここまで話してから、寝ずに過ごした鄭波の瞳はふと決然たる復讐《ふくしゅう》の炎のような強烈な輝きを放《はな》った。鄭波は言った。

「それで、思ったわ。どうするのかって。お母さんを忘れず、その報《むく》われなかった人生を忘れないで私は全力で生きていきたいわ。一人で数人分の仕事をして、一人で数人分の人生を生きてみたいの！　こんな姿を母が見ていたら、『私の一生は報われなかったけど、子供は報われた』と安心して言ってくれるかもしれない」

　蘇寧は泣《な》き止《や》んだ。みんな黙って鄭波を見ている。鄭波の髪は乱れ、目の周りは黒ずんでいるが、毅然《きぜん》と頭を上げていた。鄭波の言葉からみんなはすべての不幸に打ち勝ち、あらゆる苦しみを乗り越える力を感じた。みんな「死」から「生」を考え、また先代の無念から自分の世代の使命を思い起こした。蘇寧はハンカチを取りだすと、顔の涙をぐっと拭《ぬぐ》った。

　みんなが解散しようとしたとき、袁先生が来た。袁先生は鄭波の家庭の状況と健康について尋ねた。鄭波は家の事はもう片づいて身体も健康なので、何も問題ありませんと答えた。袁先生は、

「すでに教務係に連絡したんだが、期末試験は延期して冬休みにその追試を受けても構わないよ」

と付け加えた。鄭波は驚いてすぐ言った。

「いいえ。先生、予定通り試験を受けられます」

　袁先生は首を振って、忠告した。

「君の芯の強さは知っている。でも、焦《あせ》って身体を壊すな。やはり休んだほうがいい」

それでも鄭波は「みんなと一緒に試験を受けたいです」とお願いした。他の生徒も「受けるのを数日遅らせたほうが、いい成績が出るんじゃない？」と忠告した。

鄭波は下唇を噛《か》んで決然と言った。

「みんな知らないと思うけど、私は大変なときほど実力が出せるの。勉強しないと落ち着かないのよ」

袁先生は鄭波の願いを聞き入れてくれた。先生は鄭波に「復習で何か困ったことがあったら、何度でも先生に聞いていいからね」と伝えた。鄭波が「はい」とうなずくと、袁先生は教室から出ていった。

仲間たちはわれ先にと鄭波のノートの書き写しを手伝いにきた。誰もが喜んで鄭波を手伝いたいようだった。鄭波は感激して自分の机を開けノートを取りだそうとした。みんなと一緒にやればすぐ補充できると期待した。ところがノートは一冊もなかった。鄭波は驚いた。まさかどこかに置き忘れたのだろうか？　そんなはずはない。今回、夜中に病院に駆けつけたときも、ノートは持って行かなかったのだ。

そのとき、マリ・フーが近づいてきた。一束のノートをごっそり鄭波に手渡し、言った。

「私、勉強できなくて手伝えない。でも、先日あなたの同意なしに、勝手にあなたのノートを持っていったの。それで、ここ数日の授業内容を書いておいたわ。ごめんね」

鄭波はとても喜んだ。マリ・フーが彼女のためにノートを写しておいてくれたのだ！　マリ・フーがやってくれたことが、余計に嬉しかった。そばにいた仲間も「マリ・フー、すごい！」と言った。マリ・フーも笑ったが、何も言わずその場を立ち去った。

その次の日、鄭波はマリ・フーのところに行き「一緒に復習しない？」と聞いた。マリ・フーはうなずいたが、ふと鄭波に尋ねた。

「私って、冷たいと思う？」

鄭波は答えた。

「あなたは優しいわ。ただ、けっこう頑固なだけ」

マリ・フーは口をもごもご動かしながら言った。

「あなたと一緒に復習したいわ。一緒にいたいな」

復習していると、いつも仲間が鄭波に休むように忠告してくれた。「がんばりすぎないでね」と心配もしてくれた。鄭波は仲間たちの気遣いに感謝しつつも、引き続き頑張っていた。周囲がこのように言えば言うほど、彼女はますますやる気が出てくるのだ。復習が順調にいったお陰で、却《かえ》って授業にも集中できるようになった。たくさんの知識を特に復習しなくても覚えられるようになったのだ。これなら試験も大丈夫だろうと、鄭波は自信が出てきた。

一緒に復習していたマリ・フーは驚きながら、鄭波に聞いた。

「どうして、こんなときなのに集中できるの？」

鄭波の答えはこうだ。

「新年会のとき校長がおっしゃったこと、覚えてる？　国がものすごい速さで発展してるの。その速さに勇気をもらって、目が覚めるのよ。もたもたなんてしてられないわ」

第十七章　八つのとき……

鄭波《ていは》が復習を続けている姿勢をみんなが見習うようになった。誰もがよく頑張った。薔雲《しょううん》も小説を読むのをやめて、直ちに勉強に没頭した。今回の試験は、中間試験よりも全体的に進歩があったようだ。前学期はこうして過ぎ去り、冬休みが訪れた。

冬休みの初日、楊《よう》薔雲は『鋼鉄は如何《いか》に鍛えられたのか』を読み終えた。彼女はとても興奮してしまい、思わず本の中の登場人物に「じゃあね」と言ったがそれでも少し名残惜しい。彼女は本を蘇寧《そねい》に薦めた。

「ねぇ、三冊もあると分厚いのよ」

お願い半分、無理強い半分で言い続けた。

「お願い！　この本読んでみてよ。この本がどんなに素晴らしいか……。こんないい本、なんで読まないの？　読むべきよ！」

一週間後の午後、薔雲は蘇寧を訪ね「読書の状況」を聞こうと思った。予想通り趙《ちょう》おばあさんが扉を開けてくれた。だが、今回彼女は「次女様」とは言わず、薔雲に「蘇寧さんにお会いになりたいんでしょう？」と尋ねた。

薔雲は蘇寧の部屋に入っていった。置物が、以前薔雲たちが部屋の整理をしたときと同じくらい置かれている。本棚の古本はなくなり、新書がたくさんあった。壁には新しい絵がはられている。「毛主席が我らの偉大なる祖国建設を指導される」という絵だ。毛主席が赤ペンを持ち、各工業基地が表示された地図を見ているという構図だった。机の上には一鉢の蠟梅《ろうばい》が置いてある。

蘇寧は薔雲のコートをかけてあげた。薔雲はかじかんだ手を伸ばし、ストーブの近くで暖めた。

薔雲は「あのさ。あの趙おばあさん、どうしてあんたを次女様と呼ばなかったの？」と聞いた。

蘇寧は嫌そうに手を振って、答えた。

「この前、あんたがうちに来た後にさ。二度と次女様と呼ばないでくださいって、言ったのよ」

そう言ってるところに、趙おばあさんが大きな鉄瓶を提げて入ってきた。火をかき回し、鉄瓶をストーブの上に置いた。振り向きざま蘇寧に言った。

「次女……あ、蘇《そ》……さん、洗濯物はありませんかね？」

「もう自分で洗いました」と蘇寧。趙おばあさんが出ていってから、薔雲はベッドに腹ばいになり息ができないほど大笑いした。笑いながら真似《まね》る。

「蘇……さん、蘇さん、笑っちゃうわ」

蘇寧は椅子《いす》に座り右手で頬杖《ほおづえ》をつくと、薔雲に打ち明けた。

「最近ね。生活がちょっと変わって、次女様って呼ぶのはやめてもらうことにしたの。服は全部自分で洗った。母からもらう小遣いもできるだけ少なくしてるの」

薔雲は起き上がって髪をちょっとまとめると、「それがいいわね」とうなずいた。

「『鋼鉄は如何に鍛えられたのか』だけど、読み終わったわよ」

蘇寧が続けて答えた。

「どうだった？」

薔雲は興味津々《きょうみしんしん》に尋ねた。

「いい本ね」

「でしょ！」

薔雲は思わず手を叩《たた》いた。

「この本を読んでからちょっと悲しくなったけどね。少し不安にもなったわ……」

蘇寧は立ち上がり机のそばに行くと植木鉢に触れつつ、薔雲を見ずに話した。

「悲しいのよ。彼らの生活はあまりにも偉大で、あまりにも壮大よね。でも、私の生活は本当に単調なの。彼らと違って、あんな勇気、忍耐や情熱はないと思うわ。もし私があんな環境にいたら、尻込みするかもしれない。あんな人になれるのかしら。自信はないわ」

「もちろんなれるわよ！」

薔雲は考えもせずに励ました。

蘇寧は首を横に振った。独り言で「私……なんもできない」と言った。楊薔雲はベッドから降り茶卓の反対側まで行くと、ぐっと蘇寧を見つめた。蘇寧は楊薔雲の真《ま》っ直《す》ぐな視線に耐え切れず、振り向いて本棚の隣に行くと壊れかけの椅子に座った。腰をかがめ、ハンカチで手のひらの汗を拭《ぬぐ》っている。

「本当に、分かんないわ」

薔雲は少し怒っていた。

「今学期、やっと元気になったんじゃないの？　なんでまたそんなふうに考えるのさ？　わけ分かんない！」

蘇寧は何も言わず、肩を震わせている。そして、子供みたいに悔しそうにすすり泣き、しわがれ声でとぎれとぎれに言った。

「今学期元気になった？　そんなわけないわよ。家庭のことよ！　あぁあ！」

蘇寧が「元気になった？」と言ったとき、声は寂しさに満ちていた。だが、「家庭」という言葉を口にしたときには、深い恨みを吐き出すかのようであった。薔雲はそんな蘇寧の内面を理解できなかった。自分はいつも人の心がわかると思っていたのだが……。薔雲は彼女の友人のそばで困り果ててしまった。二人とも黙っていた。

しばらくして、そんな気まずい雰囲気は消えた。蘇寧は薔雲に近づき、納得していないようだったが明るく言ったのだ。

「もういいよ。なんであんたは、ここに来ると私に文句言うのかな？　食べ物を用意しといたのよ。あんたのためにね」

蘇寧は棚の上から鞄《かばん》を取って、それを机の上に放り出した。栗《くり》がたくさん出てきた。

「栗、好き？　悪いけどちょっと冷めちゃった。でも、甘くて柔らかいのよ。私、大好き」

薔雲はうなずいて、栗を一つ手に取った。まだ言ってないことがあったのだが、適切な言葉が見つからなかった。蘇寧は元気のない声で薔雲と無駄話をした。蘇寧はあまり話に集中していないようだ。火がもっと強くなったかもしれない。冬にこんな暖かい部屋に来ると、眠たくなる。薔雲が剥《む》いた栗には皮に実がこびりついていたが、どうもうまく剥《は》がせない。薔雲は諦めて口にそのまま入れて、嚙《か》んだ。少し甘味を味わっただけで、痰壺《たんつぼ》に吐き出した。

蘇寧は最近覚えたのと言って陝北《せんほく》の民謡を口ずさんだ。

約束の日に君は無し　崖の上まで　靴は三足履《は》きつぶれ

薔雲は彼女に続いて二番を歌った。

母が兄に伝えし　君への憎しみ　殴りても足らず　阿片《あへん》好むは何故《なにゆえ》ぞ

蘇寧は三番を歌わなかった。彼女は二番の歌詞を続けたくなかったのだろう。趙おばあさんがストーブの上に置いたやかんが、あたかも「貴婦人が嘆くかのように」寂寞《じゃくばく》の調べを奏《かな》でていた。

薔雲は蘇寧の家から帰った。蘇寧が返してくれた本は脇に挟んだ。自分が良くないことをしたと思ってはいたが、蘇寧のことは心配しなくていいだろうと安心していた。その一方で、なんか憂鬱《ゆううつ》でもあった。このもやもやした思いはいったいどうしたことか？　北西の風が吹き、薔雲はコートの襟《えり》に首をひっこめた。その時バタバタと足音が聞こえ、続けて自分を呼ぶ声が聞こえた。

「こんにちは。私のこと覚えていますか？」

「蘇君《そくん》さんですよね。もちろん、覚えていますよ」

蘇君は銀灰色の革《かわ》のコートを着ており、襟は高級なカワウソの毛皮だった。襟を立て、また薔雲が見たこともないような長くて幅の広いマフラーを身に着けていた。首に何重にも巻いていたので、包帯のようにも見えた。さらに革の帽子を被《かぶ》り、大きなマスクをしていたので、両眼しか出ていない。神経質な眼差《まなざ》しから、薔雲は一目で蘇君だとわかった。薔雲は何で私にと不思議そうに蘇君を見た。

「ちょっと話したいことがあるんだけど、どこかで話せませんかね？」

蘇君は低い声で言った。

「お話って、何でしょうか？」

「話せる場所を探しますね」

蘇君は薔雲の問いに答えなかったが、薔雲は蘇君に従い一軒の喫茶店に入った。

「油茶二杯、沙琪瑪《さちま》（卵と小麦粉を麺状に加工し、油で揚げ蜜をからめた中国の伝統菓子）一本ね」

蘇君はコートを脱いでから慣れた口調で言った。

「どうぞ」

お菓子が来てから、蘇君は薔雲に勧めた。

「聞いた話ですけど、このお店の油茶は数百年の歴史があるそうです。本物の牛骨髄の油を原料にしてるって言ってましたよ」とも教えてくれた。

「……ところで、お話って何ですか？」

薔雲は銅製の匙《さじ》で油茶をかき混ぜた。

「このお店はね。梅の千切りや桂花《けいか》も……とても美味《おい》しいんですよ」

蘇君は薔雲の問いになかなか答えてくれなかった。やがて、蘇君は薔雲に話しだした。

「半月後にね。僕は広州に行くんです。そこに友達が一人います。友達とその仲間が僕に資料整理の仕事をお願いしたいそうでして。それで公務員になるんです」

「それはよかったですね。おめでとうございます」

「ありがとう。そう言ってもらえて嬉《うれ》しいです」

「私に言ってもらえて、ですか？」

蘇君は続けて、あるお願いをした。

「僕が広州に行ってしまったら、妹の面倒を見てやって欲しいんです。あの子の勉強は遅れていますが、見捨てないでもらえれば……」

「もちろんお手伝いしますよ」と薔雲。

「話しておきたいことがあります」

蘇君が眉を寄せ、額にしわができた。青白い顔の頬骨のところに二つ、サクランボのような……病気を思わせる赤い斑点が見えた。

「ちょっと近くへ。肺病は治ったので心配しないでください」

言い終えると、蘇君はまたマスクを着けた。薔雲はすぐ顔を近づけた。

「妹は、どうして薔雲さんたちと同じようにやっていけないのかな？」

「え？」

蘇君はため息をついた。彼は一本ずつ指をつまみ上に曲げ、関節が耳障《みみざわ》りな音を立てた。そして重い口調で言った。

「今から話すことは誰も知らない、僕たちの両親さえ知らないんです。薔雲さんにはお話ししますけど、どうか……」

「私を信じてくださって、ありがとうございます」

「それなら、よかった」

蘇君は少し安心したようだ。油茶、お菓子を脇にやると周りに人がいないことを確かめた。そして、苦しそうに声を震わせながら言った。

「妹が……八歳のとき。あの子は姉婿にね……」

薔雲は一瞬耳が詰まったような感じがし、息をハッと飲んだ。

蘇君は続けた。

「あの子の姉の婿、つまり僕の妹の婿はね、国民党軍の師団長だったんです。師団長は、その一番年上の妹よりもずっと年上でした。その年、彼らが結婚したばかりのある日の夜。婿は妹、寧を連れて公園に遊びに行ったんだけど、寧はだいぶ遅くなってから帰って来たんです。

寧の髪は乱れ、目尻も垂れ下がっていて、まるで熱病にかかったようでした。家族の中では寧と僕はとても仲がよかった。それで、他の家族が寝てから聞いたんです。寧は婿が自分を公園から山の洞窟の中にひきずっていったと言いました……。あのころ、寧はまだ世間のことも何も知らない、うぶな子でした……。それを聞いて、僕は婿を包丁で刺し殺そうと……」

「でも、躊躇《ちゅうちょ》したんですね？」

薔雲が顔を紅潮させながら、蘇君に尋ねた。

「婿には二人の当番兵が付いてました。拳銃を持って、見張っていたんです。次の日僕は婿の部屋に飛んでいって、顔をぶん殴ってやりました」

「まさか、殴り殺したんですか？」

「いえ……半殺しにされちゃいました。それから寧を連れて引っ越したんです。でも、家族からはお前は頭がおかしいと言われてね。医者に診てもらえって……」

「なんで、家族に真相を言わなかったんですか？」

「ふん。家族たちは師団長にぺこぺこしてたんです。旦那様と呼ばなきゃだめだってね！」

それから蘇君は思いを込めて言った。

「だから、時代遅れと言わないで欲しいのです。家族たちがどんな報いを受けたかはご存知ですよね」

一瞬、薔雲の脳裏に蘇寧のために復讐《ふくしゅう》したいという強い思いがよぎった。が、すぐに収まった。

「寧のこと、どうか支えて……」

「大丈夫。大丈夫ですよ！　必ず蘇寧を立ち直らせてみますから。お約束します。そんなに大変なことじゃないです。彼女の傷をいやして、心を温めてあげます。大丈夫ですよ。彼女は元気になれます。ご心配なく」

薔雲は悔しそうに手指を曲げ、震わせている。

「ありがとう」

蘇君は薔雲と握手してから、店員を呼び会計を済ませた。

二人が別れるときのこと、蘇君は突然恥ずかしそうに「僕の気持ちは、まぁ……そうだな」と言った。

「何ですか？」

薔雲は手袋をはめたところだった。

「広州に行かなければいけません。あなたの……写真とかありますか。小さくていいのですが」

蘇君が薔雲を「あなた」と呼んだことは初めてだった。薔雲は顔を赤くして、「ないです」と言った。

「じゃ、いいです。すいません！」

蘇君は苦笑した。

薔雲が学校に戻ったとき、空は暗くなっていた。冬が人間たちに与えた昼はもともと短いが、本当に短く感じる。風が大声で唸《うな》り、小さな砂礫《されき》が薔雲の顔にぶつかった。一度も経験したことのない煩悶《はんもん》が彼女の心を苦しめていた。世界には本当にたくさんのことがある。彼女がまだ知らないことがある。人生には、たくさんの残酷《ざんこく》さがある。女の子として生きるって、なんて運が悪いんだろう。あの悪夢のような日々に、女の子でいることはとても不運だったのだ。

第十八章　大作家への初めの一歩

期末試験の前、李春《りしゅん》は脚本を『青年日報』に寄稿した。郵便局から帰って来て、彼女は砲兵が初めて砲弾を発射したときのように意気揚々としていた。それから数日間、彼女は厚い手紙袋を緑色の郵便箱に押し込んだ瞬間をしょっちゅう思い返していた。

迷信のような思いを抱いたこともある。今日の昼食がお米で饅頭《まんとう》じゃなかったら、原稿が掲載される可能性があるかもと。饅頭だったら、可能性はないだろうと。結局、昼食は饅頭だったので彼女はとても悔しがった。また、明日一日風が吹かなければ、掲載されるだろうと期待したこともあった。さて、次の日は暖かく晴れたので、彼女はとても喜んだ。悔しがったり喜んだりしたあと、彼女は自嘲《じちょう》した。

「もう、やめよう……」

冬休みになっても、原稿がどうなったか先方からは「梨のつぶて」であった。李春は毎日われ先にと『青年日報』を読んでおり、一九五一年に愛国条約が制定されたときよりも時事学習にずっと力を入れていた。だが、いくら見ても、どの日の新聞のどの行、どの欄にも李春の原稿が発表されたことはなかった。

李春は心配になってきた。郵便局が原稿を紛失したのではないか？　それとも編集者の頭が固くて、無名な物書きの原稿を屑籠《くずかご》に捨てたのだろうか？　彼女はますます心配になってきた。食事が喉《のど》を通らないし、よく眠れない。学校にいるときも、心ここにあらず……。原稿と一緒に緑の郵便箱に放り込まれたかのようであった。

　ある朝、李春がお粥《かゆ》を食べていたら用務員から「電話だよ」と言われた。電話に出たら、先方は「『青年日報』の文芸編集を担当している者ですが」と名乗った。心臓が喉に飛び上がってきたかのように、彼女はどもりながら聞いた。

「ど、どう、でしたか？」

　担当者は「李春さんの原稿を読ませていただきました……」とだけ答えた。李春は「そ、そうでしたか」と言った。担当者は「一度お越しいただけますか。一緒にご相談しながら検討したいと思いますので」と続けた。

「え？　あの、何とおっしゃいましたか？」と慌てる李春。担当者はもう一度同じ内容を繰り返すと、「いつがご都合よろしいでしょうか」と聞いてきた。

「あ、時間ですね？　ええと。大丈夫です。今、すぐお邪魔できます」

　李春はこう答えると担当者に約束し、直ちに『青年日報』編集部へと向かうことにした。

　李春は食堂に戻ると、お粥が半分残っていたが喉を通らなかった。いったい掲載するのか、しないのか？　担当者は彼女に何も言わなかった。だが、あの口調は何かすまなさそうな感じであった……。李春は半分残ったお粥を目の前にし、元気をなくしていた。

『青年日報』社に着いた。平々凡々たるビルなのだが、そのときはなぜか威厳を感じた。入り口に車が停《と》められていたことも、一層彼女の緊張感を高めた。彼女は応接間に通され、ソファーに座らされた。ストーブがそばにあった。自分の鼓動を聞きながら、編集者の到着を行儀よく待っていた。眼鏡をかけ、背が高く痩《や》せた男が重々しい足取りで入ってきた。彼とともに一人の事務員が入ってきて、二人に白湯《さゆ》を注いだ。男は「李春さんですね？」と尋ねた。

「はい。李春です」

「どうぞおかけください。田《でん》と申します。田林《りん》です」

田林は李春に「冬休みはどうでしたか？」と尋ねた。二人はしばらく雑談したが、李春は今か今かと「判決」を待ちわびていた。

田林はポケットから李春の原稿を取りだした。原稿は何人かが目を通したようで、端《はし》がすでにすり減っている。田林は原稿をめくり、微笑《ほほえ》んでいる。右手でタバコを手に取り、口にくわえた。それから、ふと彼はタバコをおろしテーブルの上に置いた。

「李春さん、一つ教えていただけますか。あなたは、そもそもなぜこのような原稿を書いたのですか」

李春はぽかんとした。彼女は原稿についていろいろと考えたことがあるが、そんなことは思ってもいなかった。

「わ…私は、この脚本を書くために……」と答えた。田林はさらっと言った。

「脚本については、私もよく分かりません。ただ、私たちはあなたの脚本を見て、内容がはっきりしていないと感じたのです。あなたが何を伝えたいのか？　この主人公を肯定するとしても、いったいどこを肯定しているのか？　一方で、団支部の書記を批判していますが、彼女のどこを批判しているんですかね？」

李春は論理的ではなかったが、二言三言説明した。田林は真剣に聞いてからうなずき、また質問した。彼女は大胆にも言った。

「批判してきた人は、言いがかりだったんです。あと、自分は勉強できないのに嫉妬《しっと》深い人とか……」

田林と李春はこれら登場人物がなんでそんなことをしたのか話し合ったが、長時間話してもはっきりしなかった。

田林は言った。

「真面目に問題を考えるのは、いいことですよ。でも、あなたの考えには明確な根拠がない。それに、表現も曖昧なんです。あなたの原稿の趣旨は、みんな自分の思い通り好き勝手に仕事すればいいってこと……そんな誤解を、逆に与えかねないんです。集団も、組織も必要ないってね。

あなたは、生徒について書いていますよね。でも、今の生徒はちょっと違うんじゃないですか。原稿の生徒はむしろ欠点の塊《かたまり》みたいですね……」

しまった、全部終わった！　李春は田林から原稿を受け取ったとき、涙が出そうになった。原稿を寄稿するのは楽しいが、取り下げるのは本当に辛《つら》い。田林はそんな気持ちに気づいたかのように、子供のような優しい笑みを浮かべていた。

「これから、またちょっとした作品を書いていただきたいですね。がっかりしないで欲しいんです。多くの大作家でも、一生のうちに数えきれないほどのボツ原稿を書いてるんですから……」

こう言われても、李春は耳を塞《ふさ》ぎたかった。新聞社から出たとき、彼女は原稿を思い切りポケットにねじ込んだが、端っこが出てきてしまうのではないかと心配した。

あら、あの子が書いた原稿ボツになっちゃったのねと、周りに気づかれてしまうかもしれない。

李春は無能ではなかった。ただ、原稿執筆中に一心不乱になり、かつ自己陶酔《とうすい》に陥《おちい》っていたのだ。田林の指摘を受け、自分が書いた原稿は話にならないと悟《さと》った。

彼女は田林の意見に反論したくなく、反論もできなかった。ただ恥ずかしくてたまらないと思った。長時間かけて書いたが無駄だった。でも、感情的にすぐには受《う》け容《い》れられなかった。

「小学校に入ってから、こんな恥ずかしいことは初めてだな……」

大通りを歩いていて、まるで自分が急に小さくなったかのように感じた。

学校に戻ると、教務係の近くの庭に人だかりができていた。視線を向けると、ちょうど周小玲《しゅうしょうれい》が自分を手招きしているではないか。

「早く来て！　早く！　成績表、配布されるわよ」

李春は打ちひしがれた表情のまま周小玲の方へ向かった。周小玲はうるさい小鳥のように彼女の耳元で大きな声で言った。

「まだもらってないの？　うちらのクラスはほとんど受け取ったよ。あなたなら、各科目のうちどれかで百点取ったんじゃない。間違いないわ。早く持ってきて。見せて」

周小玲ははしゃいでいた。彼女が一番恐れていたのはロシア語の試験であったが、期末試験での成績は悪くなかったのだ。

成績表はクラス別にいくつかのテーブルの上に置かれており、教務担当者が配っていた。庭をぐるりと取り囲んで、生徒たちがわいわいがやがや話している。誰もが他人の成績表を見て、自分と比べたいと思っているのだが、自分の成績表は他人に見せたくないのだ。騒いで、落ち着きがなかった。

「どうだった？　成績よかったんじゃない？」

「やめてよ！　いくつか不合格なの！」

「ふん！」

もう一人の生徒が鼻をひそめて言う。

「前の学期もいくつか不合格って言ってたくせに。結局、不合格って科目は満点だったじゃない！」

「ちっ！　誰？　でたらめ言わないで……」

「じゃ、成績表見せてよ」

「あんたが、先よ……」

　こんな会話があちらこちらから聞こえて来る。李春はざわめきの中で成績表をもらい、さっと見た。成績は悪くなかった。ただ、期末試験のとき彼女は脚本執筆に没頭していたので、成績はいつもほど良くはなかった。周小玲が来て成績表を見たいと言ってきた。李春は何も言わず周小玲に成績表をあげた。李春はさっさと寮に帰って休みたいと思っていたが、周小玲ととりとめもないおしゃべりをしてしまった。

「すごい！　数学の試験どうしてそんな得意なの？　あと化学も。今回の化学、難しくなかった？　鐘《しょう》先生は本当、調子に乗ってるわ。難題ばかり出してきたじゃない！　有機化学の問題が出るだろうと思ったのに、結局一問も出なかった……」

　李春は「うん……」と言っただけで、手を伸ばして成績表を取り戻そうとしたが、いきなり周小玲が言った。

「あぁ、物理の期末試験は九十点しか取れなかったのね。鄭波《ていは》にはかなわなかったのね」

周小玲は突然声を低くすると、指を一本伸ばしてささやいた。

「今回の期末試験、鄭波は本当によくやったのよ。まるで命がけよ。あなた、前回の物理の試験内容覚えてる？　あの子一時間を百分って換算しちゃったでしょ。でも、今回は百点取ったのよ！」

この知らせも、李春の心を痛撃した。鄭波の物理の成績は自分に追いついたのだ。李春は奉仕活動は失敗し、周りとの関係もうまくいかず、原稿もボツで、物理でもしくじった！　なんで、私あんなひどい原稿書いたのかしら？　結局、泣《な》きっ面《つら》に蜂じゃない！　李春は周小玲が自分の落ち込んだ表情に気づきやしないかと心配した。それで無理に冗談を言って、周小玲から離れた。

寮に戻り布団《ふとん》に倒れこむと、全身の力が抜けたようだった。振り返ってみれば、病気のときに原稿を書く決心をしたこと、団支部大会で自分が批判されたこと、震える手で田林から原稿を受け取ったこと、九十点、百点、百点、九十点の成績表……後悔は尽きない。鄭波は私よりできる！　李春は悔しいが認めざるを得なかった。李春は以前から自分の気持ちには正直だった。

あの鄭波はあんなに多くの奉仕活動をして、また母親も最近亡《な》くなり、さらにもともと勉強の基礎がしっかりしていなかった。それでも、彼女は気持ちを奮い立たせて前に進んだのだ。でも、自分は……。

「もしかして私が間違っていたのだろうか？　自分が、間違っていたのか？」

「あぁ、そうだ。自分は間違ったのだ」

李春が頭から布団にがくっと突っ伏した。

呉長福《ごちょうふく》が部屋に入って着替えていると、李春が一人でしょんぼりしているのに気づき不思議に思った。呉長福は李春にからかわれてから、めったに話をしなかった。でも今度は李春が病気になったと思い、親切にも李春のベッドのそばに行った。李春の頭に手を伸ばし「どこか具合でも悪いの？」と尋ねた。李春は目を閉じ半分眠っていたが、突然頭上に大きな手が見えた。目を開けると呉長福がいたが何も答えず、急に飛び起きるとそのまま走り出ていった。

呉長福はびっくりして、李春のベッドにぼけっとしながら座りどうしていいか困っていた。お昼ご飯のとき、李春の姿は見えなかった。「李春は？」と聞いてきた生徒がいたが、呉長福は言った。

「教えてあげるけど、どうか信じてね。李春はたぶん悪魔に取りつかれたのよ。今日の午前中私が着替えをするため寮に入ったら、李春が一人で部屋にいたの。あの子どうしたと思う？　頭の半分を布団の中に突っ込んで身体《からだ》をひねっていたけど、おかしな様子だったわ。それで私が近づいたら、いきなりあの子跳び起きて走り去ったのよ」

「何言ってんの！　今は何世紀？　まだ悪魔憑《つ》きなんて迷信を信じてるの!?」

「信じる信じないはあなたの勝手よ。でも、悪魔憑きはパブロフの学説と似てるじゃない。要は、一種の条件反射よ」

長福は自分の言っていることを信じ込んでいた。みんなは心配になってきて、しばらく李春を探したが見つからなかった。午後四時、李春はようやく外から帰ってきた。どこ行ってたのよと仲間は聞いたが、彼女はぶらぶらしてただけと答えた。食事したのと尋ねたら、食べたと言った。彼女にいろいろ聞いたが、少ししか教えてくれなかった。

さて、李春は何をやってたんだろうか。

第十九章　新年さっそく、師弟対決

正月の間、楊薔雲《ようしょううん》は家に帰らなかった。鄭波《ていは》は薔雲が一人で学校に残っていては寂しいだろうと心配し、年越しに一緒にいてあげずにはいられなかった。正月の二日目、楊薔雲と鄭波は袁新枝《えんしんし》の家に行き、袁《えん》先生に新年の挨拶《あいさつ》をした。休みのとき、袁先生は彼女たちを誘っていたのだ。

彼女たちは玄関に入ると、袁新枝を呼んだ。声を聞いて出て来たのは、地べたを這《は》うように向かって来る小さな幼女だった。小さなお団子の髪型を結《ゆ》い、白いよだれかけをつけ、ワァワァ喚《わめ》きながら走ってきた。その女の子は彼女たちに近づいたとき、つまずいて転んでしまった。薔雲は慌てて起こしてあげようとしたが、袁新枝が飛びだしてきて「助けないで。自分で起き上がって欲しいの」と制止した。

「お嬢ちゃん、いったん自分で起き上がってね」とその子に言った。女の子は地べたにしばらく腹ばいになっていたが、力強くすぐに立ち上がった。全然泣いていない。それだけでなく、地べたを足で踏みつけ「こいつ、転んじゃったよ！」とぶつぶつ小言を言った。薔雲と鄭波は横で大笑いした。

袁新枝と妹は二人を案内して母屋《おもや》へと向かった。彼女たち四人が歩いていくと、袁先生がすだれをまくりあげて迎えてくれた。楊薔雲は袁新枝の妹をほめて止《や》まなかった。一つ、人見知りしない。二つ、転んでも自分で起き上がる。三つ、泣かなかった。これら三つは、社会主義の要求を満たしている子供の鑑《かがみ》だとしきりにほめたのだ。

恥ずかしくなった袁新枝は「よして。小さい子を天狗《てんぐ》にしちゃだめよ」と言った。楊薔雲は「教育者の娘」に制止され、ほめるのを止めた。

母屋には明るい二部屋と、暗い二部屋がある。部屋は東西に分かれており、内部で双方の部屋は繋《つな》がっていた。彼女たちが部屋に入ると、袁先生は二人を年季の入ったソファーに座らせた。袁先生は彼女たちに冬休みはどうだったと尋ねた。鄭波が答えた。楊薔雲は周囲を見回し、この「明と暗」二種類の部屋をきょろきょろ見ていた。部屋は狭く、調度品で少し混み合っている。それらはいずれも趣《おもむき》が異なるようで、数世代にわたる生活を象徴していた。

真正面の壁には古めかしい書画が掲げられていた。書画の両側には、国共内戦の戦闘英雄である「董存瑞《とうそんずい》の像」と「模範労働者への賞」と書かれた優勝旗がはられていた。その書画は、新枝のおじいさんのものだろうが、董存瑞の像は袁新枝のものに違いない。優勝旗はきっと袁新枝の兄ののだろう。もう一つの部屋には、本棚、机、電灯が置いてある。これは袁先生のものであった。

トランク、肩掛け、風呂敷《ふろしき》、これは袁新枝の母親のものであった。窓の上にはぬいぐるみ、モーターボートの模型が置いてあったが、これらは末の妹のものだった。薔雲は自分の「推理」を話してみたところ、袁先生は彼女の鑑賞眼を称賛した。袁新枝は「あなた全部見たみたいだけど、一つ忘れてるわ」

「え？」

「あっちを見てみてよ！」

そこには小さな花籠《かご》が吊《つ》ってあった。

薔雲は近づくと、思わず声を上げた。それは花籠ではなく、真ん中をくりぬいた大根であった。引っかけて水を入れ、大根の真ん中の部分に白菜の根が浸してあった。白菜は上に伸び、黄色い花を咲かせていた。また、下の方にも伸びて緑の葉が生えていた。紫赤《しせき》色の大根の皮には、模様までもが彫られている。楊薔雲は鄭波を呼び、袁新枝の「傑作」をほめ称《たた》えた。

このとき新枝の母親がやってきて、二人のお客を親切にもてなしてくれた。お茶を淹《い》れて、凍った柿、ナツメと果物の砂糖漬けを出した。袁新枝は「ちょっと話してて。ご飯作ってあげるからさ」と言った。薔雲は「料理もできるの？」と驚いて尋ねた。「新枝はね、手先が器用なんですよ」と袁新枝の母親がそばで言った。新枝は慌てて彼の母親を引っ張っていった。

彼女たちはソファーに戻って腰を下ろした。鄭波はあまり話さなかった。彼女は自分の家のことを思い出してしまったのだ。彼女にはもう両親がいない。袁先生はその思いを察したかのように言った。

「時間があれば、ときどき遊びにおいで。新枝の家は……君の家でもあるんだよ」

話してから袁先生は「僕は、君たちの担任なんだよ。意見があれば言ってごらん」と促《うなが》した。

「え、それはどんな意見を言えばよろしいのでしょうか？」と戸惑う薔雲。鄭波は笑った。

「せっかく新年の挨拶にお邪魔しましたので、前学期の私たちの欠点を指摘していただけないでしょうか？　生徒が先生に意見するわけにはいきませんので」

袁先生は眼鏡を外して息を吹きかけると、ハンカチを取り出してレンズを拭《ふ》いた。

「気を使わんでいい。教師に過《あやま》ちがあれば教師が生徒に指摘するように、生徒も教師に物言わなければな。プラトンは尊敬されるべきだが、真理こそがより貴いのだ。正直に言おう。私は何年も教えてきた。だが、担任教員といえども僕と君たち、先生と生徒の間ではお互いの理解が不足しているようだ……」

楊薔雲は前のめりになって尋ねた。

「先生、私たちのことがあまり好きじゃないんですか？」

「そうじゃない。君たちのことがあまりよく分からなくてな。敬遠していた時期があったかもしれないということだ」

「敬遠？」

鄭波と薔雲が同時に、不思議そうに尋ねた。

「あぁ、みんなは生徒が先生に気を使うものだと思っている。だが、先生も同じように生徒に気を使っているんだよ。極端な例もあった。例えば一九五〇年十月、全国の労働者、農民、兵士、学生は朝鮮戦争を受け、抗米援朝《こうべいえんちょう》運動を展開した。うちの学校の労働組合はあることを決議した。全教員は生徒を指導する活動に参加すること、という内容だった。

僕は高三を指導することになったが、君たちは高一だった。だが、どうやって指導すればいいのか？　生徒たちは激しい議論を交わし、支部書記の話は一つ一つその通りだった。生徒が僕にまとめを頼んできたので『私たちは抗米援朝を進めるのだ。家を守って国を守り……　抗米援朝……』と話した。だが、長話をしても的《まと》を射《い》た指摘はできなかった。それで、仕方なく顔を赤くして教壇から降りたんだよ。

もちろん、みんなもう高校生だからその場で僕をばかにするようなことはしない。でもそれ以来、僕はますます生徒を尊敬し、生徒の中でも党員、団員を特に尊敬するようになった。それと同時にね、少し距離を置くようになったんだよ」

袁先生は何度か咳《せ》きこんでから、感慨深げに言った。

「君たちは毛主席のご配慮の下《もと》で成長し大人になる。私たちよりどれほど幸運か、どれほど進歩しているのかわからない。だが、この教師という仕事は難しい」

鄭波が言う。

「新しい生活が始まってからけっこう経《た》ちましたね。授業では先生の講義を受けますが、放課後はもう一つの自分たちの生活があります。報告を聞いたり、小説を読んだり、青年団の授業について討論したり、新しい団員を勧誘したり……」

「でも、君たちのおかげだよ」

袁先生はお茶を手に取ると、一気に飲み干した。

「ここ数年、青年団は生徒に関係する仕事で、たくさんのことをやってくれた。私たち教師は反省しなければな。私と君たちとで、さっき先生と生徒の相互理解が欠けていると話したね。

冬休み以来、僕はほとんど毎日このことを考えているよ。いったい教師としていかにあるべきか、生徒を前にしていかに振舞うべきかとね。それで、考えていたら根本を思い起こしたんだ。黄《こう》麗程《れいてい》君のことは知っているかな？」

鄭波は「もちろん知っています」と言った。薔雲は鄭波を指さして袁先生に告げた。

「二人は仲良しなんです」

「ああ、そうだったのか。黄麗程はもともと僕の生徒の中で一番優秀だったが、一九四七年の後学期から学生自治会のことで忙しくなり、あまり勉強しなくなった。それは共産党との関わりのせいだとわかった……」

「ご存知だったのですか？」

鄭波は驚いて尋ねた。鄭波はずっと黄麗程とその仲間たちは目立たずに地下工作をやっていると思っていたのだ。

「なんで分かったのかって？　当時、黄麗程は何度か僕を生徒たちの集いに招待してくれた。初めて行ったとき、僕と鐘《しょう》先生の教員二人だけで行ったんだ。それから僕は口実を設けて、行かなくなったんだよ。

一九四八年四月に国民党がわが校の生徒たちを逮捕したとき、僕はとても悲しくて責任も感じた。そのとき思ったんだよ。祖国が大きく激動する中で、若者は堂々と自分の道を選んで、進んでいる。だが一方で、私たちには依然として迷いがあった。この事件以降、私たちと生徒との距離は一層遠くなったんだろうな」

薔雲は頬杖《ほおづえ》をついて静かに聞いていた。やがて、彼女は手を放し勢いよく話した。

「先生、そうだったんですね。以前、私たちは先生が私たちのことをよくお分かりでないと思っていました。でも、私たちも先生のことをよく分かっていませんでした。

高二の後学期、歴史の劉《りゅう》先生があるとき、『ちゃんと勉強しなさい！』とおっしゃったことよく覚えています。でも、その後この言葉を冗談みたいにみんな使うようになったんです。生徒たちはよく『ちゃんと勉強しなさい！』と言い合いました……。ほとんどの場合、授業以外では先生から多くの成長の糧《かて》を得ることはできないと、諦めたんです」

「君はどう思う？」

袁先生は鄭波に尋ねた。

「私たちはたくさんの間違いを犯していると思います。例えば、あの会議で李春《りしゅん》を批判しましたが、事前に先生にご相談しませんでした。しかしその後、先生が私たちにおっしゃったことが役立ちました。距離がますます遠のいたとおっしゃいましたが、それは過去の話で、今は……」

「今は、また段々と近づいてきたね。僕はね、君たち、僕の生徒に言いたいことは……自分は遅れているが、懸命に距離を縮めていく自信があるということなんだ。君たちの助けも必要だがね」

「そんな……。私たちにもご指摘願います。先生がそのようにお気遣いなさっては、私たちも戸惑ってしまいます」

薔雲はそういいながら身体《からだ》をひねったが、本当に困っているようだ。袁先生のしわの多い顔に思わず笑みが浮かんだ。

食事ができた。袁新枝が陽気に家事をしている姿は、まるで新妻のようだ。彼女は食卓を並べるとお皿を四枚持ってきた。饅頭《まんとう》には縁起物の赤い点がついている。みんな座って食べようとしたとき、ずんぐりした青年が帰ってきた。袁新枝の兄だった。

「新友《しんゆう》、早く食べにおいで」と母が言った。

「もう食べたよ」

「新友はまったく、正月も家にいないんだから」

「お兄ちゃん、また劉《りゅう》さんのとこ行ってたんでしょ？」

新枝が茶目っ気たっぷりに尋ねた。

「はいはい……」

袁新友は顔を赤らめて、奥の部屋へ足早に向かった。みんなはご飯を食べながら大笑いした。

袁先生は食べながら話し出した。

「この味噌と鶏肉《とりにく》の炒《いた》め物は美味《おい》しいね。たくさん食べてな……。さっき、君たちは李春がそんな状況だと言っていたが。僕が彼女と話をしてみても、いいかな？」

鄭波は言った。

「それはいいですね。彼女は先生をとても尊敬しています……。袁新枝さん、あなたはどう思う？」

「食事中にそんな話はしないで。消化に悪いから」

袁新枝は彼らの話に加わらなかった。今度は楊薔雲が「袁先生、蘇寧《そねい》のことどう思いますか？」と尋ねた。

「君とは仲がいいよね？」

「え、まぁまぁ」

「あの子はいくつだったかな？」

「十八歳になっていないはずです」

「うん？　まだ十七か。もっと年上に見えるな」

「どうしてですか？」

「彼女は子供らしくないんだ」

袁先生は眉をひそめた。

「彼女は若者らしさに欠けている。もちろん、これはあくまでそういう印象ということだが。なんで蘇寧のことを聞いたんだい？　あの子に最近何かあった？」

「いえ……。何もありません」

薔雲は頭を下げ、野菜を食べた。

ご飯を食べたあと、みんなは袁先生の机が置いてある部屋に移った。袁新枝の妹はみんなに出し物を披露し、二曲歌った。袁新枝の母親が、生徒一人一人に尋ねた。

「おいくつ？」「ご出身は？」「いまは誰と住んでいるの？」と。だが、鄭波にはもう両親がいないことを知ったとき、ふと何かを察したように質問を止めた。

楊薔雲が机のそばに行くと、ガラス板の下に多くの写真が敷かれていた。ほとんどが袁先生のこれまでの教え子であった。机の端には本が重ねて置いてある。一番上は『すべてを党に奉《ささ》げる』であった。薔雲が思わず手に取ると、本の中にはたくさんの赤い線が引いてある。他に『英雄マトローソフ』『劉胡蘭《りゅうこらん》小伝』といった本もある……。

薔雲は不思議な表情で袁先生に尋ねた。

「先生が、読まれているのですか？」

袁先生は近づいて、うなずいた。

「生徒たちが好きな本だからね。冬休み中には読み終えたいな」

薔雲は、心から尊敬と感謝の気持ちが湧いてきた。彼女は小声で「よかった」と言った。

「なんて素敵な家族なんだろう」

学校に帰る途中、薔雲は鄭波に言った。

「袁新枝の末の妹、好きだわ。あの子、大したものね」

「あなたの家族は？」

鄭波が尋ねた。

「あんま考えたことない。お父さんはね。一日中文章書いているの。私が家に帰っても、咳《せき》さえうるさがる。家族なんか要らない。でも、蘇寧の家に波ちゃん行ったことないでしょ。最悪よ」

「最悪？」

鄭波が不思議そうに聞き返した。

楊薔雲は考え込んでから、蘇君《そくん》が言ったことを鄭波に教えた。

「本当？　本当なの？」

鄭波は驚いた。

「考えてもみてよ。波ちゃん」

薔雲は鄭波と手を繋いだ。

「蘇寧はまだ十七歳、私と同じくらいの歳《とし》……。私たちの仲間はみんな十七、八歳の生徒よ。でも、社会のあらゆることが私たちのクラスに映し出されているみたいね。どうしても気になるの。私も純粋なのかな……。波ちゃん、どうすればいいんだろうね？」

鄭波はうつむいて歩きながら、足元の小さなレンガを蹴《け》った。

「私はただの高校生で、ただの子供だといつも思っていたわ。でも、あらゆる仲間の複雑な遭遇を知ったとき、一人の党員、労働者階級の戦士としての思いが目覚めて、感覚が鋭《するど》くなってきたの。あの死んだ旧世界はまだ多くの塵芥《じんかい》を残していて、子供たちの心にも影を落としてるって実感したの。

例えばマリ・フー。彼女のことはまた話すけど、あの子最近、私と仲がいいのよ。でも先日、彼女と義和団の話をしたとき彼女の試験問題の答えについて意見を言ったら、すぐ顔色が変わったわ。『波ちゃん、あなたと仲良ししていたいわ。でも、これからこの話は絶対にしないで。司祭様のお話しか聞きたくない』と言われたのよ。

どうしたらいいのかな。今度は彼女が私から距離を置くんじゃないかって心配してる。困ったわ。袁先生は私たちは幸せ者だとおっしゃった。でも、私たちの日常はとても大変よ。私たちに残っている汚れや傷跡をすべて消してしまわないとね。闘わなきゃいけないの。子供から大人まで、闘わないとね。そうすれば、私たちは本当の新しい人間に、真の毛主席の子になれるはずよ」

学校に戻ったら用務員が楊薔雲に声をかけた。

「さっきまで、地質学院の学生ですという大柄な男が、応接室で一時間半も待ってたんだよ。君たち、ちょっと遅かったな。その学生は十分前に帰ったばかりさ」

「メモとか、残してくれませんでしたか？」

薔雲が尋ねた。

「長ったらしい文章を書いていたな。でも、ビリビリにちぎって何も言わずに帰っちゃったよ」

「もう、あの人ったら！」

薔雲は笑いながら鄭波と寮に戻った。

翌日の夜、袁先生が本を読む部屋で袁先生と李春は夜遅くまで話し合った。スタンドの緑色の覆《おお》いが影を四方に伸ばしていた。袁先生は身体を斜めにして寝椅子に寄りかかっていた。彼の顔には光は当たっておらず、膝にはフェルトの膝かけをかけていた。袁先生は膝の上で子猫をなでていた。その小さな子猫はフェルトの上で縮こまり、いびきをかいて眠ってしまった。

李春は最初、回転椅子に座って話をしていたが、話が長引くうちに小さな椅子を持ってきて、袁先生のそばで低く座っていた。彼女は上着を羽織《はお》り、頭を上げて先生と話した。明かりが顔の下半分を照らした。窓の隙間から風が入り、そっとカーテンを揺らす。爆竹の音が聞こえてきた。正月から旧正月まで、爆竹が続いていた。部屋の中ではかすかに餃子《ぎょうざ》スープの香りが漂《ただよ》っている。

「あのことで、最近機嫌が良くないのか？」

袁先生が聞いた。

「はい」と李春は答えた。

李春は原稿を書いたことを袁先生に打ち明けた。李春は袁先生を父親のように慕《した》っている。一九五〇年に李春が学校に来て間もなくのころ、数学の試験でのちょっとした間違いを袁先生は大きく減点した。彼女は不服で、すごい剣幕で袁先生に突っかかった。そのとき袁先生は怒ることとなく、彼女に問うた。

「なぜ、僕が君に厳しくするか？　分かるか？」と。

「君の入学試験の監督は僕だった。君は試験問題だけを見ていただろうが、それを配る人には注意を払わなかったようだな。君は問題を受け取ると、考えもせず筆記具を出して答えを書き、さっさと提出したんだよ。僕は驚いた。それで君の名前を覚えたんだ。そして今、君を教えているが、君にはあえて厳しく接し、もっと優秀になって欲しいと思っている。それでも、君は不満かね？」

この話を聞いて李春の怒りは喜びへと変わった。

「あ、袁先生は私を認めてくれてたんだ」と彼女は自分に言い聞かせた。李春は袁先生に深く感謝し、信頼するようになったのだ。

さて、年明けの夜に場面を戻そう。袁先生は首を横に振った。

「不要だ。些細《ささい》なことだ。原稿を書いたが、結果はだめだった。そんな重大事ではあるまい」

「些細なこと、ですか？」

李春は強い口調で言い返した。

「先生、私が高校に入ってからの三年間、本当に不運でした。軍事幹部学校学生募集のときには応募しなかったので、クラスで肩身の狭い思いをしました。前学期にメダルをもらって、周りの子はそれを知っていますが、私を認めてくれません。呉長福《ごちょうふく》へのちょっとした冗談を取り上げて、支部は私をさんざん批判しました。みんなが私を見下し、親友が一人もいないんです。原稿を書くしかなかったんです……。でも、だめでした。鄭波たちの成績はすぐに私を追い越すでしょう。私は本当に出来の悪い生徒なのでしょうか？」

袁先生は身体を伸ばすと慣れた手つきで眼鏡の位置を直し、そして子猫を床に下ろした。子猫はしっぽを立て、「ニャオッ」と文句を言うかのように鳴いたが、離れていった。

「昨日、楊薔雲と鄭波が僕に会いにきたよ。彼女たちは機嫌が良く、心も広い。勉強の話、クラスの仕事の話、いろいろして……」

「それはそうですよね」

李春が口を挟んだ。

「なぜ、そう言える？」

「あの子たちは優秀ですから」

「なんで。あの子たち、あの子たちと言うんだ？　同級生みんな、彼女たちは君のことを気にかけているんだぞ」

「気にかけているなんて……。では、なぜ支部で私を批判したんでしょうか？　あの子たちは祖国のために、社会主義のために、と空理空論が好きなようです。でも、誰でも言えることではないでしょうか？

　私はただ口先だけならば役に立たないと思っています。でも、あの子たちは私が遅れていると思っているんですよ。じゃ、勝手に先に行けばいいんです。『進歩』すればいいじゃないですか」

「何と言えばいいのかわからないが……。李春、君は間違っている！」

　袁先生は眼鏡を外すと、フェルトの膝かけの上に置いた。

「以前は僕も鄭波のような生徒をあまり良くは思わなかった。彼女たちは勉強以外で忙しくしていたので、もったいないと思ったよ。

だが、状況がよくわかった……。どういう表現を使えば良いか。彼女たちには……高尚《こうしょう》な魂《たましい》と強い動機がある。彼女たちは抗米援朝、軍事幹部学校の精神に則《のっと》り一生懸命勉強し、これまで不満を言わなかった。

　彼女たちは粘り強い。どんなことに対してもな。甚だしくは鄭波だ。母親が亡くなったときもくじけなかったじゃないか。これが空理空論と言えるのか？　あの子たちは熱心に仲間のために尽くし、常にクラスのことを考えているぞ。当然、生徒たちも彼女たちを慕うし、友達も多い。このことも空理空論なのか？　あの子たちは、クラスの中で自分のためだけに地位や人気を得ようとしているのでは決してない。前向きな発言を心がけ、後ろ向きな愚痴《ぐち》を控えている。あの子たちはクラス全体と手を取り合っているんぞ。これが意味のない行動と言えるのか？」

袁先生は一気に話したせいで苦しくなったのか、咳きこんだ。李春が急いで袁先生に一杯の白湯《さゆ》をお注ぎした。袁先生は湯飲みを脇に置いてから、ゆっくりと言った。

「入学試験のときから君のことを知っていたと、さっき話したな。君は頑張り屋で、素質もいい。だが、心配なところがある……。僕が学校に通っていたとき、僕の先生はよく学業と人格の問題について話された。君は学業優秀だが、人格はいかがなものかと思うのだ。

君は周囲にばかにされていると言うが、実のところは、君こそが周りを見下しているのではないのか？　友達がいないと嘆くが、それは君が周りを手伝おうとしないからだ！　周りが言っていることには意味がないと言うが、本当は君の視野が狭いだけではないのかね？」

李春は立ち上がった。そして力を入れてズボンの縫い目を拭くと「先生、私がすべて間違っていたかもしれません。ですが、私の視野が狭いとおっしゃるのですね。では大きな視野とは何なのでしょうか？

私がまだ小学生のころ、『キュリー夫人伝』を読んだことがあります。現在の高校生でも読み切れないかもしれない本です。でも、私は読みました。そのとき十一歳でした。そして、夜中に起きて誓ったんです。もし私が人類に対してキュリー夫人のように貢献できなければ、生きている意味はないと。小さいころからあまり遊ばず、娯楽も犠牲にして本を読みに読みました……」

袁先生は眼鏡を手に取ると、ゆっくり立ち上がった。フェルトが床に落ちた。彼は机のそばに行くと、下の戸棚を開けた。しばらく何か探していたが、色あせたノートを取り出すと眼鏡の弦《つる》で李春を招いたので、彼女は近くに行った。袁先生が言う。

「あのね。これは僕が学校に通っていたときの日記帳で、今から三十年ほど前のだ。見てごらん」

李春が最初の一頁《ぺーじ》をめくると、毛筆できれいな字が書かれている。

天と地の間に生を享《う》け、学のために業を為《な》さん。
艱難《かんなん》の克服かなわず、前人未踏の地に至らなければきっと悔やむだろう。
生れ落ちながらも、ニュートンやエジソンになれなければ、きっと悔やむだろう。

李春は何度も繰り返し、その決意に目を走らせた。袁先生はノートを閉じると、自嘲《じちょう》のように笑った。

「昔は、僕にも大志があったが今となっては何の業績もない。ニュートンやエジソンとは比べ物にならない。青春で何が残ったかと言えば。ただ悔しさだけなのだ」

袁先生はうろうろ歩き回りながら、言った。

「あのとき僕は若くて元気だった。何ものも眼中にはなかった。太陽と月さえ自分の思うがままに動かせるような万能感があった。その後、家庭の経済状況が悪くなったので、大学を中退して高校の教員になった。

昼は授業をし、夜は本を読んだ。少なくとも午前二時まで読んでいた。本を買うために、何か月も米ばかり食べ、野菜を摂《と》らずに、お金を節約したこともある。とにかくニュートンにならなければならないと思っていたんだ。

だが、とうとう身体を壊しチフスにかかった。同僚はみんな僕に忠告してくれた。『もう頑張らなくていいんだよ、袁さん……。みんなも以前はそうだった。でも、人生にはいろんなことがある……。チョークの粉まみれになって、奥さんや子供を食べさせてあげればそれで十分だ。数学の研究はもういいんだよ』とね。その後、病気は治ったが、高校は僕を解雇してしまった。生計の目途《めど》が立たず、本も売ってしまった。一生の壮大な志《こころざし》は、このチフスの前に力尽きたんだ」

袁先生は寝椅子に戻り、フェルトを拾って膝を覆い深くため息をついた。長らく忘れていた心の傷のかさぶたが剝《は》がれたのだ……。彼は半分瞳を閉じ、穏やかに話そうとした。

「僕の志は壮大で美しかった。でも、僕個人の力はとても脆《もろ》くて惨《みじ》めだった。我らが祖国や未来についての明確かつ確固たる展望もなかった。あらゆる試練を乗り越えようと歯を食いしばるほどの、立派な目標ではなかったな。

そして、僕は独りぼっちだった。組織の助けもなく、友達の支援もない。一人で情熱的に偉業達成を夢見ていたが、夢を現実のものとする力、偉業を達成する力はなかった。なんとも無念だった」

袁先生は話しながら気持ちが高ぶってきたようだ。李春を指さして言った。

「李春、今の学習環境はいいぞ。君が、きっと自分の理想を実現できると信じている。私に代わって自分の理想を実現することもできるはずだ。だが、君は決して点数だけを気にして人格を省《かえり》みず、自分のことだけ考えていてはいけない。みんなにも配慮しなければいかんよ。さもなければ、周囲に受《う》け容《い》れてもらえない。挫折にも耐えられないだろう。自分一人の負けん気だけでは力不足だ。李春よ、肝に銘じてくれ！」

しばらく沈黙が続いた。夜が更《ふ》け肌寒くなってきたので、袁先生はフェルトをしっかり膝の下にも敷いた。李春は上着のボタンを締めたが、少し震えていた。

「どうも話し過ぎたな。でも、僕が入学試験の答案を採点したこと……忘れないでくれ」

李春はうなずき、窓のそばに出てカーテンを開けると外は真っ暗だった。遠くから鶏の鳴き声が聞こえてきた。長い冬の夜が、二人の熱い議論の末に、ようやく明けようとしていた。

第二十章　「四か国外相会談」開催

「……みなさん、今学期には三つの行事があり、それらはとても重要です。学校の創立記念日を迎え、五・一を迎え、そして五・四を迎えるということです。四月二十九日が学校の創立記念日です。一九四八年のこの日、国民党のスパイが学校を襲いました。この日は戦いの一日でした。学校の創立記念日の二日後はメーデーで、偉大な国際労働節です。メーデーの三日後をご存知でしょうか？五・四青年節です。今年は、青年団創立の四周年でもあります。

みなさん、校務委員会はこれら祝日を同時に祝うことにしました。我々は新たな学業成果、新たな勝利、そして新たな姿で祝日を迎えましょう。私たちは学校、生徒を見守り、教育水準を高め、思想教育を強化し、全面的に発展できる人間を育成していきます……。

生徒のみなさん、団総支部と生徒会の共同決定により、五・四の前までに作文大会を開催します。五・一、五・四に学校の創立記念日を祝う特集を出版し、また大掃除、清潔衛生運動を実施します……。五・四の日は校友帰校日でもあります。各界の卒業生が母校に帰り、一堂に会するのです。当日には全校あげての文芸大会、弁論大会、体操演技、バスケットボール対抗戦が行われます。もちろん、その他にも多くの記念大会もあります。

みなさん、祝日を盛大に迎えるために周囲に働きかけましょう。私は団総支部と生徒会を代表し、呼びかけます。どのクラスもすべての試合で、最上位を獲得するべく努力しなければなりません。これこそがあなた方の栄誉です。

ただし、最も大切なことはやはり学業です。これら祝日の行事が私たちの学業の妨げになってはいけません。むしろ、それに注力すべきです。私たちの学びに一層拍車をかけなければいけません。これら行事を通じて、団の仕事を一歩前進させ、生徒たちの覚悟を強めることもできるのです」

最後に、呂晨《ろしん》は各クラスが「いかなる姿勢で祝日を迎えるべきか？」討論してくださいと告げた。呂晨が「積極分子動員大会」での講演を終えると、周小玲《しゅうしょうれい》と彼女の仲間が講堂から出て来た。彼女たちは歩きながら、呂晨の真似《まね》をしていた。

「みなさん、私は呼びかけます……」

周小玲は振り返ると、袁新枝《えんしんし》と楊薔雲《ようしょううん》に尋ねた。

「彼女が出した課題、本当に不思議ね。はは。どんな姿勢で祝日を迎えるかってさ。こんな姿勢かしら？」

周小玲は腰をかがめると、百メートル競走前の「位置について」の姿勢をした。

周小玲が腰を上げるのを待たずに、誰かが彼女の肩をポンと叩《たた》いた。

「どうだった？　今日の発表についてなんか意見ある？」

呂晨の声だ。周小玲はびっくりして、背筋をぴんと伸ばし立ち上がった。袁新枝は言った。

「ううん。うちのクラスがどうすればいいか考えてるところよ」

呂晨は袁新枝に言った。

「袁新枝、あなたなのね？　今学期新たに学級委員長に選ばれたんでしょ？　あなたたち高三なんだから、しっかりしなきゃね！　何でも一位にならないとさ。高校三年生は一度きりだからね」

袁新枝はうなずいた。

高三のクラスでは「あるべき姿勢」についての議論が終わり、どんな出し物をするか、どんな試合に参加するかが検討されていた。

「いいえ。踊りには賛成しないわ。チベット舞踊は古過ぎでしょ」

「え？　試合に参加したくないって？　体育や身体鍛錬の大事さがわかんないの？」

「いっそのこと好きなものに参加すればいいのよ」

「ちょっと、集団行動の視点も大切よ！」

「ぜひ合唱団を作ろうよ。王さんの声は、有名なソプラノ歌手の郭蘭英《かくらんえい》よりいいわよ」

それからみんなで、これはこの生徒と人選を進めていった。午後四時、教室はまだ明るい。日直の生徒が床を掃除してからすぐに、一度水を撒《ま》いた。ほこりがゆっくりと落ちてきたが、生徒たちが騒いでいたので巻き上げられてしまった。陽の光が当たると無数のほこりがふわふわ浮いているのがはっきり見える。

楊薔雲が起立して発言した。

「みなさん、提案があります。体育競技の担当者には当然ながら周小玲を選ぶべきでしょう……」

薔雲の後ろにいた呉長福《ごちょうふく》が薔雲を引っ張った。薔雲は小声で「何すんの？」と怒った。

「頭を太陽の光からどけなよ。周りがほこりだらけよ」

呉長福が心配して言った。

楊薔雲はほこりを吸い続けながら言った。

「クラス合唱団について蘇寧《そねい》が担当することを提案します。蘇寧は音楽的素養に優れ、ピアノも弾《ひ》けます。弁論大会については、袁新枝の推薦に賛成します……」

薔雲が言い終わるのを待たずに、何人かの生徒が文句を言った。

「待ってよ。なんであなたが一度に全部言うのよ？　他の生徒にも言わせてよ」

いざ多数決をしたら、袁新枝は一位だった。周小玲も順調に可決された。蘇寧が合唱団を担当することに異議を唱える生徒がいたが、薔雲は誠心誠意彼女たちを説得した。弁論大会の参加者を推薦する番になると、「みなさん、個人的な意見を発表させてください」と袁新枝が言った。

「李春《りしゅん》にしましょう。李春ならきっとクラス代表として、優勝できると信じています」

袁新枝は申し訳なさそうに薔雲に微笑《ほほえ》んだ。

李春はびっくりして頭を下げた。心臓がどきどきした。それから頭を下げるのは不自然だと思って、顔を上げた。右手で頬杖《ほおづえ》をつき、壁に差した陽光に照らされるゾーヤ像を見ていた。今の議論に彼女は何も関心がないかのように見えた。クラスはしばらく静まり返っていた。みんな楊薔雲と李春のどちらがいいのか考えていたのだ。袁新枝は真面目な表情で生徒たちを見つめた。眼差《まなざ》しを通じてでも、自分が本気で李春を推薦していることを伝えたかったのだ。

そのとき、呉長福が手を挙げずに立ち上がった。彼女は机や椅子に、音が出るほどぶつかった。しかも一本の万年筆を床に落としてしまった。彼女はしゃがんで万年筆を拾いながら話した。

「あちゃ、先っぽが折れちゃった。どうしよう。買ったばかりのペンなのに……（彼女は口を尖《とが》らしていたが、すぐ笑いだした）。

みんな、弁論者を選んで大会に行かせないとね。私も李春で賛成。私って子は、やっぱり誰に対しても親切よね。前学期、私と李春はちょっとあったけど、私は彼女に対して決して個人的な先入観は持ってないの。それにあの事件の日、李春は私に謝ってくれたわ。私たち二人握手して、話もしたの……。

あ、しゃべり過ぎちゃったかな……。本題に戻るとね。李春は勉強ができるし、頭がいい。しかも話がうまいわ。弁論って話すことよね？　李春を信じられないなら、試してみたらいいと思うよ。あなたたちと李春とで弁論し、どちらが勝つかね。フフ……。口には二つの使い道があるって聞いたことあるわ。一つはご飯を食べることで、もう一つは話すこと。でも、李春の口は絶対に話すためだけにあるのよ」

クラス中、大爆笑であった。呉長福は拳を突き上げ、「ぜひ李春を選びましょう！」と言った。そして満足気に腰を下ろしたが、座ったときの姿勢がこれまでにないほどしゃきっとしていた。このような呉長福の「応援演説」のおかげで、全員一致で李春が弁論大会の代表に推薦された。

李春はいつ、なんで呉長福に謝ったのか？　それは李春が袁《えん》新枝、鄭波《ていは》、楊薔雲の三人と話をしたあとのことである。冬休み中、李春と袁先生は夜更《よふ》けまで激論を交《か》わした。それから李春は少し落ち着いてきたが、ますます悩むようになった。その翌日、彼女は洗面所で一日中洗濯をした。たまった衣服、靴下、シーツを全部洗った。大きな緑のたらいを借り、ぬるま湯でいっぱいにすると洗濯物を浸《ひた》し、緑のたらいの前に小さな椅子を持ってきて座った。左側に石鹸《せっけん》箱とアルカリを、右側には小さな洗面器を置いた。

彼女はお腹《なか》に洗濯板を当てながら、力を入れてこすり、揉《も》んだ。石鹸の水が飛び散り、足の甲に落ちた。生臭いにおいが蒸発して上がってくる。洗いながら何も言わず考えていたが、ときどき独り言をつぶやいた。

「もういいや。たぶん私が間違ったの。袁先生も私が間違っているとおっしゃった。みんなも私が間違ってると言った。でも、いったいどこで間違ったのかな。袁先生が自分の青年時代をお話ししてくれたけど。私と何の関係があるってのさ？　私は悪いことは何もしてないの！　袁先生の話は意味がわからない。

　袁先生が若いころ欠けていたのは、生活の指針や協調性とかよね。私も欠けてるっての？　私は鄭波、楊薔雲たちとは違い過ぎるのよ。私が他の子より思想的に前に進んでいないことは確かよ。じゃあ、どうするってのさ。過《あやま》ちを反省しなきゃいけない？　はぁ、あの子たちとしばらく仲が悪かったけど、結局私が頭を下げて謝らなきゃいけないの？　反省したくないなぁ。私って心の狭い子ね」

　一枚洗い終わったら、洗面器にそれを入れて水で洗い流す。李春は首を傾《かし》げぐるぐる回し、疲れを取ろうとした。古いシャツを手に取り洗濯板の上に敷き、石鹸を塗った。

「あぁ、うんざり。もういや！　平凡なシャツ、平凡な石鹸……？　一個一元、どこでも買える。平凡な水、H_2O、平凡な緑のたらい、あぁ、平々凡々……」

　その翌日、李春は寝室で靴下を繕《つくろ》っていた。針がなくなったので、靴の底を刺し縫いするための大きな針を人から借りてきた。李春は針仕事が器用にできなかった。どうしようもない。

「靴下を繕うのと洗濯以外、私は今何もしてないのね」と自嘲した。李春はその鬱憤《うっぷん》をぶつけるかのようにさっさと縫ってしまおうと、大きな針を上下に素早く動かした。

だが、力が入り手が滑った！　靴下を繕うための木型を持った左手親指に針が刺さってしまった。針は大きく、しかも力を入れて縫っていたので勢いがついていた。痛みが走り、真っ赤な血が流れた。木型、靴下、針は床に落っこちた。木型が針の上に落ちて、針は折れてしまった。床のその場所もちょうど汚れていて、靴下も汚れてしまった。そばにいた生徒がそれを見て、急いで塗り薬を持ってきてくれた。「痛くない!?」と心配そうに李春に尋ねた。

　李春は首を横に振った。彼女は薬を塗ると白い布で包み、床に落ちたものを拾った。ベッドに寄りかかり両手を頭の後ろに当て、軽くため息をついた。だが、ふと彼女は気分が良くなった。不愉快になると、往々にして不幸な出来事を引き寄せてしまうものだ。小学生のとき仲間と喧嘩《けんか》し、ずっと不愉快だったが、そのあと街を歩いているときに自転車に撥《は》ねられてしまった。もっと小さかったころ、あるときわざと叔母を怒らせた。そのせいで、買ったばかりの彼女の大好きな磁器の人形は割られてしまった。

　そんな偶然の不幸に遭ったとき、彼女の苛立《いらだ》ちは頂点に達するのだが、いつもこのように突然気づくのだ。自分でいらいらしていても何の得もない。気の持ちようが大切だと。毎日不機嫌な思いをしながら過ごすか、あるいはそんな思いは断ち切るか。そして、断ち切ってすっきり前に進めるか。李春がベッドに寄りかかったとき、またそのことに気づいたのだ。

「いつまでもずっと気分が悪いまま？」

　彼女は自問した。

「私は恥なの？　そんなことない。とてもいい子かしら？　優秀よ。ちょっと不愉快なことがあっただけで、気持ちの切り替えができないのかしら？　間違いを認める勇気がないっての？　違うわ。私の勇気にみんなが驚くはず。来学期から進んで謙虚になって、みんなのために喜んで尽くすわ。自ら前に進もう。自分からね！」

そう決意すると彼女は楊薔雲を探しに行き、真剣に言った。

「明日午後時間がある？　あなたと話したいの。私、至らない部分がけっこうあるわ。力を貸して欲しいのよ」

楊薔雲は二つ返事で承諾した。楊薔雲は鄭波に話した。

「ねぇ、知ってた？　李春が自分から私に意見を求めてきたのよ」

鄭波も言った。

「明日の午後？　私も頼まれたわ」

それから、李春が袁新枝にも声をかけたことを知った。楊薔雲は舌を出し驚いた。

「ひゃ～、会議でも開くつもり!?」

翌日の午後彼女たち四人が集まったが、李春が教室に他の生徒がいるのを嫌がったので、寮に行こうと言った。だが、寮にも人がいた。結局、四人は教務係から鍵を借りて、生物実験室に行き話をした。彼女たちが座っていた背後には人体骨格の模型があり、そばにはいろんな寄生虫の標本が陳列されたガラス棚があった。壁には様々な不気味な掛け図がある。部屋中が強烈なアルコールの臭《にお》いで満たされていた。だが、李春はこの静かな場所が気に入ったようで話し始めた。部屋は広々していて、少し声が響いた。

「確かにそうね。前学期にはたくさんの間違いが、発言にも行動にもあったわ。それらは青年団員にはふさわしくなかった。新学期がもうすぐ始まるから、一からやり直したいな。だから、あなたたち三人――楊薔雲、袁新枝、鄭波――に意見を言って欲しいの。私の過ちと短所を余すところなく、鋭く、遠慮なく指摘してちょ……」

だが、李春が言い終わらないうちに、袁新枝が大笑いし、李春はぽかんとしてしまった。袁新枝は手を振って言った。

「もぅ、まったく。何してるのよ？　四か国外相会談じゃあるまいし。李春、私たちに水臭いことばかり言うのね。こんな気味の悪いところに来て、骸骨《がいこつ》と一緒になって、顔をこわばらせて批判するなんて。嫌《いや》よ！　うちらはもっと自由に話そうよ。私たちがあなたに意見して、あなたも私たちに言ってよ。意見が多過ぎて疲れたら、別の話でもしましょう。これでいいでしょ？」

他の三人も心を動かされたのか、笑って賛成した。袁新枝はシャボン玉を突き破るようにこの場の雰囲気を軽くして、いかにも会議といった重苦しい雰囲気を吹き飛ばしたのだ。

「李春！」

薔雲は叫んだ。李春は瞳を見開いた。薔雲はそんな李春を見つめながら言った。

「昨日あなたが来てくれた。嬉《うれ》しかったのよ。前からあなたと話をしたいと思ってたの。でも昨日一晩よく眠れなかったわ。李春はいったいどういうつもりなんだろうって。なぜ、あの後、距離ができちゃったのかってね？　今ちゃんと話すべきよ。李春、さっきあなたから聞いて分かったけれど、最近、機嫌が悪いんじゃないの？」

だが、李春は首を横に振った。

「いや、信じられない。機嫌が悪いのなら、正直に言えばいいのよ。理由を教えてくれなくても、見当がつくわ」

「見当がつくの？」

「ほぉら、機嫌が悪いって認めたじゃない！」

薔雲は彼女のふとした一言を鋭《するど》く指摘し、思わず立ち上がった。そして李春に近づくと、椅子を引いて腰を下ろした。袁新枝は膝を立てて抱え、薔雲が話しだすのを待っていた。鄭波は何も知らないかのような顔をしていた。そして、不思議そうに顔を赤くした李春を見つめた。

「見当はつくわ。あなたの機嫌が悪いのはたまたまじゃない。私たちみたいに楽しんでないでしょ？　あなたにはたくさん長所がある。頭もいいし、勉強もよくできる。でもね、楽しんでないの！　この原因はあなた自身にあるの。はっきり言うけどね。自分勝手なのよ！」

楊薔雲は話すのをやめて、自分勝手という言葉を李春がどのように受け止めたのか見ていた。李春は苦笑している。袁新枝はこのとき自分のお下げを前に置いてゴム紐《ひも》を外してから、またゆっくりとお下げを編み直していた。

薔雲は自分の胸に両手を合わせると思いをぶつけた。

「私はね。何か言いたいことがあれば率直に言う方なの。だから、どうか怒らないでね。あなたの人格はそんな立派なもんじゃないわ。集団の中で暮らしているのに、いつも自分のことばかり考えてるの。

それでときどき何かうまくできたら、あなたは『ほら、私ってとても優秀。周りと比べても出来がいいわ』と思うんじゃない？　自分がこのクラスにいることを、鶴が鶏の群れの中に現れたようにでも思ってるんでしょ。

でも、自分のためにだけ頑張るなら、周りは李春を受《う》け容《い》れないわ。あなたの思い通りにはいかないの。それで、みんなとうまくいかないといつも思っちゃうのよ。楽しいわけないわ！」

「うん。そうね」

李春はうなずいた。

鄭波が彼女に尋ねた。

「団支部が力になれるかしら？」

「ええ。力になれるわ」

「本当に？　みんな本音で話してるのよ」

「うん。たくさんの欠点を指摘してくれたわ」

「それが問題なのよ」

鄭波は笑った。

「団支部はあなたの欠点ばかり指摘し、あなたの長所を伸ばすという面では、役に立たなかった。あなたが勉強でたゆまず努力していることはとてもいいわ。でも、団支部の仕事に対して批判ばっかりするし、奉仕活動に対してもね……。これらについての行いはあまり芳《かんば》しくない。それで、衝突しちゃったのよ」

李春は「心を入れ替えるわ」と言ってから続けた。

「難しくない。これからたくさん会議に出て、たくさん新聞を読んで、たくさん仕事するわ」

蕾雲が立ち上がるとまた元の席に戻り、李春に向かって言った。

「だめ。そう言うってことは、あなたは誤解してる。うん……あのね……」

蕾雲は核心をすぐには言わなかった。

鄭波は言った。

「楊薔雲が言ったことに賛成よ。これはね、会議とかの問題だけじゃないの。会議を頻繁に開催する必要はないわ。支部の意見はね、あなたの人間関係や自身への根本的な問題に対する接し方についてのものよ。

印象に残っていることがあるわ。去年一緒に映画を観にいったでしょ。『貫徹、淮河《わいが》治水事業！』って映画。それで学校に帰る途中、英雄にも運のいい人、悪い人がいるのねとあなたが言ったことを覚えてるわ。あのとき、なんか変なこと言うなと思ったの。李春はなんでそんな結果や損得で人を判断するのかなって。

彼らは懸命に生き、個人の得失を顧《かえり》みないからこそ英雄になったのよ。あのときあなたは格言も好きじゃないと言っていた。でも、格言が正しければ私たちが損することはないわ。格言通りに仕事をすればいいのよ。

私たちはまだ未熟でしょうね。みんなで勉強しても、何も分からないこともある。でも、年齢が増すにつれて、考え方は一日一日と成熟していくのよ。将来あなたは大きなことを成し遂げるかもしれない。いろんな人と接する機会もあるはず。でもそのとき、大変な過ちを犯すかもしれないの。今学期の最初にあなたが見せた傲慢《ごうまん》さって、もうすごかったわ。呉長福をばかにしたのは、まさにこういう傲慢さが表れたのよ。笑って済まされる問題じゃないわ」

「そうよ！」と楊薔雲。

李春は少し困惑していた。寒い日だったが、彼女は熱を感じた。もともと楊薔雲たちのお説教への覚悟はできていた。彼女は単純に、あの子たちに不満をぶちまけてもらえばいいわ。それで、来学期から仲良くしていくだけ！と思っていたのだ。

だが、鄭波が言ったことはあらゆる点で客観的で、かつ深かった。そう思うと同時に、鄭波の指摘を認め心の底から受け容れることも難しいと感じた。それに、李春はたくさん言われて気分が悪かった。怒られるよりも、ずっと気分が悪くなった。彼女は強く自分の太腿《ふともも》をつまんだ。

「ええ、そうね。でも、楊薔雲は私を自分勝手だと言ったけど、自分勝手じゃないわよ！　心はけっこう広いのよ」

「自分勝手には、いろんなのがあるの……」

楊薔雲が反論した。

袁新枝はお下げを整え終わっていた。そして、首を振りながらはきはきと言い始めた。

「私が話す番ね。日常っていろんな面白さがあるって思うんだけど、李春の生活はますます単調になってるんじゃない？　バスにどんな新しい路線ができたか、どの街に新しく大きなビルが建てられたか、最近どんな映画の挿入曲がみんなに人気あるのか。あなた知ってる？　知らないと思うわ。なんで殻の中に閉じこもって本の虫になってるの？

人っていろんなことに関心を持てば、あらゆることを学べて心が豊かになるのよ。北京《ぺきん》で起きている大きかったり、小さかったり、新しい出来事が、私たちの思いを強くするの。私たちの国、私たちの建設、私たちの都市に対する愛着よね。つまりさ、こんなふうに……一人の人間は泉みたいに、爽《さわ》やかで、滞《とどこお》ることなく流れていくの。そうすれば何か思想的な問題があっても、解決しやすいはずよ。

若いのにいつもあんなに肩ひじ張っていたら、たぶん三十歳のころには白髪になってるんじゃない。このことについては、楊薔雲も李春と一緒よ。あなたたち二人はね、実の姉妹みたいに一緒に詩を朗読したり、あるいは思想について言い合いしたりするのがお似合いなのよ」

李春は微笑みながら、黙っていた。

それから李春は、また呉長福の意見も聞きにいった。もちろん、前学期のことについて反省していると言ったが、謝罪は一切しなかった。李春は弁論大会の代表に選ばれたとき、喜びを抑えるのに必死だった。彼女は躍起になり、自分の成功を夢見ていた。本当しばらくできなかったわ。みんなを代表してこういうふうに前に出るってことがね、と。彼女の心の中の苦悩は、希望へと変わっていった。

とはいってもこの前、原稿がボツになったとき、李春はやる気を大きくそがれていた。だから、すべてが順風満帆に進むとは思っていなかった。みんなが投票してくれたあとも彼女はまだ気を緩めてはいなかった。喜んじゃだめ！　第一に、みんなの意見がまた変わって、途中で私から他の人に替えちゃうかもしれない。第二に、全校活動の計画が変わるおそれもある。突然、この行事が取り消しになるかもしれない。第三に、そもそも自分は上手に話せるのだろうか？

何人かの生徒が李春のところにきて話しかけたため、彼女の思考は中断された。呉長福は、李春を弁論大会代表に推薦した先見《せんけん》の明《めい》を誇るかのように言った。

「私の言った通りね。李春で間違いなし。大正解！　彼女ならきっと……」

ある吃音《きつおん》の生徒が言った。

「べ、弁論大会に推薦されるより、代数の難問、さ、三十題解いてる方がいいわ。演壇の下のた、たくさんの顔を見たら、頭がま、ま、真っ白になっちゃうかも……」

呉長福は「どういうこと？」と聞いてから、演説家のように話した。

「聞いた話だけど、大根に向かって演説の練習をしていた名演説家がいたそうよ。演説がうまくなるためには、聴衆を人間だと思っちゃいけないの。聴衆をみんな大根だと思わなきゃね」

李春はわざと冷ややかに言った。

「呉長福、あんたのせいよ。なんで袁新枝が私に押し付けたときに、だめ押ししたの？　今学期は生徒会から物理グループを任されて、もう大変だってのに。またこんな面倒くさいことが来た。どうしようかな？」

「大丈夫。みんなあなたを手伝えるのよ」

楊薔雲が言った。

「うまく話せるように知恵を絞りましょう。題材を探す必要があれば、いろいろ手伝えるわよ。あなたも、まずクラスの仲間に何度か相談してみなよ。みんなも考えてみるからさ」

李春は口ごもった。最後の方法はあまり気に入らなかった。自分の原稿を早く公開してしまったら、演説のときみんなは驚かなくなってしまう。彼女は楊薔雲の表情に注目していた。楊薔雲は本当は良く思っていないのではないか。彼女は最初私を推薦しなかった。そして、もしかしたら自分が弁論大会に参加したいのかも……。李春は警戒の眼差しで薔雲を見つめていた。

第二十一章　大掃除は忘れて、行っといで

もう三月末だ。だが突然強い風が吹きだした。北西の風が三日三晩続いて、気温は摂氏零度まで下がった。生徒たちの中にはもう衣替《ころもが》えをした子もいたが、今ではみんな冬服を捜し出して着るしかない。みんなは気まぐれな天気を悪しざまに罵《ののし》り、異常気象の原因をなんやかんやと言い合っている。自然地理を習い始めたばかりの中学一年生は、授業で質問までした。

「先生、今年は暖かくならないんですか？　太陽からの熱に変化があったのでしょうか？」

だが四月一日、風はいつの間にか止《や》んでいた。太陽はすぐその「実力を発揮」し、高三の生徒は体育の授業中、暑さに耐えられなくなった。最初はまだはっきりしなかったようだが、ある生徒は、春が本当に来たんじゃない？　間違いなく冬は過ぎ去ったようね？　もう厚着をする必要はないわと思い、他の生徒にも話していた。その生徒が最初に厚着を脱ぐと、クラス全員も悟《さと》ったかのように厚着を脱いでいった。その日の夜、全校で厚着の生徒は一人もいなかった。みんな心が弾《はず》んで、歩みも軽快、動きも活発になった。

そして四月、陽の光が燦々《さんさん》と輝く四月が来て、みんなの心が躍動する五月を迎えようとしていた。ある日曜日の朝、田林《でんりん》が鄭波《ていは》を尋ねてきた。彼は朝早く来たので、生徒たちはまだ起きたばかりだった。朝食を待っている薔雲《しょううん》は腰をかがめてベッドの上に置かれた『新観察』をめくり、面倒

くさそうに新しく学んだ歌を口ずさんでいる。周小玲《しゅうしょうれい》は鶏の羽毛製のはたきを自分の鼻先に横に置き、それを鼻と唇《くちびる》で支えて落ちないようにするという技を練習している。

呉長福《ごちょうふく》は干した上着をベッドの上に置き、水を一口含んで「ぷっ」と服に吹きかけた。力を入れて服を平らに広げるときちんと畳み、布団《ふとん》の下に置いて伸ばしている。李春《りしゅん》だけいなかったが、彼女は朝早く本の束を脇に抱えて出ていった。教室で講演原稿の準備をしにいったのだ。

田林が彼女たちの寝室に来たとき、みんなはびっくりした。鄭波と、鄭波が連れてきた見知らぬ男子を不思議そうに眺めていた。周小玲はすぐにはたきをしまった。薔雲は自分の椅子《いす》を譲ってくれた。呉長福はきちんと座って服を押さえていたが、瞳を丸くしてじっと二人を見つめていた。

鄭波は嬉《うれ》しそうに、かつ少し焦《あせ》りながら田林を紹介した。

「田林さんです。このみんなは、私と同室の仲間たち……」

周小玲はぽかんと口を開けながら田林に深々とお辞儀をした。田林はどうもバツが悪そうで、顔が赤くなった。楊《よう》薔雲は満面に微笑《ほほえ》みを浮かべながら言った。

「私たちの寮へようこそ」

それから自然と会話が始まったが、田林はすぐに仲間たちと打ち解けた。そもそも田林は鄭波を捜しにきたのだが、他の生徒も集まってきて交流が始まった。楊薔雲が田林に尋ねた。

「私たちの寮の清潔さや内装について何かご意見がありますか？」

田林は笑って首を横に振った。周小玲もまた彼に質問した。

「鄭波のベッドはどれだか分かりますか？」

鄭波は慌てて「ちょっと！」と言った。

でも、田林は当ててみようとした。

「ここですか？」

彼は黄色い毛布が敷かれ、布団が斜めに置かれたベッドを指さしながら尋ねた。

「はずれ！」

みんな一斉に言った。

「じゃ、ここ？」

田林は今度は白いシーツが敷かれ、たくさんの服が積まれたベッドを指さした。

「大はずれ！」

女の子たちはきゃっきゃっと笑った。

女子生徒たちの素朴で清潔なベッドと、枕元の小さな板の上に置かれた一列の本を眺めて、田林はちょっぴり後悔していた。自分には二度とない高校生活を思い出したからかもしれない。それとも、鄭波と親しく家族のように毎日毎晩過ごせたのに、自分は彼女の生活をよく知らなかった……。どのベッドで寝ているのかすら分からなかったからかもしれない。

田林は小声で鄭波に尋ねた。

「散歩に行かない？」

鄭波は迷いながら「今日の午前ね。クラスで大掃除をしないといけないの」と言った。田林はうつむいたが、とても残念そうに見えた。他の生徒が二人の会話を耳にし、そろって鄭波に言った。

「ねぇ、今日は、あなた掃除しなくてもいいよ」

「遊んどいでよ」

「大丈夫。あんたの分はやっといてあげるからさ」

仲間たちはみんな田林を後押ししたのだった。鄭波もそうすることにした。

二人が寮から出かけるとき、薔雲は田林に「歌を歌ってくださいな」と強くお願いした。田林は初めて会った女の子たちの前で披露するのもどうかと思って、気が引け「できませんよ」と言った。薔雲はさらっと言い返した。

「え〜、信じられないです」

そして、薔雲はみんなと合わせて拍手した。田林は歌うしかなくなった。でも、うまく歌えなかったし、声も十分には出なかった。

お日様、山に沈んでく　朝は、いつもやって来る
花は散るけど、次の年　変わることなく咲き誇る

二、三節歌うと、彼は寮の入り口の外に早足で出ていった。同時に手を振って「勘弁してください。またね！」と言った。生徒との短いふれあいで自分が元気になった気がした。
田林と鄭波は街をそぞろ歩いた。その日、空はどんよりしていて、お日様はときどき顔を出すだけだ。古い店の暖簾《のれん》が一つずつ後ろに過ぎ去っていく。買い物を終え赤と緑の紙袋を持ったお客さんが、お店の高い階段から降りてきた。一人の男の子がお碗《わん》を持って前を走っている。お姉さんが後ろから追いかけてきた。

「大きいのを買って。大きいのをね……」と叫んでいた。男の子は素直に「分かった。分かってる

よぉ」と言った。

酒場の前には針金でできた棚にいろんな瓶が置かれていた。黄褐色の「天馬」の商標がはられたビール瓶、長首で紫色の「張裕《チャンユー》」のワインボトル、それとよくある平べったい「二鍋頭《アルゴウトウ》」（二番しぼりの焼酎ブランド）の小瓶が見えた。

「街を歩いてると、心の底から春を感じるね」

田林は眼鏡をかけて言った。

「草花を見にいく必要もないな。この店、この看板、買い物をしている男女たち、走り回る子供たちから、生命力を感じるね……」

鄭波は黙ってうなずいてから、尋ねた。

「どうして私のところへ来るのが遅くなったんですか？」

田林は笑いながら「言ってなかったね。出張で上海《しゃんはい》に行って、帰って来たばかりなんだ」と答えてから、賑《にぎ》やかな上海の風景を話し出した。

突然、鄭波が言った。

「街を歩いてばっかですね。どこか行きません？」

鄭波は不満そうに田林を見ていた。

「じゃ……公園にでも行こうか？」

田林はおずおずと言った。そこで、彼らは女性運転手が運転する混み合った路面電車に乗った。

中山公園は人でいっぱい、蟻《あり》のようにたくさんいたので、田林は冗談を言った。

「ありゃ、旧正月の大混雑みたいだな」

鄭波はなんかいらいらしているようだ。誰かに怒っているかのように、一言も言わなかった。田林はそれに気づいたが、どうしていいかわからずあまり話さなくなった。

静かで美しい画廊を通り過ぎ、象牙彫刻展覧会の看板を迂回《うかい》してから、二人は花屋へ花を見にいった。花屋は広くて明るい地下室だった。壁はすべてガラス張りで、その特製ガラスから陽の光が入り込んでいる。花々の生命は、職人の丹精込めた世話の下《もと》すくすく育ったようだ。

花屋に入ると、彼らは濃く、かつ潤《うるお》いを感じさせる香りに触れた。周りを見ると無数の花が紅、紫と色とりどりに咲き乱れ、瞳がぼうっとするくらいだ。鄭波は見たことのない草花をたくさん見て、楽しそうだった。彼女は田林に草花の名前を聞いた。田林はすらすらと教えてくれた。

「ほら、あの赤い花が咲いているのは桜花《おうか》だよ。素敵な名前だね」

「このハナキリンの枝も本当に面白い。見てごらん、太くて、うねりもあって。なんか、菱《ひし》の実の串焼きみたいだな。嗅いでみて。いい香りがするよ」

「これがチューリップで、ロシアの貴婦人はこれを持って宴会に行くのが好きなんだって」

「僕が一番好きなこのツツジを見てごらんよ。この薄い青の花はまるで巻紙みたいで、花の端は深い紫色だけど、中へ行くとだんだん薄い青になる。そして、花の奥、花托《かたく》に近づくと白くなるんだよ……」

鄭波はしきりにうなずいた。田林の博識に驚きながらも、その説明ぶりが周りにとって迷惑ではないかとも気になった。それで、鄭波は足早に先に歩いていった。花屋の真ん中には、緑のコケに覆《おお》われた築山《つきやま》があった。築山の中央の高い所から白い花のように噴水がこぼれ落ちている。築山のそばの池にはたくさん金魚が泳いでいて、澄んだ池の底には美しい小石が積み重なっていた。

田林はしゃがんで石と小魚を見ていたが、しばらくすると突然大声で「小王八、小王八がいる！」と叫んだ。周りの人が思わず振り返った。鄭波は小声で「静かにしてよ」と言った。鄭波は田林の指さした方向を見た。やはり楕円《だえん》の暗い緑の甲羅を被《かぶ》った小さな生き物が見えた。

「けっこうかわいいじゃない」と鄭波は言いつつも、なんで人を罵る言葉があだ名になっちゃったんだろう（中国では「王八」は人を罵倒する言葉）と思った。

花屋から出て来たとき、田林は雰囲気を明るくしたいと思っていた。彼は「競走しよう。どっちが先にあの坂のところまで走っていけるか、やってみよう」と提案した。鄭波は首を横に振り、「変なことしないでくださいよ」と言った。

だが、田林はもう走り出していた。田林は真っすぐに走れなかった。新しく買った高価な革靴はまだ足に合わず、草のように乱れた髪はぼさぼさだ。彼のズボンの右脚《あし》の裾《すそ》は自転車のチェーンにひっかけたせいで破れていた。新しい革靴には似合わない穴の空いた靴下。走ってもぎこちない、顔もそんなかっこよくない、服の着こなしもダメ。これらすべてに鄭波は思わず愛おしさ、哀れさを感じ、泣きそうになってしまった。

突然、田林はつまずいて転んだ。鄭波は駆け寄り「ほら、もう」と言った。この人はまだ子供なんだわと思ったが、こんな優しくしてくれて、なんとか私を楽しませようとしてくれているのに、冷たくしたらだめねとも思い、散歩の初めに感じていた不愉快さは少しずつ薄まっていった。

二人は小さな丘を探し、そこの大木の下に腰を下《お》ろした。目の前では、春の花が満開であった。黄色とピンクのオヒョウモモが一面に広がっていた。小さな海軍服を着た男の子が花の下で恰好をつけ、両親が写真を撮るのを待っている。シダレエンジュでできた自然の日よけの下で生徒たちがトランプをしている。

鄭波も、田林もしばらく何も言わなかった。美しい春の景色と楽しそうな周囲の様子を見つめていた。二人とも日常はこんなにも楽しく、新鮮で、温かいんだなと感じていた。田林は今日初めて正面から鄭波を見た。彼女の瞳からは純朴、親切そして少し遠慮がちな様子が感じ取れた。

鄭波が着ていた水色のコートは、洗い過ぎたせいか、襟《えり》と袖口が白くなっていた。そよ風がコートを揺らし、カーキ色のセーターが見えた。セーターには破れた跡があったが、繕《つくろ》ってあり、小さなつぎはぎが縫いつけてあった。鄭波の顔はほんのりと赤く、何か感情を抑えているかのようであった。両眉の間にはかすかにしわが寄り、少し考え込んでいるかのようだ。田林がぼーっと自分を見つめているのに気づくと、鄭波はふと笑った。柔らかそうで突き出た唇は、純潔さと率直さの表れのようだ。

田林は立ち上がると片手を大木に当てながら、鄭波の細い髪を見つめ話しだした。

「気づいた？　最近、僕は少し変わったみたいでね。気分が良くなったり、そうじゃなかったり。上海から北京《ぺきん》まで汽車に乗って来たけど、いろいろ考えたのさ……。この国の土地はなんて広大なんだろう！　どこも春だね。花もあれば草もあり、大木もあり、雲も。事務室で、はさみやのりをいじっていたくない。本当に遊び回りたい。波ちゃんたちは春休みが終わったばかりかな？　いいな……。

僕も思いっきり遊ぶことはあるけど、心が却《かえ》って落ち着かないんだ。やっぱり全力で仕事するしかないかな。日曜日も休まずにね。仕事ではまだ実力がないし、実績もないんだ。不完全燃焼な青春、まさにそんな感じ。僕には娯楽を楽しむ権利がないだろうな。もう二十二歳になったんだよ……。先日、一本の原稿を担当してね。ある子供が春について書いた原稿なんだけど、本当によく書けていたな……。

あと、先週昔の友達から手紙をもらってね。彼は辺境で働いているんだけど、夜スパイに襲撃されたそうだ。幸い無傷だった。闘いはそもそも厳しいものだから、大げさに考える必要はない……。でも、僕は考え込まずにはいられなかった。考え過ぎたらダメと分かっていてもね。僕は読書が好きなんだ。汽車の中、徹夜で『不死身の王孝和《おうこうわ》』を読んで気持ちが高ぶった。本の中の登場人物たちは、みんなとてもかっこ良くて。自分は彼らよりあまりにも劣《おと》っているなと思った。でも、もう本を読んでいる暇はない。仕事しなきゃね。仕事……」

しばらくしてから田林は鄭波に尋ねた。

「波ちゃん、なんで黙ってるの？」

鄭波はすぐ振り向くと、田林の痩《や》せた面長の顔を見上げた。

「もっと話してくださいよ、田林さん。話し続けてください。とてもいい話ですから」

彼女は低い声で深い情愛を込めて言った。

「あなたの話だけで十分。聞いてますからね。すべて聞いていますから。私、本当に口下手なんです。やっぱり田林さんが話すべきですよ。わかってください、ね！」

田林は腰を下ろし、少し安心したようだ。小さな枝を拾い上げると、地面に絵を描き始めた。

「メーデーがもうすぐだ。僕は初めて北京でメーデーを過ごすことになる。人だかりの中で天安門《てんあんもん》を通るとき、毛主席に何と言えばいいかな？　メーデーは素晴らしい日だけど、君はそれにふさわしい？

僕が思うには、もし一人の人間の心の中に、何か熱いものがなければ、湧き上がる思いや、葛藤《かっとう》がなければ……歯を食いしばって進むことなんてできないってことさ！　最近、僕は文化を学ぶ計画を立てたけど、自然科学の知識はあまりにも乏しいな……。国に五か年計画があるならば、僕自身も計画を立てないとね……」

「田林さん！」

鄭波は言った。

「あなたの話を聞いていると自分の生活はだらけているような気がします。私は少しずつ頑張っていて、無駄に毎日過ごしているわけじゃない。でも、努力不足ですね。二倍頑張って、さらにそれを倍にして……。

でも、一言変なこと言うかもしれないけど、田林さんとても素敵ですね。あなたと一緒にいると、私はただの子供なんだなって思うんです。あなたはどうして必要以上に頑張るんですか。自分に対して厳しく接することも大事ですよね……。でも楽観的に考えて、あと自信や誇りを持って欲しいです……」

それから二人はしばらく見つめ合っていた。相手の強い眼差《まなざ》しから、互いに尽きることないやる気が得られたようだ。急にぽつぽつと雨が降って来た。二人は急いで建物の軒《のき》に駆けて行き雨宿りした。小雨《こさめ》がぱらぱらと降り、オオヒョウモモの枝葉が静かに揺れている。向こうの橋の下では水面にかすかに波紋が見えた。緑鮮やかな芝生には真珠のような小さな雨滴が転がっている。子供が一人わざと雨の中へ走っていき、跳んだり、笑ったりしながら、口ずさんだ。

雨降った
泡出た
スッポン被った
草帽子！

一陣の東風で霧雨《きりさめ》が斜めに降りつけてきた。心地よい土の匂《にお》いまでもが、田林の顔に届いた。「気持ちいいね」と田林が言った。彼は背伸びをし、腕を上げた。鄭波に田林の腕時計が見えた。もう一時半になっていたが、二人はまだ何も食べてない。でも、大丈夫《だいじょうぶ》。二人ともお腹《なか》空いてないから。

朝ご飯の後、高三の大掃除が始まった。掃除の前にまず袁新枝《えんしんし》がみんなを集めて、「少しでもほこりが残ってたら、終わんないからね！」と豪快に発破をかけた。それからみんなで机と椅子を庭に運び出し、壁にあるすべての物、黒板、掛け図、図表などを……全部外した。

庭で机や椅子を洗っている生徒もいれば、部屋の中でほこりをはたいている生徒もいる。彼女たちは屋根や壁の隅を掃除しただけでなく、窓の格子《こうし》のほこりも一か所ずつきれいに掃除した。ガラスも何度も拭《ふ》いた。濡《ぬ》れた布で拭いてから、乾いた布で拭いた。それからさらに硫酸カルシウムで拭き、最後に濡れた布で拭いた……みんな掃除しながら一緒に作った掃除の歌を歌っていた。

みんな仲良く、さっさとやっちゃえ
全部　汚れは掃除して！

教室きれいにするために
地球もきれいにするために！

楊薔雲と呉長福は協力して床を擦《こす》っていた。彼女たちの教室の床はレンガでできていた。地面に一つ一つ硬くて丸い塊《かたまり》ができている。昔の北京には不思議な迷信があった。これら土の塊は馬蹄銀《ばていぎん》といわれ、動かしてはならない。剝《は》がすと貧乏になるという迷信だった。確かに普段掃除していても剝がしにくい。

だが、薔雲はシャベルを使ってこれら「馬蹄銀」を力いっぱい剝がすと、呉長福が箒《ほうき》と塵《ちり》取《と》りを持ち「馬蹄銀」を収めた。呉長福は手拭いで頭を包み、灰色に変色したマスクをしつつ頑張って掃除していた。ふと呉長福はあることを思い出した。彼女の小さな目が、ほこりにまみれたまぶたの中で瞬《またた》き、彼女は薔雲に尋ねた。

「ねぇ。あの田林……あの男の人、鄭波とどういう関係なのかしら？」

「さぁね。分かんない」

「分かんないの？」

「余計なこと考えないの。教室の床の土の塊は部屋を建ててからずっとこびりついてたみたい。本当、鉄より硬いわ！」

「あの人、何の仕事してるんだろうね？」

「知らない。早く掃除してよ！」

「分かってる。でも、秘密よ。二人が校門を出たときね。手を繋《つな》いでいるように見えたの……」

「おバカ！　二人が校門を出たとき、あんた、まだ寮でお尻で服を押さえていたわよ。でたらめなこと言うと、シャベルで殴るわよ！」

「大事な話よ。信じる信じないはあなた次第だけど。田林さんは絶対に鄭波と……」

「しつこいわね」

薔雲はシャベルを持ちあげた。いくつかの土の塊が呉長福の頭の上に落ち、彼女は驚いて頭を抱えた。

楊薔雲は呉長福がでたらめばかり言っていると思っていた。呉長福が陰でこそこそしゃべるのも嫌いだった。だが、楊薔雲は思わず田林のことを思い出してしまった。楊薔雲が昼食を食べ終え、疲れてベッドに寄りかかっていたとき、鄭波がまだ帰っていないことに気づいたのだ。楊薔雲の関心はすべて田林のことに集中していた。

田林の微笑みと、思慮深い顔。あの人生経験の豊かさと謙虚さをうかがわせる顔立ち。また、破れたズボンと新しい革靴が記憶に蘇《よみがえ》った。彼が話すときの意味ありげな様子も思い出した。短い出会いだったが薔雲に強い印象を残した。田林って誰？　なんで鄭波から聞いたことがなかったのかしら？　にもかかわらず、彼は鄭波とあんなに親し気にしていた……。まさか……鄭波、あんた本当に……。すると突然、薔雲は自分自身わけもわからずくすくすと笑い出した。頭を下げながら、こっそり笑った。笑い終わってから、自分のほっぺたを叩《たた》き独り言を言った。

「このお節介娘！」

それから彼女は横になり、ゆっくりと眠りについた。

鄭波は午後三時に学校に戻った。大掃除で生まれ変わった教室は立派な講堂のようで、洗った机や椅子は陽の光で輝いていた。ガラスもきれいに磨《みが》かれたせいか、まるで存在しないかのように透明に見える。鄭波は教室に入ったとき、自分の体についたほこりがこのきれいな教室を汚すのではないかと思わず気をつけた。

　左側の前には「緑の隅っこ」が配置されていた。小さな魚、オタマジャクシ、貝殻、ニンニクの苗が置かれていた。一方、右側後ろには「赤の隅っこ」が配置されていた。朝鮮戦争とベトナム独立戦争の情勢図、そして生徒個人あるいは集団で獲得したメダル、表彰状、等賞旗が置かれている……。仲間たちは誇らし気に鄭波にどうやって掃除したか話してくれた。鄭波は申し訳なさそうにうなずき、謝りたくなった。

　鄭波は本を出して勉強しようとしたが、どうしても頭に入らなかった。彼女は自分も何かしたいと思い、周りをきょろきょろ見回したが「塵一つない」教室ではもう掃除できる場所はない。彼女は外に出ると、クラスのこぢんまりした花壇に水をやった。何度か水をかけてから、彼女は寮へ行って薔雲と話をしようとした。でも、薔雲は眠っていた。口元に微笑みを浮かべながらも、動かなかった。鄭波は彼女のそばに座って待っていたが、薔雲はますます深く眠ってしまったようだ。

　実のところ鄭波はけっこう興奮していて、気持ちが落ち着かなかった。心の中にたくさん話したいことがあった。

「さて、どうしよう？」

　鄭波は自問した。彼女は寮を飛びだすと学校を出て、袁新枝の家に向かった。鄭波は思ったのだ。寮とは違う雰囲気の中で、夜間自習の前の三時間という短い時間を安らかに過ごせるかもしれないと。

第二十二章　二人で喧嘩《けんか》、一人で公園

楊薔雲《ようしょううん》は四時半まで寝てからやっと目が覚め、時計を見た。しまった。どうしてこんなに寝てしまったのか？　薔雲は自分自身を「この怠《なま》け者」と罵《ののし》った。せっかくの日曜日の午後を無駄にしてしまった。起き上がったら、めまいがした。窓の外で雀《すずめ》がチチと鳴き、校庭からはバスケットボールのポンポンという音だけが聞こえて来た。

薔雲は白い洗面器を手に取ると、洗面所に行って顔を洗い、拭《ふ》いた。洗面所では呉長福《ごちょうふく》がしゃべったり、笑ったりしながら楽しそうに歩き回っていた。呉長福は髪を洗っていたのだが、ぽっちゃりした白い腕を出し、力を入れて髪をかきあげると、頭髪を高く立て、石鹸《せっけん》の泡にまみれていた。周小玲《しゅうしょうれい》はそばにしゃがんで、ひたすら洗濯をしていた。

呉長福が言う。

「あら、どうしよう？　髪の毛を洗えば洗うほど、毛が抜けちゃう！　一回洗っただけでどっさり抜けた。あと数回洗ったら、尼さんになるしかないわ」

周小玲は洗面器を持ってきて水を取り替え、呉長福をからかった。

「育毛剤を買って塗ったらどう？」

話すのに夢中になり、呉長福に少し水しぶきがかかった。

「ひどいわ！　新しく作った服が濡れちゃった」

呉長福は叫んだ。

薔雲が近づいてきて「クラスのみんなはどうしたの？」と尋ねた。周小玲が答えた。

「たぶん私たち三人以外はいない。午前中掃除したからね。そりゃ、午後は遊びに行っちゃうでしょ？」

「鄭波《ていは》が、まだ帰って来てない」

呉長福が意味ありげに言った。でも、周小玲が彼女の発言を訂正して「何言ってんの。さっきあの子を見たはずよ」と言った。薔雲は呉長福を「フンッ」と鼻で笑うとそばに行って顔を洗った。

呉長福が周小玲に話し続ける声が聞こえる。

「育毛剤は善人が塗るもんじゃないわ。漫画の『毛三爺《もうさんじい》』読んだことある？　毛三爺は育毛剤を買って指に塗ったら毛が生えたの。それでさ、歯磨きのときに歯ブラシが要らなくなったのよ」

周小玲は大笑いして自分の洗濯板に腹ばいになった。でも、楊薔雲は彼女たちのおしゃべりが気に食わず、さっさと顔を洗うと洗面所から出て来た。まったく、くっだらない……と思いながら。

洗面所の隣には生徒会の小さな事務所があった。薔雲がそこを通ると中に人影が見えた。彼女が扉を全開にすると、蘇寧《そねい》がいた。

「蘇寧、あんた！　なんで家に帰らなかったの？　さっきまで誰もいなかったと言ってたよ」

蘇寧は手の下の器具を指さし薔雲に告げた。

「生徒会のガリ版を借りて、クラスの歌集を印刷するの」

「いいわね！」

薔雲は洗面器を下に置くと、蘇寧のそばへ行った。

蘇寧の手にも、顔にも、服にもインクが付いていた。蘇寧は慣れない手つきでローラーにインクをつけ、大変そうに原紙の上で押していた。力にむらがあり、印刷された紙は左側が薄く、一方、右側が濃過ぎた。

「手伝うわ」

薔雲は自分から言った。蘇寧は断ったが「実をいうとインクを塗るのは慣れっこなの。解放されたばかりのとき、数日に一度はここに来てローラーを押してたのよ」と説明した。薔雲は蘇寧が持っていたローラーを受け取ると自分が中心になって進めていった。蘇寧はそばに立って紙をめくるのを手伝った。

「蘇寧、優しいのね」

薔雲は慣れた手つきでローラーを押し、いちいち確認しなくても進めていけた。薔雲は蘇寧の顔を見つめ、「顔のインクを見てよ。これは、どんな紅《べに》や白粉《おしろい》よりも素敵でしょ。あなたの後ろの赤い優勝旗を背景にしたら、きれいな写真が撮れるわ」と言った。

「冗談やめてよ」

蘇寧は手を振った。

「全部あんたのせいよ。合唱を教えるなんて、できるわけないじゃん。もうばたばたよ……」

「いいじゃない。あなた今までうちらを指導して二回歌の練習したことがあるでしょ。団長同志さん」

薔雲は彼女たちが最近練習している歌を何曲か歌ってから、言った。

「みんなを指導して歌うとき、嬉《うれ》しくない？　それにさ、気持ちも元気になるじゃない。みんなで同じメロディーを歌って、同じ曲に酔って。そんなとき、あなたが感じるのは……」

「歌は好きよ。歌うときの感じは、あなたが言う通りでしょうね。でも、一人で小声で歌っていたいときもあるの」

薔雲は眉をひそめた。蘇寧は自分の歌うときの気持ちを素直に言ってくれないのだ。薔雲は手早くインクをつけローラーをかけたが、蘇寧の指はまだ器用に動かず薔雲にはついていけなかった。蘇寧は薔雲を見て、何か言おうとするかのように唇《くちびる》を何度か動かした。でも、薔雲は気づかなかった。蘇寧は軽妙に、風変りなメロディーを口ずさんだ。薔雲は驚いた。このメロディーは長い間忘れていたが、少し聴いただけですぐ「千里送京娘《せんりそうけいじょう》（遥《はる》か遠き故郷へ、少女京娘を送る）」だと思い出した。

柳《やなぎ》や青々と
妹馬上に
兄、歩む
長旅続きて
兄、疲れ……

「何、歌ってんのよ？」

薔雲は思わず叫んだ。

「え？」

蘇寧は顔を赤くし、ぽかんとした。

「あ、私……うっかり……」

「まだ覚えてたの？　その風変りな流行《はや》り歌！」

薔雲は印刷をやめて尋ねた。

「印刷を続けましょ。もうすぐ終わるわ。私……本当に無意識のうちに……」

「何も考えずに志願軍の軍歌をたくさん歌えばいいの」

薔雲は小声で不満を言った。蘇寧は黙っていた。

彼女たちは歌曲集の印刷を終えた。薔雲が紙を一枚ずつ畳む。蘇寧が言った。

「さっき会いに行ったけど、あなた寝てた？」

「何か用でもあったの？」

「いや……別に」

「言ってよ。私に言いたいことがあるんでしょ？　今日の私は最悪。昼なのに、あんなに長く寝ちゃった……」

薔雲が心配そうに蘇寧に聞いた。さっきの「風変りな流行り歌」のおかげで不機嫌になったが、そのことはすっかり忘れてしまった。

蘇寧はガリ版を置いたおんぼろの机に寄りかかり、指で服の端っこをつまんでいた。楊薔雲が彼女の手を払いのけたのは、蘇寧の手が汚れていたからだ。それで蘇寧が窓の外を見たら、呉長福と周小玲が洗面器とたらいを持って窓の外を通った。

「ねぇ、見て。呉長福が袖をまくり上げたわ。寒くないのかしら?」と言う蘇寧。

「言ってくれない? 話したいことがあって来てくれたんでしょ」

薔雲はやきもきしながら蘇寧の話を待っていたのだ。右足のつま先で机の足を軽く蹴っている。

「楊薔雲、私は心配だったの。あなたが怒るんじゃないかってね。でもあなたは私にとても親切よ。何するにしても、あなたに相談したほうがいいわね」

蘇寧はまだ窓の外を見ていた。薄汚い窓ガラス越しに、訓練を終えて戻る少年先鋒《せんぽう》隊が隊旗を掲げて通っていった。

「なんで、怒るかもなんて心配すんのよ?」

薔雲は笑った。その笑顔を見たら、確かに薔雲が怒るとはとても思えなかった。

「言ってちょうだい」

彼女は蘇寧の手を取った。

蘇寧は手を引っ込め、右手の小指で左手の爪の汚れを剝ぎ取った。

「最近、よくマリ・フーと一緒にいるの」と彼女は言った。蘇寧はいったん話をやめて、薔雲の反応を見た。薔雲はうなずいた。

「前まで彼女のことはよく知らなかったわ。でもあるとき、みんなが体育の授業に行ったとき、私とマリ・フー二人は行かなかった。私、彼女に『今日は誕生日なの』と教えたわ。彼女はなぜか言ったことを理解できず『誰が言ったの?』と聞いてきたのよ。私は『お母さんが知ってるわよ』と言って、笑っちゃった。そしたら、しばらくして彼女は急に泣きだしたの。『私、自分の誕生日もわからない』ってね。このことがあってから、私とマリ・フーは仲良くなったの」

ここまで言ってから、彼女はまた話を止めた。

「それから、どうしたの？」

薔雲は大らかな雰囲気を醸《かも》し出《だ》しながら聞いた。

「つい先週、私たちはみんな厚着を止めたわ。でも、マリ・フーはまだ厚着だった。マリ・フーに聞いたら厚着と薄手の服しかない、他の服はないって言うのよ。それで私のセーターをあげようとしたんだけど、あの子どうしても受け取んなかったの。自分を大切にしなきゃって忠告したんだけど、それで何て答えたと思う？　『信仰があるからとても幸せよ』と言ってきたのよ。『聖母マリア様を思い出すの。マリア様が私たちよりも千万倍もの苦しみを味わったことが忘れられないわ。マリア様は人間のために、その子たるキリストが十字架にはりつけられたのをご覧になった。それに比べたら私の苦しみなんて』って話してくれたわ。

私、唖然《あぜん》としながらあの子の話を聞いたの。あんな話、聞いたことない……。それと、分かんないでしょうけど。あの子が話しているときの双眸《そうぼう》はね、まるで突き刺すような光を放っているかのようだった。彼女の言葉のひと言ひと言、物凄《ものすご》い重みがあるの……」

蘇寧はマリ・フーに崇敬の念を抱きつつ、一息ついた。薔雲の顔色は暗くなっていた。そのとき、空もだんだん暗くなっていたのだが、蘇寧は何も気づいていなかった。

蘇寧はやや興奮していたようで、話を続けた。

「私、マリ・フーに聞いたの。『なんで神を信じるの？』って。あの子ね、『私は弱い。自信もあまりない。だけど、聖母が私の心の中に降臨したとき、たとえ火の中、水の中でも怖くないの』と答えたのよ。

それでまた聞いたわ。『神の存在なんて証明できるの？　あなたも知っているだろうけど、私は神を信じない。私たちは社会発展史を勉強して、自然知識も勉強したことがあるじゃない？』って。そしたらね、あの子、笑いながら『私とあなたがいること。私たち自身の存在、これが証拠よ。他にも証拠はどこにでもあるわ』って自信満々に答えたの。

マリ・フーは私を指さしたわ。『なんであなたには生命があるの？　石じゃないの？　それから、どうして三月二日に生まれたのよ？　早くもなく遅くもなく、ちょうどその日に』って。あの子は自分も指さしてね、『なんで私に命があるんでしょう？　それで、今どうして私とあなたの二人がいるんでしょうね？』と言ったの。

『なぜお空に月があるの？　海に水があるのは？　花が咲いたり散ったり、人が生まれ、やがて死んでいくのは？　これらはすべて神の御業《みわざ》なの！』って言い続けてさ。マリ・フーの話を聞いていたら私は頭がくらくらしてきて、雲に乗っているような気分だった。それで、聞かれたわ。『蘇寧も、自分が弱いと思うときがあるでしょう？　分からないことがたくさんあって、思い通りにもいかないでしょ？　虚《むな》しさを覚えて、わかれ道で迷っているような気がするはず。どうすべきか悩むんじゃない？　それはあなたに信仰はないからよ！』と言われたの」

「でたらめよ。あのさ……」

薔雲は今すぐにでもマリ・フーを捕まえて議論したくなった。蘇寧は自分の話に人が口を挟んできたら、自分の話を止める癖《くせ》があった。だが、このときは先を争うように言った。

「それから、マリ・フーは羊飼いの話をしてくれたわ。ある羊飼いが迷子になった一匹の羊を見つけてきた。その一匹の羊が戻ってきただけで、羊飼いはたくさんの羊を飼っているにもかかわらず、とても喜んだという話よ。

彼女の話の趣旨は、神はいつもご自分を信じない者が、神の下に帰ってくるのを待っているということだったわ。ここ数日、よく彼女の言葉を思い出すの。実をいうと、宗教にいつも疑問を持ってはいるけど、心を動かされたことは間違いないみたい。マリ・フーが言った言葉のせいじゃなく、あの子の心の持ちようが理由ね。私が考えていることはね。試してみることがだめなら、あるいはそうできないなら、仕方ないけどさ。あの子と一緒に何回か教会に行って、みたいの……」

「あぁ、何言ってんのよ！」

薔雲は自分の拳《こぶし》をぶつけ合った。蘇寧の話は青天《せいてん》の霹靂《へきれき》だった。

「あんた、本当にどうかしてるわよ」

「怒んないでよ。言ったじゃない。怒らないって……」

蘇寧は頭を下げた。

薔雲は下唇を噛《か》みしめながら離れて行ったが、思わず震えた声で言った。

「お、怒ってなんかないわ。怒る権利なんてあんの？　あんたには信教の自由があるからね。聖母に頭を打ちつけてなよ。あんたの邪魔したら、犯罪になっちゃうわ。好き勝手に、自由にすればいいのよ……」

蘇寧は楊薔雲に近づいて、残念そうに言った。

「楊薔雲、どうしたの？　今日、機嫌がよくないんじゃない？　私、相談しただけよ」

薔雲は彼女を押しのけ、悲しそうに首を横に振った。

「まさか……。合唱団長になってから、前向きになったと思ってたのに。愚《おろ》か過ぎよ。今学期のあんたの入団を紹介したかったけど、もういい。家庭のせいで、あまり元気じゃないことは知っていたけど、それも頭痛、咳《せき》、上気道感染とか……アスピリンを何錠か飲めばよくなると思ってたわ。

　でも、結局アヘン！　カトリックに染まったのね！　充実した、立派な日常を送って欲しかった。そのために、あらゆることをしたかった。ときどきあなたがとても楽しそうに見えたわ。よく勉強して、みんなに進んで奉仕してくれるのを見ると、私自身がいい事をしたときより嬉しかった。

　私が思っていたことはね。『蘇寧、本当に良かったわね。手を取り合って高校時代一緒に過ごそう。あなたが辛《つら》かったときもある。でも、そんなときは私、自分自身が辛いときよりももっと辛く感じるの』ってこと。でも、こんなこと言うべきじゃないわね」

　それから薔雲の声は急に静かになった。

「あんたが行きたいなら、行けばいいのよ。さっさと行けば！」

「なんで？　あなた友達じゃなかったの？　兄が広州に行く直前、あなたの言うことは何でも聞くようにと言ってたわ。でも、いきなり冷たくするのね」

　蘇寧は額の汗を拭《ぬぐ》ったが、手についたインクを頭に塗ってしまった。

「カン、カン、カン……」

　夕食の鐘が鳴った。

「寮生の夕飯時間ね。行って」

「もう食べない」

　薔雲は振り返らずに飛びだすと、足早《あしばや》に去っていった。

「洗面器忘れてるわよ。持ってって！」

蘇寧が追いかけたが、返事はなかった。

大勢の生徒が窓の前を通り過ぎ、食堂に向かった。部屋の中は急に静かになったが、蘇寧はまだ薔雲が怒った声が響いているように感じた。蘇寧は床を一回、「ダン」と踏みつけると涙を浮かべながら薔雲の洗面器を持って行った。彼女は薔雲の手拭いを手に取って顔を拭おうとした。でも、やめた。蘇寧は生徒会の小さな部屋を出て、洗面器を楊薔雲の部屋に置いておいた。

薔雲は校門を出て、あてもなく路地をさ迷い歩いた。日は落ちたが、空はまだ完全に暗くなっていない。あらゆるものが静かな闇に半分、明るい中に半分ずつ、沈みこんでいた。塗装が剥がれた小さな扉のそばで、鉄瓶を溶接する職人が最後の仕事を急いでいた。その職人は特製の黒眼鏡をかけ、火のついた小さな石炭を手早くかき回していた。薔雲がそばに行って、その職人が自分の両手で鉄瓶の傷をどのように直すのか見ていた。彼女が長い時間立っていたので、職人は顔を上げて言った。

「鉄瓶あんなら、明日持っといで。今日は暗い。終わりだ」

薔雲は笑って立ち去った。

歩き続け、ふと顔を上げると、正面の電線に何か黒いものがひっかかっていた。近づいてみるとコウモリ形の凧《たこ》だった。凧は翼《つばさ》の半分を引き裂かれていて、しっぽに当たる紙のリボンがやるせなく風に揺れている。まるで薔雲に自分の不幸を訴えるかのようだ。

「この凧、笛が付いてるの？」

薔雲はつぶやいた。

「爪の笛の声はいいわぁ。独楽《こま》に音が似てるもんね。でも、なんで好きなんだろう？」

彼女はちょっと考えてみた。

「ああ、そうだ。この音いつもお正月の後で鳴るけど、正月を送る最後の曲だったわ。あのブンブンした音を聞いて、大きな糖葫蘆《タンフールー》（サンザシの実などを竹串に刺し、溶かした砂糖をまぶし固めた菓子）が買いたくなるの……爆竹鳴らして、来年までお預けよね」

職人が薔雲に鉄瓶溶接なら明日またおいでと言ったとき、電線にかかった爪のリボンが薔雲に不幸を嘆くかのように見えたとき、爪の笛と独楽の音色を思い出したとき……。ふと、どこから来たのかわからない寂しさが、薔雲の心にどすんと落ちた。

彼女は今日の午後もったいないことをした、つまんなかったと思った。居眠りしたら三時間も経《た》ってしまった。寝過ぎたからか、めまいがして頭がくらくらした。呉長福と周小玲はおしゃべりばかりしていたが、呉長福は鄭波のことを勘違いしてた。薔雲は喜んで蘇寧の歌曲集の印刷を手伝ったのに、しまいにはあんな腹を立てて喧嘩《けんか》別《わか》れした。薔雲は大声で喚《わめ》いたが、喚いても何の意味もない。

結局のところ、自分の態度を反省すべきなのだ。大変だったり、楽しかったり、薔雲の情熱は人一倍大きい。でも、それで得たもの、達成したものは少ない。自分の他人への思いやりはときとしてあまりに多過ぎ、受《う》け容《い》れてもらえないことがあると思った。彼女はいつも余計な心配をし、疲れ切ってしまう。一日中あの子を手伝い、この子を手伝い……鉄瓶を溶接に出したことはない。爪揚げに行く時間もない。自分の趣味なんかする時間もない。だけど、「私も思いやりが欲しいな。支えが必要なんだよ……」と自分に言い聞かせた。路地の角まで行くと、高らかなかけ声が聞こえてきた。
「でっかい金魚ぉ、ちっちゃい金魚ぉ……、ほぉれ」
売り子の声には起伏があり、路地の奥からここまで聞こえてたので、閑静な雰囲気は破られた。一人の若者が水槽、金魚、水草、サザエをゆらりゆらりと担《かつ》いできた。左手で耳を抑え、首を傾《かたむ》けながら悠然と声をあげてやってきた。売り子の甘ったるい節回しと春の田舎の息吹《いぶき》とが混じり合い、温かく香《かぐわ》しい東風の中で散っていった。

さらに数歩前に歩くと、いつの間にか北海公園の裏手に来ていた。薔雲は嬉《うれ》しくなった。今夜北海公園を見物できるなんて、本当に良かった。春はとっくに来ていたけど、彼女はここに遊びにくる余裕があるとは思ってなかったのだ。高いポプラの木が、道の両側にたたずんでいた。光沢のある新緑が軽くこすれ合い、来園者に歓迎の言葉をささやくかのように楽し気な音を立てていた。薔雲は走りながらポプラの中を通り、手を振って木々に答えた。
「親切なポプラさん。またあなたたちは疲れることなく挨拶《あいさつ》してくれたの？　ちょくちょくお伺《うかが》いする時間はないけど、また会いたいわ」

薔雲は湖のほとりまで行き、ひんやりした欄干を一つずつ数えながらゆっくり歩んで行った。白《はく》塔《とう》と五龍亭《ごりゅうてい》の輪郭がだんだんぼやけてきた。湖面にそれらが映って揺れていたのだ。オレンジ色の上弦の月が、遠く南側の空にかかっている。湖の上を淡くて青い光が覆《おお》っており、安らかでのんびりする。来園者は決して少なくないが、彼らはみんな暗がりの中に隠れていて見えない。談笑の声が、この広々とした自然の中でけっこう遠くから聞こえて来るようだ。

いつも教室の四壁で囲まれた小さな空間にいるが、たまに離れるのも心地よい。しだれ柳が生い茂っている。花の香りが次々と漂《ただよ》ってきて、緑の草はいたるところで敷物《しきもの》のように広がっている。春は人間界ですでにたくさんの仕事をしたようで、多くのものを持ってきてくれた。このことを薔雲はずっと知らず、感じていなかった。薔雲は深く息を吸い込むと、心からこの働き者の春に感謝した。

ふとそのとき、薔雲は湖面から聞こえてきた歌声に包まれた。

咲き誇《ほこ》る梨《なし》の花
川面《かわも》にかかる朝靄《あさもや》
若きカチューシャ歩みゆく
霧煙《きりけむ》る険《けわ》しく、高き河岸《かし》に

何艘《そう》か小舟が漂う中、一人がアコーディオンを弾《ひ》き、みんなは彼と一緒に歌っている。全員お行儀よく歌っていた。まるで、絹織物《きぬおりもの》を破かないかのような慎重さで……歌っていたのである。

「『カチューシャ』だ！」

いったん歌い終わったようだが、メロディーは終わらず続いており。もう一度繰り返し「カチューシャ」が聞こえてきた。薔雲も思わず歌いだした。「カチューシャ」は彼女が覚えた最初のソ連の歌で、好きな歌だ。弾《はず》むようにテンポの速いリズムと、深くて優しい恋とが結びついている。兵士が美しい村々を通り過ぎるように、そして少女が芝生を走り愛する人を追いかけているかのように……。

薔雲の歌声がとても大きかったので、そのアコーディオン弾きが乗っていた小舟がこちらに近づいてきた。櫂《かい》が上がったり下がったり水面がわかれ、チャプンチャプンと音がする。広東《かんとん》なまりの太った男が立ち上がると、薔雲に手を振った。

「おーい。こっちの船さ、遊びにきんしゃい」

薔雲は笑いながら唇に手を当て、ラッパの形にした。

「ありがとうね。でも、いいわ！」

船が急に揺れて、立っている男もふらっとした。びっくりしてそばの人の肩をつかんだら、船上から朗らかな笑い声が聞こえてきた。

薔雲は立ったままだったので、疲れた。小さい丘を見つけて腰を下ろした。隣にはライラックの群落が広がっている。白と紫の小さな花が満開で、いい香りがする。薔雲は指先で小さな花を摘《つ》まむと、嗅《か》いで、手のひらに置いた。そして、ゆっくりゆっくり、しわくちゃに揉《も》んでいった。小さな花が薔雲の服の端っこに落ちた。

十数人の男子生徒がわいわいがやがや丘の斜面を通り過ぎた。ばたばたやってきたせいで、水面に揺れる明かりが隠れ、ほこりが舞い上がった。そして、今度は一人の子供が這《は》って山の斜面を登り、薔雲の近くにきた。薔雲とその子の目が合った。子供は手に小さな木製の銃を持ち警戒して辺りを見回していたが、薔雲が「敵」ではないとわかるとさっとどこかへ行ってしまった。

薄い雲が月を隠した。「プップー！」という車のクラクション、そして路面電車の音が遠くから聞こえてきた。薔雲は両手を握った。周りを見ても自分一人しかいない。もう一人でもいい。感情が迸《ほとばし》るまま、幻《まぼろし》が思い浮かぶまま……考えても考えなくてもいい、話しても話さなくてもいい、歌っても歌わなくてもいい。

彼女は魯迅《ろじん》がある文章の中で「北京《ぺきん》には春がない」と書いていたことを思い出した。だが今、薔雲が夜に、皇帝の御用池である太液池《たいえきち》のそばに一人で座っていると、風はクリームのように甘く柔らかで、花は炎のように明るく盛んだ。これこそ正真正銘の春ではないか。

これほどまでに心を揺さぶり、弾ませ、青春の尽きない渇望《かつぼう》を引き起こす大自然のかすかなる変化……その中で最も貴重なひとときが今なのだ。味わい尽くそう、感じ尽くそう、かけがえのない春を！　耐え難い厳寒と灼熱《しゃくねつ》の盛夏がどんなに大暴れしても、生命が躍動する春の訪れを邪魔することはできないのだ。

薔雲は冬のスケートを思い出した。硬い氷はとっくに池の春の水になっているが、張世群《ちょうせいぐん》は？　あの人元気かな？　すると、大きなスケート靴を背負った張世群が脳裏に思い浮かんだ。あいかわらず談笑しながら自信満々な様子だった。


雪舞う日は過ぎた。

過ぎ去った……。


薔雲は「フン」と軽く鼻を鳴らし、頭を下げた。心の中でいろいろな思いが入り乱れては、消えていった……。髪の毛が一本落ち、地面に落ちたライラックの花びらは風に吹かれて行った。月はさっき見たときより位置が変わっていた。薔雲はふと我に返った。もしかして、自分はまたここで居眠りしてしまったのだろうか？

薔雲は急いで北海公園の裏手を飛びだすと、一心不乱に走った。ポプラに手を振るのを忘れ、春の水に別れを告げるのも忘れて、路面電車に乗り込んだ。そして、へとへとになりながら学校まで突っ走った。しまった！　消灯時間を十五分過ぎてしまった。門はぴしゃりと閉じられている。

最初はおそるおそる小声で呼んだが、誰も気づいてくれなかった。仕方なく薔雲は声を大きくした。校門を押しギシギシと音も立てた。「どなたですか？」用務員の侯《こう》さんの声がした。用務員の侯さんは山東《さんとう》人であったが、顔にあばたがあり口うるさい人だった。今日は不運にも彼に会ってしまったのだ。校門を開けてから、侯さんはぶつぶつ大声で言った。

「はぁ、高三なんだぞ。校則を守れないなんて、困った子だ！」

薔雲は唇を噛みしめながら校門に足を踏み入れ「すみません」と謝ると、頭を下げたまま寮へと向かった。

「お嬢ちゃん、校門を閉めてくれんか？」

薔雲は犯罪でも犯したかのようにうつむきながら戻って校門を閉めた。彼女は小声で侯さんに言った。

「失礼ですが、お嬢ちゃんとは呼ばないでいただけませんか？」

侯さんは大声で言った。

「君！　遅く帰って人に迷惑かけたことは脇に置いて……。こっちがちょっと何か言っただけで文句言うのか？　まったく、何なんだ？」

寮の管理人が来るまで侯さんはお説教していたが、その後、受付室に戻っていった。

部屋に入るとみんなはまだ眠っておらず、心配そうに薔雲に尋ねた。

「どうしたの？　なんでこんな遅くに帰ってきたの？」

薔薇は答えられず、ベッドに横になった。服を着替えるのも面倒になり、ただぼんやりと天井を見つめていた。

第二十三章　代わりにね。手がお話ししてくれる

門限違反の件で楊薔雲《ようしょううん》は厳しく批判された。月曜日の全校集会で、張《ちょう》教頭が規律に関する問題を報告したのだ。張教頭は高三の規律がたるんでいると指摘した。例えば、朝の体操後に足踏み体操をせずに解散したこと、食事のとき食堂で並ばなかったことなどを指摘した。それから張教頭は、特に楊薔雲を名指しして言った。

「昨晩、学校の寮住まいの生徒は自習しなければいけなかった。にもかかわらず、高三の楊薔雲君は理由もなく自習をしなかった。休暇も申請せずに、公園へ遊びにいったそうだ。公園散策で自習怠慢《たいまん》など、前例のないことである。

それだけではない。消灯後に帰校したので校則上、構内には本来立ち入れなかった。結局入ることはできたが、謙虚に反省しなかったのみならず、何と用務員さんと口論にまでなったそうだ……」

全生徒の視線が楊薔雲を捜した。薔雲を知っている人たちは、こっそり薔雲を指さし、知らない生徒がわかるようにしてやった。薔雲の顔には、恥ずかしさや辛《つら》さよりも戸惑いが表れていた。

張教頭のお叱りの意図が理解できないかのように、ぼんやりと壇上《だんじょう》を見つめていた。その後、呂《ろ》晨《しん》が参加し団支部が批評会を行った。今回の批評会はいつもとは少し違った。薔雲の過《あやま》ちの内容は

わかりやすいものであったようだ。けれど、会議での薔雲の弁明を受け呆然《ぼうぜん》としたり、大きな不満を抱いた生徒がいた。

　薔雲は言った。

「私は過ちを犯したわ。みんな、批判と叱責《しっせき》をお願いね。あの日……私もどうしてああなったかわからないの。遊ぶのが好きで勉強したくなかった、ということじゃないんだけど。いったい何が原因なのか。しばらく考えても、原因が見つからないの。今、何て言えばいいのかもわからないんだ……」

　この弁明に満足しない生徒たちは、これこそ「過ちを誤魔化すこと」だとすぐ指摘した。

　加えて、会議を混乱させた生徒がいた。蘇寧《そねい》である。張教頭の報告に沿って多くの生徒が薔雲への批判を繰り広げたあとに、会議で発言していなかった蘇寧が急に立ち上がったのだ。

「団員のみんな、楊薔雲の過ちの一番の原因はね。私よ……」

　薔雲はそのとき、立ち上がって必死に否定した。みんなは蘇寧に話を続けさせたが、蘇寧も話さなくなった。最後にみんなは校則の重要性とその違反は許されないと話を総括し、会議は終わった。

　薔雲は自分に向けられた批判をすんなりと受《う》け容《い》れた。却《かえ》って気が楽になったようだ。

「早く私をちゃんと批判してくれればよかったのよ。昔は、よく批判されてたじゃない？　最近、何事もおろそかにしていたわ。それは私への批判が少な過ぎたからよ」

　だが、批判を受けてから数日後。薔雲は変わった。一人でぼんやりとする時間が多くなり、しゃべったり笑ったりする時間が少なくなったとみんなは感じたのだ。彼女を激しく批判した生徒に会ったときには、わざわざ親し気に振舞い、好き勝手にしゃべったのだ。

そして、最も大きな変化が彼女の唇《くちびる》に現れた。最近彼女は唇がひどく乾《かわ》いてると感じた。手で下唇を触ってみると、まるで焦げた蒸しパンを触ったようだった。唇には白い皮がたくさんできてもいた。白い皮に触れ思い切って引《ひ》っ剝《ぺ》がしたら、唇がしっとり、かつ柔らかくなったと感じる。ところが、翌日また皮が出てきた。薔雲はまた引っ剝がしたが、なんと唇が腫《は》れてしまった。話すとき「うぅ」という声が出てくる。周小玲《しゅうしょうれい》が薔雲に言った。

「早く鏡を見て。唇、どうしたの？　このままじゃ何か動物みたいよ」

そう言うと彼女は笑いながら去って行ったが、薔雲は周小玲を引っぱたいてやろうとは思わなかった。

さてこの日の午後、蘇寧が鞄《かばん》を持って家に帰ろうとしたとき、楊薔雲が蘇寧の目の前にメモを突きだして言った。


「蘇寧、大切な蘇寧！　ごめんね。あの日たくさんばかなことして。許されない、ばかなことだったわ。でも、あなた私のことわかってるでしょう。気にしてないよね？

蘇寧、あんた最近、真面目に過ごしてて、確かに頑張ってもいるわ。でも、なんでときどき……まだ……ねぇ、なんでなの？　話してくれないかな？　もしまだ私を信じてるならね」

「今でも、癒《いや》されない傷があるの？」


薔雲はこう書いたメモを蘇寧の手に握らせると、バツが悪そうに去っていった。小さなメモを受け取った蘇寧の細長い手は、震えていた。

薔雲は教室に戻り、製図を続けた。自分が批判された会議の後にこの作業を始めたのだ。初めのうち彼女は、これは自分に対する罰だ。自分を戒《いまし》めなければという気持ちを抱いていた。何度も繰り返し測《はか》ったり、必死に直線を描いたり、あるいはコンパスを軽やかに回したりした。そして、よく両足を動かし、靴をこすり合わせていた。

彼女は絶えず心の中で自分に向けたスローガンを叫んでいた。自分を律してこそ前進できる、と。彼女は不倶戴天《ふぐたいてん》の敵のようにこの製図を「やっつけよう」とした。欠けている部分を一つ一つ修正した。しばらくはこっち、またしばらくはあっちを修正しようと考えた。再修正が要るかなとも思った。このような精密かつ、面倒な作業の中で根性を鍛えたので、彼女の自責の念は少し和《やわ》らいだ。

ようやく完成した製図を眺めていたら、彼女の眉間《みけん》にしわが入った。それぞれの点、線、円、半円を見ていく。すべての線が彼女が散々悩み、焦《あせ》り、耐えたことの「痕跡」である。そして、ゆっくり、ゆっくりと眉間は平らかになっていき、心も楽になった。この図はよく描けている。指摘すべき点がないほど出来がいい。色鮮やかで、濃淡があって風景画よりも美しい。彼女は目を細めてある半円を見つつ、残り半分の描かれていない円を想像した。心の中で、まんまる、まんまる……とつぶやいた。

そして彼女は、思わずクラスの「製図の達人」袁新枝《えんしんし》のところに行った。袁新枝は丁寧に文章を写している。薔雲は彼女の邪魔はせず、そばで立っていた。新枝は気づいて、作文の本を閉じ尋ねた。

「何か用？」

楊薔雲はうなずいた。薔雲は新枝を教室の外に連れていき廊下にうずくまると、自分が描いた図を新枝に見せた。

「すごい！」

新枝は首を傾けながら「審査」し、ほめた。

薔雲は顔を赤らめて笑った。小学生のときに書き取りで初めて先生にほめられたときのように嬉《うれ》しかったのだ。

「この線は最後のほうで、少し太くなってるわ。気になるのはここだけよ」

袁新枝は小指でそこを指さした。薔雲は気になって彼女の指さした先を見た。思わず「大したことないでしょ」と言いかけた。なかなか見つけにくいミスだったからだ。でも、袁新枝の前ではそんな言葉は飲み込まざるを得なかった。

「でも、どうしたの？」

袁新枝はあることを思い出して、おかしそうに薔雲の髪をひねった。

「これ前学期の宿題だよ。とっくにやったわよ。どういう風の吹き回し？」

楊薔雲は真面目な表情で言った。

「この図、ずっと提出してなかったの。全力尽くしてやったのに、なかなかうまく描けなかった。それから締め切りが過ぎて、やめちゃった。最近また思い出してね。半年前の借金を今日やっと返した気分よ」

「それで、今描いたけど無駄じゃない。先生、受け取らないでしょ？」

「それでも勉強になったの。良かったのよ」

「そうね」

新枝は了解したようにうなずいた。

「唇どうしたの？　なんで、そんな腫れてるの？　学校の保健室に行かなきゃ」

新枝は話しながら薔雲の髪をまとめ、緩んだ髪をぎゅっと締めた。

「唇はもういいわ。仕方ない。腫れもなんとかなる。ねぇ、袁新枝、教えて欲しいことがあるの！」

薔雲は顔を上げ、瞳を輝かせながら袁新枝を見つめていた。

「なんでこういったことを、あんなにちゃんとやれるのかなぁ？　あんたは本当、天才なのに実践もできて。天が与えてくれた両手よね。心からそう思うわ」

袁新枝は手を伸ばして薔雲をペチンと叩《たた》くと立ち上がった。薔雲は驚いて新枝の両手を握り、ついでに立ち上がった。

「あなたの両手に感心したの。宿題、絵画、料理、仕事、なんでもできる。たぶん刺繍《ししゅう》、彫刻、花植えもお手のものでしょ……」

「もうやめて。私の腕なら餅米で練った人形もできて、飛行機も作れてって……そんなことない！　変なこと言わないで……」

「あんたは特別な才能があるの！　でも、私にはそんな才能がちっともないのよ」

薔雲は恨めしそうに言った。初めのうち袁新枝は、薔雲が冗談でお世辞を言っているだけと思っていたが、どうも薔雲は真剣になぜそんな才能があるのかと聞いているようだと気づいた。新枝は考えてから薔雲に話した。

「違うわ。才能なんてない。私は一番平凡な子よ。クラスの中で私ほど平凡な生徒はいないわ。ちゃんとできることがあっても、それは絶対に才能じゃない。習慣よ。小さいころから身に付けた習慣。両手を休ませている暇がなかったの。

　街を歩いていて、どっかのお店の窓ガラスが汚れていたのを見つけたらね。自分の顔に墨の汚れが付いているように嫌な感じがするの。それでそのお店に入っていって、拭《ふ》きましょうかと言わずにはいられなかったわ。もし誰かの衣服が破れたら、その子のために喜んで縫《ぬ》ってあげたくなるし。楊薔雲、私はあなたにかなわないわ。私はたくさんのことを理解したり、表現したりできないのよ。悲しくても、楽しくても、手で何かを作って表現するだけ。

　私が十二歳のとき、おばあちゃんが亡《な》くなったの。家族みんな悲しくてたまらない。おばあちゃんは私を一番かわいがっていた。よく隆福寺《りゅうふくじ》に連れていってくれて、お団子を食べたのよ。それから数日間、家族は葬儀でばたばたしていたわ。ご飯を作る人もいないし、掃除する人もいない。服を洗う人もいなかった。

　数日の間、私はとても辛《つら》かったけど家事をやったわ。その間はお休みをもらって、毎日火を起こし、水を汲《く》み、庭を掃除したわ。小麦粉をこね、お餅を焼き、野菜を炒《いた》めた。朝から晩まで、いつもより頑張って働いて、いろんなお餅も作ったわ。胡麻《ごま》、葱《ねぎ》、胡桃《くるみ》と果物、お肉、小麦のいろんな種類のものをね……。

　なんで私は泣きもせず、辛くも感じずに、一日中せっせとお餅を作っていられるのか。家族みんな不思議に思ったわ。お父さんはお前には心がない、年長者への敬意がないと嘆いたの。母は私の心が鋼《はがね》でできていると驚いていた。

でも、私は自分がどれほど悲しかったか覚えているわ。とっても、耐えられないほど辛かったの。たとえそうでも、顔を洗わず、髪も乱れたままで、棺桶《かんおけ》のそばで泣きたいと思う？　私にはできない。お餅を作ったのは、苦しみを紛らわすためよ。もういいや。こんなこと言うのは終わり。もし感情が高ぶったら、抒情詩《じょじょうし》を作るんじゃなくて、葱餅を作るの。そんなつまらない子なの」

袁新枝はそう言ってため息をつくと、首を横に振った。

薔雲が新枝の手を取って何度か見た。小さな手はよくきれいに洗っているのだろう。みんなと違って手の甲はきめ細やかだが、手のひらはざらざらしていた。爪は短く均一に切ってあり、右手の曲がった小指だけ爪が小さかった。新枝は手を引っ込めた。薔雲は尊敬の念を込めて新枝を見つめた。

「葱餅とか、抒情詩とか。今話してくれたこと、詩よりも深かったわ。なんか別の詩が作れるかもね。そうね。たぶん童話の中の詩とか。私はまだそんな詩は読んだことないわ。

さっき、手先は動くけど才能はないと言ったでしょ。でも、私思うの。あなたは外交官の素質もあるわ。本気で言ってるのよ。最大限のほめ言葉よ。あんたが他人と意見が合わなくて、揉《も》めるとこを見たことない。虎が来たって、物語を話してあげられるんじゃない」

「あなた、わかってないわよ。本当に話せば話すほど、どんどんほめ過ぎになってるの」

新枝は困り顔だった。

薔雲は新枝に気を使わず、あいかわらず考えながら言う。

「あなたが立派なのは間違いないわ。柔軟性があってね。真面目なときは先生みたいで、やんちゃなときは子供みたいなの。もし私があなたみたいになれたら、物事がすんなりこなせるだろうにね。私はただ力んで、あっちこっちでぶつかってるだけなの」

「まぁ、いいわ。ところでいつ保健室に行くの。話してて、あなたの唇はまた七分の一・五インチ（約四ミリ）腫れちゃったんじゃない？」

薔雲は大笑いしたが、唇が痛くなり三本の指で軽く押さえなければならなかった。彼女は腰をかがめ、製図の紙をくるくると巻いた。

「おどかさないでよ。あなたと話したら、きっと唇の腫れがすぐ消えると思ってたの。学校の保健室は一番嫌なところよ。行かせようとしても、行かないからね」

「うちの妹と違うわね。あの子もし病気になったら、ためらわず病院に行くのよ。楊薔雲、気をつけてね。あなた最近のぼせてるわ。梨《なし》でも買って、茹《ゆ》でて食べたほうがいいわよ」

「わかった。ご飯食べたら買いに行くわ。梨を茹でて食べると美味《おい》しいもんね」

彼女たちは教室に戻って片付けをすると、一緒に手を繋《つな》いで食堂に向かった。薔雲はずっと新枝を見つめていた。見る度に彼女からまた何か新しい学びが得られるのではないかとわくわくしているようだった。彼女たちが音楽室の前を通ったとき新枝が薔雲の服の裾を引っ張ったので、薔雲は振り返った。

音楽室の前の柳の大木の下で、鄭波《ていは》がぼんやり立っているのが見えた。彼女はうつむきながら、右足で地面に漫然と目的もなく何か描いているようだ。手で細長い柳の葉をいじっていて葉を指に巻いては、また放していた。鄭波は薄手の黄土色の服を着ていた。薄い服を着るのはちょっと早過ぎるんじゃないかと薔雲は気になり、大声で呼んだ。

「鄭波！　何考えてるの？」

第二十四章　とっておきの一枚、ビリッ、ビリッ！

鄭《てい》波《は》は何を悩んでいたのか。誰も知らない。鄭波自身さえわからなかった。ここ数日、彼女は日記にこんなことを書いていた。

四月七日　月曜日

しばらく日記を付けていなかったが、ちゃんと書いておくべきだった。歩けば、足跡が残る。美しい生活の跡も残しておくべきだ。

昨日、田林《でんりん》さんが会いにきたが、本当に不思議な人だ。あんな朝早くに来て、髪はぼさぼさ。服をさっさと洗濯すればいいのに。でも革靴はぴかぴかだった。革靴には小さな穴や模様が彫られていて、外国製のようだった。

寮に通したら最初は戸惑って、少しバツが悪そうだった。でも、部屋に入るとすぐ私の友達と仲良くなった。田林さんは話すとき軽くうなずき、片足をもう一方の足の上に置いて、まるで大物幹部みたいだった。冗談がうまいので、それを聞いた呉長福《ごちょうふく》はベッドから床へ、笑って転げ落ちそうになった。

田林さんの言葉が笑いを巻き起こす度に、彼はいつも私を振り返った。でも、私はぼんやりしていたので、彼はすまなさそうな顔をした。それから、田林さんは歌を歌ったが、初めは歌おうとしなかった……素敵な声をしてるのに、なんで大きな声で歌わなかったのかな。それから、二人で散歩したけど、私はなぜか黙っていた。彼はたくさん話した……。街には路面電車や車がある……。子供も一人いた……。

私は本当に頭にきていた。なぜ日記を書けなかったのか？　帳簿は毎日書かないと。でも、もともとたくさんのことを書いておきたかった。明日までに昨日のことを書けばいい。今日は今日のことをまず書こう。

集会で張教頭はうちのクラスを批判した。なんで、楊薔雲《ようしょううん》を取り上げて批判したのか？　それから会議を開いたが、蘇寧《そねい》は自分に責任があると言った。みんなは何が何だかよくわからない。これは私のせいだと思う。私はいつも楊薔雲と一緒にいたけど、あまり気にかけてあげられなかった。薔雲は私にとても親切だったのだが。

今日夕飯を食べるとき、周小玲《しゅうしょうれい》がお碗《わん》を割ってしまった。うちのクラスはどうしちゃったのか？　私もけっこう落ち込んだ。

四月八日　火曜日

今朝どうやって起きたのかよく覚えていない。きっと誰かにおどかされたんだろう。ちょうどぐっすり眠っていたが、目を開けたらすっかり夜は明けていた。庭のスズメが、早く起きて、早く起きて、と声をかけてくれた。ハンガーの服が私に、さっさと着てね、とせかしてきた。お日様も顔を赤くして私を照らしてくれた。明るい一日が始まって、世界が私に向かって微笑《ほほえ》んでいる。

最初の授業で、鍾《しょう》先生は私に質問したけど私はまったく慌《あわ》てなかった。はっきり答えて、論理構成もしっかりしていた。先生は笑いながら「素晴らしい。座ってください」と優しくおっしゃった。私は座ったけど、先生の言葉がまだ耳に残っている。授業の後みんなと一緒にフォークダンスをした。私も大きな輪の中で踊った。ほぼ毎回ダンスの相手を頼まれて、踊ったら汗が出た。私たちは幸せな若者だ。でも、私はみんなよりちょっと大人かも。どうかな？

午後、うちのクラスと高二とのバスケットボールの試合があったが、私は参加しないで外で一生懸命応援した。声もかれて、拍手し過ぎて手も腫《は》れたけど結局負けた。そのときは悔しかったが、今考えたら何でもない。そもそも日常生活がとても楽しいので、ちょっと笑ってしまうような挫折をしたってへっちゃらなのだ。

夕方、まだ暗くなっていないのに明るい金星が見えた。運動場で散歩していたら、そよ風が吹いてきて、一昨日田林さんと公園に行ったことを思い出した。その日も少し風があり、その後小雨《こさめ》が降った。あの雨は良かった。たくさんの花びらが振り落とされたが、あの人は雨を眺めていた。本当に、雨が好きみたい。まるで……雨に命が宿っていると思うかのように。

四月十日　木曜日

昨日は日記を書く時間がなかった。夜の自習が終わり、空にはたくさん探照灯が照らしだされていたが、たぶんメーデーの準備だろう。庭に立ち、長い間空を見上げていた。

どうしてここ数日こんなに天気が素敵なのか？　こんなに天気がいいと、お母さんの懐《ふところ》にいるかのような温かさや安心を感じる。でも私はこのいい天気を無駄にしてないだろうか？　今日の午後ボイラー室にお湯汲《く》みにいったら、教員休憩室の魔法瓶を蹴り倒してしまった。魔法瓶はパリン！　と音をたてて、粉々になった。教務係に報告したところ先生は弁償しなくていいとおっしゃったが、私は悲しくて泣きそうになった。

　魔法瓶のことだけじゃない。最近、自分がたくさんいいことをして、周りに自分の気遣いをわかってもらいたいと強く願ってたが、できなかった。歌を歌いたい。うまく歌いたい。でも昨日の午後、歌を練習したとき、私一人だけなかなか正確に歌えなかった。それで半音の部分を正確に教えて欲しいと蘇寧《そねい》にお願いしたら、ちゃんと教えてくれた。

　楊薔雲《ようしょううん》を見つけておしゃべりしたかった。日曜日に彼女が公園へ行ってきてから会ってないのだが、頑張って製図をやってるときに邪魔するのは悪いので、会わなかった。この二、三日、写真も撮りたくて仕方ないのだが、ちょっと恥ずかしい。

　日常の生活がなんとも美しい。この七女に来たばかりのときのように感じる。多くのこと、あるいは些細《ささい》なことであっても、過去起きていなかったことが、今になって却《かえ》って私の興味をかき立てるようだ。例えば広々とした講堂に入り、小声で歌うとすぐに「アー、アー」というこだまが聞こえる。また例えば通りを歩くとき、自分に近づいて来た人を見るのではなく、それよりもできるだけ遠くにいる時点で、例えば手を繋《つな》ぎ歩いてきた女性たちを見ていると、とても楽しい。

　また木の葉も、表と裏の色が違う。李《り》ちゃんの四川なまりも面白い。彼女が『同学(tóngxué:「～さん」)』と誰かを呼んでも、『桶《おけ》雪(tǒngxuě:桶の雪)』と聞こえてしまう。あと屋根瓦に生えている草、校長先生が纏《まと》っている水色のネッカチーフ、袁新枝《えんしんし》の三つ編み、地面の小石、夜中に聞こえてくる汽笛、朝のラジオ体操の音楽……。なんでこんなことを書くのか。些細なことでしょ、日記帳さん。もうちょっとどうでもいいことを書かせてね。

私、かわいい？　今日薄い色の服に着替えたの。髪を梳《と》かしたとき、しばらく鏡を見ながら、笑っちゃったの。眉毛が長いし、目もきれいだけど、鼻が低い。かわいくない。全然かわいくない。でも、不細工じゃない。不細工なわけない。鏡の中の鄭波はかわいいの。

鄭波よ、鄭波。あなたは本当に……。

日記はもう書き終わったが、心は相変わらず落ち着かない。もう少し書くべきだ。あと十分で消灯だから、さっさと書かなければならない。もし時間があれば、三日間日記を書き続け心のうちを話したい。

ここ数日は天候も、空に輝く太陽、月、星、星座も、自然の花、鳥、虫、魚も、私の仲間、先生あるいは街を通り過ぎる一人の労働者であろうと、あらゆるものが渾然一体《こんぜんいったい》となって胸を揺り動かす。私の心は燃え続け、その勢いのあまり焦げてしまうかのようだ。毎日数え切れない喜怒哀楽があった。とてもか細いわずかな音でさえ、私には雷鳴のように、戦いの太鼓のように、交響曲のように聞こえるのだ。

昼間が慌ただしく過ぎ去るとき、前の日より自分の背が少し高くなったような気がする。ちょっと不安だ。そんな日には何かが起きるかもしれない（だから日記を付けるのだ）。生活は絵だと思うことがある。私はこの絵の中で何色だろう。座って静かに本を読む姿、大声で歌う表情、そしてどうやって笑い、考え込むのか想像したい……。

以前は自分のことをあまり考えていなかった。考えたとしても、〈一・二・三〉、〈上・中・下〉、〈長所・短所〉とを分けて「留意すべき課題」と「今後の努力方針」としてまとめただけだ。あのころは今より元気で、伸び伸びとしていた。いや、違うな。あのときの私はばかだったの。しょせん、「洟垂《はなた》れ少女」だった……。

今日の『人民日報』の通信欄を見てみたら、昨年の上甘嶺《じょうかんれい》の戦いにおける邱少雲《きゅうしょううん》烈士の活躍が書かれており、涙が出た。すぐに涙を拭《ぬぐ》って、泣くのは恥と反省した。このように美しい生活、美しい人々、美しい世界のために命を捧《ささ》げること。これは幸せなことだ。朝鮮の戦場に行かせて欲しい。もし祖国が私を必要とするならば、決して自分の血を流すことは惜《お》しまない。人生には最も偉大で、最も崇高《すうこう》で、最も不朽《ふきゅう》なものがあり、それが人間を鋼《はがね》の如《ごと》く強くするのだ。


食堂から出ると、鄭波は薔雲を待って一緒に街を散策した。彼女たちが学校を出ると、すぐ暗くなってきた。西の空には暗い赤色の雲がいくつか漂《ただよ》い、東にはそれぞれ薄い紫と黒の雲が伸びている。水墨画の世界が現れたかのように、古《いにしえ》の雄大な色合いを呈していた。アスファルトの道路を車がたくさん、次々と走っていく。速度を上げ、先を争い、陽が落ちる前に目的地に着こうとしているかのようだ。歩道では勤務先から帰宅中の人々がまだいて、夕飯を食べに行く人も増えている。夜食を売る行商人は露店を出して席を並べ、火を起こしと、あれこれ準備しながら夜のとばりを迎えている。

このありきたりな夜へと向かう街の景色が突然、鄭波の心を深く揺り動かした。人間の運命はそれぞれ異なり、日々の生活もこのように人それぞれだが、前に進んでやまないのだと彼女は感じていた。では、鄭波自身は？　今、誰にも見せていない喜びと苦悩を抱えながら、この賑《にぎ》やかな群衆の群れに入ってきたのだ。鄭波は自身の中に、日常生活に強く惹《ひ》かれる心があることに気づいた。

鄭波は手の甲で薔雲の肘《ひじ》に触れ「楊《よう》ちゃん、ちょっと教えて欲しいことがあるんだけど」と言った。

楊薔雲は不思議そうに目を見開いた。

「私が？　あんたに？」

薔雲は自分を指さしたり、また鄭波を指さしたりした。

「ちょっと、教えて欲しいの」

鄭波は小声で繰り返した。

彼女たちは小さな食品店に入った。薔雲が一斤（五百グラム）の梨《なし》を買い、鄭波に言った。

「これはドクテル（ロシア語で医者）袁新枝の提案でね。茹《ゆ》でた梨を食べて熱やのぼせを取るのよ。でも、なんであんたに意見するの？　私、批判されたばっかりよ。今度は波ちゃんが私を厳しく批判する番じゃない？」

「ううん。楊薔雲、羨《うらや》ましいわ。あなたは指摘されるべきところがあるけど、あなたはその欠点を克服するでしょう。太陽の光が氷を照らし溶かすようにね。難なくできるはずよ……」

薔雲は彼女を制止して言った。

「そんなこと言わなくていいの。私に必要なのはそんな称賛じゃない。やっぱり、指摘してよ……」

「また今度言うわ。それじゃだめ？」

薔雲の厚い唇《くちびる》を見ながら鄭波は微笑んだが、彼女は興奮して少し吃音《きつおん》になり続けた。

「い…今、やっぱり言っておくわ。あなたが羨ましいわ。あなたの炎のような情熱、あなたの死を顧《かえり》みない勇気が羨ましい。あなたは勇敢に前に進んで、後へは引かない。あちこちに足跡を残し、どこでもみんなの中心なの。でも私は……あなたが空を翔《か》けるとしたら、私は地面を歩くことしかできない。あなたの筆致は自由奔放で速いけど、私はいつもつまずいて、前に進めないのよ」

「そんなことない、そんなことない！」

薔雲は苦しそうに否定した。

「私は、決してそんな優秀じゃないの。あんたが思っているだけ。最近よく考えるのは、私はシャボン玉のように色鮮やかかもしれないけど、それは自分でもしっかり輝き続けなければいけないということよ。私はあらゆることに感動しやすいの。よく鑑賞したり、娯楽も好きだけど、ほとんどその場で終わり。何にでも興味があるけど、全部浅くしか知らないの。

六歳の夏。大雨が降ったあと、私は近所の男の子と一緒に水遊びをしたの。その子が私をいじめて水の中に押し倒したから、私は起き上がって大きなレンガを拾うとその子の頭をぶったの。血がどくどく流れでたわ。家に帰ると母に叩《たた》かれてベッドに倒れ込み、四十度まで熱が上がった。それから病気がよくなり、また雨が降ったとき、その男の子を見つけて遊びたかったの。でも会ってくれるわけないわ。

そうよ。小さいころからそそっかしい子で、怖いもの知らず。母は私が一生やんちゃなままだと嘆いていた。そういうことで、今でもあまり進歩していないの。でも、大きく成長すべきよ。そうじゃなきゃ、生きてる意味が無いでしょ？　そうね……。私は一部の人によい印象を与えて、その人たちに好かれ、感動させることができると信じているけど……、それはその人たちが私のことをよくわかっていないからなの！」

薔雲は一気にそう言うとポケットから梨を取り出して強く噛《か》んだ。また梨を一つ取り出して鄭波にも渡した。鄭波は舌で梨を舐《な》め、ふと思い出した。

「茹でて食べるんじゃなかったの？」

薔雲は「大丈夫、まだ二個あるよ」と言った。

鄭波は半信半疑で首を振った。

「薔雲、歌ってくれない？」

「私が？　この大通りで？」

「うん。そうよ。あるいは、物語やあなた自身の話をしてくれてもいいわ」

「鄭波、わかったわ。何か言いたいことあるんでしょう？　でしょ？」

「私のことはどうでもいいの。あんたが言ってよ」

薔雲が周りを見まわしていると、彼女たちは映画館の裏口を通り過ぎていた。切符を買う人が長い列を作っている。薔雲が大きな広告の下で止まり、「戻ろう」と言った。歩く向きを変えたとき薔雲は言った。

「一つ教えてあげる。大したことないけど、絶対内緒にしてね！」

鄭波は手を薔雲の肩にかけた。

「先々週の日曜日にね。ある男子が私に会いにきたの。二枚の映画の券を買って、同級生と一緒に映画を観《み》にいくところだったと言うのよ。でも、途中で同級生が急にお腹《なか》が痛くなって、家に帰ったそうよ。その子は券が無駄になるのがもったいないって。それで、仕方なく私が一緒に観にいくことになったの」

「誰？　いったい誰よ？」

「趙塵《ちょうじん》よ。大晦日《おおみそか》の夜に六十五高の生徒会を代表して新年の挨拶《あいさつ》に来てくれたじゃない。そのときの彼の話し振りが誠実だったから、私ついていったの。でも、映画を観ているとき私の隣に座ってね。熱い鍋の上の蟻《あり》みたいにそわそわしてたわ。画面を見ないで私ばっかり見てるからさ。それで気をつけなきゃと強く思ったの。どういうつもりとも思ったわ。

　映画が終わったあと、あいつ額から汗を流しながら北海公園に行かない？と言ったけど、断ったわ。そうしたら大事なことがあって、相談したいと言ってきたの。道端で立ち話しましょうと言ったけど、また北海公園に行きたいと言ったのよ。本当腹が立ったから、十分間だけと約束したわ。それから北海公園に行ったら、私の券も買ってくれたけど受け取らなかったわ……。変なこと言う人って思ってたからさ……。

　それでね。大晦日の夜に私と会ってから、忘れられなくなったって言ってきたのよ。気持ちが落ち着かないんだって！　素敵で、欠点がなくて、こんな人はいないって……。

　それ聞いて、頭にきてさ。何がいいのか分からなかったわ。辛《かろ》うじて怒りを抑えながら、こらしめてやったの。『私がどういう生徒なのか知ってるんですか？　私が三科目不合格で退学寸前の生徒だったらどうします？　あなたは若いんですから勉強に集中して、成長すべきですよ。今、かっこつけて。あれこれくだらないことを考えて……、恥ずかしくないですか？』って言ってやったわ。『あなたは相手をあまり知らないで、なんで勝手なことが言えるんですか？』とも責めたわ。『勉強ちゃんとやってるんですか？　団員なんですか？』と聞いたら、『勉強はちょうど今頑張っているところです』と言うから、どうすれば団員になれるのか教えてあげたわ」

「ちょっとやり過ぎよ。楊ちゃん、それちょっとやり過ぎ」

鄭波は薔雲のやっていることに賛成できず、言った。

楊薔雲はわかってよという眼差《まなざ》しで鄭波を見ていた。彼女の目つきは怒り狂っているわけでもなく、嘲笑《あざわら》っているわけでもなく、ただ悔しさに満ちていた。こんな眼差しを向けられては、鄭波はこれ以上薔雲を責めることができなかった。

「なんでそんな怒るのよ？」

「一番頭にきたのはその後。あいつ叱られても、ちっとも怒んないのよ。逆にポケットから写真を取りだしたの。自分の記念写真かな？　白いシャツを着て、テニスラケットを持ってたわ。それをね、私、手に取ってからちゃんと見もせずに、ビリビリに破いてやったわ」

「なんでって？　泣きたかったからよ。あいつ最後に何て言ったと思う？　あなたにあげた写真が、あなたの手で破られた。これなら、僕も悔いはないですって言ったのよ。私全身の力が抜けちゃってさ、でも強く睨《にら》みつけてやったわ」

「だめよ。人を傷つけちゃ」

「あいつを傷つけたぁ!?」

薔雲は悲鳴をあげた。

「嫌だったの。何か薄っぺらい感じがして！」

薔雲は涙が溢《あふ》れそうになっていた。鄭波は薔雲の手を握りしめた。楊薔雲のようなおおらかな子が。人を大笑いさせるような話ができる子が。そんな薔雲がなんでそんな悲しんでいるのか？　そんな辛《つら》いことなのか？　鄭波にはわからなかった。

楊薔雲は残りの二個の梨を取りだし、一個を鄭波に手渡した。鄭波は受け取らず、「やっぱり茹でで食べようよ。袁新枝の『処方箋』があるんでしょ？」と忠告した。薔雲は黙って梨を噛んでいたが、もう一個はまだ鄭波の胸の前に差しだしていた。鄭波は仕方なく受け取った。

鄭波と楊薔雲はそれぞれ個性があるものの、心の通じ合う友達だ。

私は大地――楊薔雲はこう言うだろう。

「日常が春の雨のように少女の心を叩いている。雨の糸が私に編み込まれていく。太陽の光が差すと、美しい虹が現れる」

私は大地――鄭波はこう言うだろう。

「日常は常緑樹のように種子を私の胸に蒔《ま》き落とす。あらゆる苦労の末、木の芽、幹、枝が生えていく。私の身体《からだ》にもそれらが走る。地面は割れ、生命は弾《はず》む」

車が一台、一台過ぎ行く。

人の群れが通り過ぎる。

風がひとしきり吹いた。

薔雲は梨を二口齧《かじ》ると、ゴミ箱に捨てた。彼女は鄭波をじっと見つめて言った。

「波ちゃん、教えてよ。あなたの秘密を教えて」

鄭波は首を横に振った。薔雲の片手をつかむと、彼女の手のひらで自分の手のひらを打った。薔雲は引き下がらなかった。

「だめよ。逃げちゃだめ。見てわかるもん。何かあったんでしょ……」

「何もない」

「あのさ……」

薔雲はためらいながら、ついに単刀直入に聞いた。

「田林さん？」

「田林……さん？」

鄭波は不思議に思ったが、はたと気づいた。顔が赤くなったが、きっぱりと言った。

「何言ってんの？　嫌ね。何もない。何もない……」

そして薔雲の耳に近づき、熱い息を耳に吹きかけながら言った。

「楊ちゃん、約束するわ。もし将来……十年、二十年後かもしれないけど。何かあったら、必ず最初に教えてあげるからね。あなたは？」

「私はね」

薔雲は堂々と言った。

「必ず、約束を守る子よ」

街灯が一斉に点灯し、商店のショーウィンドーもすっかり明るくなった。暗闇の中で行き交っているのは、いろんな車の明かりである。明かりがあちこちに散らばっていて、都市に無数の瞳があるかのようだ。

学校に戻ってからすぐ、呉長福はこっそり薔雲に報告した。

「李春《りしゅん》が、外から帰ってきたばかりなのに。寮の奥に引っ込んで泣いちゃったの」

「また……でたらめ言わないで」と薔雲。

「絶対にでたらめじゃない。今度こそ間違いないわ」と呉長福は誓った。

薔雲は変だなと思った。李春は泣くのが大嫌いだった。しかも最近は調子も良さそうだ。薔雲が寮へ走っていくと、李春が腰をかがめてベッドを整理する姿が見えた。

「李春！」

薔雲は小声で叫んだ。李春が振り向いた。薔雲が注意して見たら、やはり彼女の目は少し赤くなっていた。薔雲は李春のそばに寄って「あなた……泣いたの？　……気分でも良くないの？」と心配した。李春はまた背を向けて何も答えなかったが、突然手で顔を覆《おお》った。

「本当に、李春……どうしたの？」

「いや、何でもない……」

薔雲にはさっぱりわからない。続けて聞いた。

「病気？」

「誰かと意見が合わないの？」

「弁論大会の準備が大変なの？」

しばらくして、李春はぼそぼそと言った。

「眼鏡。眼鏡をかけなきゃいけないなんて……嫌だよ。今日第六病院に行ったの。お医者さんから近眼がひどいから、眼鏡をかける必要があるって言われちゃった……」

眼鏡をかけるよう勧めたほうがいいのか悪いのか、薔雲は分からなかった。

薔雲はこっそり寮から出ていった。

第二十五章　過去は消そうね。少しだけ……

「これ、わが家の小っちゃな花園よ。これまで二回来たけど気づかなかったでしょう」

蘇寧《そねい》と楊薔雲《ようしょううん》は庭の入り口に立っていて、蘇寧が説明してくれた。

「入り口のところのは葡萄棚《ぶどうだな》。誰もお世話してないけど、実った葡萄は小さくて酸《す》っぱいの。私、酸っぱい葡萄が好き。葡萄棚の南は一面の杏《あんず》の木。ほら、杏の花がもうそろそろ散りそうね」

端には、二本の木があった。

「ナツメの木が一本ある。もう一本もナツメの木だ」

魯迅《ろじん》の散文『秋夜《しゅうや》』が思い起こされた。

蘇寧の緑のセーター（胸に黒い梅花の模様があった）とチョコレート色のズボンを楊薔雲は見つめていた。何かいつもとは違う雰囲気を薔雲は感じていたのだ。薔雲は不思議な表情をしながら蘇寧を見ていた。

「今日はちょっといいことがあったの」

蘇寧が話してくれた。

「さっき、お兄さんから手紙が来たわ。広州で元気に過ごしているみたい。医者に診てもらったら、肺病が治せるってわかったそうでね。生活していく自信が出てきたって書いてあったの」

「それは本当によかったわね」

「そうだ、あなたにもよろしく伝えておいてって」

「そう。ありがとう。ところで、庭に座れるとこあるの？」

「あそこに木製の椅子《いす》があるんだけど、壊れかけなの。別の椅子に座りましょ。もともと手入れする人もいなくてね。雑草も高く伸びちゃって、すっかり荒れ果てちゃった」

彼女たちは杏の茂みを抜け、古ぼけた木の椅子に座った。椅子のそばには太い水道の蛇口が取り付けられている。

「きれいな服じゃない！　着てるの見たの初めてかも？」

薔雲は手で彼女の胸の上の一輪の梅の花に触れた。

蘇寧は恥ずかしそうに言った。

「これ、わかる？　解放前に作ったものよ。だから、着る勇気が無かったの。『香港《ほんこん》風』って言われるんじゃないか心配なの」

薔雲は笑った。

「香港風ならいいじゃない」

薔雲は蘇寧にもたれて目を瞑《つぶ》った。午前の陽の光が木の葉を通して、きらきらと彼女の顔を照らしてきて気持ちがいい。彼女は尋ねた。

「あなたのお家、男の召使いがいるの？」

「どういうこと？」

「今日あなたの家に来たとき、扉を開けてくれたのは変わった男だったわ。四十歳そこそこでしょうね。角刈で、頭のてっぺんが禿《は》げていた。目の周りは赤くて、ただれてた。ぼろぼろの長い着物を身に纏《まと》って、古い革靴を履いていたわ。頭が召使いで、目は物乞《ものご》い。長い着物は貧乏《びんぼう》秀才みたいで、革靴はお役所の幹部ね。でも話し方は地方のお偉いさんだったわ」

蘇寧は顔を赤くした。そして、仕方なさそうに「その人、お父さんよ」と言った。

「どういうこと？」

楊薔雲は驚き立ち上がると、蘇寧の前でうずくまり頭を下げ謝った。

「どうしてあんなひどい身なりをされてるの？」と顔を上げ言った。

蘇寧は自分のズボンをぐいとねじった。

「私にもわからないの！　立派なスーツやお気に入りの長い着物も持ってたんだけどね。ここ一か月はあんな身なりよ。もともと工場を経営していたんだけど、最近、休業申請したの。お金に困ってると泣き言を言ってるわ。どうやらご飯炊くお米もないみたいでね」

「工場をやめて、どうするつもりなの？」

「うん……お父さんに聞いたら、自分なりの考えがあるんだって。どんな考えかは教えてくれなかったから、私、何も聞かなかったわ」

楊薔雲は立ち上がり、杏の大木のそばに行った。大木の枝は大きく広がっていたが、たくさんの蜜蜂が名残惜し気に、残った花のそばをぐるぐる回っていた。蘇寧も近づいてきた。ふと思い出したかのように、木の周りを巡り枝葉をかき分け何か捜している。

「何捜してるの？」

薔雲が尋ねた。

「十年前にね。この木に自分の名前を刻んだの。見つけるまで待ってて」と蘇寧。

蘇寧は腰をかがめてしばらく捜していたが、蜜蜂が威嚇《いかく》するかのように彼女の耳元でブンブン鳴いているので、薔雲が追っ払ってあげた。長い時間かけて捜したので、蘇寧は疲れて汗をかいた。刻んだ名前は見つからず、がっかりしながら言った。

「なくなっちゃった。刻んだ字なのに、なんで見つからないのかな？」

薔雲は大木から少し離れ、草の上に座った。蘇寧はハンカチを敷き、彼女の隣に腰を下ろした。

「十数年前、よくこのお庭で遊んでたの。そのころは、とってもやんちゃだったのよ」

蘇寧は機嫌よさそうに薔雲に近づき、語り始めた。

「子供のころどんなだったか想像もつかないわ。小さな洋服を着て、頭に八つのお下げを結い、色黒で、太ってたはずよ。

春、私と兄はここで花を植えたのよ。一人ずつ土地をもらってね。ジャスミン、ホウセンカ、トケイソウを植えたの。二人のうちどっちがちゃんと育てられるか勝負しようって約束したの。兄は私より十くらい上だから、もちろん彼のほうが上手に育てたわ。

その後でね。植物を植えたら人肥《じんぴ》をかけたほうがいいって知って、毎晩こっそりお花畑でうんちしちゃったの！　……あるとき、お母さんがそのうんちを見つけて、近所で飼われてる犬がこっそり入ってきたのかと思ったらしくて、しばらく怒ってたわ……。

このナツメの木はね。毎年秋に登って、ナツメを打ち落とすの。竹竿《たけざお》持ってパンパンと全体を叩《たた》くと、青いナツメ、赤いナツメが地面に落ちてきたわ。ナツメ打ちに疲れたら、私は大きなのを拾って食べてたの。あるとき、一匹のイラガの幼虫が私の腕の上に……イラガの幼虫って、知ってる？　小さい虫よ。黄緑色の毛が生えていて人の体によじ登ってくるんだけど、その毛が、身体《からだ》の毛穴に刺さったときは本当に辛《つら》かったわ。サソリに刺されるよりもずっと痛かった。

あと、さっき私たちが座った椅子の隣の蛇口も大好きな『おもちゃ』だったわ。夏になると水を流すんだけど、手で蛇口を押さえてからわざと少し隙間を開けておくの。水がその隙間から噴き出して、遠くまで届くのよ……。あのときは、どれだけ楽しかったか。なんで人って大人になっちゃうんだろうね」

楊薔雲はそばで呆然《ぼうぜん》と聞いていた。蘇寧は小さいころから左手に人形を抱え、右手をハンカチで覆《おお》っているようなお嬢様だと思っていた。癖《くせ》っ毛、細長い眉、緑色セーターの今の蘇寧からは、いたずら好きな少女が木に登ってナツメを打っていた姿がどうしても想像できなかったのだ。

蘇寧は続けた。

「人が八歳になって成長が止まるとするなら、その子はきっと世界で一番幸せで、一番元気な子でしょうね……」

彼女は一本の指であごを支え、無邪気に考えていた。

「子供になりたいし、大人にもなりたい。おばあちゃんにもなりたい……。経験豊富で教養のあるおばあちゃんにね。もちろん、どうなってもいいけど。でも私は……」

薔雲が言った。

「また、『でも私は』って。どうしてしょっちゅう『私は』って言うの？　いつも他人とは違うって……」

ついでに一握りの草をつかんで、ぎゅっと握ると緑の汁がこぼれた。

「でも、どうやったら人と同じになれるの？　楊薔雲、ちゃんと話そっか。あなたが私を助けたいことは知っているわ。でも、私はすごい意気地無しなの……。成長したくないわけじゃない。みんなあなたみたいになりたいでしょう？　体が丈夫で、性格がよくて、元気いっぱい前に進む生徒にね。

　でも私は、あ、また『でも私は』って言っちゃった……。例えば、この前の日私は『千《せん》里《り》送京《そうけい》娘《じょう》』を口ずさんだつもりはなかったの。あれは解放前の非道徳的な歌で、もちろん歌うべきじゃなかった。でもね。解放前私が家にいると、毎朝目が覚めるか覚めないかのうちに、いつも遠くからあの曲が流れてきたの。歌を耳にすると、起きたくても起きられない。全身が何かに押さえつけられているような感じがしてさ。

　うつらうつらとしながらも、父が酒に酔って母に暴力を振るう姿を見たわ。母は怒って女中の顔につばを吐《は》くの。この歌を聞くと、兄は肺結核で、姉もまた徹夜で帰ってこなかったときのことを思い出す。でも、私はこの哀愁の込もったふわっとしたメロディーが感性に合ってね。気に入ったの。解放後もよくそれを口ずさんだわ。フンーフンーとね。ばらばらになって、楽しくない家庭と辛かった過去を振り返るの。

　薔雲、私をそんなふうに見ないで。あなたはもちろんこの歌に興味ないでしょ？　もともと、あなたは古い時代のせいで苦しんでないでしょ。解放されて、新しい環境の中で生活している。でも、私は今でも家に帰れば、まだカビが混じっている空気を吸いながら……、目が物乞いのようで、服は長くてお役人のようなお父さんと、一緒に暮らしているの」

　薔雲は同情しながらうなずいた。

「ゆっくり話してね。ゆっくりでいいから」と優しく促《うなが》した。

蘇寧は言った。

「大丈夫。今日、全部言うわ。もしかしたら今日私が言うことは、この一か月あなたに話したことより多いかもしれない。でも、ちゃんと言わないとあなたに悪いわ。

さっきどこまで話したっけ？　『千里送京娘』だったわね。うん。あの変な流行《はや》り歌が大好きってわけじゃないのよ。あの歌はちょっとだけどね。苦しみを吐きだせるの。私の家族、私の過去、無邪気な子供時代と不幸な少女時代、これらは消せないでしょ？」

「うん。そりゃそうよね」

楊薔雲は今度は自分に、落ち着いて、辛抱強くねと心の中で言い聞かせてから、言った。

「あなたの言うことには賛成できない。人がそれまで生きてきた道にはかけがえのないものがあるのよ。それを絶対に忘れないで。絶対にね。

それで……少しだけよ、消すべきものは。きれいさっぱり消しちゃおう。後頭部におできができたら、それをずっと放っては置かないでしょ。時が過ぎれば、杏の木に刻んだ名前も消えちゃったじゃない。それなら、新中国成立後の四年間輝き続けた太陽があなたの心の闇を明るく照らしてくれるはずよ」

「も、もちろん、太陽は、私を照らしてる……わ」

蘇寧は気持ちが高ぶったのか「ハー、ハー」と息を吐きながら言った。薔雲がハンカチを取り出し、彼女の汗を拭《ふ》いてあげた。蘇寧は続けた。

「今はそうよ。みんなと一緒に授業を受けたり、一緒に歌ったり。私も楽しいわ。とっても、とっても楽しい。でも、ときどきね。夜中に寝返り打って遠くの列車の汽笛の音と車輪のガタンゴトン、ガタンゴトンという音を耳にしたり。少し風邪を引いて病気になったとき。苦痛が暗雲のように押し寄せてくるのよ」

「苦しいんだね。まだ十八歳なのに、いつも苦しい、苦しいって言うなんて……」

「うん。まだ十八歳だけど、私は……」

蘇寧は喉《のど》に何か詰まっているように、長い間言葉が出なかったが吐きだした。

「あんな若いときに苦痛を知ったの！　あなたたちとは違うの……」

「どう違うの？」

薔雲の心の鼓動が速まった。

「違う！」

蘇寧の心臓もどきどきした。彼女はもともとありとあらゆることを楊薔雲に伝えようと思っていた。どう伝えようかと心の準備もしていた。でも、彼女は言えなかった。親友に「自分はもう……」と告げるくらいなら、死んだほうがましだ。彼女の顔は火のように赤くなった。

「蘇寧！」

楊薔雲はハンカチを揉《も》みながら、歯を食いしばって正直に言った。

「蘇寧、悪いけどあなたの不幸を知ってるの！」

楊薔雲は怒りで全身が震え、思わず涙を流した。両手を力いっぱい引っ張り、ハンカチを半分に引き裂いた。

蘇寧はそんな薔雲を見て、紅潮した顔が急に青ざめた……。薔雲は蘇寧の肩を揺さぶると、彼女の髪、服をなでながら無限の愛情を込めて言った。

「蘇寧、知っていたわ。あなたのお兄さんが私に教えてくれたの。でも、それが何！　何だってのよ……。大したことなの？」

蘇寧はふらっとして、薔雲の体に倒れこんだ。薔雲は彼女をしっかりと抱きしめ、話を続けた。

「それが何だってのよ！　私たちはあいつら、悪党ども、悪魔ども、あの旧社会を憎んでいるわ！私たちはもっと楽しく生きなきゃだめよ。誰よりもよく生きるべきよ！　今は、毛主席が私たちを育て、守ってくださるわ。毛主席の手が国の傷を治せるし、あなたの心の傷も癒《いや》すことができるの。

あなたは、なんであの事件に押しつぶされちゃってるの。その重さに耐えきれなくて、結局あなたは『でも私は』の四文字で楽しく、逞《たくま》しい生活を遠ざけていた……。またカトリックを信じるなんて言って……。それは宗教を信じてるんじゃなくて、心の逃げ場所を求めてるだけよ。

立って。さぁ、立ってね。笑おうよ。今日すべてが新しくなるの。あなたは美しくて、優しく、立派な社会主義の少女になれるわ……。悲しい話って……、子供のころ、イラガの幼虫に刺されたことを話しているようなもんじゃない。幼虫はやっつけてさ。私たちは笑おうよ」

「何だってのよ」と否定したものの、「笑わなきゃ」と励ましたものの、薔雲の瞳から涙がぽろぽろこぼれ落ちた。でも、涙が頬《ほお》から流れ落ちたとき、ゆっくり、そう、ゆっくりと力強い笑みが表れた。長年、他人に言えない苦しみがあった蘇寧。彼女は悔しい思いをした子供が、お母さんを見つけたときのように、薔雲の懐《ふところ》に突っ伏して大声で泣いていた。

しばらくして、杏の木陰はどんどん短くなり、働き者の蜜蜂もどこかに飛んでいった。蘇寧はやっと泣《な》き止《や》んだ。彼女は少し身体を起こすとすすり泣きながら「怖い……」と言った。薔雲は何が怖いのと尋ねたが、蘇寧は答えなかった。薔雲が何度か尋ね、ようやく蘇寧は恥ずかしそうに言った。

「怖い……。将来、私は人に好きになってもらえないかも！」

蘇寧はまたうつむいた。

薔雲は突然、理不尽な怒りを感じた。

「人ってどんな人!?　もし、あんな外道にまた会ったら。嫌われちゃいな！　とんでもない連中よ。ちっとも新しい思想、新しい道徳もなく、頭は腐りきってるの……」

薔雲は拳《こぶし》を振った。もっとふさわしい、もっときつい言葉を探そうとしていたのだ。

少し間を置いてから薔雲はまた言った。

「鬼畜《きちく》よね。そんな奴《やつ》に好きになってもらう必要はまったくない。最悪よ。絶対一緒にいたくない。蘇寧、私たち親友二人で仲良くしましょう。もう、これからは外道に近づいたらだめ！」

蘇寧が顔を上げると、涙だらけの顔に複雑な微笑《ほほえ》みが浮かんでいた。さっと風が吹いてきて、散った杏の花がひらひらと彼女たちのそばに落ちた。

この晴れた日曜日の午前中、鄭波《ていは》も蜜蜂のようにとてもせわしなく、元気だった。朝彼女はマリ・フーに声をかけ、一緒に宿題しようと約束していた。鄭波は宿題をてきぱきと終わらせた。何か特別な力が彼女を落ち着かせ、頭の回転を速め、また生き生きとさせていた。マリ・フーはそんな様子に気づき、何度も頭を上げて親友の瞳を見つめた。鄭波のうきうきした気持ちがマリ・フーにも「伝染」したようだ。マリ・フーは鄭波に言った。

「今日、いいことがあったの。今まで食べたことなかったものを食べたのよ。本当に美味《おい》しかったわ！『ケーキ』っていう食べ物よ。今朝、司祭様がケーキをくれたの。それは赤茶色で、ひまわりの種が入っていて、口に入れるととても柔らかかった。甘いし、少しクリームも入っていて、本当に美味しかったわ。鄭波、ケーキ食べたことある？」

　鄭波は瞳を見開いてマリ・フーを見つめた。驚かずにはいられなかったが、思わず首を横に振り「ううん。食べたことない。でも、きっと美味しいでしょうね」と嘘《うそ》をついた……。ケーキ一切れのためにマリ・フーの喜びを台無しにはできなかった。

　その後、彼女はマリ・フーとメーデーについて話した。マリ・フーはまだ「メーデー」「十・一」の行進や懇親会に参加したことがないが、今回も参加したくないと言う。鄭波は必死に彼女を誘ったが、鄭波の話し振りには、まだ相手の心を引き寄せるほどの大きな力はなかった。最後に「そのとき、また決めましょう」とマリ・フーは渋々ながらも言った。

　マリ・フーを見送ったあと、鄭波は運動場に駆けていき周小玲《しゅうしょうれい》に高跳びを教わった。彼女はカット式とローラー式を学んで九十センチから百十センチまでジャンプし、その度に空中に舞い上がっているような気がした。

　周小玲は疲れてきたが、鄭波はまだ疲れていなかった。そして、周小玲が足早に去っていくと、競走路のそばの柳の大木の下で本を読んでいる李春《りしゅん》が見えた。李春は足を広げ、膝を立て楽な姿勢で本を読んでいた。鄭波は「だーれだ？」っと彼女の目を覆って、おどかした。それから、どうしたのと聞いた。

　李春は鄭波に不満をぶつけた。李春たちの物理グループは単管ラジオを作るのだが、教務係が彼女たちを手伝ってくれないだけでなく、物理実験室の器具の使用さえ禁止されたと嘆いたのだ。鄭波は同情した。そして、状況を必ず呂晨《ろしん》に伝えるから団総支部を通じて解決してもらおうねと慰《なぐさ》めた。

そして、李春が参加する弁論大会について聞いてみると、李春は原稿を書いたと答えた。鄭波は来週クラスで話しましょうと提案した。李春はうまく断《こと》わりたかったので、みんなの時間を無駄にする必要はないと言った。鄭波は率直に告げた。

「話しなよ。例えば私でも、きっとなんか意見できるはずよ。みんなの助言が役立つんじゃない？」

李春は仕方なくうなずいた。

鄭波が寮に戻ったら、呉長福《ごちょうふく》が布団《ふとん》を取り外して洗うところだったので、鄭波は手伝った……。この午前、鄭波はたくさんのことをした。彼女は楽し気に袖《そで》を巻き上げると、汗を拭《ぬぐ》った。時間がリズムよく軽やかに流れていく……タラララララランと爽快《そうかい》なピアノの曲のように心をくすぐったのだ。

第二十六章　犬と猿が手を組んだ

メーデー行進の準備のため、ここ数日しょっちゅう隊列練習が行われていた。ある日の午後、高三生徒は練習が終わってからすぐ教室に集まり学級会を開いた。花柄のシャツを脱がないで青い制服を羽織《はお》ったままの生徒、スカートを穿《は》き替える暇《ひま》がなく、長ズボンの裾《すそ》を下ろした生徒もいた。彼女たちはもともと長ズボンを穿いていたのだが、練習中にズボンの裾を少しまくり上げていたのだ。彼女たちの画一的な青、灰色の服と美しい祝日の晴れ着とが混じっていた。この奇妙な服装を身に纏《まと》ったまま、だらっとしながら李春《りしゅん》の演説の練習を待っていた。

李春は新しい眼鏡をかけたが、眼鏡のせいで学者っぽく見えた。レンズ越しに彼女は少し横目でみんなを見ていた。最近、彼女は発育がとても早く、背が伸び太ってきた。彼女はゆっくりと生徒の前に出ると、これまたゆっくりと原稿を取りだした。なるべく自然に、冷静に振舞ったが、結局ちょっと不自然になってしまった。李春はまず嫌そうな顔をしながら生徒たちに尋ねた。

「本当、仕方ないわね。どういうふうに言えばいい？」

「口を使って、言うの」と生徒たちが返すと、みんな笑った。李春は演説を始めた。題は「知識を愛す」であった。

「……学業は生徒にとってこの上ない光栄な務めです。学びの動機はどこにあるのでしょうか？

百点を取って両親からほめ言葉をもらうことでしょうか？　それとも『祖国のために』というスローガンに従って、愛国主義への良心を奮い立たせるためでしょうか？」

　李春は少し間を置いた。そのとき呉長福《ごちょうふく》が腰をかがめて周小玲《しゅうしょうれい》のそばにこっそり擦《す》り寄ると、周小玲をつついて「分かりにくいね」と言った。周小玲も「言い回しが複雑だわ」と耳打ちした。

　周小玲は「近くに来て」と隣を指し示し、呉長福と並んで座ることになった。

　李春は中指で机を叩《たた》き、続けて言う。

「いえ、そうではありません。私たちの学びを後押しするのは、知識に対する欲求であります。知識の宝庫を開き、宇宙の神秘を探求し、日進月歩の如《ごと》く学問の最高峰によじ登らなければならないのです。

　知識がない者はすべからく凡庸《ぼんよう》です。周りのすべてを単純に捉《とら》えるからです。水は水、火は火、香りは香り、においはにおい、四角は四角、円は円……。感覚で感じ取れるもの以外の何事も感知できないので、頭脳が哀れなくらい貧弱なのです。

　科学の力はどこにあるのでしょうか？　先人が訪れたことのない新天地を開拓し、また看過《かんか》していた最も小さな部分を捉えることです。誰が言ったかはよく覚えていませんが、『一粒の砂から世界を見ることができる』そうです。

　一粒の砂でも、科学者はその中から無限の原理を理解することができます。この砂の運動法則、幾何学的構造、また物理的、化学的、地質的と……、その他の成分……などなど」

　教室はとても静かだが、李春の声はだんだんと高くなっていった。校庭でフォークダンスを練習している生徒の歌声、笑い声、足踏みの音が入り混じった。呉長福は集中して聞いていたが、片手を周小玲の身体《からだ》に回し、顔を上げ、口は開けていた。袁新枝《えんしんし》の机には、行進で使う自作の紙の花が置かれている。演説を聞きながら、しっかり縛《しば》っていないところを縛り直していた。

楊薔雲《ようしょううん》は少し眉をひそめていた。窓の外でダンスを練習している生徒を見ていたが、李春の演説の一言一句はしっかりと聴いていた。教室の両側の窓が開いていたので、ひとしきり穏やかな風が入ってきた。生徒たちは気持ちよさそうに息を吸い、藤の花の香りを嗅《か》いだ。

「……天文学は驚異的かつ憧憬の対象でもあります。人類は小さな身体で無限大の宇宙空間を探査します。巨大な星に比べれば、人間はしょせん微生物のようなものです。天文学の知識によれば、地球は実のところ太陽系の中で一般的かつ体積の小さな惑星です。太陽の直径は地球より百九倍も大きいのです。

アンタレスのような大きな恒星の直径は太陽の約五百倍です。恒星は運動しています。太陽系全体は秒速二十キロの速度でヘルクレス座へと相対的に移動していることを、天文学で学びました……」

こう言いながら、李春は手を振って述べた。

「このことは実は以前から知られている常識です」

続けて李春は宇宙飛行、新星と超新星、火星における生物の有無など「非常識」性の課題、つまりまだ知られていない事象を挙《あ》げた。

天文学について言及してから、李春は近代物理についても挙げた。原子力の研究、生物学と有機化学、すなわち生命に関する研究を取り上げた。具体例として、李春は大衆が驚くような話（科学幻想小説で読んだものも含む）を取りとめもなく話していたが、彼女の顔は興奮して熱気を帯びていた。同級生たちは呆気《あっけ》に取《と》られ、戸惑いながらも感心してしまった。

「私たちの学びとは、このような豊かな宝庫、またこのような広い海原へと到達することです。知識が、私たちに前進するよう呼びかけています。

私たちの先人、彼らは知識の発見者として人類に多大な貢献をなしました。彼らは往々にして文武両道であり、いくつかの務めを兼ねていました。例えば昨年、世界平和理事会が記念式典開催を呼びかけた人物レオナルド・ダ・ヴィンチは天文学者、物理学者、画家、文学者、そして哲学者でもあります……。おなじみの名画『モナリザ』と『最後の晩餐《ばんさん》』は彼が描いたものです。

ダ・ヴィンチは実験用の器具を自ら製作し天体現象を観察しただけでなく、時計を自分で作ることもできました。ダ・ヴィンチは一番初めに作った時計に、深い情緒と思想に満ちた言葉を刻みました。『我々には様々な方法がある。その苦悩の日々を測るため……』と。

親愛なるみなさん。私たちは知識を愛し、科学の最高峰の、そのさらなる高みを目指さなければなりません。先人のあらゆる遺産を受け継ぎ、新たに富を蓄積するとともに、先人に追いつき、そして越えてゆかねばなりません。私たちの世代は、社会主義と共産主義の建設者であるがゆえにです。間違いなく、これ以上の幸せはないのです」

彼女は話し終えると、しばらく立ち止まってから軽くうなずいた。それからすぐ顔を上げ、拍手の中ゆっくりと自分の席に戻っていった。

教室で「おぉ」という感嘆の声が上がった。生徒たちはそれぞれ話し出した。こそこそささやいたり、議論し合ったり、自分が聞き取れなかった部分を別の生徒に教えてもらったり、演説の素晴らしいところをほめたり、大会で優勝できるかどうか予測したり……しばらく誰も何も言わなかったので、誰かが「意見ない？　じゃ、いいかもね。これで行きましょ」と手間を省くかのように言った。

　呉長福が急に立ち上がった。机にぶつかって音が出て、彼女は手で周小玲の肩につかまった。周小玲は体格がしっかりしていたが、「うぅ」とうめいた。呉長福は自分が李春を弁論大会に推薦したのだからという責任感からか、みんなで意見を出し合うよう促《うなが》そうとした。

「みんな、李春の講演を聞いて全身が心地よくなったわ。寒くもない、暑くもない、爽やかな風が吹いているような感じね。李春の講演は内容がとても充実していて、例えば勉強や知識について言及した点、そして知識や勉強がいったいどういうものなのか説明した部分が良かったわ。李春の語《ご》彙《い》は非常に豊富で、私が初めて聞くような言葉がたくさんあったわ。

　彼女の表情も良くて、落ち着いていて穏やかだった。私にはできない。落ち着きないし、焦《あせ》っちゃうと思うの。特に彼女の講演の締めくくり、『間違いなく……』それから何だっけ？　とにかく強調したでしょう。あれは印象深いわね。李春の講演を聞き終えて、蘇州《そしゅう》の干し豆腐を食べたあとみたいに味わい深い。でも、もちろん欠点もあるけど……」

　呉長福は周りを見まわした。自分が称賛一辺倒ではないこと、すべてをきちんと見ていることを示したかったのだろう。

「欠点は……話が速過ぎて慌てているようで、耳が彼女の話についていけないということなの」

　周小玲が座ったまま、呉長福に続いた。

「もう一つ欠点があるわ。文が長過ぎて饒舌《じょうぜつ》。普段私たちが使う言葉じゃないの。どこかの博士論文から写してきたような言葉。この点も修正して欲しいです」

李春は謙虚に納得して、うなずいた。

楊薔雲が手を挙げて言った。

「議長、質問があります」

袁新枝は意味ありげに彼女をちらっと見たが、言った。

「質問があるなら、どうぞ」

「質問はね。李春はあまりにも哲学的なこと言ってるんじゃない？ってことなの。あるいは、李春自身の言葉を使うなら、あまりにも神秘的ってことかな。話の水準が私たち高校生のそれからは大きくかけ離れてるの。知識は大切だけど、知識自体そこまで奥深くて、驚くほど哲学的なものなのかしら？

例えば、私たちお手玉曲芸や奇術を観《み》るのが好きでしょ。惹《ひ》きつけられるわよね。でも、知識を愛する気持ちって、大道芸を観る気持ちとは違うはずよ……。うーん。だめね。私も的確な意見が言えないな……」

呉長福が独り言を言った。

「そう。李春の話は哲学的過ぎるの」

だが、声が大きくてクラス全員に聞こえてしまった。

しばらくして李春に憧れている、「お姉ちゃん」というあだ名の生徒が薔雲とは違う意見を言った。

「弁論大会みたいな行事に、これまで何度か参加したことがあるの。毎回時間が短くて、緊張しながら自分のことを話すからね。誰もが話の内容を詳しく分析する余裕なんてないのよ。一番大事なことは、いかに聞き手を惹きつけるかってこと。哲学的でも構わないの。聞き手を惹きつけられるのは強みよ。大会では、話しぶりでも力を発揮しないとね。話しぶりがとてもいいのなら、窮屈にやる必要はないのよ。話し手が好きなことをたくさん話して、好きじゃないことは話さなくてもいいんじゃない？」

あちゃー、その擁護は余計よと、そばで聞いていた李春は思った。案の定みんなは李春の講演は放っておいて、『お姉ちゃん』の講演についての意見にああだこうだと反論した。

鄭波《ていは》とマリ・フーが小声で意見交換した。鄭波はできるならばマリ・フー自身に発言して欲しかったので、「言ってみなよ」と背中を押した。でも、マリ・フーが首を横に振ったので鄭波は立ち上がって言った。

「今マリ・フーと話したわ。李春の話は、科学知識の国家建設に対する貢献に結びついてない気がする。この子、マリ・フーはね。とてもうまく指摘してくれたわ。この子……、そうだ。やっぱり、自分で言ったほうがいいよ」

鄭波はマリ・フーに立ってもらい、自分は着席した。マリ・フーは小声で言った。

「さっき鄭波が言ったことだけどね……」

楊薔雲は自分の席を離れ、いろんな生徒たちと話した。李春は楊薔雲があっちこっち動き回っているのを見るとつい機嫌が悪くなった。楊薔雲はまた発言した。

「もう一つ思い出したわ。インドにね。百段の階段を上がるとき、一段目と九十九段目の役割が同じくらい大事っていう言い伝えが……」

「またデタラメ言わないでよ！」

誰かが非難した。

「待って。まだ話は終わってないの。李春が語った知識のいいところは、九十九段目に注目して、大きな業績を達成する瞬間を取り上げているようなところよ。でも、私たちは知識を愛し、その輝く果実を愛《め》でるだけでなく、探求の過程も大切にしなきゃいけないわよね？」

楊薔雲はいったん腰を下ろしたが、また何度も立ち上がってこの発言をわかりやすく説明しなければならなかった。

しばらくしてから、袁新枝が李春本人の意見を求めた。李春はゆっくり、ゆっくり話した。

「みんなの意見はとても的確よ。特に楊薔雲が言ったことは、本当に鋭《するど》かった。実を言うとね、私が弁論大会に参加させてもらうのは、けっこう無茶だと思うの。事象をいろんな角度から見られていないし、物理グループでまだたくさんの仕事が私を待っているし……。最近、身体の具合も良くないから、メーデーまであと一週間以上あるうちに、他の人にお願いしたほうがいいかなと思ってます。

例えば、楊薔雲。彼女はこの議題について研究してるから、もし楊薔雲が参加するなら、きっとうまく話せると確信するわ。弁論大会は個人の名誉どうのこうのってもんじゃないと思う。私たちみんなの名誉っていう点から考えなきゃね……」

みんなは顔を見合わせ、ぽかんとした。薔雲は勢いよく立ち上がって話そうとしたが、袁新枝の目を見てから、自分自身を思い切りつねった。そしてこれまでなかったかのような大人びた態度で言った。

「確かに李春の言う通りよ。私、この弁論大会に興味があって、いくつか意見もあります。もちろん、この意見は間違っているかもしれないし、また正しいかもしれない。でも、意見を言ったのは、李春の力になりたかったからよ。
力になれるかどうかは別の話ってことは、言っておくね。でも、この弁論大会に向けて李春は長い間準備してたし、たくさん興味深い題材を探してくれたわ。それなら、もうこの段階だし李春と協力して準備したいと思うの……」

薔雲は李春のほうに振り向いて言った。

「私の意見が正しければ聞けばいいし、間違っていたら聞かなくてもいいわ。助手になってあげることはできるけど、どう？」

みんなは笑って楊薔雲の提案に賛成した。一方の李春だが、こうなっては反対したくてもできなかった。

この学級会の後、楊薔雲は李春を訪ねて講演について真剣に準備しようとした。李春はあまり歓迎しなかった。李春の意見は「じゃ、あんたが言ったら」であった。でも、楊薔雲の接し方はやはり「あなたの演説を手伝うわよ」であった。実は李春の本音は、あんたの助けなんて、なくてもへっちゃらよ、なのであった。だから楊薔雲が何か意見を言うと「はいはい」と聞いているんだかいないんだか、賛成なんだかそうじゃないんだか……暖簾《のれん》に腕押しとばかりに受け流していた。

楊薔雲はそれにまったく気づいていないようで、熱心に李春に対しいろいろ提案した。さらに李春のために喜んで原稿の清書までしようとした。そのうち、李春も最初は薔雲を拒絶していたのだが、最後には薔雲の意見に耳を傾け、一緒に議論するようになった。議論すればするほど楽しくなり、ついには薔雲のいくつかの意見に「うんうん」とうなずいたのだ。

第二十七章　雨も、お祝いしてくれた

メーデーが来た。

夕方、女子生徒たちはほこりだらけでベッドに倒れこんだ。今年の行進の話をしながら夕食を待っている。夕食が終わったら、待ちに待った交流会が開催されるのだ。楽しみだ。

鄭波《ていは》はベッドに座りながら壁に寄りかかり、お湯で足を温めている。彼女には軽い関節炎があり行進の後、足が痛くなったのだ。

周小玲《しゅうしょうれい》はうつぶせになり、あごを枕の上にのせている。片手で髪をこすり、もう片方の腕はだらんと下げたままだ。ふくらはぎを組んで、度々振ってぶつけ合っている。呉長福《ごちょうふく》はまっすぐにベッドに横たわると、病人のように熱いタオルで額を覆《おお》っていた（彼女は、それで疲れが取れると言っていたのだ）。

李春《りしゅん》は足を交差させて斜めに座り、膝をついて休んでいる。ハンカチを持って眼鏡を拭いたが初めて眼鏡をかけるので、鼻筋の両側に赤い跡がついてしまった。楊薔雲《ようしょううん》だけがベッドにいなかったが、小さな椅子を持ってきて周小玲のベッドのそばで彼女を見上げるような姿勢で座っていた。

「うちの学校は最悪よ」

（はっきりと力強い声であったが、声の主は意外なことに呉長福であった。彼女は話すとき表情筋をあまり動か

さないからだ）

「長時間苦労して、本番になったら衣服は一番地味だったわ。やっぱり私立の高校は服がおしゃれよ。例えば、女子十二高。彼女たちのスカートは真っ白。雪のように白くて、木蓮《もくれん》の花のように白くて、豆腐や牛乳みたいよ。透かし模様だってあんなに赤くて、あんなに鮮やか、バラみたい……」

「それで、醤豆腐《しょうどうふ》（発酵させた豆腐）みたいなんでしょ！」

周小玲は呉長福の言いたいことを先に言ったつもりだった。

「呉長福は何か表現するときは、いつも豆腐を引き合いに出すわよね。白いものは白豆腐、赤いものは醤豆腐、酸《す》っぱいものは麻《まー》豆腐（緑豆のおから）……やめてよ。

天安門は小さ過ぎると思う。私たちが準備し、練習し、服買ったり、花作ったり、毎日ずっと楽しみにしてたわ。でも、やっとメーデーが来て天安門の前で行進したら、五分も経《た》たないうちに通り過ぎちゃった。短過ぎよ」

楊薔雲は言った。

「準備している間と終わったあとに思い返すときが、行進のときよりずっと楽しいわ。本当に天安門を過ぎたとき何も考えられなくてさ。通り過ぎてから初めていろいろ思うのよ。あぁ、今日の隊列は本当にきれいだったなって」

「メーデーと十・一は私たちの生活の中での起爆剤みたいなものよ。それらがなければ、生活は無味乾燥になっちゃう」

李春は眼鏡をかけると、理論的に分析した。

鄭波は何も言わず足を洗ってから靴下を履《は》いたが、彼女の足は何かに刺されたかのように痛かった。

急に風が吹いてきた。北風がビュー、ビューと、ほこりが混ざったまま吹き込んできたではないか。寮の窓ガラスがガタガタと音を立てた。楊薔雲は「寒い！」と声をあげ、立ち上がり窓辺に出て空を見た。北東の厚い黒雲が太陽を遮《さえぎ》っている。

「雲はどっちに向かってる？」

呉長福が尋ねた。

「南西ね」と薔雲。

「まずいわ！」

まっすぐ横たわってた呉長福はぱっと起き上がり、薔雲のそばへ駆け寄った。空模様をじっと見て言った。

「暗い雲が南に行くと、大雨で船が流されるの。でも、西に行ったら、土台を沈めるほどの豪雨よ。今晩きっと大雨が降って、ダンスはパーになっちゃう！」

「そんなことないわ！」

足を組んで腹ばいになっていた周小玲は驚いて言った。

「雨が降ってもまったく問題にならない。メーデーの夜よ。槍《やり》が降ったって、みんな天安門へダンスに行くわ」

少ししてからやはり雨が降りだした。雨は強くなり、ピシャピシャと地面に降ったとき音が出た。はっきりとしたお猪口《ちょこ》くらいの跡がついたが、すぐ見えなくなった。地面はびしょ濡《ぬ》れになったのだ。とうとう水たまりができるほど降り続き、水たまりの水も勢いを増していた。その後、大きな濁流になるとザーザー音を立てながら下水道に流れ込んでいった。

　彼女たちはご飯を少ししか食べないで、雨が止《や》むのを待っていた。だが、雨はますます激しさを増した。しばらくして、みんなはどうにでもなれと言わんばかりに古い靴に履き替え、レインコート、傘を捜し出すと天安門へ走って行った。鄭波は足が痛くて行けなかった。

　マリ・フーは行進から帰ると司祭のジョセフ・李《り》に呼ばれた。

「今日、何をしてたんだね？」

　ジョセフ・李のくぼんだ両眼がじっとマリ・フーを見つめていた。彼はいつものように黒い服を着てきちんと座り右肘を机の上に置きながらも、手は浮かせて軽く握りしめていた。彼の家は湿っぽくて暗く、カビの生えた古本と樟脳《しょうのう》のにおいが入り混じっていた。

「行進に行ってきました」

　マリ・フーはうつむきながら、答えた。

「何の行進かな？」

　ジョセフ・李は言葉を捉《とら》え、細かく問い詰めた。

「メーデー行進です」

「なんで言わなかったんだ？」

　ジョセフ・李は声を上げ、マリ・フーのほうに身を乗りだした。

「私、私は……」

慌てたマリ・フーは両手を机の上に置いていられず、椅子を引こうとしたが動く勇気すらなかった。

「もともと行進に行く気持ちはなかったんです。ためらいながら学校に行ってみるかと思って。学校に着いたら、仲間たちが集まっていました。みんな大喜びで私を隊列に引っ張ってくれました。それで、行かないとはもう言えなくて、結局……行進に行ってきました」

「みんな？　みんなとは誰かね？　党員や、団員は入っているのかね？」

「はい……。います」

「あぁ、わが主よ！」

ジョセフ・李は大声で嘆いた。机の上の古ぼけた急須や茶碗《ちゃわん》を押しのけると立ち上がり、マリ・フーに近づいた。年老いた威厳のある顔が、マリ・フーの幼い、驚き慌てた顔へと向かっていく。

「悪魔の罠《わな》にはまったのだ！　君は異端の濁流に呑《の》み込《こ》まれたのだよ！　敵に誘惑されたのだ！　教会の兄弟姉妹の純潔を汚すとは！　あぁ、君は……」

ジョセフ・李は怒りの炎をめらめらと燃やしながら、マリ・フーを叱《しか》った。マリ・フーは驚いて、手を背に回して壁の隅まで引き下がった。

ジョセフ・李はため息をついた。マリ・フーを放っておいて、一人で行ったり来たりしていたが、彼の一歩一歩には重い響きがありマリ・フーを怯《おび》えさせた。その重い足音に混じって、時おり軽快な社交ダンスの音色が窓の外から聞こえて来た。

どれくらい時間が過ぎたか分からなかったが、とにかくマリ・フーは長い時間が過ぎたように感じていた。ジョセフ・李は自分のベッドに腰かけ、ベッドの仕切りの方に首を垂れている。しばらく動かなかった。マリ・フーはまだ部屋の隅っこにいて、緊張した面持ちでジョセフ・李司祭を見つめていた。

ふと遠くでフクロウが鳴いたかのような「おぅ」という声と「うぅ」というしゃくりあげるような音が聞こえた。司祭は顔を上げた。落ちくぼんだ双眸《そうぼう》が徐々に光を帯び、ゆっくりと涙が流れた。短い髭《ひげ》が蓄えられた唇が、草を噛《か》むかのようにうごめいているのに気づき、マリ・フーはびくびくした。

「マリ。おいで」

司祭は彼女を手招きした。マリ・フーはおずおずとジョセフ・李のそばに座った。

「さっき君を咎《とが》めたのは君の魂《たましい》を救うためだ。主の前で告解《こっかい》しなさい」

ジョセフ・李はかすれ声で言ったが、低い声の中にも誤って絹を強く引き裂いたかのような鋭《するど》さがあった。彼はまた右手を上げ空中で握りしめると、心に染《し》みわたるような声で言った。

「我々の教皇、すなわち永久にして完全無欠なるお方はすでに予言されていた。教難が近づき、聖教会は危険にさらされていると。とっくの昔に予言されていたのだよ。

我々は凶悪な敵である共産党に出くわした。共産党は聖教会を消滅させようとした。大陸を占領してから、教皇庁駐中国大使アントニオ・リベリを追放した（リベリはモナコ出身。解放後中国で反革命活動に従事し、国外追放された）。キリシタン協進会を閉鎖し、最も栄えあるレジオ・マリエ（カトリック内部の反政府組織）を取り締まり、多くの兄弟姉妹が逮捕され、多くの聖職者が虐殺された。

彼らはまた一部の愚かな兄弟姉妹の盲目的な愛国心を利用し、教会を分裂させる三自（自治・自養・自伝）運動を展開した。教難がやって来たのだ。もちろん、聖教会は恐れない。なぜなら、聖教会は信仰の確固たる岩盤の上に建てられたものだからだ……。だが君が、共産党の行進に参加するとは！」

司祭は真剣に胸の前で十字を切った。

「私は今年でもうすぐ五十になる。九つのとき、修道院に入ってね。もう四十年経った。生まれは山東省だが、両親はかつての教難のとき義和団に殺されたんだ。私の命を救ってくれたのは、外国人の司祭だった。陸慶化《りくけいか》という中国名だったな……。

私のすべては聖教会から与えられたもので、この四十年を一日《いちじつ》のように聖教会に己を捧《ささ》げた。君は、私の最も親しい者であり、君への愛情は娘に対するものよりも勝《まさ》る。もし私が君を守れなければ、聖教会を守ることもできるわけがない。もし、君が日々悪魔に誘惑され地獄に落ちたら、私だけ一人で天国に行けるわけがなかろう！」

ここまで話すと、司祭はまた涙を流した。

ジョセフ・李司祭は振り向いてマリを見つめた。マリ・フーは思わず膝をついてしまい、目は生気を失い、声もなく泣いていた。ジョセフ・李は厳《おごそ》かに、よく通る声で唱えた。

「わが主は……罪人を……赦《ゆる》し給《たま》う……」

そして、マリ・フーの頭の上で十字を切った。司祭は主たる神の代わりに、赦しを与えたのだ。そして慈父の愛情をもって、自分の広くて黒い布の袖口を使い罪人マリ・フーの涙を拭《ぬぐ》った。

病気の生徒や雨が嫌いな生徒がメーデーの夜を楽しく過ごせるよう、「斎委員会（かつて生徒寮は『斎』と呼ばれていたので、斎委員会が寮の生徒会の役割を果たしていた）」が講堂で懇親会を開催することにした。鄭波は講堂で高校生同士「お鼻触りごっこ」をしていたが、まだ天安門でのダンスのことが気になっていた。同じクラスの友達と遊ぶことができなかったので、少し残念でもあった。九時の鐘の音が鳴ったばかりのとき、一人の小隊員が外から講堂に入り鄭波に「お客さんですよ」と告げた。鄭波は不思議に思いながら、入り口に向かった。

雨はまだひどく降り続いていた。水たまりが明かりの下で輝き、壁の影を映し出している。受付は電話をしたい生徒でいっぱいだった。応接室にもたくさんの生徒が座っていた。外に出て行く生徒らがここで傘をさし、雨合羽《あまがっぱ》を羽織《はお》っていた。鄭波は混雑している入り口まで来て、周りを見渡したが自分を訪ねてきた人は見えなかった。

入り口を出たら、外の壁際《かべぎわ》に田林《でんりん》が立っていた。濃いベージュ色のシャツを着て、灰色の夏用ズボンを穿き、ネクタイもしていた。傘もささず、雨合羽も着ていなかったので、雨が髪を伝って流れ落ちている。眉、耳、眼鏡、襟《えり》、裾《すそ》……と流れ落ちているのだ。田林は「休め」の姿勢のように片足に重心を置き、いつ来るのかいつ来るのかと待ち焦《こ》がれているような表情だった。

鄭波を見ても田林は近づいてこなかった。それで、鄭波が歩み寄ったが、田林と一緒に雨に降られてしまった。田林は不器用に鄭波に挨拶《あいさつ》すると、自分が何か悪いことをしたかのように顔を赤らめている。田林は鄭波に一緒に天安門に行こうと誘ってきた。情熱的な眼差《まなざ》しで、ずっと、じっと……田林は鄭波を見つめていた。

「足が痛いから、行きません。学校で遊びましょう」と鄭波は言った。

田林は下唇を噛んで、泣きそうな顔をしている。頭を下げ、叱られた小学生のようにしょぼくれてしまった。

しばらくしてから田林は小声でせがんだ。

「行こうよ。お願いだからさ……」

そう言うと口だけ動かした。たくさん言いたいことがあったが、我慢しているようだった。

雨に洗い流されながら、騒々しい祝日の音楽が聞こえ、美しく着飾った少女たちが行き交《か》っている。その刹那、鄭波は避けたいものがもう来てしまったことに、距離を置きたいものがすでに近くにあることに……気づいたようだ。彼女は左目は細め、右目を大きく開けていたが、全身の血が「ドッ」と押し寄せてきた感じがした。嬉《うれ》しさ半分、諦め半分な気持ちを自覚しながら鄭波は笑った。

鄭波は親切かつ穏やかに言った。

「行きたいんですか？　じゃ、いいですよ。行きましょう」

彼女は田林の手を優しく引いた。雨具を持たず色褪《いろあ》せた灰色の制服を羽織り、破れた麦わら帽子を被《かぶ》り、田林と一緒に出ていったのである。

雨がときどき顔、目、鼻に当たる。二人は手で拭った。ダダダと雨音が大きくなったり、小さくなったり。激しくなったり、静かになったり。まばらだったり、単調だったり。路地の土の道はもともとでこぼこで歩きにくいが、今はさらにぬかるんでいる。鄭波は苦労しながら暗がりの中で、水たまりが発する光を見ながら避けて歩いた。靴はまだ濡《ぬ》れていて、湿ったふわふわした道を踏んでクシュクシュと音を立てた。鄭波の足の痛みが増してきた。

鄭波がお願いを聞いてくれたので、田林は嬉《うれ》しかった。不自然な表情はすっかり消え、大きな声で談笑しながら、ユーモアも飛びだした。だが、鄭波は足の痛みのせいで眉をひそめ、一言も発しなかった。田林は身震いもした。びしょぬれの服が風に吹かれて冷たくなったのだ。

高一の生徒たちが後ろから歩いてきていた。五人で一本の傘をさしている。頭はなんとか入っているが、身体《からだ》がはみ出ている。彼女たちが鄭波を呼んだので、鄭波は「一緒に行こう」と言った。だが、五人のうち一人がすまなそうな顔をして「いいえ。早く行きますので。あなたたちはゆっくり来てください」と言うと、彼女たちは笑って先に行ってしまった。

あなたたち……、あなたたちって何？　本当、感じ悪い。そもそも来ないつもりだったのに、来てしまった。しかも田林と二人きり……。鄭波はとても後悔していた。

マリ・フーは自分の部屋に戻ったが、元気なく横になり、ぼんやりしてなかなか眠れなかった。電球は線が切れてしまい、明かりがつかない。月の光も星の光もなく、真っ暗で何も見えない。雨は大きくなったり、小さくなったり、ずっと降っている。雨が階段に当たって「タタン」と音を立て、ハスの甕《かめ》に当たって「チンチン」と鳴った。木の葉に当たったときは「ポッポツ」という音が聞こえる。屋根はぼろぼろなので雨漏りで、水滴が落ちて来る。

この東側の部屋は貯蔵室とマリ・フーの寝室を兼ねていた。大きな木箱が二つ、柳行李《やなぎごうり》が一つ、網籠《あみかご》も一つ、それからたくさんの壊れた家具。その中には以前ジョセフ・李が使っていた高級なコーヒーポットもあった。暗闇の中でマリ・フーは、あたかもそれら物体がどんどん大きくなり、多くの獣《けもの》がうごめいているかのように見えた。一方の自分は縮こまっていくかのようだ……湿気が多いため、部屋の中ではネズミの糞《ふん》のにおいがする。

雨の夜になると、マリ・フーは眠れない。彼女は雨が怖いのだ。特に、雨が夜に降るのを嫌がった。誰かの家が流されるのではないかと心配になる。草原の牧者《ぼくしゃ》は雨宿りの場所が無いのではないかと気にもなる。大雨が温かい鶏小屋に流れ込んで、雌鶏《めんどり》とひよこたちの安らかな眠りを邪魔するのではないかと不安にもなるのだ。そんなとき、ひよこはピィピィ鳴くのだ。

彼女はしばらく雨が降り続くと、花が散ってしまうのではないかと気になった……。この世界には多くのか弱き命があり、それらが風雨に耐えられないことを知っていたのだ……。

今日の午前中、初めて行進に参加した。こんなにたくさん楽しんでる人がいるんだ……。こんなにも明るい感情が一つになっているんだ……。それを目《ま》の当《あ》たりにしたと思った。学校を出るとき引率の体育科教員の耳をつんざくホイッスルで、生徒たちは行進を開始し、歌い始めた。みんな楽しそうで、元気潑溂としている。マリ・フーはすぐ気づいた。彼女の仲間はおしゃれをするとこんなにもかわいいということを。

楊薔雲のシャツはサッカーという布地でできていて、緑色の地に白、黄、薄い紫の花が鏤《ちりば》められていた。春の芝生に咲く小さな花のようだ。空色のスカートの先には白い輪っかの模様が点々と染められていた。スカートは、そよ風吹く海原が月と数多《あまた》の星々とを映し出しているかのようだった。

薔雲は豊かな髪をピンクのリボンで結《ゆ》っている。彼女の眉はかすかに震え、瞳には時おりみんなが歓声をあげ、元気いっぱいな様子が飛び込んで来る。薔雲は健康かつふくよかで、顔立ちは整っている。露出していた腕と足は、しなやかですべすべしていた。マリ・フーは、楊薔雲のそばにしばらく立っていると、気分が良くなると思った。

袁新枝《えんしんし》はシャツの上に真っ赤な羊毛のセーターを羽織っていた。彼女の純白な絹製のシャツは、首まで覆っていた。琥珀《こはく》みたいな小さな黄色いリボンが胸の左側を飾っていた。セーターのボタンも珍しい。緑色の大きなボタンが両側に対称に縫いつけられていて、両側に並ぶそれらボタンがいずれもセーターの表面を飾っているかのようだ。上下の隣り合った緑のボタンそれぞれで服を留《と》めておけば、どちらから外すべきなのか分からないだろう。紫色のスカートは高級な毛織物《けおりもの》製で、色合いは柔らかだった……。

　列全体では、マリ・フーだけが古ぼけた青い制服を着ていて、まるで色とりどりの花の茂みの中に、一年おきに咲く枯れたひまわりの茎が隠れているかのようだった。途中休憩のとき、蘇寧《そねい》がケーキを持ってきたので一緒に食べた。他にも多くの生徒がケーキを持ってきている。マリ・フーは数日前に司祭から初めてケーキをもらったことを思い出した。祈りの中で満足と誇りを得てきた敬虔《けいけん》なマリ・フーだったが、自分の生活がとても地味で、不幸であることを悲しく感じた。仲間が羨《うらや》ましかった。

　生徒たちは東長安街《ひがしちょうあんがい》で休憩しながら、大会開始を待っていた。道端の北京《ぺきん》飯店と中央政府の各部門の建物の窓が開き、多くの人が手を振りながら見ていた。生徒たちは輪になって遊んでおり、「班長だぁれ」「大根煮つけ」といった集団ダンスを踊っていた。

　マリ・フーはみんなに教えてもらってダンスを覚えたが、おずおず歩みなかなか思い通りには踊れなかった。生徒はますます多くなり、その輪が道路を覆った。マリ・フーたちはしゃがんでいたが、医療従事者と行進指揮者たちが足早に駆けてきて、彼女たちの頭上を通り過ぎていくかのようだった。隊列に加わる別の女子生徒がマリ・フーたちの隣に集まってきた。頭に花輪を巻いている組もあれば、全員が小さな花籠を提げている組もある。

　遠くを見ると、大学生の列と人々の頭上に掲げられている航空学部の巨大なジェット機の模型も見えた……。マリ・フーは、受け止めきれないほどの多くの姿が視界に飛び込んできたような気がした。数えたいが、数えきれない。喝采《かっさい》したいが、声が出ない。それで、立ったままぼんやりとしていた。

大会が始まり、何十万人もの人々が向かい風を受けながらも行儀よく立っている。礼砲の轟音《ごうおん》が鳴り響き、衣服の端までも震えたようだ！　赤旗がパタパタと音を立て、はためいている。荘厳《そうごん》な国歌とインターナショナル（全世界の労働者の団結を訴えるための曲）が奏《かな》でられ、空高く大きな白雲が漂《ただよ》っている……。一千万人が天安門に花を投じた。鳩《はと》も風船も飛び、歓呼の声が大地を震わせた。「毛主席万歳」のスローガンが無数の歓呼となり、それら歓呼もまた、無数の河川が大海原に注《そそ》ぎ込《こ》むかの如《ごと》く、一つの歓呼になったかのようだ。

マリ・フーは大海原の波間を漂うかのようにふらついていたが、みんなに続けて叫んだ。空には太陽の光と雲とが交わり、無数の夕陽《ゆうひ》が天安門を照らしているかのようだった。マリ・フーはふと目を閉じたが、自分がどこまで歩いてきたのか分からなくなった。荘厳な場面で彼女の心は落ち着かず、地面に倒れそうになった。熱狂的な群衆の奔流に押されながら、彼女はしっかり歩けるようにと頑張っていた。

南長安街から戻ってきたとき、突然誰かが自分の名前を呼ぶのが聞こえた。歩道で見物していた少年先鋒《せんぽう》隊の大勢の生徒たちであった。マリ・フーは初めのうち誰だか分からなかったが、ふと思い出した。あぁ神よ、仁慈堂《じんじどう》にいた子供たちでは……。別れてから三年、彼らは立派に成長してみんな少年先鋒隊に入っていたのだ。すべてが大きく様変わりしていた……。振り返ると、行進隊の中の「文芸大軍」がバンバンバンと力強く太鼓を叩《たた》いていた。

天安門から戻ったマリ・フーはぐったりしてベッドに横になり、夕食も食べなかった。彼女は雨音の中でジョセフ・李の言葉、自分が犯した大きな罪を思い起こし、神聖な教会を守る方法を考えていた。だが、彼女は考えていられなかった。考えていても、気が散ってしまうのだ。はためく無数の赤い旗、通り過ぎていく花籠を持った娘たちの大隊、雷のように響きわたる歓声、またあるいは、自分に手を振ってくれた今や少年先鋒隊員となったかつての孤児たち……。これらはすべて悪魔の誘惑なのだろうか。

悪魔、地獄……魂は滅び、凶悪なあらゆる罵《ののし》りが乱舞する。寄り集まった暗雲が彼女に襲いかかって来るのだ。天安門の前のすべてが悪魔の罠であるならば、楊薔雲は悪魔。袁新枝も悪魔。赤十字章を付けた看護師も悪魔。そして、彼女を呼んだ少年先鋒隊員も悪魔である。でも、それらはなぜあんなにもかわいらしく、またあれほど壮麗でもあったのか？　もしかして、自分の心は悪魔によって変えられてしまったのか？

なぜ自分は彼らを素敵だなと思い、彼らを愛し、このメーデー行進を好きになってしまったのか？　同級生たちが悪魔なら、自分だけが……この哀れなマリ・フーこそが聖母マリア様をお守りする者なのだろうか。人はなぜ生きているのか？　これほど多くの悪魔が人を誘惑し、死後に地獄で罰を受けてしまうのに……。

この世のすべてが、ジョセフ・李を、またマリ・フー自身をも破滅の瀬戸際《せとぎわ》に追いやるかのように揺らいでいるのか。百個の、いや千個の疑問符が欺《あざむ》くかのように、残酷にネズミの糞が散らばった小さな東の部屋で湧き上がっていた。風が天安門の前の音楽を吹き、運んできた。炎のように熱烈なメロディーである。庭でかすかな物音がした。階段の上の空の植木鉢が雨でいっぱいになり、地面に落っこちたのであった。

天安門の前は灯火があかあかと輝き、人だかりができている。鄭波たちが駆けつけたとき、花火はまだ打ち上げの真っ最中であった。ドーンという音がし、炎が空に飛んでいく。爆発すると、一種類の色が様々な色となり、一筋の光が一面に広がる。空に美しい弧を描くが、瞬時に跡かたもなく消えてしまう。跡の一面には、煙だけが風に散らされ漂っていく。小さな火花も見える。紙製の落下傘《らっかさん》に吊《つ》るされて空にヒューと上がっていく。まるで、新たに生まれ雨天を駆け昇って行く星のようだ。

祝日の喜びを前にしては、雨もお手上げであった。誰も雨に邪魔されず、むしろ雨と格闘しながらの喜びがこの上なく、どんどん楽しくなっていった。赤い厚手のシャツを着た多くの人がフォークダンスを踊っていると、相手の白シャツに赤が映えた。多くの無鉄砲な青年たちが濡れて、汚れた靴で乙女たちの足を踏んでしまったが、大したことない。上がった水しぶきが彼女たちのきれいなスカートに落ち、泥も付いた。

鄭波も喜んでいた。足は痛いけど、なんて美しいところに来たのだろうと感動していた。まるで神話の中の宮殿だ。天安門は燃えるように輝いている。郵政ビルと天安門前門の灯火は、神秘的に宙に浮かんでいる。建設中の人民英雄記念碑は、大きな赤い星を高く掲げている。

たくさんの探照灯の力強い光の柱が眩《まばゆ》く、かつ白い網のように絡《から》み合う。それら光の柱は回転し、瞬時にして北京の空をあまねく照らし出す。大雨が明かりの中で降ってきているが、隙間なく林立した白線のようにも見える。楽しいダンス音楽は雨の雫《しずく》の百倍もの音色を奏で、次から次へと流れてくるのだ。

鄭波は同級生を見つけたが、六十五高の男子生徒と一緒に輪を作って踊っていた。彼女は少しためらったのだが、田林を置いてダンスの輪に向かって走って行ったのだ。同級生たちは彼女を見ると喜んで彼女と握手し、抱きしめ、肩を叩いた。彼女の手を引いてぐるっと一周し「この、おバカ！　結局来たのね。よかったぁ！」と罵った。何か信じられないことが起きたかのような、びっくり仰天の出会いだった。

田林はどうしていいか分からず、突っ立っていた。行き交う人々がときどき彼にぶつかった。みんな手を繋《つな》いで楽しそうだ。だが、田林が周りを見回しても知り合いは一人もいなかった……。田林は手持ち無沙汰に西のほうを見ていたが、二人の女の子が走ってきて彼に手を振った。

楊薔雲と周小玲だった。彼女たちの興奮した顔は探照灯が交錯する光の網に照らしだされ、より美しく見えた。服の上、額の上には雫の玉が光っていた。彼女たちは田林を誘って一緒に踊ろうとしたが、田林はそんな気分でもなく首を横に振った。薔雲は、鄭波に置いていかれた田林の気持ちを少しは察したようだ。けれど、濡れた冷たい指で田林の手をつかむと、「さあ、一緒に飛び跳ねましょう。一人じゃつまんない！」とつぶやいた。

彼女の言葉に好意と配慮を感じ、田林は無理に踊った。最も有名な「招待舞」だったが、少年先鋒隊員が田林をダンスに招き入れたとき、彼が歩みを間違えたのでその隊員は笑わずにはいられなかった。田林は輪の中へ人を招待する番になったが、おろおろと慌ててしまい、ダンスの輪から逃げていった。遠く離れ、また誰かが誘ってこないかと心配していた。しばらくして、薔雲がまたやってきた。彼女は田林に話しかけたが、田林は口ごもりながら何も言えなかった。

花火はもう終わって雨もだんだん止んできたが、ラジオから「残り三十分となりました。皆様、悔いなく踊り切るようお願いいたします」と流れてきたではないか。生徒たちは「おぅ！」と言い、時間が経つのが早過ぎると文句を言いながらも一層熱烈に踊りだした。ダンスをしている者たち、みんながわき立った。鄭波は足の痛みにますます耐えられなくなっていた。すべての筋を違えたかのようだ。疲れてもいた。けれど、痛みや疲れすべてを堪えて必死に踊った。雨と汗が混じり合った。

彼女は自分に言い聞かせた。今日はメーデー、とっておきの日よ。不愉快に思う権利なんてないの。自分を押さえつける権利もないのよ。跳び上がろう。跳び上がって、ずっと踊り続けるの。みんな見てよ！　私は素早く跳び上がれるわ。姿がとても美しいの。

日常で何が待ち受けてるのかなんてもう知らない。楽しいかもしれないし、幸せじゃないかもしれない。でも、何も恐れない。何も気にしない。あぁ、なんで急に大きくなっちゃったんだろう？　時間が経つのが早い。まだ思う存分踊ってないの……大人になる前に踊ろう。踊らなきゃ！

ダンスの曲はもう流れなくなったが、完全にお開きになったわけではなかった。若者たちは自分たちでアコーディオンを弾き、歌い、踊った。鄭波はとうとうこれ以上踊ることができなくなり、酔っ払いのようなふらふらした足取りで学校への帰り道を歩いていった。

「なんで自分から楽しまなかったんだろう？」

田林は自問した。結局、ぼっとしたまま二時間以上立っていただけであった。鄭波が彼を置き去りにして行ってしまったので、周りを見回しても見つからなかった。風がなんと冷たいことか。田林のベージュ色のシャツは濡れて体にくっついていた。わざわざネクタイまでしてきて、本当に役立たずなネクタイだった！

鄭波は少し歩んでから立ち止まった。振り返って田林はいないかとあちこち見てみた。田林はすべてを忘れ、足早に去りつつあった。鄭波は叫んだ。

「ここよ！　私はここ。帰ろう」

一方のマリ・フーは仁慈堂の高い壁のそばに来て、ネムノキに寄りかかっていた。木の下には井戸がある。マリ・フーが井戸を覗いて見たら、中から音楽が聞こえてきた。しばらくして、井戸からピンクの物が昇ってきた。風船だ！　マリ・フーは手を伸ばして取ろうとしたが、取れなかった。風船はネムノキの周りを漂っていたが、ゆっくりと落ちてきたのでマリ・フーは風船に向かって歩いていった。

だが、その風船は実は男の子だった。縮れ毛のような髪をした彼は、唇は意地っ張りのように突き出ている。平和の鳩を抱いて、マリ・フーに微笑《ほほえ》んでいた。

「あなた、誰？」

「……」

「だぁれ？」

「……」

その子は何も答えなかった。マリ・フーは近づき、頭からつま先、つま先から頭とその子を見た。マリ・フーは嬉しそうに叫んだ。

「毛毛乖《もうもうかい》！」

毛毛乖は笑った。平和の鳩を抱き上げると、鳩は空高く飛翔《ひしょう》し笛のように鳴いた。でも、毛毛乖はまだ黙っていた。マリ・フーは彼を抱きしめ、髪、目、小さな手にキスをした。マリ・フーは泣きながら言った。

「私がどんなにあなたに会いたかったか、どれほど会いたかったか……」

彼女の涙は地面に落ちて小川に集まり、ぱらぱらと流れていった。毛毛乖はまだ何も言ってくれない。

だが突然、毛毛乖ではなく、赤い鼻の酔っ払いが毛だらけの手でマリ・フーをつかんできた。そして、大声で言った。

「おれが、おめぇのだんなだ。アーメン！」

マリ・フーが驚いて目を覚ますと、夜中だった。壁に寄りかかり、よろめきながら庭に出た。雨はもう止んでいたが、まだ風が吹いていた。探照灯が上空で輝いている。水たまりはまだ流れ去ってなかったが、軽く音を立てていた。雲がゆっくり散り散りになると、星がいくつか現れた。

小さな教会にそびえ立つ十字架の黒い影がかすかに見えた。この冷たい十字架を見て、マリ・フーは心臓が止まりそうになった。倒れたり、這《は》ったりしながらも教会になんとか戻った。四肢はか弱く、無力であったが、彼女は聖母の救いを求めてマリア像の前に跪《ひざまず》いた。

ああ、信仰の泉よ
　あなたの永遠の真理をもって我が魂を潤し給え……
あなたは罪と死に打ち勝たれた
　我が重き罪を示し給え
魂は在天の主と永久にあり

地獄の罪人となり償《つぐな》わん……

マリ・フーは慄《おのの》きながら、荒れた海の中で浮き輪をつかむかのようにこれら祈禱《きとう》文を暗唱した。顔を上げ涙を流すと、汗だくになっていた。慈愛に満ちた聖母の顔をかすかに仰ぎ見た。無謬《むびゅう》の聖母が貞淑、素朴な眼差しで見おろしている。マリ・フーの心は落ち着いた……。

突然、聖母が哀れで、孤独なように感じた。一人で暗がりに住まい、その瞳は悲しみに満ちており、頭は力なく垂れている。我が娘、我が哀れな子羊を見つめながらなす術《すべ》がない。この世の尽きない苦しみの中で、やるせなく苦悩しているのか。

寮の中は真っ暗で、鄭波が帰ってきたときみんな寝てしまっていた。ベッドのそばまで行ったがくたくたで、もう一歩も歩くことができない。両足は火傷《やけど》をしたように痛く、棒のようにこわばっている。全身もだるく、足を切断してしまいたくなる。

あえぎながら靴を脱いだが水が入っている。靴を逆さまにすると水がポタポタと落ちてきた。靴下の色が抜け、色がすねまでも染めている。足の裏とかかとが水につかってむくんでしまった。青白くたるんで、水に浸した饅頭《まんとう》のようになっていた。

雨はすっかり止んで、また風が吹いてきた。強い風が雲を吹き飛ばし、月がおずおずと顔を出した。月光が空高くから窓へと差し込み、鄭波の枕元を斜めに照らしている。鄭波は布団《ふとん》を広げて足にかけ、枕にもたれ目を閉じ考え込んだ。

今年のメーデーはよかった。みんな元気だったわ。田林には悪いことしたかも。遠くから会いに来てくれたのだから、がっかりさせちゃだめね。でも、そんなことは……ありえないか……。田林はなんていい人なんだろう。でも、人の言うことを聞かないな。何かいい方法があるだろうか？　もぅ、この足。どうして今日痛むの？　眠いな。嬉しいことも、そうじゃないこともたくさん、たくさんあった。こんな充実した一日を過ごしたのは初めてよ。そう。自信持たなきゃ。私には力がある。恐れちゃだめ。でも最近頑張って勉強していないか……。なんで考えれば考えるほど支離滅裂になっちゃうんだろう？　もう寝よう。おやすみ……。

周小玲の咳《せき》が続き、しばらく鄭波は眠れなかった。周小玲の濡れた髪が乱れていて、枕から垂れ下がり、長く引きずられているかのようだ。足で布団を蹴ったせいか、肩に布団がかかっていない。鄭波は抜き足差し足で近づくと、布団を引き上げ、ピンクのベストを羽織った肩の部分を隠してあげた。ふと見たら、薔雲のベッドがまだ空いているではないか。楊薔雲はどこへ行ったのか？　どうしてまだ帰ってきていないのか？　鄭波は不思議な顔をしながら薔雲の枕元に座り、しばらく薔雲を待とうと思った。でも、その後うとうとしてきて薔雲のベッドに倒れ寝てしまった。

第二十八章　ある夜の明と暗

メーデーの夜、楊薔雲《ようしょううん》は天安門の前のあちこちで張世群《ちょうせいぐん》を捜していたとき、女子七高の隊列は金魚胡同《ふーとん》の前でしばらく止まり大学生の隊列に道を譲った。休んでいた高校生は大学生チームの「審査員」になり、あの人は云々《うんぬん》と動作にも注目しながら「採点」したのである。

そのときふと一人の大学生が地質学院の校章を付けていたので、薔雲は急いでその隊列に張世群がいないか捜した。後ろの方まで行って捜したが、いなかった……。あ！　張世群はとっくに前の方に出ているではないか。赤い上着と白い体操用ズボンを身に着けている。大きな赤旗を掲げ、雄々しく軍の歩兵を模範とした均一の歩幅で進んでいたのだ。

こんな大役をと薔雲は大笑いし、「張世群」と叫んだ。張世群が振り返ったので、その浅黒い顔が薔雲にも見えたが、世群は薔雲と目が合わなかった。そのときホイッスルが長い音を立てて鳴り響き、女子七高の隊列は前進を再開した。

張世群が大きな赤旗を掲げている雄々しい姿は薔雲に鮮烈な印象を残した。行進の途中でも忘れられず、夜に必ず張世群を見つけることにした。天安門広場はあまりにも広く、夜のお祭り騒ぎに来た人は少なくとも二十万人はいたので捜すのはとても大変であった。だが、楊薔雲は何かしようと決めた以上、その決心を何が何でも実現する子であった。

薔雲は田林《でんりん》と少しおしゃべりをした。鄭波《ていは》に置いてけぼりにされた田林をとてもかわいそうにおもったが、田林は薔雲とあまり話す気になれなかった。薔雲はため息をついて去って行った。張世群を捜すには、まず地質学院の学生が踊っている輪を捜さなければいけない。薔雲は周囲を見回した。天安門の前は混んでいて、行き来する人々は前の人の肩に両手をかけ長い蛇のような列を作って、移動していた。

薔雲は列が行き来する場所近くに立っていたので、警備員に注意された。

「そこのあなた、通行の邪魔ですよ」

薔雲が横を向くと、警備員が付けている赤い徽章《きしょう》が見えた。彼女は慌てて「地質学院の学生はどこで踊っているのでしょうか？」と尋ねたが、警備員は笑って首を横に振り、別の場所で通路誘導を始めた。

簡単に逃すわけにはいかないわと、追いかけて行き警備員の肩をつかんだ。

「申し訳ありません。申し訳ありません……。ご存知ないでしょうか。申し訳ございません」

必死に頭を下げて食らいついた。警備員は振り返り薔雲を睨《にら》みつけたが、薔雲は微笑《ほほえ》みを浮かべてお辞儀した。

「『西華表《にしかひょう》』のそばの指揮所でお尋ねください」と警備員は教えてくれた。

薔雲は勇敢にも群衆が押し合いへし合いする中に割って入り、かき分けながら西華表へと突き進んだ。地面が滑《すべ》る。人も多く、集団で押し寄せてくるので身体《からだ》が自由に動かせない。薔雲は腕を組み身体を横にして突き抜けると、ジグザグに進みながら西華表に近づいていった。薔雲は腕で身体を抱え守りつつ、横向きになって突き進んだのだ。折れ曲がりながら歩いていると西華表が見えてきた。

「旗手さん！　だ〜れだ？」

薔雲が張世群の顔を後ろから手で覆《おお》った。張世群は踊りの輪の外に立って休んでいたところだった。張世群は見当も付かなかったようだが、目隠しされても慌てて「自由」を求めようとはしなかった。しばらくして、何も言わず頑丈な手のひらで薔雲の冷たい手を離した。

「おぉ！」

張世群はびっくりした。顔には雨粒が付いていたが、明かりの下で顔のすべての筋肉が鍛えられ彫刻されているかのように、以前よりも逞《たくま》しく見えた。薔雲に気づき爽《さわ》やかな笑顔を見せたが、笑い終えてからの視線が少し恨めしげであった。

「僕のこと、覚えてたんだね？」

張世群は疑い、嘲笑《あざわら》うような口調で尋ねた。

「何よ！　どうやってあんたを見つけたと思う？」

薔雲は楽しそうに、自分が万難を排し「千里を旅して人を尋ねた」経緯を話した。

張世群は気をつけの姿勢で立っていたが、右のつま先で地面を軽く打ちかすかに笑った。

「ふぅん。お嬢ちゃん、君が僕を捜すのは難しいと思ってたよ。でも、僕が君を捜すのももっと難しいってこと知らなかっただろう……」

大学生たちは社交ダンスを踊っていた。西洋楽器を寄せ集めたのか、クラリネットとトロンボーンを吹き、下手なギターも混ざっている。それに合わせて太鼓を叩《たた》き、「ズンチャッチャッ、ズンチャッチャッ……」と奏《かな》でていた。学生たちが二人一組になって、ひらりひらりと踊り始めた。

「来る？」

張世群が尋ねた。薔雲はうなずき、二人は輪に加わった。

「元気だったの？」

張世群が高い澄んだ声で尋ねた。

「もちろん」

薔雲の白い歯が見えた。雨の雫《しずく》が薔雲の口に流れ込んだが、彼女は後ろを向いて吐き出した。

「君が悪いんだぞ。半年も会えなかった」

張世群の足さばきは華麗だ。

「でもいつもあんたのことを思ってたわ。ダンス上手ね」

薔雲も軽やかに合わせる。

「郊外の新しい寮に引っ越したんだよ」

「どう行けばいいの？」

「東三棟五〇三号」

張世群は足取りを緩め、二拍ごとに一歩進んだ。

「え、どこ？」

「東！　三棟！　五〇三号！」

薔雲は飲み込むように黙ってから、「覚えたわ」と言った。

「時計回りに踊れない？　東北人はみんなそうやって踊ってるの？」

張世群は首を横に振り、ゆっくり規則正しく歩みを進めていった。

「あのね。私について踊ればいいの」

張世群は黙っていた。生意気にも誘ってきたなと思っていたが、何も言わずに楊薔雲を抱きしめ、身体を寄せた。ふと薔雲が言った。

「最近製図がよくできるようになったの」

「おめでとう。僕は前学期、学校から表彰されたよ」

張世群は率直だが、自慢気もなく話した。

二人はゆっくり踊っていたが、薔雲は我慢できなくなったようだ。

「なんでこんなに紳士的なの？」とどきっとするような言葉をささやいた。

張世群はよく聞こえなかったようだ。

「あなた、商工業者のおじいちゃんや十七世紀のロシアの退役中将みたいに踊っているわ。私を怖《こわ》がってるの？」

薔雲の言葉が気に障《さわ》ったのか、張世群は急に速く回転し出した。左手で薔雲の手を握ると右手で乱暴に薔雲の腰を引き、小節ごとに三百六十度回転した。薔雲はつま先から着地し、楽々と張世群についていく。息を切らしながらも、笑っていた。

「速く、もっと速く！」

「回って。回ってよ」

「本当にだめね。疲れたの？　めまいでもしたの？」

「踏まないで。本当に下手ね」

張世群は無邪気に顔を赤らめ、必死に回転した。姿勢も気にせず、ダンスの技もすべて頭から吹っ飛んだ。やがて音楽が聞こえなくなり、テンポを合わせる必要がなくなっても回転ばかりしていた。薔雲は握られた手が痛くなったので、離した。彼女は張世群の右手に体をもたせかけながらも、つま先だけで着地した。そして、細かくステップを踏みながら、楽々と回転した。

張世群が力を入れれば入れるほど、薔雲は力を入れずにふわりと地上から舞い上がるかのようだった。天安門が次々と目の前をかすめ、無数の灯火が数えきれないほど金色の蛇のように空中をぐるぐると回っていた。二人は跳び回った。周囲の視線なんて気にもならなかった。

夜が明けるまで踊り続けたのだ。

五月二日の朝、薔雲はぐっすり眠っていたが小さな蛇が右腕によじ登る夢を見た。彼女は身体を動かし、寝返りを打って眠り続けた。まだ何かが彼女の腕に触れていて、睡眠を邪魔されているように感じた。腹が立ち、何か言ってやりたかったが口が開かなかった。

眠り続け、大きなブラックホールのようなものに落ちたように、下へ、下へ……。突然、何かが彼女に触れた。辛《かろ》うじて目を開けると、コーヒー色が見える。コーヒー色の真ん中には首があり、その人間が蚊が鳴くような声で「楊薔雲」と呼んだ。薔雲はいったん目を閉じ、また開けた。そのときはコーヒー色は見えず、目に入ったのはベッドのそばに立っている蘇寧《そねい》であった。

「楊薔雲！」

蘇寧の顔からは慌てている様子がうかがえた。上着をちゃんと着ておらず、襟《えり》が外に出ていない。薔雲はあくびをしたが、両耳がキーンと音を立てた。布団《ふとん》を押しやり空間を作ると座り、頭を垂れたまま「眠い。なんで私、鄭波のベッドで寝てんの？」とつぶやいた。

彼女は眠ったとき濡《ぬ》れた服を着替えていなかったので、きれいなシャツとスカートは老婆の額のようにしわしわになっていた。顔は枕の刺繍《ししゅう》によって赤い跡がついてしまった。すねには泥がついている。両手でベッドの縁を握りながら、かすれた声で蘇寧に「何？」と尋ねた。

「ちょっと話があるの」

蘇寧は小声で言ったが、同じ部屋の生徒たちはまだ寝ていた。薔雲は「うんうん」とうなずいた。靴を履いて立ち上がったが、しっかり立ってなかったので蘇寧に支えてもらって、またベッドに座った。

「どうしたの？」

ようやく薔雲は完全に目が覚めた。彼女は指で円を描きながら「何でも回っているように感じる」と言った。薔雲は咳《せき》をし、笑った。

蘇寧は薔雲に洗面器を持って来てあげた。薔雲は「ありがと」と言って受け取った。太陽はまだ低く、雨に洗われた瑞々《みずみず》しい草が長い影を引きずっていた。地面のいたるところに水たまりが残っていて、ゆっくりと蒸発していった。生徒会の二つの告示は雨に打たれたせいで、床に横向きに落ちてしまい、文字の跡もぼやけてしまった。空は澄み切っていたが、南の彼方《かなた》に扇形の雲が見えた。

夜通しお祭り騒ぎをしていた人々はまだ夢の中であったが、汽笛も鐘もベルも鳴らず、路面電車のガッタン、ゴットンという音だけが聞こえてきた。情熱のメーデーが過ぎ、この日はとても静かであった。昨夜の大雨のせいか、今日が空気が澄んでいるようだ。庭では用務員の侯《こう》さんと一人の男の子だけが遊んでいた。

「お嫁さん！　お嫁さん！」

その吊《つ》りズボンを穿《は》いた男の子が薔雲に向かって手を叩いた。

「え？」

「校長の息子さんだよ。誰でも、きれいな服を着てるとな。お嫁さんって言うのさ」

侯さんは薔雲と口喧嘩《くちげんか》したことをきれいさっぱり忘れたかのように楽しそうに話してくれた。蘇寧はその子に近づいて遊んであげた。薔雲は顔を洗いにいった。

薔雲は顔を洗ったあと、新しく建てられた教室棟のベランダに行ってみた。ベランダから、驚くほどきれいな灰色の屋根、がらんとした大きな校庭、色とりどりのビル、そして国旗を立てた校門が一望できた。少し遠くに交差点のロータリーとそこできびきび働いている交通警察が見える。左、右と指揮する交通警察を見て、薔雲は昨夜の回転ダンスを連想してしまった。お祭り騒ぎの一日を思い出し笑い、そして軽くため息をついた。

「メーデー。今年も過ぎちゃったな」

蘇寧は太陽の光を避けるように薔雲の手を引っ張ってベランダの一角に腰を下ろすと、唐突に切りだした。

「楊薔雲、私どうしよう？　今から話すことは犯罪なのかな……」

「どういうこと？　最初から話して」

すねの泥をこすりながら薔雲は言ったが、脳裏に雨の夜、明かり、くるくる回ったダンスの残像がずっと残っていた。

「昨日の夜、私は家に十二時過ぎに帰ると言ったんだけど、雨がずっと降り続いていて疲れたから、十時に家に帰ったの。家に着いたら扉は閉まっていたけど、不思議なことに小さな扉が空いていた。それは鉄の扉でね。解放以来ずっと閉まったままで、開いたことがなかった。それなのに、今日はなんで開いているのかと思ったわ。

小さな扉のそばに行くと、手押し車が近くに止まっていたわ。その上に防水布がたくさん置いてあるのが見えた。不思議で仕方なくて小さな扉から中へ入ると、古いものがしまってある西の部屋の明かりがついていたわ。西の部屋には以前からおじいさんやおばあさんの棺桶《かんおけ》が置いてあったから、普段はいつも鍵がかかってた。何も考えずに西の部屋に入ると、人が二人いたの……」

「誰がいたの？」

蘇寧の話で薔雲の麗《うるわ》しき祝日の思い出は吹っ飛んでしまい、薔雲は驚いて眉を上げた。

蘇寧は薔雲に自分の父と知らない人がいたと告げた。蘇寧が一番驚いたのは、部屋に小麦粉がいっぱい入った袋が、少なくとも数百袋あったということだった。一部は新しく置かれたもので、その見知らぬ人が肩に担《かつ》いでいた。黄色い明かりが浮いた小麦粉とほこりの霧を照らしていて、生麺のにおいがした。

蘇寧が入って来たことを知り、彼らはびくっと警戒して振り返った。恐怖と怒りの形相であった。蘇寧の父は娘が来たとわかると厳しい声で尋ねた。

「何しに来た？」

「私、見て……」

蘇寧は慌てて言った。

「何を？」

「明かりがついているのを見て入って来たの……」

暗い明かりの下で、床に敷いた板や隅に置かれたネズミ捕り、椅子にかけられた空っぽの袋が見えたと蘇寧は釈明した。蘇寧は見知らぬ人もよく見ようとしたが、その人は背を向け積まれた袋の後ろに隠れており、その場にいないかのように黙っていた。

「出てけ！」

父は言った。

「お父さん、こんなたくさん麺を買って何してるの？　食べられないよ！」

蘇寧は落ち着いて尋ねた。

「放《ほ》っといてくれ。早く行きなさい」

お父さんは少し優しくなって、もう一回、蘇寧に出ていくよう促《うなが》した。

「父たちは何か悪いことをしていたと思うの」

蘇寧は薔雲のしわしわのシャツをつかんだ。

「びっくりしてなかなか眠れなかった。みんなは天安門の前でお祭り騒ぎをしていた。でも、私の家では……。しばらく横になってまた起きてみたら、西の部屋の明かりは消えていた。小さな扉は鍵がしっかりかかっていたわ。さっき自分は幻覚を見たのではと疑いもしたわ。

でも、夜が明けないうちに目が覚めて、その鉄の扉を見にいったんだけど、やっぱり開けた跡があったの……」

「勇気を出して、告発しましょう。でもお父様は、なんでそんなことを？　今、普通の資本家は……」

「父は普通の資本家じゃないわ。あなたは知らない」

蘇寧は困ったように眉をひそめた。

「二十年以上前、父は東交民巷《とうこうみんこう》で特別な仕事をしていたの。銀貨の真偽を鑑定していたと母から聞いたことがあるわ。右手に銀貨の束を持ち、左手に持ち替える。中に銅製の偽《にせ》銀貨が入っていたら、その音で偽物を判別することができたそうよ……。手を持ち替えたときに偽物の袁大頭《えんだいとう》（一九一二年に鋳造された袁世凱《せいがい》の横顔が彫られた一元銀貨のこと）の音が聞こえたら、中指で弾《はじ》くだけでいいって……。

それから日本人が来て、父は土膏屋《どこうや》を開いたの。わかる？　阿片《あへん》を売るってことよ。その後、国民党が来て建設会社を立ち上げたんだけど、最近になってね……、今は表向きは家でぶらぶらしているだけね。

私が物心ついたころ、父はすでに金持ちになっていたわ。でも相変わらずケチでね。毎晩夕食を食べたあとソファーに座って小銭を数え、小銭を一束ずつ整理する……。これが一番の楽しみだったわ……。小学校しか出ていなかったから、日本が降伏したあと大金を払って私塾に通って英語を学んだんだけど、その私塾は詐欺師がやっていてね。授業料を山ほど騙《だま》し取って、逃げちゃったの……。こんなに損したのは人生初めてだって父は嘆《なげ》いていたわ」

薔雲は立ち上がって、いらいらしながら歩き回っていた。こんな類《たぐい》の人がいるなんて初めて知ったのだ。薔雲はベランダの手すりで身体を支えながら、その清潔な街を眺めていた。こんな美しい街にも、そんな人が歩いてたんじゃないかと少し胸が痛くなった。蘇寧の父の禿《は》げ頭、古くて長い着物……。そのときふと鄭波がこのベランダを通っているのが見えたので、大声で呼んだ。

鄭波はふらふらしながらもベランダへ走ってきた。一番地味な青い制服に着替えていたが、彼女の瞳は熱く、少し不安げな光を放っていた。

「楊ちゃん、生きて帰ってきたのね。あら、目が開けられない。あ、蘇寧。こんな早くに来てたのね」

「鄭波、どうすればいいと思う？」

薔雲は蘇寧を見つめた。蘇寧がうなずいたので、薔雲は蘇寧が先ほど教えてくれたことを鄭波に打ち明けた。

「手紙を書いて、告発すべきじゃない？」

薔雲は最後に自分の意見を付け加えた。蘇寧は困ったように薔雲を見てから、再び鄭波を見た。

「解放されて四年になるのに、お父様には何があったのかな？」

鄭波がつぶやいた。

「蘇寧のお父さんは普通の資本家じゃないわ……」

薔雲が鄭波に言った。

「もし犯罪だったら、あなたが告発するつもり？」

鄭波は蘇寧に問うた。鄭波は腰を下ろし蘇寧に向き合い、自分の足を軽く揉《も》んだ。

「もちろん……」

蘇寧は小声で言った。

「少し考えましょう。あなたはやはりお父様に忠告した方がいいわ。はっきり言ってもいいんじゃない。『悪いことをすれば結局ばれる。ばれたら重い罰を受ける』って。もしお父様が忠告を聞かなければ、そのときに手紙を書いたら？」

「蘇寧、戦うべきよ！」

　薔雲は怒って言った。

「この家庭はあなたを傷つけたことがあるんだから。弱気になったらだめよ……」

「父の悪事を見逃すわけにはいかないわ。もしかばったら、私も良き市民じゃなくなっちゃう。安心して」

　蘇寧は小声で薔雲に言った。

「今回は、あなたをがっかりさせないわ……」

　蘇寧が去ってから、鄭波は薔雲に尋ねた。

「いつ帰ってきたの？　眠ったの？　夜中にあなたのベッドに座って待っていたんだけど、そのまま寝ちゃった」

「一晩中踊ってたの」

　薔雲は自慢げな表情をしつつ瞳をきらきらさせた。

「こう踊って、こうして踊って……」

　薔雲はベランダの手すりに伏して、自分で笑っている。

「なんで笑ってるの？」

「笑ってるって？　……大雨の中……踊って……楽しかったの！」

　薔雲は振り向いて、手を後ろに組んでベランダの手すりにもたれている。顔は笑って赤くなっている。

「昨日、なんで田林にあんなことしたの？　雨に濡れてたけど。『天安門の前に立ってなさい』ってお仕置き？」

陽が高くなり、五月の空はガラスのように輝いた。豪雨の後の太陽は、暗雲を破った勝利の気概に溢《あふ》れるかのように、我が物顔で強い光と熱を放っていた。鄭波は薔雲の質問に答えず、青い制服の一番上のボタンを外し「暑い……」と言った。

「教えてよ。田林と何があったの？　あなたたちは昨日……」

「言わない。秘密！」

鄭波は首を横に振った。

薔雲は黙っていたが自分の関心を抑えきれず、また雨に打たれた田林のために何かしてあげなきゃと思った。

「私にはわからないけど、田林はいい人だと思う。あなたは昨日……」

「やめて」

鄭波は震えた声で言ってから、無言で薔雲を見つめた。顔の筋肉が縮こまっている。まるで虫が登ってきたかのようで、何か言いたそうだ。鄭波は突然薔雲に背中を向けると彼女一人を置いて、ベランダから降りていった。

第二十九章　涙と笑い、どっちなの？

学校から遠くにいた黄麗程《こうれいてい》に美しい音楽、銅鑼《どら》や太鼓の音が聞こえてきた。校門の前に林立している色とりどりの旗と、校門のそばに立ち指をしゃぶっている子供たち……何やら賑《にぎ》わっているようだ。彼女は思わず足を早め、小走りに自分の母校まで歩いてきた。ここで生徒時代を過ごし、戦いの人生を送ったのだ。

入り口には親切な係員がいて彼女たちが黄麗程を案内し、名簿にご記名願いますと言った。名簿が置かれた机のそばに行くと、劉《りゅう》という名の昔の仲間が記名していたので肩を叩《たた》いた。

「あら、びっくり！　来てくれたの？　来ないと思ってたけど。どこで働いているの？　太った？　いや、痩《や》せた……」

「校門ですぐ会えるなんて、嬉《うれ》しいわ。解放されてからずっと会ってなかったでしょ」

「ううん。この前の太和殿《たいわでん》での大会で、あなたを見たわよ……」

久しぶりに再会した同級生たちと談笑しながら、黄麗程は中へ入っていった。学校の内装も一新され、横断幕に大きな字が書いてある。

「先輩方、母校へようこそ！」

教室の窓には折り紙の花、リボン、そして糸で巻かれた「ちまき」が飾られている。門に入ってすぐのところに置いてある「影壁《えいへき》（目隠しの塀）」の裏には壁新聞がはられている。特集「五・四青年祭・帰校日記念」と鮮やかな色の題字が見えた。

掃除も徹底されていた。地面をタオルで拭《ふ》いたかのようだ。ここで競馬をしても少しもほこりは舞い上がらないだろう。中学の生徒たちが、羨望《せんぼう》と恥ずかしそうな眼差《まなざ》しで先輩を見ていた。そんな中学生らが三人で相談し、お下げを結《ゆ》った子供を「そそのかした」。子供が黄麗程のところに走ってきて尋ねた。

「お姉様は……パイロット？」

「違うよ」と言って黄麗程は自分の職業を説明したが、子供には理解し難《にく》かった。

「作家ですか？　模範労働者？　探査隊員……」

黄麗程は、この三人の隊員が先輩の中で何か特別な仕事に従事している人を探そうとしているのだとわかった。黄麗程は「今はただのお役人さんなんだよ」とすまなさそうに伝え、旧友の中でパイロットとかがいたら、必ず紹介すると彼女たちに約束した。

五年間を過ごしたこのなじみの場所で、新しい生活を始める中学生を見ていると黄麗程の鼓動が高まったが、かすかな恥ずかしさに気持ちをかき乱されもした。多くの思い出が混じって感慨がこみあげてきた一方で、恥ずかしいのはなぜだろう。母校に帰って来たとき、パイロットでもなく、模範労働者でもなかったからかもしれない。

「図書館では学校の歴史の展示が行われています。講堂では今、弁論大会が開催されています。あと懇親会があって、後輩たちが自作の出し物を披露してますよ。化学実験室には後輩たちの科学工芸品が展示されているんです。運動場ではバスケットボールの試合も行われています。お好きなところへどうぞ。お疲れになったら、教員休憩室で休んでいただいても構いません。お茶があります。タバコはありませんけどね」

係員が黄麗程に説明してくれた。

係員に従い、黄麗程はまず図書館を訪ね校史展示を見にいくことにした。中に入ると鄭波《ていは》の声が聞こえた。鄭波は入り口に背を向け籐《とう》の棒で指し示しながら、解放前の生徒自治会の活動について弁舌巧みに解説していた。

「……これは自治会成立のときの投票箱です。生徒たちはこの箱に票を投じ自ら人選を行い、国民党の反動統治と闘争しました。学校側が自治会の設立を許可しなかったため、先輩たちが書いた請願書がありますが、一部の先生方が署名してくださいました。

この請願書は解放後に、当時国民党の操り人形であった校長のごみ箱から見つかったものです。左上の部分はすでに破れていますが、自治会が出した最後のガリ版タブロイド紙です。このころには自治会が書いた同学の士に宛てた文章『嵐を迎えて』(当時師範大学がスパイにやられたばかりであった)と、張《ちょう》という先輩が書いた手紙『実験室に器具すらないのはなぜか?』、そして黄という先輩が書いた詩『立ち上がれ』があります……」

黄麗程は急にどきどきしてきた。つまり、黄という先輩とは彼女のことだった。見学者はみんな敬虔《けいけん》な気持ちでこれら世代の青年の勇敢な闘争を示す小さな証拠品を見つめていた。黄麗程は何度も見たことのあるものを改めて目にし、背中から身体《からだ》に大きな力が染《し》み込《こ》んでいくように感じた。この大きな力の下で、熱き血が脈打って流れているのだ。

「……これは刀です」

鄭波の声が興奮を帯びたとき、彼女は黄麗程を見つけた。

「一九四八年四月二十九日、私たちの自治会と六十五高校の自治会とが合同で集会を開きました。ところが、会の途中で、混じり込んでいたスパイと生徒の中の反動分子とに妨害されてしまったのです。

彼らは『なんで蔣介石《しょうかいせき》総統閣下の肖像をかけないのか？　共産党の国賊どものスパイめ。自治会を牛耳《ぎゅうじ》るな！』と叫びました。これは当時、国民党のスパイが使っていた刀です。わが校の劉曼君《りゅうまんくん》さんはいま教育部で働いていますが、そのとき彼らに足を切られたのです」

黄麗程は拳《こぶし》を握り締めた。

解説が終わってから、鄭波は黄麗程に駆け寄り「私たち順番に解説してるんです。私の番は終わりました」と言った。黄麗程は鄭波の髪を注意深く見た。鄭波は髪を分け、黒い絹のリボンで結んでいる……これはお下げの初歩だった。鄭波も黄麗程の髪を見つめた。パーマをかけたので髪がうねり、しなやかだった。二人は顔を見合わせて笑った。

「先輩、私の学校は素敵ですよね……」

「私たちの学校よ！」

黄麗程が鄭波の発言を訂正した。

「そうですね！　私たちの学校。すっかり変わりました。先輩のような母校愛の薄い人も来てくれたんですね！　東側には新しい教室棟が建ちました。西側は薬屋の土地を買収して、運動場を拡張したんです。生徒は数千人以上います。先輩の在学中にはわずか四百人でしたよね……」

鄭波は自分が担当した校史展覧会での解説の興奮がまだ冷めやらず、思いを込めた言葉で黄麗程に新しくなった学校を「宣伝」した。黄麗程はうなずきながら、後輩の口数が以前より多くなっているように感じた。昔は静かに流れ出していたが、今は湧き出しているかのようだ。黄麗程は微笑を浮かべて言った。

「もし、もう一度高校時代に戻れたら最高ね！」

「あんた！　こんなとこに隠れてたの！　三十分後、あんたが話す番よ。お手洗いにいるとばっかり思ってたわ……」

楊薔雲《ようしょううん》は大きな梨《なし》を持っている。そして、浴室の鏡の前に立って演説の練習をしている李春《りしゅん》に言ったのだ。李春は真剣に準備している最中薔雲に発見されたので、少し恥ずかしくなり「な、何よ？」とどもった。

　薔雲は、拳くらいの大きさの黄金色の梨を李春に差し出した。

「さっき街に行って紙を買おうとしたら、台車を押してる梨売りの白い髭《ひげ》のおじいちゃんに出くわしたの。そのおじいちゃんがね、『お嬢ちゃん、梨はどうかね。お代は要らんよ』と私に声をかけてきたのよ。冗談でしょと思って、相手にしなかった。でも、また声をかけられたから『梨を売るのにお金は要らないってどういうことですか？』と聞いたの。

　おじいちゃんはね、『ありゃ？　わしを覚えとらんのか？』と言ってきたのよ。今までお会いした記憶がないんですがと言ったんだけど、相手は私のことを知っていると言うの。それで、一年半前に自分は氷の上で滑《すべ》って転んでしまった。そのとき、支えて起こしてくれたのがお嬢ちゃんだよ、って話してくれたの。おじいちゃんは間違いなく私だって言うの。

　それで私は大きな梨をタダでもらったの。でも、ちょっと考えてね……、あんたにもあげなきゃと思ったの。食べてみなよ。弁論大会のとき、爽《さわ》やかな甘い息が出てくるんじゃない」

李春はまぶたを上げ、瞳を見開いて薔雲を見つめている。薔雲はハァハァ息をしながら、汗を流していた。大きな梨の皮はぴかぴかで、味噌《みそ》色の小さな点が均一に広がっていた。李春は薔雲の気遣いに感激した。薔雲を見ながら笑っていたが、手が震えていた。李春は梨を力いっぱい割ると、薔雲と一緒に分けて食べた。

薔雲は梨を食べながら、ふといたずら心が湧いた。袁新枝《えんしんし》の真似《まね》でもしようかなと。そこで薔雲は李春の表情や服装を細かく「審査」し、耳に泥がついてるよと指摘した。明るく、陽気な表情で李春を励ますと一緒に講堂へと向かった。

夜になり、卒業生と現役生が食事を共にした。学校は卒業生たちのために豪勢な料理を用意していた。二人の卒業生が先輩風を吹かすかの如《ごと》く、偉そうに話している。

「あの子たちの科学工芸品、見た？　私は見たわ。今の高校生は大したもんね。私たちのころは……」

「高校生が、あんな拍手して歓迎してくれるなんてね。外国のお客さんを歓迎するみたいに迎えてくれたじゃない……」

軍服を着て長いお下げをし、抗米援朝記念勲章を付けた女性が袁《えん》先生の方へ近づいていった。

「袁先生！」

彼女は袁先生に深々とお辞儀をした。

「あ！　き…君は……」袁先生は慌てて手を伸ばした。

「覚えてらっしゃらないんですね？　李宝芬《りほうふん》です。一九四八年卒ですよ。先生の授業中、こっそり食事をしたこともありました……」

「お…そうか……」

袁先生は返事した。実は、袁先生の授業中に食事をした生徒は数十人をくだらないのだ！

去年大学に進学したばかりの卒業生が高三のテーブルに走っていった。

「私は卒業生じゃないの！　現役生、高校生よ。高校生だといっつも思い込んでいるの。ここで食事するのは大好きよ。高校って何とも言えないけど、いいわね。ずっと高校生でいたいな。大学に入ったばかりのころ、慣れなくてね。泣いちゃったの。

大学では土曜日に社交ダンスを踊るんだけど、絶対踊らないわ。文芸娯楽担当の幹事にされたんだけど、『工程製図の原理』を持ってダンス会に行ったわ。マロカっていうあだ名の子がさ。ダンスの女王様になっちゃったのよ……。ふん！」

黄麗程は食事を終え、講堂から出たとき吐いてしまった。吐き気がして咳《せき》が止まらなかった。食べた物は吐きださなかったが、泡ぶくのような水をたくさん吐きだした。何人かの生徒が心配して黄麗程の近くに来たが、黄麗程は腰をかがめ壁に手を当て、首を横に振った。

「大丈夫。心配しないで」

鄭波は黄麗程を連れ、寮で休ませた。

寮の部屋には誰もいなかった。黄麗程は部屋に入ると元気になったようだ。ベッドに触れ、壁をノックし、窓を叩いた。また、窓を叩き「この部屋、住んだことあるわ……」と言った。鄭波は心配そうに彼女を見た。

「病気じゃないですか？　顔色が悪くて、蠟《ろう》みたいに青くなってますよ」

黄麗程は笑い飛ばした。

「おどかさないでよ。おしゃべりしない？　高一のときこの部屋に住んでたの。本当よ？　そのときあなたはまだ高校生じゃなかったでしょ。私のベッドはここだった」

彼女は扉のそばの空いているベッドを指さした。

「隣にいたのはお嬢様よ。お父さんは立法委員だったの。あるとき夜中の寝ている最中にね。そのお嬢さん大騒ぎして泣きだしたのよ。部屋中びっくりして目が覚めちゃったわ。

あの子震えててさ、マラリアにかかったように泣きながら言ったの。『あぁ……見て』。でも、彼女のベッドにワラジムシがいただけ！　夜中によく人に迷惑かけてたわ。泣いたり叫んだりして、寮の管理人も校医も来たのよ。

あるときは猫の夢。空で雷《かみなり》が鳴ったというのも一回あったわ。劉という仲間がいびきをかいてってのも一回あったわね。何でもびっくりしちゃうんだって……。結局あの子、肋膜炎《ろくまくえん》にかかって亡《な》くなったらしいわ」

「あのころの高校生って……」と鄭波。

「教えてあーげない」

黄麗程は頭を横に振って、感慨深げに言った。

「先輩、ベッドで休んでくださいよ」

「ううん。寮に来たのは話がしたかったからってだけ。寝たくない」

「じゃ、先輩もベッドに座りませんか？　たくさん質問したいんです」

「質問？　試験でもやるの？」

黄麗程は冗談っぽく言いながら鄭波のベッドに座り、手櫛《てぐし》で髪を整えるとベッドにもたれ、足をぶらぶらさせた。

鄭波は椅子を引いて黄麗程の向かい側に座り、心配そうに黄麗程の顔を見つめていた。彼女の目尻にはすでに細かいしわがあった。顔は、血が何かに吸い取られてしまったかのように、血色がなかった。鄭波は指を伸ばして、自分のあごをなでた。

黄麗程も落ち着いた優しげな視線で鄭波を見返した。彼女たちは長い間一緒にいられなかった空白を埋めるかのように、真剣な眼差しで互いを気遣い、またその眼差しで自分の日常を語っているかのようだった。鄭波の眼差しは無邪気で、何かを期待しているようだった。大人っぽくなりつつも、情熱が宿っていた。黄麗程は微笑を浮かべながらも、考えが深くなったせいか、大人のずるさも身に付けていた。

「質問って何？」

「今日来なかったら、私がお邪魔するところでした。いくつかあります」

「だから、なぁに？」

「一つ目」

鄭波はすぐ笑ってしまった。指で上着の二番目のボタンを弄《いじ》っている。

「なんで自治会の活動を解説したときあんなに興奮したんですか？　いつもよりも……」

鄭波は指をこすり合わせた。

「なぜか私って、解放前一緒にいた仲間に会うと……、会ったとき、誰よりも親切になるんです。もっと情が湧いて来るみたいです……言ってることとわかります？」

「分かるわ。よく分かる」

黄麗程は両手を胸の前で交差させ、胸を押さえた。

「学校に入って来たとき、一人の少年先鋒《せんぽう》隊員が私に『あなたはパイロットですか？』って聞いてきたの。あの子たちはいろいろ素敵な夢を持っていて、幸せよね。

でも、私はそんなに羨《うらや》んでいないの。あの子たちくらいの歳《とし》のとき、生活の苦しみを十分に味わい、幾度も辛酸を舐《な》めたわ。過酷な闘争が人の精神を鍛えるの。私たちは少しのことしかできなかったけど、多くの試練が与えられ、鍛えられもした。

あなたの言葉、よく分かるわ。最初、革命を目指したときに受けた教育はずっと忘れないものよ。戦時中だけでなく、平和時の建設の中でもね。憲兵に囲まれたときだけでなく、髪にパーマをかけてるときにもよ（麗程は髪をかきあげた）。変わらず、熱い志を持たなきゃね」

こう言ってから、「もちろん。簡単なことじゃないけど」と一言付け加えた。

「二つ目です」

鄭波は立ち上がって、背中を向けた。

「常に正しいことをしていても、辛《つら》くなることがありますか？　お互い思いやり合っていても、傷つけちゃうことがありますか？」

黄麗程は鄭波を鋭《するど》くちらりと見て「愛情のこと言ってんの？」と尋ねた。鄭波は振りむき、勇気をもって「はい」と言った。一瞬にして、たくさんの感慨と推測が黄麗程の心をかすめた。黄麗程は目をくりくりさせ、「小娘ねぇ……」と言った。

「麗程先輩！」

鄭波が近づいて来て、子供のように黄麗程の襟《えり》をなでた。

「すべて話します」と言ったが、鄭波は一言しか言えなかった。

「…田林《でんりん》……」と言ったあと、話が続かなかった。

そのときの黄麗程の気持ちは自分が何かに突然出くわしたかのようであった。従弟《いとこ》のことを思い出した。細長い体と光る眼鏡のレンズが思い起こされた。鄭波の「初心者」のようなお下げを見て、また「小娘……」と言った。彼女は鄭波の手を持って立ち上がり、うろうろし出した。

鄭波から複雑な不安の表情が消え、静かに黄麗程の答えを待っていた。黄麗程はもう結婚していた。だから、鄭波を子供、小娘だと思っていた。だが、今鄭波は成長したのだ。愛情、苦悩、心の内に複雑な思いがあるのだろう。そうね。成長するのは当たり前。だって、女の子だもん……、そりゃそうよ。

とはいえ、黄麗程は鄭波の内面を推《お》し量《はか》れなかった。時間が経《た》つのは早いとも思った。でも、そんなことは自分が結婚したときには思わなかった。

「田林と、どうしてんの？」

黄麗程は右手で窓の台を支え、左足を右足に組んでから、尋ねた。

「私の質問に答えてくれませんか？」

鄭波は話したくなかった。

黄麗程はよく考えた上で詳しく答えてあげた。

「質問が抽象的なの。プラトンがソクラテスに尋ねたみたいね……。何だっけ？　正しいことをしていても辛い……。日常は失敗と改善の中で進歩していくものでしょ。あと、正しいことをしても……みんなが喜ぶとは限らないかもね。特に、初恋はね」

黄麗程が初恋と軽く言ったが、何か過去を振り返っているかのようであった。「初めの恋はね。最初に詩を書いたときみたいに、涙の方が笑いよりも多いの」

黄麗程は息を吐いた。

「でも、大丈夫。楽しいことがあったら、素直に受《う》け容《い》れて。あなたは幸せになれるわ。もし苦しいなら、我慢して乗り越えましょう。強くなれるわよ。こうやって人は成長して、大人になるの。小娘ちゃん……」

「まだ答えてないことがありますよね」

鄭波は黄麗程の話を聞いているだけでなく、スポンジが水分を吸収するようにしっかり理解しようと努めていた。

「答えてない？」

黄麗程は考えた。

「あぁ、傷つけるって言ってたわね。傷つけるって……。分かんないな。一言！　いい加減に答えるわよ。思いやりは、きっといい結果に繋《つな》がるわ。どんなに不器用でもね」

「三番目です。私は質問することが多くて、理屈っぽいと言う人もいるんですけど、どう思います？」

「理屈っぽい？」

黄麗程は繰り返した。ベッドのところの椅子を引っ張り、そこに座り背もたれの上に頭を乗せた。目を細めて屋根を見つめ、窓の外にある新築の建物を見ている。突然、顔を戻すと「屋根がどうして高くなったの？」と尋ねた。

「高くなった？」

鄭波は質問の意図がわからなかった。

「部屋を建て直したんじゃないって聞いたの。屋根が昔より高くなったみたい。修理し、壁を塗って棚をはり付け、ガラスも換えたわね。屋根はやっぱりけっこう高くなってるわ」

黄麗程はまた長いこと目を細めて見ていた。

「私が間違ってるかな。屋根が高くなったような気がするの。ここに住んでいたころはね。それはそれは低くてさ。あなたの背丈だったら、上からのしかかってくるような感じよ。あのときは暗くて、ガラスも不透明だったかもね。冬に風が吹くと扉の後ろで誰かの泣き声のような音が出る、面白い寮だったの。目が覚めたら顔が土だらけだったわ」

「そうなんですか？　そんなこと私たちの寮では一度も起きたことないですよ！」

鄭波は驚いて言った。

「そうなの？」

黄麗程も少し驚いた。

「私の記憶違い？　いや、まあ……この学校やこの寮についての記憶も古くなっていて、役に立たないかも。やっぱり理屈、つまり理性について話しましょう。こんな抽象的な質問に答えるのは本当にいらいらしちゃうわ。一言だけ言ってあげる。理性的な幸せだけが、まぎれもない、かつ揺るぎない幸せよ」

鄭波は目を見開いたあと、後ろに回した両手をベッドにかけ、傾《かたむ》いた身体を支えていた。美しい歌が聞こえてきたかのようだった。やがて鄭波は首を横に振って座ると、服の襟についた土を払いのけて言った。

「四つ目の質問は先輩に関するもので、とても具体的です」

「私に？」

黄麗程は手で自分を指さしたが、どんな質問か予想が付かなかった。

「教えてくださいね、黄麗程先輩。なんで結婚したんですか？」

この質問は黄麗程を困らせた。結婚の理由を他人に説明することになるとは思いもよらなかった。区役所の結婚届の受理担当者も、こんなことを質問しなかった。黄麗程は「何て質問よ……」と言った。

鄭波は遠慮なく自分の思いを彼女に伝えた。

「先輩は革命家の仕事を続けていくと思ってたんです……」

「結婚したら私が専業主婦になるっての？」

黄麗程はすぐ鄭波をばかにするように笑った。

「高校生ね。結局、子供じゃない！」

それから真剣な表情で鄭波に近づき言った。

「私を見て。ありのままの私をね。ありがと……結婚したら、平凡な生活を送るんじゃないかって心配してるんでしょ？　あなたの気持ち、分かるのよ。そんな女性がいないわけじゃないけど、私はそうはいかないわ！」

彼女は断固として答えたが、また半分真実、半分嘘《うそ》かのように一言付け加えた。

「仮定の話だけど。もし、もっと早くあなたの質問を聞いていれば、結婚しなかったかもね」

黄麗程は意地悪そうに微笑《ほほえ》んだ。

黄麗程が母校を離れたとき、家々にはすでに明かりが輝いていた。先生と生徒は入り口で卒業生たちと握手した。卒業生たちは遠く離れても、振り返って手を振っている。彼女たちは何年ぶりかに母校で短い一日を過ごしたが、予期しなかった温《ぬく》もりに心を癒《いや》されたのだ。最初みんなで歩いていたが、路地を出たところで南へ行く卒業生たちと北へ行く卒業生たちとにわかれた……。南に向かう卒業生たちが交差点に着いて、またわかれていく。最後には一人一人がそれぞれの道を歩んで行くのだ。

五月の夜は、いたるところでアカシアの香りが漂《ただよ》っている。ありふれた小さな花だが、牡丹《ぼたん》や薔《ば》薇《ら》よりも、上質なお酒のような香りを放つのだ。香《かぐわ》しい花が散り、歩道のそばに落ちる。南風に吹かれて壁の角に転がったり、翌日の清掃員の片づけを待っていたりした。

空気は清らかで香りが良く、しかもすっきりしている。このような空気の中を歩いていると、まるで魚が水中で泳いでいるかのように気持ちいい。女の子たちはすでに半袖のシャツとスカートを着ており、健康的な肌が明かりの下で輝いている。

黄麗程は帰り道でずっと鄭波のことを考え、昔の友情と愛情とを思い出していた。黄麗程は自分と顧明《こめい》のことも思い出した。あるとき顧明と一緒にボートを漕《こ》ぎにいったことがあった。それは今と同じく五月の夜だったはずだ。水鳥が湖面をかすめるように低く飛んできたので、顧明はわざと船を遅く漕いで、こっそりと何か言おうとした。

でも、黄麗程は彼に話をさせず、ただ「早く漕いでよ！　早く！」と急《せ》かすだけだった。顧明はそこで頭にきたかのように必死に漕いだので、自分にも水が跳ねとんで、黄麗程にも跳ねかかった。ボートを漕いでから顧明は牛のようにハー、ハーと喘《あえ》いでいたが、手を伸ばすと水滴がいっぱいついていた。顧明は「僕のこと、怖くなった？」と尋ねた。黄麗程は首を横に振ったが、顧明は言った。

「でも、僕はね。ちょっと麗程が怖かったよ……」

鄙《ひな》びた麦わら帽子を被《かぶ》った老人が真っ赤なイチゴの入った籠を提げ近づいてきた。黄麗程はイチゴを買って食べた。酸《す》っぱいものは好きだった。顧明は出張で南方へ二週間行ってしまった。黄麗程は、ふと夫のことを思い出した。結婚してから、このように夫のことを思い起こしたのは初めてであった。

それと同時に、これまた結婚後には感じていなかった少女が抱くような熱い恋慕の情が夫に対してわき起こってきた。黄麗程は今日の嘔吐《おうと》を思い出した。彼女の若い体に神秘の命が躍動し始めたのであった。彼女と顧明二人の間の命が。

「青春か……」

黄麗程は一本のアカシアの木の下でしばらく立ち止まって、自分の心の鼓動を聞いていた。だが、詩人のように長く考えてはいられなかった。帰り道も後半に差しかかったころから、政治工作部の幹部として彼女は悩み始めたのだ。癖《くせ》の強いある幹部との個人面談をいかに切り抜けるかということを。

第三十章　仲直りとお別れ

五月七日の午後、メーデーの各試合結果が発表され、表彰式が行われた。高三のバスケットボールチームは惨敗《ざんぱい》だった（チームののっぽが病気で出場しなかったからだ）。合唱団は高校で三位の成績だったが、実は参加したのは七組しかなかった。とはいえ、三位ということで、どうにか結果発表の掲示に名前が出たのである。

次に弁論大会だが、李春《りしゅん》の講演は内容も豊富で、声も高らか、態度も自然体と評価された。だが、政治科の教員は彼女がむやみに専門用語を使っていたと指摘した。物理学科の教員の感想も科学資料を引用し過ぎ、かつ筋道が通っていないということだった。国語科の教員は「派手過ぎる！」と批判した。そういうわけで、李春の成績は二位に決まった。

李春は一位は自分じゃないと知ると頭で「ガーン」という音がしたようで、表彰式から逃げたくなった。二位だから悲しいとは言わない。けれど、賞品にもらったハードカバーの「美術日記」は見たくもないし、喜びたくても喜べない、かといって意気消沈するほどでもないのだ。

でも、李春と蘇寧《そねい》が教室に戻ると同級生たちから熱烈な祝福を受けた。みんなは拍手しながら、二人を迎えてくれたのだ。袁新枝《えんしんし》はクラス委員会を代表して、彼女たちと握手した。「クラスにとって名誉なことよ」とも言ってくれたのだ。蘇寧は小さな褒賞《ほうしょう》旗を持ってきた。実は褒賞旗は赤い布でできていた。高級でも、美しくもないが生徒たちはすぐに椅子《いす》を積み上げ、その上に登ると、褒賞旗を壁の一番目立つところにかけた。李春の美術日記もみんなに回覧され、「装丁がきれいね」とほめられた。

ある生徒が「明日、私も一冊買ってくるわ」と言った。別の生徒が口を少し歪《ゆが》めて「買うって言ってもさ。李春は賞品としてもらったのよ。重みが違うわ」と突っ込んだ。李春はこんな雰囲気の中で、だんだん気分が良くなってきた。すごいじゃない。みんな私のことクラスの名誉って言ってるわ、と。それで男の子のように偉そうにズボンのポケットに手を突っ込んだ。

周小玲《しゅうしょうれい》だけがかわいそうだった。誰も彼女を気遣わなかったので、ある生徒が「バスケットボール、大変だったでしょ？」と声をかけた。もう一人の生徒が「止めなさいよ」と注意した。周小玲はみんなの後ろに隠れ、微笑《ほほえ》んでいる蘇寧と楽しそうな李春を見て、関東飴《あめ》（ごまを飴で固め、細い棒状にした飴菓子）を噛《か》むかのように、鉛筆を手に取って噛んでいた。彼女の舌は黒くなり、鉛筆の表面を覆《おお》っていた塗装は削《そ》がれ、塗装の下の木にまで歯跡が深く食い込んだ。

みんなのお祝いが終わると、李春が薔雲《しょううん》を呼んだ。「伯父さんがちょうどお金をくれたの。何か食べ物買いに行こっ！　今回の講演では、助かったわ。ありがとね」と李春は言った。

彼女たちが果物屋に入ると、李春は「何が好き？　今日はあなたが決めていいわよ」と言った。でも、こう言われても却《かえ》って決めにくかった。薔雲は以前「食べられるものは何でも好き」と言ったことがあった。薔雲はいろいろなドライフルーツや新鮮な果物が並べられているのをぐるりと見まわし、安いものを探そうとしていたが、小学校に入る前によく食べていたお菓子であるポップコーンが目に入った。薔雲はポップコーンを指さして「あれがいいわ」と言った。李春は店員に

「五千元のものをください」と言った。

店員はびっくりした。普段、子供はみんな百元、二百元のものを買っていくのに、なんで彼女たちは五千元のものを買うのか？　李春は「五千元のをお願いします」と繰り返した。そこで店員は二つの大きな紙袋を見つけ、入れてくれた。袋はそれぞれ小麦粉袋の半分の大きさであったが、ポップコーンでいっぱいになった。楊《よう》薔雲と李春はそれぞれ一つずつ大きな袋を抱えて行った。

楊薔雲は思わず大笑いした。

「どうかしてるわよね。こんなたくさん買ったら、片手で持てないから食べたくても食べられない」

李春は手を使わず、頭を下げて袋から一口頬張り、こうやって食べたらいいじゃないと薔雲に示した。

「街を歩いてるのも恥ずかしいわ。この恰好じゃ、ポップコーン売りだと勘違いされちゃうわ」

薔雲は言った。李春はポップコーンを噛みながら、あやふやに返事した。

「私が買い物するときはね。いつも、『選択と集中』で問題解決するの。呉《ご》長《ちょう》福《ふく》は、千元で十種類のものを買えるでしょ。でも、私は違う。百元で一種類のものを買うのよ！」

ポップコーンはたくさんあったが、食べ出したらなくなるのも早い。彼女たちはある程度食べてから、残りをポケットに入れて、手を空けた。薔雲は李春に尋ねた。

「大会で勝って、嬉《うれ》しかったでしょう？」

李春は答えず、手のひらにポップコーンを置いた。芸をするように一つずつ口に放り投げ、口いっぱいになったら一気に食べた。李春は薔雲に尋ねた。

「喜んでもいいかな？」

李春にこう言われたが、薔雲は不思議そうに彼女を見ていた。

李春はさらっと言った。

「面白いわね。弁論大会で二位になって、賞品をもらって、袁新枝にも握手してもらったわ。あなたがくれた大きな梨もあるわよ。私たち二人で今ポップコーンを食べてることもそうだけど。変わったわね。

去年、私はクラスで一番運の悪い生徒だった。のけ者にされ、特にあなたに嫌われたわ。団支部の会議では、自己批判するようにって言われたけど、私が何か話すとあなたは必ず反論してきたわ……。冬休みに袁《えん》先生と話したことがあるの。先生の言う通りにしなきゃと思った。それで欠点を直そうと考えたの。直さない理由もないしさ。

それで直したら、あなたたちも私に親切に接してくれるようになった。批判すべき欠点以外にも、長所のようなものが私にもあるって認められたみたいね。勉強も同じように頑張ったわ。同級生に対して、絶対失礼なことはしなかった。物理部の部長としてもちゃんとやった。弁論大会に推薦されても、指示に従って準備したわ。これだけやれば、私もある程度成長したと認めてくれるんでしょう？」

李春は迫るように薔雲をじっと見た。

薔雲はポップコーンを食べる手を止めた。彼女の頭の回転は李春ほど速くなかった。弁論大会での二位獲得からポップコーンのご褒美《ほうび》までいろんなことが頭を巡った。薔雲は電柱に寄っかかって立ちながら、李春が言い終わるのを待った。

李春は相変わらず機械的にポップコーンを一つずつ口に放りつつ、ずけずけと言い続けた。

「あなたたちが無理やり私を変えることはできないわ。私を変えることができるのはあくまで私自身よ。変わりたくなったら変わるの。自分で変わりたいと思ったら、自然に良くなるの。気持ちよく変われたら、みんなのために何かできるはずよ。弁論大会、実はそんな気乗りしなかったけど物理部には興味があるわ。ラジオももうすぐ完成するところなの」

彼女たちは歩き続けた。薔雲がポップコーンを一粒取りだし、半分嚙んで言った。

「なんでだろ？　子供のころ、これが世界で一番美味《おい》しいと思ってたけど、今食べてもあんま嬉しくないなぁ」

李春がまた早口で言った。

「前学期の私たちの喧嘩《けんか》って、国語の先生がおっしゃったような、失敗作への誤解でしょう？」

薔雲は食べていた途中の半分のポップコーンを地面に放り投げてから、李春をじっと見つめ「何かあったの？」と尋ねた。

「え？　別に」

李春は薔雲が何を言いたいのかわからなかった。

「あの漆の革の美術日記でね。あんたの気持ちにどんなさざ波が起こったのか知りたいの……。怒らないでね。あなたが問題起こしたのよ。私たちが一致団結しなきゃいけないって、その通りよ。以前のあなたにはひどいとこがあった。そうだったのよ。あなたには人を愛する、本当に美しい心がないっていう短所があるわ。私の言ってること当たってるはずよ。

心の中は見えにくくても、隠しきれないわ！　表向きはみんなのために何かしてても、本音では仲間を愛してない人。そんな人の積極性って、果たして信用できる？　喧嘩せずに済むとでも思ってんの？　考え直しなさい。『あぁ、よかった』で終わりじゃないの！」

李春はうつむいた。まさか薔雲がこんなことを言ってくるとは。本当に美しい心だって？　李春の考え方は単純明快であった。批判されたら嫌だし、賞品もらったら嬉しい……。この単純明快な考え方が、薔雲に言わせればとんでもないというわけだ。

だが、李春は気づいた。仲間たち、特に楊薔雲に手伝ってもらったおかげで弁論大会で賞をもらえ、また大したことない成績でもみんな喜んだということを。ならば、薔雲に対してあんなことをむやみに言うのは、確かに失礼だということも……。

「上等ね。じゃ、言えばいいわ」

李春は笑いながら、薔雲に手を伸ばした。

「何よ？　喧嘩売ってんの？」

「そうよ」

李春はうなずいた。

二人はなぜか握手した。

薔雲は結局、李春のポップコーンを全部食べてしまった。二人ともお腹《なか》が張っていたので、夕食は少ししか食べられなかった。夜の自習が終わり、就寝まで残り三十分寮の中は慌ただしかった。みんな布団《ふとん》を敷き、床を掃除し、足を洗っている。鄭波《ていは》は薔雲を捜して一緒に校庭へと行った。

初夏の、星が多い夜には路面電車のスプリングが発するような青い光が見えた。空には神秘的な霧が浮かんでいるようだった。しだれ柳の、繁茂し垂れた枝が色っぽく波打って揺れている。まるで暗闇の中の女性の髪のようだった。

鄭波は木の下に座り、薔雲はその隣に立っていた。彼女たちの向かいのバスケットボールのリンクはそびえ立つようで、凱旋門《がいせんもん》のように大きく見えた。路地から夜食を売っている行商人のかけ声が聞こえてきた。

「イン、ミエン、ボー、ボー、ボー（硬面饽饽：小麦粉で作った丸くて厚いお餅）」

用務員の侯《こう》さんは一日の仕事を終え、バケツ一杯の水を持ってグラウンドの端から歩きながら、楽し気に気兼ねなく京劇を口ずさんでいた。

馬一頭　西涼より往《ゆ》く
人ぞ思わず　ひとしきり
涙流れて　胸濡《ぬ》らす

侯さんは鄭波を見つけ近くまで行き、「鄭さん、まだ寝ていなかったのかい？」と声をかけた。

生徒に「さん」付けしたが、侯さんは鄭波をとても尊敬していたのだ。鄭波は両手を握り合わせ頬杖《ほおづえ》をつくと、空の星を眺めた。夜の様々な喧騒《けんそう》を聞きながら、しばらく無言だった。

「話してくれる？」

薔雲が優しく辛抱強い声で言った。

「田林《でんりん》さんに手紙を書きたいの」

鄭波は覚悟を決めたかのように言った。薔雲ははっと息を止めた。

「あの人に伝えたいことがあってね……。これからはもう会いにこないでって」

鄭波は真摯《しんし》な眼差《まなざ》しで薔雲を見ていた。まるで、薔雲の許可なくして田林は鄭波に会えないかのようだ。

一匹のコウモリが柳の上を飛んだが、流れ星のように突然姿を消した。薔雲の心がだんだん重くなってきたようだ。彼女は聞いた。

「どうしたの？　なんで？」

鄭波は答えなかった。雨に降られて濡れねずみになった田林の影が薔雲の心の中に現れた。

「田林さん、いい人なんじゃないの？」

「うん。いい人よ」

「喧嘩したの？」

「してない」

「どこか気に入らないところがあるの？」

「そんなこともないわ」

「じゃ、どうして？」

鄭波は頭を下げ、答えなかった。薔雲は一枚の柳の葉を摘んで、小笛を作ると、口に含んで「ヒュー」と鳴らし出した。

「ちょっと、止めて」

鄭波は力なく手を振った。

「まったく理解できないし、はっきりしないけど」

薔雲は慌てて言った。
「でも、あなたの決断は正しいと思ってるわ」
鄭波は感激して楊薔雲の手を握った。
鄭波は田林に手紙を書いた。

田林さん

このお手紙はもう少し早く書くべきでした。早くあなたのお気持ちをお聞きし、考えておくべきでした。でも、できなかったんです。ごめんなさいね。

あなたが率直に、純粋な思いで私のそばにいてくれたこと。今までこれほど感動したことはありません。あなたはきれいな心を持っているから、日常に対して一生忘れられないような感動を覚えることができるでしょうね。でも、もし私があなたを傷つけるなら、それは許されないことです。

現実からだんだんと分かってきたことがあります。

「ちゃんと考えたほうがいいよ。おバカちゃん！」

メーデーの夜の帰り道、あなたが私に言ったこと……。短い言葉でしたけど、その通りです。あれから私は気持ちをなんとか落ち着けて、目を瞑《つぶ》り思いに耽《ふけ》りました。そして、はっきりわかったんです。私はちゃんと考えていないんだって。

私はまだ子供です。旧社会に苦しめられ二年学習が遅れましたが、今やっと高校三年生になりました。祖国の偉大な建設が始まったばかりで、青年に対する要求水準もこれまでにないくらい高まっています。それなのに、自分の知識はこんなにも貧弱で、哀れなものです。歯を食いしばって毎日二十四時間本を読んでも、私はまだまだと思ってしまうときに他のことなんて考えていられません。

まだ子供ですから社会人生活のことはわかりませんが、田林さん、私どうすればいいんでしょうね？　未来の偉大な社会主義建設の中で辺境の炭鉱に行くのか、それとも顕微鏡を覗《のぞ》いておしべ・めしべを研究しているのか、見当がつきません。白衣を纏《まと》った医者か、あるいは黒板拭《ふ》きで黒板を拭いているのか。あらゆることが不確かです。すべて将来に向けて準備し、また準備に準備を重ねるしかない。こんなときに、自分がこう生きると決めることができるものでしょうか。

私たちの短い交流の中で、あなたは私とは比較にならないほど考え方がしっかりしていることに気づきました。あなたは生活の中で揉《も》まれ、全国各地を駆け回る「一人前の人間」になったのですね。でも、私は何者でもないんです。

いつも思っていたのは、私とあなたとの互いの理解があらゆるものを乗り越えるということでした。でも、その理解は十分ではなかったようです。正気に戻って普通に考えるならば、魂《たましい》が響き合う仲とまでは言えないかもしれません。

心からのお願いです。どうか悲しまないでくださいね。私を許してくださいね。あなたは、勇気があって、心のきれいな「戦士」です。だから、すべて捨てて前に進んでください。生意気な言い方かもしれませんが、私には分かるのです。あなたが普通の人間ではないということが……。自分を信じてくださいね。きっと素晴らしいことを成し遂げるでしょう。そんなとき、私はその達成の喜びをあなたと共有できるか？……できないのです。
あなたは芯のある人でしょうから、多く書く必要はないはずです。過去、現在、そして未来において、あなたと私とは最高の友人です。時は日々過ぎ去っていきますが、永遠の友情は長き歳月の試練にも耐えうるでしょう。何の問題もありません。私たちの心の中には広くて大きな翼があるのです。それは決して私たちの間を冷やすことなく、ずっと温めてくれることでしょう。

さようなら。

五月九日　　鄭波

手紙を受け取ってから数日後、田林は鄭波に電話し土曜の夜に自分の職場で会うことになった。田林は髪を切り、髭《ひげ》を剃《そ》った。シャワーを浴び、真新しい服に着替えた。土曜日の昼ごろには自分の事務所を、急いできれいに掃除し、また総務課から新しい椅子《いす》を持ってきた。夕食を食べたあと、彼はお茶と果物を買いに出かけた。

鄭波が田林の事務室に入ると、田林は明るく、普通のお客さんをもてなすかのように丁寧に応対した。鄭波は新しい椅子に座ったが、部屋の清潔さに驚いた。壁には女性教師と数人の少年先鋒《せんぽう》隊員が地球儀を見ている絵がはってある。登場人物の背景には夏空と大木があり、そこから遠くまであぜ道が縦横に走っているのが見えた。

絵の隣には魯迅《ろじん》の半身像の石膏《せっこう》レリーフがかけてある。机のガラス板の下には、会議予定と田林が南方で撮った自身の横顔写真、そして日記帳から引き裂かれた紙が敷かれていた。紙には魯迅《ろじん》の詩が書かれていた。

祖国夷狄《いてき》の矢に、降らる
風雨猛《たけ》ること磐《いわ》の如《ごと》く、故郷暗し
彼方《かなた》からの我が思い、豈《あに》君臣に届かんや
己が血を以《もっ》て、祖宗に捧《ささ》げん

簡素な事務所から静けさ、快適さが感じられる。田林が丁寧にこの部屋を掃除したばかりであることに、鄭波は気づいていた。だが、田林は決して器用な専業主夫ではなかった。ガラスを拭く雑巾が濡れ過ぎていたので、汚れが残っていた。また、壁の出っ張りの上のほこりも掃除されていなかった。鄭波は笑って、言った。

「きれいな事務所ですね」

「ほめてくれてありがとう」

二人は一緒に微笑んだ。

田林は気さくに鄭波と雑談していた。二人の間に何の付き合いもなかったかのように、何の葛藤《かっとう》もなかったかのようにお茶を濁していた。しばらくして鄭波は不思議に感じ始めた。まさか、私に来てもらったのは、ただおしゃべりをしたかっただけなのかと。鄭波は「手紙は受け取りましたか？」と尋ねた。

「あぁ」

田林の表情が曇った。

「この二日間、大丈夫でしたか？」

「うん。特に何ともないよ」

「笑いながら過ごしていて欲しかったです。でも、そうでは……」

鄭波は誠意を込めて語りかけた。

田林はじっと鄭波を見ていた。鄭波は吊《つ》りズボンを穿《は》いていた。ズボンの裾《すそ》は短く、細い足首が見えた。一層若く見える。吊りズボンを穿いている鄭波を、田林は愛情込めて見つめていた。その姿を心に刻んで忘れないようにと……。これからは、鄭波とあまり一緒にいられないとわかっているのだ。涙が瞳の中に溜《た》まってきたので、これ以上、鄭波を見つめることはしなかった。田林はお茶を入れると、果物も出してあげた。

「そんな……。お気遣いなく」

鄭波は田林のもてなしに遠慮しながら、顔を赤らめてポケットから数本のバナナを取りだし、申し訳なさそうに言った。

「傷んだものもありますけど、食べますか？」

「ありがとう」

田林はバナナを受け取り、皮を剝《む》くと一口だけ食べた。そして、眼鏡を押し上げて言った。

「手紙は読んだよ。波の言う通りにしよう。ありがとう。悪く思わないでね……」

「そんな、悪くなんて思うわけ……」

田林の態度は信じられないほど穏やかだった。今まで一緒にいてこんな態度を見たことはなかった。田林は話を終えると、タバコを一本取りだし火をつけ、煙をゆっくりと吐きだした。鄭波は黄《こう》麗程《れいてい》の結婚式で田林に会ったとき、彼がタバコを吸うのを止めたことを思い出した。今、田林はタバコを吸ってるが、鄭波がそれを止めることはなかった。なんで、そんな落ち着いていられるのよ？　鄭波は心の中で自問し、悲しみを覚えた。

それから、雰囲気が段々と明るくなってきた。二人は夏の話をしたり、什刹海《じゅうさつかい》公園の水泳場の話をしたり、最近の『青年日報』について話したりした。

田林が鄭波を見送っていくとき、講堂からダンスの音楽が聞こえてきた。田林は「暇があればダンスしにおいでよ。土曜日によくパーティーがあるのさ」と言った。鄭波は笑って首を横に振った。

鄭波は自転車に乗ってからも、後ろを向いて手を振った。田林が走ってきた。鄭波は片手でハンドルを支えながら、もう片方の手で田林と握手した。そして、田林は振り返り走って帰った。握手したとき田林は必死にこらえていたその涙を、泉が湧きでるかのように、こぼしてしまった。彼は部屋に戻り髪をつかむと机に突っ伏した。しばらく、そのまま動かなかった。

自転車の疾走に合わせ車輪も急速回転した。鄭波が経験したこと……。それらが何を意味していたか、いかに心を震わせたか、そして何を犠牲にしたのか。だんだんとはっきりしてきた。

鄭波はブレーキをかけると、週末の夜の車通りを避け、賑《にぎ》やかな街を横切っていった。ネオンは眩《まばゆ》い光を放ち、鮮やかだ。柔らかくて新鮮な赤いサンザシの菓子が、整然と直方形に切ってある。枝葉で結ばれたレイシが竹籠に入っている。いくつかは皮が剝《む》いてあり、食欲をそそるような半透明で美しい果肉が見えていた。ネオンの下、果物の屋台のそばでは夏物の衣服に着替えた若者の集団が屋台を何重にか取り巻いている……。自由で開放的な笑い声と相まってみんな幸せそうに見えた……。

鄭波は、なぜこのひっきりなしに流れて来る、日々の美しさを素直に楽しむことができないのか？　なぜ、心が落ち着かないのか？　なぜ、自分が尊敬し、愛する人、田林を……涙を流させ、去らせたのか？　別の選択肢がなかったわけではない。もしかしたら……、あぁ。理性と感情がぶつかり合いながら、自転車はすでに田林の事務所からかなり離れたところを走っていた。鄭波は改めて決意を固めた。でも、それは私じゃない。本当の私じゃないの！

「ガキガキ」

おかしな音がした。自転車の後輪が動かない。ベルトが後輪のギヤに絡《から》まっている。車輪が擦《こす》れてしまい、動かすことも、押していくこともできない。夜遅いので、自転車屋も見つからない。鄭波は仕方なく自転車を担《かつ》いで、苦労しながら前へ進んだ。しばらくすると腕がだるくなり、息が切れ、汗が流れた。田林が最後に握手してくれたときの辛《つら》そうな視線が思い起こされた……。鄭波は歯を食いしばったまま自転車を担いで、一歩一歩大変だったが学校まで歩いていった。

こうして、少女の心に初めて湧き起こった「さざ波」は静まったのだ。

第三十一章　束縛と依存

メーデーを過ぎてから、マリ・フーは石のように黙り続けていた。クラス全員を避け、特に鄭波《ていは》を避けていた（鄭波は彼女がパレードに参加したことを喜んでいたのだが）。毎日授業が終わると、まだ先生にお辞儀をしないうちに、彼女は鞄《かばん》を手に取って帰ってしまった。学校の創立記念日にも学校に来なかった。

鄭波はいつも通りマリ・フーに一緒に宿題をしようと誘ったが、彼女は遠慮がちに首を横に振り、離れようとした。鄭波は彼女に尋ねた。

「どうしちゃったのよ？　あなた？」

マリ・フーは「ごめん！」と言った。

鄭波は安心できなかった。また機会を見つけ、マリ・フーを追いかけて尋ねた。

「教えて。なんで私を無視するの？　何か悪いことした？」

マリ・フーは早口で「ううん。そんなことない……」と答えた。

「じゃ、なんで？」

「うちの司祭様が……」

彼女は理解を促《うなが》すかのように鄭波を見上げてから、こう絞りだすように言った。鄭波は気づいた。

「李《り》司祭が仲間の間を引き裂こうとしてるのね？」

鄭波は怒って尋ねた。

「なんてこと言うのよ！」

マリ・フーは震えた。

「あの人は私たちの仲を裂こうとしてるのよ！　こんなやり方間違ってる。私、司祭の悪口言ったことないじゃない。私があなたと友達になることを禁じようとするなんて……カトリックでは、信者には友達はいない、同級生もいない、一人でいなさい……そんな規則ないでしょ。知ってるのよ……」

「もう言わないで……」

マリ・フーは下唇を嚙《か》んだ。

「鄭波、あなたはいい人で、誰よりも私を助けてくれる。思いやりがあるわ……。でも、それは言わないで。司祭様の言うことを聞かないわけにはいかないの。ちょっと待って、もう少し待っててね。あなたの人柄を司祭様に伝えて、お許しをいただけさえすれば。でも……」

「だめ。私のこと司祭に言わないで。あの人が善人とは思えない」

鄭波は真剣な表情で言った。

「どうして？」

マリ・フーは息を呑《の》んで出て行った。

鄭波が田林《でんりん》のところから戻った月曜日、マリ・フーは学校に行かなかった。昼、校長が鄭波を呼んだ。校長は「肩の力を抜いて」と言って鄭波を座らせた。新しく買った絵の感想を聞き、白湯《さゆ》を注ぎ、彼女とクラスのことを雑談した。郭《かく》校長は鄭波を見て何かはっきりしない、あるいは考え込んでいることがあるかもしれないと感じた。

郭校長は校長であるだけでなく、党支部の書記でもあった。仕事がとても多いので、普段党員である生徒と接する機会があまりなかった。

「若い党員との交流が少な過ぎるのよ」と自ら言った。

だが、校長は若い高校生の党員を愛していた。これら党員は、党の事業に忠誠を尽くしているため精神面での成長も早く、若いころから重責を担《にな》っていた。普通の生徒よりも多くのことをしてあげるべきだと思っていたが、できなかった。それを償《つぐな》うかのように、鄭波と親し気に歓談していたのだ。

「痩《や》せたんじゃない!?」

校長は母親のように言った。

「いえ、そんなことは」

否定する鄭波。

「普段の生活はどう？　聞いた話だけど……」

鄭波は田林のことを簡潔に校長に話した。

「もう終わった話ですので……」と付け加えた。

「えっ！」

校長は咳払《せきばら》いをして言った。

「なんで一緒に遊ばないの？」

だが、指でテーブルを軽く叩《たた》いてから早口に言った。

「それでいいわ。それならそれで。話を換えましょう。マリ・フー、今日来なかったでしょ？　そうでしょ？」

校長は小声で言った。

「今朝、公安局の人が来ました。彼女の保護者であるカトリック司祭ジョセフ・李は逮捕されたそうよ。ジョセフ・李は潜伏中の反革命分子と聞いたわ」

校長は立ち上がり扉をしっかり閉めてから、眉をひそめて言った。

「公安局はマリ・フーの態度が悪いとも言っていたわ。ジョセフ・李を逮捕するとき、マリ・フーはジョセフ・李に抱きついて泣いたそうよ。公安に対する態度も悪かったと。公安はね、マリ・フー本人にも何か問題がないか知りたがってるの」

鄭波は少し緊張して考えたが、「いいえ。マリ・フーはいい子です。むしろ、彼女は不幸だと思います」と擁護《ようご》した。

「そうですね」

校長はうなずいた。

「私もそう思います。もしマリ・フーが私たちを恨んでいるのなら、それは私たちが十分に彼女を支えてあげられなかったからでしょ。ジョセフ・李という悪党の影響を彼女の頭から一掃しなかったからよ。解放からまだ三年余り。一方、マリ・フーがジョセフ・李と出会ってからは十年以上経《た》っています。彼女に対する呪縛《じゅばく》を解くのは、決して容易じゃなかった。でも今回、やっとね。悪党ジョセフ・李は捕まったんです」

「マリ・フーはもう変わったと思いました。私と彼女はよく一緒にしゃべり、今年のメーデー行進には彼女も参加しました。でも最近、彼女はまただんだん私と距離を置くようになりました。ジョセフ・李が同級生たちに近づくなと言ったとマリ・フーから聞きました」

「私たちはあえてマリ・フーに手を差し伸べるつもりです。すでにあなたたちの担任と相談しました。午後、もう一人生徒を連れて、袁《えん》先生と一緒に彼女に会いに行ってください。一人にさせていては、どうなってしまうかわからない。いずれにしても、私たちは辛抱強く、辛抱に辛抱を重ねなければいけません。一人の子供が今でも祖国を理解していないのは辛《つら》いことですね……」

　校長室から出ていくとき鄭波は確信をもって「マリ・フーはきっと良くなりますよ」と言った。鄭波を見送る校長の眼差《まなざ》しには生徒への愛情が込もっていた。

　李春、鄭波と袁先生がマリ・フーに会うことになった。みんな早足で、ときおり二言三言話した。みんな今回の尋常ではない訪問で、どうやってマリ・フーをなだめるのか思案していた。李春は鄭波を見て、また袁先生を見て、これからやろうとすることに新鮮な感動を覚えていた。

　彼女はマリ・フーの日々の勉強の助けになるよう、ちょっとしたことができるはずと思っていた。また、自分の「優等生としての後光《ごこう》」と「巧《たく》みな弁舌《べんぜつ》」とでマリ・フーを励まし、説得したいとも思っていた。

　袁先生は頑張って大股で歩いていたが、少し疲れてきたようであった。何年間もいろんな生徒の家庭を訪問したことがある。泥棒《どろぼう》、お金持ちのお嬢さん、ちゃらんぽらんなお坊《ぼっ》ちゃん……。だが、マリ・フーという「敬虔《けいけん》な信者」の内面はまだわからないので、うまくいくかどうか不安があった。

そして鄭波は、連日よく眠れなかったので少し疲れていた。ときどき田林のことが思い浮かんだ。だから、誰も気づくわけないが、早くマリ・フーの手助けをして気を紛らわせたかったのだ。

三人はいくつか角を曲がり袋小路《ふくろこうじ》に入ると、ようやく目的地に着いた。

マリ・フーの「家」の入り口には、サレジオ会創立者の名前にちなんだ「聖ボスコ苦修会」と書かれた古ぼけた看板がかかっていた。銃を持った公安の兵士が戸口に立っていたので、李春たちは驚いた。マリ・フーに会いに来ましたと伝えると、兵士は笑って手招きし中へ入れてくれた。出入りには何の制限もなかったのだ。

この家の中庭の部屋には、三輪車夫、靴職人、そして北海公園の白塔寺で「大妖怪」役を演じている銅鑼《どら》芸人も住んでいた。彼らは不思議そうに鄭波ら三人をきょろきょろ見ていたが、尋ねたらマリ・フーとジョセフ・李は一番奥の裏庭に住んでいると教えてくれた。裏庭のわかれ道へ行くと、庭の中で慌ただしく動き回っている公安を、ぼろを着た三人の子供がこっそり頭を上げて見ていた。一人の子供がマリ・フーが住んでいる東屋《あずまや》を指さして教えてくれた。

「マリ・フー！」

鄭波が叫んだが、返事はなかった。

彼らは暗く湿った部屋に入った。積み重ねられた小物で部屋は圧迫感があった。部屋に入ったとき、マリ・フーはベッドに横たわっていた。体を丸め、背中を向けていた。ベッドのそばには壊れたテーブルがあり、でこぼこの板の上に一個の大きなトウモロコシ饅頭《まんとう》と大根スープが置かれていた。

大根スープと言っても、油のない塩水の上に何枚かの大根が漂っているだけだ。トウモロコシ饅頭は割られていたが、口を付けた跡はなく大根スープのそばに置かれていた。袁先生も声をかけた。李春が「ねぇ！　袁先生もいらっしゃったわよ」と言った。マリ・フーは声もなく振り返り起き上がると、ぼんやりと三人を見つめていた。

マリ・フーの表情を見て三人はぞっとした。髪は乱れ、目は赤く腫《は》れている。顔は泣き過ぎたせいか、白い肌に黒ずんだ跡が残っていた。唇《くちびる》は乾燥し割れている。噛んだせいか、血が付いていた。見るからに大き過ぎる服はしわしわで、肩が出るほど斜めにずれ、痩せた身体《からだ》から抜け落ちそうだった。マリ・フーの生気のない瞳には、深い悲しみとやるせのない無念さが込もっているかのようだ。たじろくような苦痛の念が同級生や先生の心に突き刺さった。彼らが見慣れていたのは若者の健康で幸せそうな笑顔であった。

「マリ・フー、具合が悪いんだね？　今日登校しなかったから、みんな心配しているよ……」

袁先生がまず声をかけた。マリ・フーは何も答えなかった。

「マリ・フー、今日は世界史の講義が多い日よ。ノート取っておくね」

まだ返事はなかった。

沈黙ほど辛いことはない。マリ・フーの沈黙は千斤の重荷のように三人の肩にのしかかっていた。李春は勇気を出してマリ・フーに近づき、肩を持つと大声で尋ねた。

「なんで黙ってるの？　袁先生もいらしたのよ……」

「何て言えばいいの？」

マリ・フーがかすれ声でつぶやいた。李春もマリ・フー自身も驚いたかのようで、マリ・フーは李春の手を押しのけた。

「学校には行かない。今日は行かない。明日も行かない。もう学校には行かない」と恨めしそうに言った。李春は後ずさりした。

「マリ・フー、君の心はまだあまり落ち着いていないな。私たちもそのことはわかっている。ゆっくり休んで明日学校に来なさい。政府は反革命分子ジョセフ・李を逮捕したが、君は関係ない。君は努力し勉強している生徒で、もうすぐ卒業する。未来は明るく、可能性が……」

「先生、李司祭様と私とは関係ないとおっしゃいましたか？」

マリ・フーは袁先生の言葉を遮《さえぎ》り、これまでになかったような反抗的な態度で突っかかった。

「何を根拠にそんなことをおっしゃるのですか？　政府はカトリックを消滅させたいんじゃないですか？　そうですよね？」

「とんでもない。そんなことはない」

「では、なぜ私の司祭様、身内も同然のジョセフ・李を逮捕したのですか？」

「もし彼が法を犯したならば……反革命罪を犯したならば、司祭であれ他の人であれ、みんな国の裁《さば》きを受けなければいけないのだよ」

「じゃ、私は？」

「君は国を愛する生徒だ。政府の措置《そち》を理解し、教会に混入した反革命分子の一掃を喜ぶべきなんだよ……」

「喜ぶべき!?」

マリ・フーは悲し気に叫《さけ》んだ。いつもおとなしく、口数が少ないマリ・フーが叫んだので場が凍りついた。彼女はむせび泣きながら話した。悲しみのあまり喉《のど》が震えている。

「喜こばしい？　先生、あなたたちはなんと気楽で、なんと楽天的なことでしょう。あなたたちが喜ぶというなら……、それはそれで在天の主《しゅ》がその喜びを守ってくださるよう祈ります……。

　でも、私の悲しみはご存知ですか？　身寄りのない孤児であり、敬虔なカトリック教徒である私。その悲しみはご存知でないですよね？」

　マリ・フーは涙を流したあまり息苦しくなり、身体を震わせながら言った。

「鄭波と李春は、私の友達です。でも、私は二人とは違います。二人にはお父さん……、お、お母さんがいます」

　マリ・フーは辛そうに「お父さん」「お母さん」という二つの普段話し慣れていない言葉を吐き出した。

「両親があなたたちをかわいがり、愛し、育ててくれた。寒くなったら布団《ふとん》をかけてくれるし、病気になったらお湯を沸かしてくれる……。でも、私の両親は誰なんだろう？　教えてくれる人さえいなかった。でも、あぁ。私も生きて、生き抜き、成長してきたの。あなたたちのような、神の恵みを受けた幸運な人たちと一緒に学校に通うようになったのよ。

　でも、私は何を頼ればいいの？　教会だけしか、司祭様しか頼れないの。五歳から働き始めて、ハンカチの刺繍《ししゅう》で疲れて腰が曲がったり、洗濯で手を擦《す》り剝《む》いたりした。五歳でね。知らなかったでしょ。そのときあなたたちはまだお母さんの懐《ふところ》でクッキーを食べていたかもしれない……。

　十数歳のとき、私は結婚させられそうになった。誰が私を助けてくれたと思う？　ジョセフ司祭様よ。今、私には何もない。綿の上着もない。綿のズボンは五年間穿《は》いてるけど、大雪の日は赤くなったすねが見えちゃうの。文房具もなく、字を書くときは他の子の万年筆を借りるのよ。お金もない、家族もいない……。先日一切れケーキを食べたわ。あれが世界で一番美味《おい》しい食べ物だと思ってた……。なんであんなこと言ったのかな？
自分の運命を恨んでるとは思わないでね。いいえ、私は楽しいの。在天の主がいて、信仰を持っていて、司祭様がいらっしゃるからよ。司祭様が天国の輝きで私を照らしてくれたから、たゆまず生きてこれた。それなのに……」

彼女は話せば話すほど興奮し、もう声も出せずにただ涙を流した。

「なんで、なんで私の司祭様を逮捕したの？」

マリ・フーはベッドに突っ伏し、悲しそうに泣いた。ゆっくりとむせび泣いている。そして、汚れたシーツをつかんで、涙を拭《ぬぐ》った。

マリ・フーが感情を爆発させ、三人は魂《たましい》を揺さぶられた。李春・鄭波も涙がこみあげてきたようだ。袁先生も忍びないとばかりに首を横に振ってため息をついた。マリ・フーが最後に出した結論はジョセフ・李への忠実な信仰と愛であった。だが、三人にとって李のマリ・フーへの接し方は怒りを覚えるほど抑圧的であり、しばらく誰も言葉が出なかった。

マリ・フーはさっと立ち上がり、袁先生にお辞儀をした。また鄭波、李春二人の手を取って言った。

「ありがとうございます、袁先生。ありがとう、鄭波。ありがとう、李春。私の辛さをどうか分かって欲しいです。一緒に公安局の人に会って、ジョセフ・李司祭を釈放してもらいましょう……」

李春と袁先生は衝撃を受けたかのように言葉が出なかった。鄭波は様々な思いをゆっくりと抑えると、立ち上がった。マリ・フーの手を引き、自分の手で彼女の涙を拭った。

「落ち着いて、落ち着くのよ……」

「司祭様を返して！」

マリ・フーは鄭波に叫んだ。

「あなたは間違っている、完全に間違っている。どれだけ愚かか考えてご覧よ」

鄭波は彼女の肩を揺さぶった。吐き出した言葉は一個一個、鉛玉《なまりだま》のようだ。

「あなたの過去の生活は辛かったでしょうけど、それは共産党のせい？　違うでしょ。私たちの立派な党よ。党は私たちの涙を拭いてくれて、青年に幸せを与えてくれるの。

あなたの言ったことも間違いよ。私は五歳のとき、お母さんの懐でクッキーを食べてなかったわ。そのとき、お母さんと一緒に、亡《な》くなったお父さんの冥福《めいふく》を祈って紙銭《しせん》を焼いていたのよ。お父さんはアメリカ軍のジープに轢《ひ》かれて、腸は切れてしまった……」

鄭波はしばらく沈黙した。陣痛のような感情の高ぶりが収まるのを待っていたのだ。

このとき李春も低い声で言った。

「五歳のとき、私も両親がいなくなっちゃったの」

李春は手で目を覆《おお》った。

「……旧社会では、どの子も幸せじゃなかった」

鄭波は続けて言った。

「でも今は？　メーデーの夜、私たちは一晩中ダンスしたわ。同級生に会ったら笑いが止まらなかった。子供時代の悲しい記憶はすべて、太陽に照らされた氷のように跡かたもなく消えてしまったの……。

もちろん、あなたは私たちよりずっと辛くて……あなたへの配慮も全然足りなかったと思うけどね。辛かったのは、ジョセフ・李に苦しめられたからよ。ジョセフ・李はあなたの一番の敵よ。あなたを惑《まど》わし、威嚇《いかく》し、束縛《そくばく》したの。楽しく美しい新世界に生きることができないようにしたのよ……。解放された中国の首都に住んでいるのに、自分の祖国を知らないの。七女で勉強しているのに、まるでクラスにいないみたいなの。

一番悲しかったのは、あなたが周囲と話すことを恐れたから、みんなもあなたに手を差し伸べることができなかったこと。親友や、クラスの生徒みんなあなたの家族になりたいと思っていたのに、ジョセフ・李はあなたを友達から遠ざけた。ジョセフ・李はあなたの心を踏みにじって、魂を殺したのよ。こんな大きな罪を犯して、赦《ゆる》すべきでない人の釈放を、あなたお願いするつもりなの！」

鄭波は厳しく、かつ射貫《いぬ》くような視線でマリ・フーをじっと見つめた。

メーデー以来の動揺、驚愕《きょうがく》、恐怖、悲哀、これらすべてがすでにマリ・フーの心を押しつぶしていた。世界全体が彼女の目の前でひっくり返り、空はぐらぐらして今にも落ちて来そうで、机や椅《い》子《す》も揺らいでいるように感じた。マリ・フーの身に降りかかった過酷な日々……。それは彼女がはっきりとでなくても、抵抗と闘争を渇望《かつぼう》したり、もしくは大泣きしてもいいほどのものであった。ジョセフ・李が逮捕され、彼女の苦悩、恨みは一気に政府に向けられた。素直なマリ・フーは党を罵倒したが、鄭波は断固として彼女を押しとどめたのである。

ジョセフ・李がマリ・フーにした「善行」は小さなものであったが、もしかしたらマリ・フーはジョセフ・李に対して不満を感じたことがなかったのかもしれない。だが、突然の別れが大事件と共にやってきたので、彼女は意外にも却《かえ》ってジョセフ・李の存在の貴《とうと》さを痛感したのかもしれない。

長らくの間、彼女の心の中でジョセフ・李は在天の主が遣《つか》わした使者、聖母の純潔なる化身であった。彼女はイエス・キリストにひれ伏すように、ジョセフ・李にひれ伏した。哀れな子供は敬虔な心をもってあの醜《みにく》い詐欺師を美化してしまった。聖者への純粋な渇望を埋めるため、結局のところいつも自分に嘘《うそ》をつき続けてしまったのだ。

マリ・フーは鄭波に反駁《はんばく》されたとき、頭の感覚がなくなった。目では見えない無数の小さな針が頭に突き刺さったかのようだった。彼女はこわばった表情のまま戻って、腰を下ろした。

「鄭波の言う通りだよ」

袁先生は咳《せき》をしながら言った。

「僕も知っているが、君は全身全霊を宗教に捧《ささ》げてしまった。若者はみんな親切で誠実なものだ。けれども、宗教の衣《ころも》を被《かぶ》ったスパイ、羊の皮を被った狼《おおかみ》には用心しなければいけない。このような類《たぐい》の人物に私も接触したことがある。彼らはしきりに神のことを口にするが、内実は卑劣極まりない……」

袁先生が話し終えないうちに、マリ・フーの瞳の中の悲しみと恨みの炎はだんだんと消えていった。残ったのは、暗く、疲れ切った様子だけだった。マリ・フーは片手をついて自分を支えると、ゆっくり頭を下げベッドの上に倒れこみ、ぼんやりとした。

しばらくして、鄭波は近づき彼女の様子を見に行った。

「寝てる」

鄭波は小声で言うと、マリ・フーに布団をかけてあげた。

「ノート写してあげた方がいいでしょ？」

李春が尋ねた。

「この子、まだ食事をしてないな」

袁先生はトウモロコシ饅頭と質素な大根スープを指さした。

三人はひそひそ声でそれぞれがすることを決めた。李春はマリ・フーの代わりにノートを写し、袁先生は彼女のためにお菓子を買いに出かけ、鄭波は学校に帰って布団を持ってくるのだ。鄭波はマリ・フーに付き添い一晩寝ることにした。初め李春は鄭波の顔色が良くないと心配した。でも結局、鄭波がマリ・フーのそばにいてあげることにしたのは、彼女とマリ・フーとは気が合うからであった。また、三人は明日の朝早くマリ・フーを学校に引っ越しさせることにした。

そして夜、マリ・フーが目を覚ますと、誰かが床《ゆか》で寝ているではないか。鄭波は聞かれる前に起きて、「鄭波だよ」と言った。

「なんでここで寝てるの？」

「あなたの具合が悪そうで、何かあるのかなと心配したの。何か食べない？　これ袁先生が買ってきてくださったのよ……」

マリ・フーは首を振り、熱を帯びた手で鄭波の手を引っ張ったが、突然自分の身体を起こして座った。マリ・フーは「あれなぁに？」と尋ねたが、すぐまた力なく横たわった。鄭波はあたりを見まわしたが、何もなかった。そのときマリ・フーがまた言った。

「行こう。行こうよ……。ああ、なんでこんな痛いんだろう……」

彼女は頭をさすりながら、何度も寝返りを打った。

「おやすみ。マリ」

鄭波は彼女の指を一本ずつなでてあげた。

「慌てなくていいの。目が覚めたら、すべてが明るくなる。全部よくなるよ。悪夢はもう終わり。明日の朝早く、学校に引っ越そう。

呉長福《ごちょうふく》の冗談を聞いたり、周小玲《しゅうしょうれい》がバスケットボールをするのを見たり、あるいは、いっそのこと私たちでバスケットボールしに行こうよ。それから袁先生の授業を受けよう。袁先生は授業が上手でしょ……」

マリ・フーはもう動かなくなった。だが、彼女はときどき息を詰まらせた。殴られて不満だらけの子供のようだった。呼吸はゆっくりと穏やかになった。あらゆる苦しみ、怒り、恨みの込もった言葉が一斉にどんよりした闇の中に消えていった。

鄭波も眠くなり、あくびした。長い間口を開けていたが、彼女は自分が何をしているのかさえふと忘れてしまった。床に横たわったが、床はでこぼこで、湿っぽかった。彼女はマリ・フーの息遣いにじっと耳を澄ましていた。

第三十二章　抜け殻を残して

李春《りしゅん》はマリ・フーの代わりにノートを写し終えると、その狭い部屋を出て曲がりくねった路地を歩いた。気持ちはどんどん重くなってきた。李春はこれまで人が泣く姿を見るのが嫌いだった。涙を見るとどうしてよいかわからないからだ。マリ・フーはなんであんなに悲しく泣いたのか。マリ・フーは同じ教室で授業を受け、同じ締切《しめきり》日に宿題を提出するごく普通の生徒だ。そんな子があれほど辛《つら》い目に遭《あ》っていたとは思いもよらなかった。

そもそも李春が仲間に関して知っていることと言えば、それぞれの試験の成績だけだった。彼女は周囲の生徒と一緒に実験するときは「仲間」、試験のときは「競争相手」、そう単純に考えていたのだ。

今、一人の人生の道のりが明らかになった。李春は多くのことを知った。無垢《むく》な、友への心からの関心と愛情とが彼女の心に芽生えた。マリ・フーのためにノートを写していたとき、すべての字を楷書で書いた。消しゴムは一度も使わず、自分のノートを書くときよりも心を込めた。マリ・フーの歩みを聞いて、李春は自分自身にも思いを巡《めぐ》らせた。彼女も小さいころ孤児になったのだ。伯母にはこっぴどく叱《しか》られたものだ。

もちろん、李春はマリ・フーよりずっと幸せだ。暮らしも豊かで自由だと思えるし、女性科学者になるという目標もある。けれども、彼女はいつも冷たく打算したり、相手との競争に夢中になったりしていた。周囲の仲間を知らず、周囲も自分のことを親友とは思っていないようだ。鄭波《ていは》は「やはり、私はマリ・フーと気が合う」と言っていた。そうよね。そういうことよね……。

同級生たち個々人の生活や歩みの中で、あまり思ってもらえない存在になっている……。これは寂しいことだ。自分と自分との対話、つまり自分自身の心の中で深い思索をすることもほとんどないのだ。学校に帰ると李春は今まで抱かなかったような強い同情の念で、マリ・フーが叫《さけ》ぶ様子を同級生たちに話した。同級生たちは一斉にジョセフ・李《り》を憎み、非難した。

悪いことは続くというが、マリ・フーが学校に引っ越したばかりのとき、今度は蘇寧《そねい》が入院した。蘇寧は父親に小麦粉の買いだめについて尋ねたのだが、父からは相手にもされず、強くおどされただけだった。それで意を決して、手紙を書き区役所商工課に送った。

その日の午後、区役所商工課と区商工連は蘇寧の家を訪れ、父にこのことを問いただした。父は初めのうちは言い逃れようとしていたが、区役所と商工連の担当者は厳正に告げた。

「蘇宏図《そこうず》さん。小麦粉を自宅にため込んで、廃棄《はいき》したくても廃棄できなくなったのでしょう。小麦粉の一括販売規則に抵触したにもかかわらず、まだ言い逃《のが》れするつもりですか？　あなたと話すことにしましたが、当方から手を差し伸べ更生の機会を与えるのは、これが最後だと思ってください。あなたはずっと違法行為をしてきたのです。もっと早く法に則《のっと》り、処罰すべきでした。『五反』の中で、あなたがいかに狡猾《こうかつ》に立ち回り人を欺《あざむ》いたか。そして、それがいかに暴かれたか、よくよく思い出してください」

話し合いの末、父には一晩の熟慮期間が与えられた。結局のところ、彼は自身の違法行為と共犯者を白状し更生が認められた。蘇宏図は深々とお辞儀して区役所から立ち去ったが、心の中で暴言を吐いた。

「あん畜生！　包丁があったら暴れてやったわ。殺人一人で死刑。そんなら、一人殺せば十分、二人以上ならむしろ儲《もう》けもんじゃないか。横暴役人は死んじまえ！」

憎々し気に自分の太腿の肉をつねって愚痴《ぐち》った。

「ったく。またバレたわ。取り締まりがどんどんきつくなってんな」

タバコ屋に行き、一箱買ったが納税切符を破って地面に捨てた。

「はぁ、三千元のタバコに千五百元の税金！　搾取《さくしゅ》してんのは、どこのどいつだってんだ。資本家が労働者を搾取しても、政府が資本家を搾取すんだろ！」

タバコを吸いながら、区役所が小麦粉を転売していることをなんで知ったのか、落ちついて考えた。

焼酎二合と海老《えび》二匹を買って、蘇宏図は帰宅した。北屋、かつての「居間」に駆け込んでやけ酒をあおった。居間はもう居間と呼べるほどの面影はなかった。ソファーと香木《こうぼく》の机は全部売り払って、密輸食糧の元手に充《あ》てた。辛口の酒を一口飲んだが、盃《さかずき》を噛《か》み砕《くだ》いてやりたいとさえ思った。

妻が話しかけてきたが、夫は気が抜けたようにぽかんとしていた。夜九時過ぎになったころ、父は趙《ちょう》おばあさんに言って蘇寧を呼んだ。

「今日な。区役所の担当者が俺に説教しやがったんだ」

蘇寧にそう言うと、眉の下から見上げるように娘を睨《にら》んだ。蘇寧は「そうなんだ」とだけ言った。

「俺は思想が古臭く、利益ばっかり追い求めて、しばしば法を犯す……。罪深いんだな！」

　蘇寧は訝《いぶか》し気に父を見た。本音かどうかわからなかったのだ。お酒は空っぽになったが、父は感情を押し殺し空の盃をあおっていた。

「お父さん、よくよく考えて。もっと誠実に商売したっていいんじゃない？」

「そうだな。俺は規則は守らないし、善人じゃねぇ。お利口な娘だな。感謝しなきゃな。俺を助けてくれた……」

「え？」

「区役所のお偉いさんの話で勘づいたわ。お前が告発したんだろ？　本当に正義のためには親子の情もへったくれもねぇんだなぁ」

　蘇寧は何も言わなかった。

「本当はな。まぁ、まず忠告してくれよ。慌てて区役所に告げ口なんかするな」

　父は憎々し気に言った。

「言っても、聞かなかったじゃない……」

　父はゆっくりと立ち上がった。椅子で身体《からだ》を支え蘇寧のそばまで行ったが、酔った勢いもあって、感情が爆発しそうになった。

「大した娘だ。良心もない……」

　父が振るった平手が蘇寧の顔に当たった。

　蘇寧は何が起きたかわからなかったが、父からさらに一発ぶたれた。父は大声で罵《ののし》った。

「大した娘だ。お前なんか養ってやるもんか！　外では共産党のご機嫌伺い。で？　家に帰ったら今度はお前のご機嫌伺い？　……ふざけるな！　他人は殴れなくてもな、お前は殴れんだぞ！」

蘇寧はたくさんいじめられてきたが、こんなにひどく暴力を振るわれたことはなかった。初めにぶたれたときには自分を守ることもできず、鼻と歯茎から血が流れた。それからは本能のままもがき、抗《あらが》いながら「誰か来て、助けて……」と叫んだ。

理性を失った父は蘇寧の叫びで一層激怒し、毒を食わば皿までの思いで、今度は激しく拳《こぶし》を振るって蘇寧を気絶させた。

手には娘の血が付いていた。父は机をひっくり返し、椅子を蹴《け》り倒した。蘇寧の母が泣きながら飛びかかったとき、父は手を伸ばしてまた殴ろうとしたが、母に壁の端に突き飛ばされた。端に身体をぶつけ、父はようやく我に返った。蘇寧は外科病院に運ばれ、父の蘇宏図は警察に拘束された。楊薔雲《ようしょううん》、袁新枝《えんしんし》、周小玲《しゅうしょうれい》は病室へ蘇寧を見舞いに行った。規則では、患者との面会時間は一時間しかなく、しかもその間一人ずつしか病室に入れなかった。二、三人同時には入れないのである。

薔雲が先に入った。きちんとした純白のブラウスを着て、アルコールのにおいが詰まった白い病室に入っていった。彼女は何度か見回してやっと蘇寧だとわかった。蘇寧の顔、首に巻かれた包帯が細い顔を太く見せていた。薔雲は「蘇寧」と声をかけた。ベッドのそばに行くと、静かな病室の床を蹴って音を出した。

蘇寧の瞳は、自分を一番心配してくれている家族に会えたかのように、感動の涙で潤《うる》んでいた。彼女は元気だった。

「傷はひどくないわ。一日か二日で退院できるはずよ」と言い、さらにこう教えてくれた。

「この病室とてもいいの。患者の半分が共産党員で、みんなで慰《なぐさ》め合い、励まし合い、批判し合ってる。看護師さんに対する態度が良くない人がいてね。みんなでその女性を批判したのよ。他にもね、毎週土曜日の夜に宴会が開かれてるの」

不思議なことに、すべてに絶望と憂鬱《ゆううつ》を覚えていておかしくないはずの蘇寧が、なんと病室の生活に温《ぬく》もりを感じていたのだ。

「お父さんに殴られて辛くないの？」

楊薔雲が尋ねた。蘇寧は快適な大きな枕に寄りかかり目を閉じ、首を横に振った。

「あの晩、父に呼ばれたの。お酒を飲んで、海老をつまんで暗い顔してた。自分は罪深いと自嘲《じちょう》していたわ。そのとき、私は少し悲しく父のことを残念に思ったの。

しっかりした父がどうしてこんな風になってしまったのかって。この告発をきっかけに父が真面目な人になってくれると期待していたわ。でも、私に残酷なことをした」

蘇寧は思わず頭の包帯を触った。薔雲は彼女に「ちょっと休んで」と言ってから、白湯《さゆ》を入れてあげた。

「まさか暴力をとは思ったけど、殴られてもまったく辛くはなかったわ。告発状を書いたとき、この家とはお別れかもって……覚悟は決めてたの。そして父に顔をぶたれたとき、その初めの一撃とともに私を苦しめてきたこの家に対するわずかな未練も、消え去ったの。ただ、身体が弱くて無力で、何の抵抗もできず殴られた。ひどいことされたと思ったわ……」

薔雲が病室から出てきたとき、袁新枝と周小玲は文句を言った。薔雲一人で四十分使ったので、袁新枝と周小玲には一人十分ずつしか残っていなかったのだ。

蘇寧の部屋へ、母がよろめきながらも麺《めん》を持って入って来た。

「作ったよ。卵二つね」と娘に声をかけた。

その日の朝、蘇寧は家に帰ってきたのだ。彼女の部屋は四日間誰もいなかったので、いたるところがほこりをかぶっている。昨年、周小玲たちが掛けてあげたゾーヤの画像が壁の左上から落っこちていた。蘇君が好きな竹製の筆立ては籐《とう》の机の上で倒れていた。暑い中、嫌いなハエが一匹窓辺を飛んでいる。

蘇寧は悶々《もんもん》としていたが、ベッドに座り麺を受け取ると、一口食べた。熱かったので、いったん籐の机の上に置き、ついでに小さな筆立てを立て直した。

母は両手を組んで娘の横に腰を下ろした。丸っこく、小太りで、あごには黒いあざがあった。顔の筋肉の動きにつれてその大きさが変わった。

「一昨日、役所から人が来てね。西の部屋の小麦粉を全部差し押さえたのよ」

母は手で足を叩《たた》いた。

「……」

「お父さんから手紙も来たわ」

母はため息をついた。

「酒の勢いで、お前に申し訳ないことをしたと思っている。どうか、恨まないで欲しい」って。

「はぁ……」

蘇寧の口からため息が漏れた。

「裁判所はすでにお父さんを起訴したの。今回はもうだめだろう、お前たちも早く今後の暮らしについて考えておいてくれとも手紙に書いてあったわ。商いはもうだめね。小麦粉も押収《おうしゅう》されて、手持ちの現金も少ない。これからはお金が出ていくばかりで、収入がないのよ……」

蘇寧は麺を食べていた。母の愚痴《ぐち》を聞いても、まるで自分とは無関係であるかのように淡々として何も反応しなかった。

「お父さんがこんなことになって、みんな押しかけてきたわ。一昨日は徳聚涌社《とくしゅうようしゃ》が醤油《しょうゆ》の代金の請求で、永発号社《えいはつごうしゃ》の人も来てね。お宅は春に石炭を三百斤買ったけど、まだ代金を払ってないっていうのよ……。本当にたまらないわ」

母の愚痴に合わせ、夜が近づき部屋も暗くなってきた。蘇寧は明かりをつけた。

「ここ数日まぶたを閉じられないの。右まぶたがピクピクして。ご飯も食べたくなかった。夜に饅《まん》頭《とう》を一口食べただけで、苦く感じてまた吐《は》いたのよ。台所の水道の蛇口も壊れてポタポタ雫《しずく》が漏《も》れてるんだけど、修理もまだでね……」

部屋の中では蘇寧が麺を食べ、汁をすする音しかしなかった。しばらくして、母はまた話し出した。

「趙おばあさんには辞めてもらったわ……。この数日ね。毎日考えてたの、もしお父さんが家に帰って来れなくなったら、私とお前はどうしていくかってね。この家を売り払い、済南《さいなん》のおばあちゃんの家に引っ越したいね。お互いお世話もできるし」

家を売り払うと聞いて、蘇寧はビクッとした。家族でこの家に二十年以上住んでいるのだ。蘇寧もここで生まれた。小学校のときたくさんの仲間がいて、それぞれの家に行ったことがあるが、他の誰の家と比べても自分の家がいいと思っていた……。蘇寧は確かめるかのように母に尋ねた。

「北京《ぺきん》に住めないの？」

「一人でここにいるのは不安よ。どれだけ財産があったとしても、住み続けていたらいずれはなくなってしまう。ここを離れなきゃ……」

「ううん。行かない。もうすぐ高校卒業するのよ。私、北京の大学を受験するわ」

「大学に行くの？」

驚く母。

「え？」

母の驚きに驚く娘。

「寧。もっと勉強させてあげたいけど、家の状況を考えておくれ。大学に進学できると思う？　お前は身体も弱いし、大学の勉強は大変よ。きっと耐えられないわ。お母さんも歳《とし》なんだから、お前を食べさせていくことはできないよ。高校を卒業して仕事を始めれば、何年か早く稼げるようになるんだよ」

「大学に行けないの？　だめなの？」

母はまたため息をついた。目の周りに手をやり、涙を流しながら咳《せき》をしていた。

「これから大学を卒業して、この広い中国でどこに配属されるかわからないよ。お前と離れて生きていくのは辛い……。

寧！　お父さんを告発したことでお前を責めてはいないの。共産党の学校で学んでいるんだから、そうしないわけにはいかないでしょう。でも、お父さんはもうおしまいなのよ。お前までお母さんを捨てるというの。お母さんを支えておくれ。一緒に済南に行って仕事を探そう……」

母は涙もろく、いつでもすぐ泣くので蘇寧はいつも胸を痛め、心に悲しみが残った。母が蘇寧をかわいがっていたのは事実であった。母が家族に胸の内を打ち明けるとき、その悲しき身の上話に一番耳を傾《かたむ》けてくれたのは蘇寧だったからだ。だが、今、母は自身と娘の将来について悲観的に話している。その大きな身体と、哀れにも弱った声とが合わさって、蘇寧は混乱してきた。それだけでなく母が滑稽《こっけい》にさえ思えて来たのだ。

「お母さん、お願いだから許して。私、いま勉強頑張ってるの。勉強をやめて、お母さんの苦悩を受け止め続けることはできないの。明日から学校に行って、そこの寮に泊まるつもりよ。将来、工学部に行きたいの。身体が弱ければ、鍛えればいいのよ。大学の授業もなんとか乗り越えられると思うの。経済的に苦しかったら、奨学金を申請するつもりよ」

退院してきた蘇寧は、これまでなかったかのような強い口調で語った。母は、娘がこんなにも強い決意を抱いているとは思ってもいなかった。家族に対する未練など一切ないかのような、将来への娘の「断固たる決意表明」が母を打ちのめしてしまった。

この行き詰まりを打破したのは、なんと趙おばあさんであった。彼女は部屋に入ってきて、蘇寧に挨拶《あいさつ》すると「奥様」に報告した。「女中部屋は、きれいに掃除しておきました。奥様のおっしゃった通り、今日の午後、屑《くず》屋さんも呼びました。古い包丁、破れた靴、酒瓶、使わない麻袋、くず鉄をすべて売り、合計二万五千元にもなりました……」

趙おばあさんはもぞもぞと自分の懐《ふところ》に手を伸ばしてお金を探っている、出すまで少し時間がかかった。

「二万五千元、お受け取りください。お別れだと言うのに、差し上げるものは他に何もございませんが……」

この「別れの餞別《せんべつ》」に、趙おばあさん自身感極まってしまったようだ。思いっきり鼻をかむと、声を震《ふる》わせながら言った。

「これまで奥様ほど女中に優しくしてくださった方はいらっしゃいませんでした。本当にお別れするのが辛いです。旦那様のご無事をお祈りしています……」

母は娘との話を終え、趙おばあさんと一緒に部屋から出ていった。

蘇寧は麺を半分しか食べていなかった。残りはテーブルの上に置いてあったが、母は持っていくのを忘れていた。明かりの下、この家はさらに虚《むな》しく単調に見えた。特に蘇寧が寝ているこの俗っぽい大きな銅製のベッドは、若い娘が使うにはまったく似つかわしくなかった。嫌いなハエが部屋の中をブンブン飛び回っていたが、ハエ叩《たた》きを捜しても見つからなかった。

退院して帰って来て、蘇寧は家が何か変わったかのように思った。彼女たちの家はもともとは大きく快適で、蘇寧はここで温かくも、寂しく、かつ苦しい少女時代を過ごしたのだ……。今、この家は魂が抜けた死人のようで、退屈であった。母は醜くなり、頭も回らなくなった。趙おばあさんのことは以前から好きではなかった。

「もしかして、これで最後なのかな……」

蘇寧はあごを支え、少し傾いた扉を見つめた。お母さんも趙おばあさんも遠くへ行ってしまう。そう静かに思っていた。

第三十三章　生きて、生きて、生き抜いて

夜のとばりが庭に垂れていき、小さな紅《あか》い明かりの色も変わった。生徒たちが苦労して寮の外に取り付けたものだが、紅色は黄色へと変わった。机と椅子《いす》を楕円《だえん》形に並べ、シーツを何枚か敷いてテーブルかけにした。生徒たちが集まり、新しく生徒寮に引っ越してきた二人の仲間を歓迎するのだ。歓迎会は生徒寮の管理委員会が主催したが、寮のほとんどの生徒が参加した。

みんなの前には三、四個の青みを帯びた紅い杏《あんず》、そして一杯の砂糖水が置かれた。歓迎会のお茶菓子だ。会が始まるとかすかに蝉《せみ》の鳴き声が聞こえた。こんな早い時期にもう鳴いているのだ。それと同時に季節外れの雪が早咲きの桃の花のように、遠慮がちにわずかに降った。いずれも弱々しく、恥ずかし気であった。緑豊かに茂っている枝々も、けだるく揺れながら初夏の訪れを伝えていた。

「みなさん、お静かに。この大生徒寮の『名誉主席』呉長福《ごちょうふく》が開幕のご挨拶《あいさつ》をいたします……」

ぽっちゃりした司会者が宣言した。呉長福は『名誉主席』と自称すると、急に偉くでもなったかのように楽しく感じた。襟《えり》を整えて挨拶したが、背が低いのでかかとをあげた。

「……まず、大生徒寮に長く住んできた生徒を代表し、新しく引っ越してきたマリ・フーと蘇寧《そねい》を心から歓迎します」

みんな拍手した。

「続いてこの寮のいい所を紹介します。一つ目。みんな知ってるように、南の部屋には南の部屋の良さがあり、北の部屋には北の部屋の良さがあります。つまり、この寮には二つの良さがあるのです。北の部屋には扉があり、南の部屋には窓が開いています。つまり、これらを空気が通り抜けるので、冬暖かく、夏涼しいということです。

二つ目。『大』生徒寮ですので、もちろん大きいということです。七、八十平米で、高三の寮住まいの生徒は全員ここにいます。仲間が多ければなんでもしやすいです。少しも退屈しないんです。寮生活はいろいろ体験できます。お掃除、遊びに、おしゃべり、小説の朗読、自己批判など頻繁に行われています。

三つ目。寮の生徒はとても仲が良く、楽しい毎日を送ってます。地方出身の生徒が寮に引っ越してきても、家族と別れた寂しさを乗り越えられます」

周小玲《しゅうしょうれい》は大きな声で「その通り！」と賛成した。彼女は「規律違反」も犯していた。歓迎の挨拶が終わるまで食べてはいけない茶菓子に手を付けてしまったのだ。思わず酸《す》っぱい杏を口に含んでいた。

数日の間、マリ・フーは疲れ切った様子で涙越しに世界を見ていた。周囲のすべてがぼんやりとし、混沌《こんとん》とし、何だかよく分からなかった。大きな動揺を経て、彼女は落ち着きを取り戻した。言われた通り学校に引っ越し、素直に授業を受け、淡々と時間通りに仕事した。愛憎は消えていき、宗教への熱意も少し薄くなっていた。そもそも子供のころから愛憎も情熱も多過ぎたのだ。

キリシタン内の帝国主義分子が逮捕されたことが新聞に載った。彼らは河北の献県で特務の親玉・尚建勲《しょうけんくん》が組織した「公教報国団」の残留者だったのだ。宣伝・情報工作担当者としてジョセフ・李《り》の名前があった。マリ・フーは書かれている通りに新聞を読んだが、信じるべきかそうでないのか、自分の中でも答えが出なかった。

聖書の言葉が思い出された。「見ないで信じた者は幸いである」（『ヨハネによる福音書』第二十章第二十九節参照）という言葉だ。

イエス・キリストは十字架にはりつけられ処刑されたあと、復活した。それから初めて弟子たちに会いに行ったとき、トマスという弟子はいなかった。他の弟子たちはみんなイエスが甦《よみがえ》ったと言ったが、トマスはどうしてもそのことが信じられなかった。

八日後、トマスは本当にイエスを見た。イエスはトマスに言われた。

「あなたは私を見て、やっと復活を信じたのか。見ないで信ずる者こそが幸いである」

これは神の子イエスのことだが、人間ではどうなのか？　信じるか信じないか？　誰を信じればいいのか？　マリ・フーは神ではない。分身とかでもない。結局、誰も信じないことしかできなかった。彼女は疲れただけでも、気分が落ち込んでしまう。首を振って否定したならば、そのままずっと否定していたほうが楽なのだ……。

安息日、すなわち日曜日。マリ・フーは路面電車で東天主堂へ行き、礼拝に参加した。北京《ぺきん》には東、西、南、北、四つの大聖堂がある。東天主堂はヨハネ・ボスコ修道会の小聖堂より広くて、堂内ももっと明るかった。趣向を凝らした作りのオルガンが「パー、パー、パー」と鳴り、長い黒衣を着た老司祭がしわがれ声で歌っていた。首にかけられた銀色の十字架が弱い明かりの下で光を放っている。

マリ・フーもまた信者の間に跪《ひざまず》いて、栄えある聖なる主《しゅ》をほめ称えた。神聖な宗教が子守歌のように、この多難な少女の心を落ち着けた。手探りで進むかのような生活の苦労も忘れられたのだ。

すべての儀式が終わり、信者たちは順々に出ていった。彼らは敬虔《けいけん》にも扉の近くにかかっている十字架に触れ、胸の前で十字を切った。マリ・フーは一人で老司祭に近づいていった。

「司祭様、お話ししたいことがあるのですが、よろしいでしょうか？」

居間に通されたマリ・フーは、見知らぬ司祭を見つめていた。もう年老いていて、猫背で禿《は》げ頭、息を切らしていた。さっき讃美歌《さんびか》を歌っていたとき、途切れ途切れになったのも無理はない。関節がこわばった細い指を伸ばし、手をテーブルの上に置いた。厚い唇《くちびる》に控えめな笑みを浮かべている。

「若き姉妹よ。学生ですか？」

「マリ・フーと申します。高校三年生です」

「黄《こう》と言います。ここは初めてですか？」

「ヨハネ・ボスコ修道会の礼拝に参加していたのですか……。私の司祭様が最近、逮捕されたんです」

「誰だね？」

「ジョセフ・李《り》」

「なんということだ！」

司祭はくぼんだ指で髭《ひげ》をさすった。

「ご存じなのですか？」

「早く教えてくだされば……」

「同級生たちが私と友達になろうとしたのですが、その中には共産党員がいました。それで李司祭様は私が彼女と交流するのをお許しにならなかったのです。今は学校に引っ越し、同級生たちと一緒に過ごしています。でも、こんなことをしていては、主は私をお見捨てになるのではないでしょうか？」

マリ・フーの眼差《まなざ》しにちらほらと畏《おそ》れが表れている。

「若き姉妹よ。あなたは仁慈堂で育ったのですか？」

「はい。司祭様は……」

「私も仁慈堂で主に仕えたことがあります。そこの子供はみんな痩《や》せていて、一目でわかりますよ。仁慈堂は恐ろしいところですね」

「どういうことですか？」

「うん……。私は仁慈堂で毎日十数人もの子供の死体を見てきたんです。外国人が私を呼んで、死者のために祈ってくれとね。彼らは子供を労働者として搾取《さくしゅ》し、人身売買も行った。パリサイ人ですよ」（パリサイ人に関しては『マタイによる福音書』第二十三章第一～四節参照。イエスは彼らにいくつかの罪があることを論じ、弟子たちに彼らの行いを真似《まね》てはならないと戒《いまし》められた）

「そんな！」

黄司祭の告白にマリ・フーは驚いた。

黄司祭は真剣な表情でマリ・フーを見つめた。彼女が自分の話を信じているのかどうか、考え込んでいるようだった。

「私はとても耐えられなくなって、そこを離れました。あるとき、一人の女の子が告解《こっかい》に来たのです。その子は親友がいると言っていましたよ。覚えています。その親友は、変わった名前を付けられたようでした。あぁ、毛毛乖《もうもうかい》です。毛毛乖は、シスターに処罰されて死んだと言ってました。その子は泣いていました。罪を犯しました、早く死んでしまいたいと願っていると……。うん？　どうしたの？」

マリ・フーは青ざめた顔をしている。しょっぱくて苦い涙が頬杖《ほおづえ》のそばに落ちた。

少ししてからマリ・フーは打ち明けた。

「その子は私です」

「神よ……。感謝いたします。再会することができました」

黄司祭は首を垂れ、感謝を込めた祈りの言葉を黙々と読んでいたが、マリ・フーの悲痛な声も聞こえた。

「また、お会いできたのですね。黄司祭様。今回も、私の罪を告解しに参りました……」

「罪を犯したのはあなたではなく、パリサイ人たちです。彼らは聖教会に紛れ込み、権力を握り、滅茶苦茶《めちゃくちゃ》なことをした。本当に恥ですよ。

日本が降伏して間もないころ、田耕莘枢《でんこうしんすう》機卿《ききょう》は蒋介石《しょうかいせき》のために祈りました。三日間礼拝したのです。そのときから、もうわかっていました。私は歳《とし》を取り過ぎていて、はっきりとは覚えていないが。悪人は確かにいたんです。

『偽善の律法学者、パリサイ人たち。改宗者を一人つくるのに、海と陸とを飛び回り、改宗者ができると、その人を自分より倍も悪いゲヘナの子にする……』（『マタイによる福音書』第二十三章第十五節参照）覚えていますか？」

「覚えています」

マリ・フーは続けて小声で暗唱した。

「『あなたがたは、杯や皿の外側は清めるが、その中は強奪と放縦《ほうじゅう》でいっぱいです……。あなたがたは、外側は人に正しいように見えても、内側は偽善と不法でいっぱいです』（『マタイによる福音書』第二十三章第二十五〜二十八節参照）」

「わが主イエスよ」

黄司祭は十字を切った。

「その通りです。仁慈堂、あれは偽善です。反政府活動に関わるなら、それは違法なのです」

「今の政府はお好きですか？」

「好きかどうか聞かれてもね。私はただ主の御心《みこころ》に従うのみです」

「じゃ、私は同級生や信仰のない者、共産党員と一緒にいてもよろしいのでしょうか？」

「うん……。『天国は、パン種のようなもので、女がそれを取って三斗の粉の中に混ぜると、全体が膨《ふく》らんでくる』という御言葉があるでしょう？」（この『マタイによる福音書』第十三章第三十三節は、宗教を酵母に、世の中を三斗の粉にたとえ、宗教が世の中全体に影響を与え、感化することを意味している。黄司祭はこの言葉を引用して、マリ・フーに仲間から離れて一人にならないようにと忠告したのであった）

路面電車がガタンと音を立て動き出した。人民解放軍の軍人がマリ・フーに席を譲ってくれた。振り返ると、車窓越しに店やビル、劇場が流れていった。瞳にはまだ涙が溢《あふ》れていた。最近の同級生たちの細やかな気遣いを思い出し、心の中でそっと笑いそうになった。けれども、笑う前になって彼女はまたジョセフ・李やパリサイ人を思い出した……。もし本当ならば、彼らは私を散々欺《あざむ》き、苦しめたのだ。そして恨みと疑いで追い詰めて来て……。

だが、とうとう同級生たちへの感謝がしつこい恨みを追い払った。涙越しに見える世界が明るくなった……。

「鄭波《ていは》はやきもきしながら、待っててくれたのかも」

マリ・フーは市場の外で光を放つ大時計を見つめていた。

呉長福はお笑いの天才と言った雰囲気を醸《かも》し出《だ》しながら歓迎の言葉を終えた。庭中で笑い声が転がっている。次は、マリ・フーと蘇寧が話す番だ。

マリ・フーはおずおずしながらみんなを見た。みんなは友情と信頼の眼差しで彼女を応援していた。マリ・フーは「親愛なるみなさん……」と話したが、口をぱくぱくさせてしまい言葉が続かなかった。

「言ってごらんよ！　マリ・フー」

「大丈夫。言いたいこと言えばいいのよ」

みんなマリ・フーを励ました。彼女の服を軽く引っ張った生徒もいた。

マリ・フーは話しだした。

「みんな、ありがとう。呉長福、ありがとう。呉長福は本当に冗談が上手で、みんなを笑わせるのね。こういう笑いに私はまだ慣れてないみたい。でも、あなたたちの寮、いや、私たちの寮は、毎日笑い声が聞こえるわ。学校に引っ越してまだ十日しか経《た》っていないけど、もう私はけっこう変わったの。新しい日常が始まったみたいで、たくさんの苦しみは、ゆっくりと消えていったわ。

以前の私は、愚《おろ》かで不幸に押しつぶされてた。空が暗いと感じてた……。でも、これらはすべて過去のことよ。みんな本当親切にしてくれた。私が言えることは……。みんな、私は勇敢に生き抜くことができた。これからも生きて、生きて、生き抜くわ！」

鄭波は期待しながらマリ・フーを見つめていた。マリ・フーは何を言うのだろうか。すべて言えるだろうか？　鄭波の緊張、心配は決してマリ・フー自身に劣らなかった。だが、とうとう……十九年生きて、その十九年立ち上がれなかったマリ・フーが、元気に話したことのなかったマリ・フーが……、初めて前向きに、声高らかに宣言したのだ……。

一瞬、みんなはしんとしていた。一人一人の息遣いが聞こえた。鄭波一人がマリ・フーのところへ駆け寄った。マリ・フーを抱きしめると、手を握ったのだ。他の多くの生徒もついてきて、マリ・フーを抱きしめながら笑い、杏をあげた。

会場が再び盛り上がったとき、蘇寧が立ち上がった。興奮し、赤い顔をしていた。彼女は美しい服を着ている。淡い紅色のシャツと、床にまで垂れ下がった長くて、青い絹のスカートである。

「話すことはないんだけど、考えたことはマリ・フーと同じよ」

蘇寧の言葉には独特な力強さがあった。

「今、お話ししたい二つのお願いがあります。一つ目。周小玲《しゅうしょうれい》、私を球技チームの補欠部員として入れてくれない？　身体《からだ》が悪くて、前は体育の授業をいつもサボってたわ。弟子みたいに指導して欲しいんだけど……」

蘇寧が言い終わるのを待たずに、もう周小玲は「いいわ。大歓迎よ！」と叫んでいた。

「二つ目のお願い」と言って蘇寧は頭を下げた。だが、まだ決心がつかないようで、しばらくしてからゆっくりと言った。

「クラスでは、私は消極的であまり進歩のない生徒だったかもしれない。でも、もう前向きに生活する決心をしたわ。過去、病気でもないのに弱音を吐いたり、理由もないのにがっかりしたりして、貴重な時間をたくさん無駄にしてしまったわ……。

これからは、二度と盲目的に他人に引きずられたり、振り回される生活はしない。私のお願いはね……。団組織が私を教育し、審査した上で、私は青年団加入を申請したいということです」

蘇寧は言い終わると、他の生徒を見ないで急いで席に戻った。だが、彼女のお願いへの答えは割れんばかりの拍手だった。

「生徒のみなさん！」

袁《えん》先生は興奮したあまりに眼鏡がずれてしまい、かけ直した。

「ここで歓迎会をしていて、時間は一分ずつ過ぎている。あと三十日ほどで、みなさんが学んだ算数で計算するならば、四万分ほどで卒業となる。卒業前にこのように団結できたことが嬉《うれ》しい。忘れられない会になった。

実を言えば、私が担任していたこの一年。あなたたち、すなわち私の生徒から得たものは、私が教えてあげたことよりも多かった。これは真《まこと》に恥ずべきことだな……。

ここ数年、学校で生徒たちが一クラスずつ入学し、また一クラスずつ卒業していく姿を見てきたが、こんな幸せなクラスは一つもなかった。あなたたちが中学生で自身の心身が急速に成長したとき、この国では大きな嵐が起き大変革が起きた。旧社会がいかに崩壊し、瓦礫《がれき》の山となったのかを目《ま》の当《あ》たりにした生徒、またその生徒の中でも多くが旧社会と真正面から戦ったものと思う。

マリ・フーと蘇寧を歓迎するのは、二人が学校に引っ越したことが素晴らしいのではなく、二人が戦い抜き勝利したからなんだ。同時に、あなたたちは新しい生活が古い廃墟《はいきょ》の上に建てられたのをその目で見ている。国家建設は始まったばかりだ。この会では酸っぱい杏と砂糖水を飲むだけだが、君たちには末永く楽しく、温かく、生き生きと歩んでいって欲しい……。

さぁ、みんな砂糖水を持ってクラスの団結と進歩のために、これから生きていく生徒たちの健康のために、起立しよう……」

袁先生がまだ「乾杯」と言いださないうちに、生徒たちがまだ起立していないうちに、「ちょっと待ってください」と声がした。みんな止まって声の主を探していた。李春《りしゅん》が隅っこのほうで立ち上がった。そこには明かりがあまり当たらず、彼女の顔は薄暗い闇に隠されていた。

「乾杯の前に、少し言わせて。邪魔しちゃってごめんね。本当出しゃばりで……」

李春は自嘲《じちょう》し、悲し気に語りだした。

「砂糖水の入ったティーカップを手に取ったとき、クラスの団結と進歩のために何もしなかったなと恥ずかしく感じたわ。前まで、自分は一番頭がいいと思ってたの。

周りのことは気にせず、ひたすら自分のためにクラスで飛び抜けた地位を得て、みんなに尊敬され、私の言うことを聞いて欲しいと思ってたわ。私団員だけど、団体組織が忙しいから活動するのは面倒くさいって避けてたの。

それで勉強に力を入れて、どうすればいい点数が取れるかについて詳しくなったわ。でも、袁先生が私に以前おっしゃったのだけど、生徒の日常を少しもわかってなかった。生徒の中でもひねくれていて、闘争に満ちた日々を知らなかったわ。今この時代に、私たちは傲慢《ごうまん》になって大衆から離れてはいけない。

　まとまりもなくだらだら話したけど、蘇寧のお父様に対する正義の告発を尊敬するわ。マリ・フーの不幸な境遇にも同情する。そして、クラスみんなの私への配慮に感動してる。私は以前はあまりにも傲慢で、心が狭かった。みんなと一緒に前に進みたい。まず、私を一番厳しく批判した楊《よう》薔雲《しょううん》と握手したい……」

　楊薔雲は李春の手を取って大きな声で言った。

「ううん。李春は自分を責め過ぎよ。積極的に勉強して、研究してる。みんなのお手本よ。知らない生徒もいるかもしれないけど、生徒会の話では彼女が物理部員と一緒に製作したラジオが全国生徒科学工芸品展覧会に出展されるそうよ」

　すると、みんな嬉しそうに立ち上がって砂糖水が入ったカップを掲げ、一気に飲み干した。解散する直前に、楊薔雲は急いで手を挙げた。

「主席、提案があるわ……」

　みんなの視線が彼女に集まった。

　薔雲《しょううん》は言った。

「歓迎会、楽しいね。それに夜の景色もとてもいいわ。クラスのため、もうすぐ終わっちゃう高校生活のため、みんなで一緒に松明《たいまつ》を持って街を行進するのはどう？　奇想天外かもしれないけど、青年団の支部会議を開くときに検討するわ。

　少なくとも、一緒に学校を歩きたいわね。私たちを育ててくれた、この六年間の思い出いっぱいの生活を見守ってくれた学校を見学したらどうかしら？　もちろん、学校のどこの道も何十回、何百回と歩いて来たわ。
でも、この学校をとても好きになったことはないの。どこかをわざわざ見にいったこともないの。もったいないわね。一緒に歩こう。どこか隅っこで素敵な記憶を思い出しましょう。生活が前に進んで、変化していることに気づいたら、先生への感謝の気持ちも湧き起こってくるかもしれないわ」

こうして生徒たちは三々五々学校を見学した。運動場を散歩し、夢を語り、友情について話し、期末試験について相談した。とりとめのない雑談の中にも、必ず純粋で、高尚な思いが込められていた。いろんな体育器具に近づいて遊んだ。飛び上がったり、バスケットボールのゴールにぶら下がったり、バレーボールの柱にぶつかったり、新しく置かれた鉄棒を触ったりした。

講堂のほうに行くと、高二クラスがどこかの学校の生徒たちと交流していた。歌声と笑い声が入り混じっている……。ぶらぶら歩きの最後に、楽しんでいる後輩たちをおどかすのは悪いと思った。生徒たちはつま先立ちでそろりそろりと、講堂近くの中一クラスの教室の前を通り過ぎていった。そのとき、びしっとした少年先鋒《せんぽう》隊員たちが見えた。みんな学校に来たばかりの日を……思い出した。

第三十四章　夏休みのある一日

私がいつも探しているもの。それはある種の明るく、貴《とうと》く、そして多彩な日常である。そもそも、こんな生活は身近にあった。中国の高校生の間にもあったのだ……。ある冬の夜、吹雪の中、青い光を放つ星空の下、街は縮こまって眠っていた。ふとソ連製の高級車ジスが走って来て、排気管から何滴かの雫《しずく》がしたたり落ちた。

　広い母屋《おもや》に入ると、少女たちの笑い声と暖炉《だんろ》の火の温《ぬく》もりが一斉に取り囲んできた。コートを脱ぐと、十一人の少女が見えた。みんな十六、七歳で、お互い青春の情熱で温め合い、笑いがお互いの間をふんわりと漂《ただよ》っていた。少し年上の子がいた。二十歳を過ぎているかもしれない。胸には大学の校章が付いていた。

　みんな昨日の什刹海《じゅうさつかい》公園でのアイスホッケーの試合と今朝の『人民文学』の物語に出てきた詩について話している。八時ちょうどに鐘の音がした。部屋の中はすぐに静かになり、一人ずつポケットから取りだした赤ネッカチーフを付けた。一人のしっかりした感じの子が、左袖に赤い小隊長の腕章を付けていた。この家の主も隊旗を持ってきた……。

　　我ら新中国の子らよ

我ら新しき少年の先鋒《せんぽう》隊は……

「小隊長」がその大学生に報告した。

「四度の褒賞《ほうしょう》を受け、英雄劉《りゅう》胡《こ》蘭《らん》の名をいただいた我らが小隊。第四十一回訓練準備が完了いたしました。指導員、訓練許可を願います」

「許可する。成功を祈る」

指導員は挙手し、返礼した。

二年前、彼女たちは女子二十一中学少年先鋒隊・劉胡蘭小隊の隊員たちであった。中学を卒業しみんなばらばらに過ごすことになったので、少年隊からも離れた。だが、彼女たちは劉胡蘭小隊の栄光と隊員間の友情を大切にしていた。それで毎年冬休みに集まると小隊生活を送り、赤ネッカチーフと隊長徽章《きしょう》をつけて、元の指導員に指導してもらうことにしたのだ。

高校、技術学校、師範学校に散らばっていた「隊員」は、年に一度の小隊の日に、一年間自分がどんな行動で劉胡蘭小隊の栄誉を高めたり、あるいは汚してしまったのか友人たちに報告するのであった。

「あの日は大雨が降っていた。目が開けられないほどにね」

色黒の崔《さい》琍《り》さんが報告している。

「子供が一人滑《すべ》って転んでね。そのとき大きなトラックが後ろから走ってきたわ。その子のお母さんは驚きのあまり木に寄りかかってしまった。私はその子を助けようとしたけど、同じく滑って転んじゃって、無理やり引っ張ったの……。後で交通警察に名前を聞かれたとき『劉胡蘭小隊隊員です』と言っておいたわ」

青春時代の友情、情熱、誓いを忠実に守ることは人生で非常に大事なことである。男子についても少し話したいのだが、あまり取り上げられず残念だ。彼らのグループの批評会に参加したことがあり、私たちの生活では批評会は珍しいことではないが、その会は忘れ難《がた》いものであった。

髪が太く短い少年が立ち上がった。まだ完全に子供で、瞳は優し気で素朴だ。眼差《まなざ》しからにじみ出ているのは恐怖でもなく、落胆でもないが、大人になれない己《おのれ》を恨《うら》み責める心の苦しみであった。そして期待しているであろうことは、同志たちの自分への批判であった。彼の口元には恥ずかし気な微笑が見えた。指で机をつかんでいたが、爪の血色がだんだん失われていった。彼は低い声で話し出した。

「今回の試験で、過《あやま》ちを犯しました……」

過ちとは以下のようなことであった。数学の試験で、他人の答案を盗み見たが、先生と同級生は気づかなかった。結果としていい点数が取れたが、良心の呵責《かしゃく》に耐えられず告白したのであった。

「僕は学習規律を守らなかった。邱少雲《きゅうしょううん》（志願軍の戦闘英雄）がどれほど規律に厳正だったのか、思い出しました……」

邱少雲の名前を口にしたとき、彼の体は揺れていた。何度か話を続けようとしたが、閉じてしまった口がなかなか開かない。まぶたをゆっくりと伏せたが、再び上げようと努めた。彼は泣かなかった。男が人前で涙を見せるわけにはいかなかった。ただただ、じっと堪えていたのである。

「しっかり。しっかりしろ」

多くの生徒が小声で励ました。

沈黙が続いた。グループの長がノートの紙を一枚ちぎり、急いで「過ちに打ち勝て、恐れるな！」と書いた。紙切れは他の生徒の手を経て、彼に渡された。

上級の青年団組織が、生徒の批判と自己批判における行き過ぎをよく指摘しているのもうなずける話である。事実その通りだ。とはいえ、極度の緊張、沈黙の中で完璧を目指すのだ。わずかな隠《いん》蔽《ぺい》も許されない、という良心の呵責が会では浸透しているのだ。

続いて他の団員たちが真剣かつ真摯《しんし》に発言した。彼らは不正行為をしたその生徒を鋭《するど》く批判した。過ちを克服し、より良くなるよう信じているとも述べた。彼はときどき顔を上げ、感激しながらうなずいた。もう一人の発言者は、過去に彼と喧嘩《けんか》したことがあった。仲が悪かったので、今回も初めのうちは少しばかりその不幸を喜んでいた。だが、批評会でのその純粋で正直な姿に感化され、己を省《かえり》みた。その発言者は他人と握手すると、自分に対し自己批判したのである。みんな拍手を送った。

思いは一気に高ぶった。批判すること、また批判会自体への感想を語ることを通じて一層多くのことを体得するのだ。みんな青年団を愛しているが、お互いにもっと親しくなった。批判会の締めくくりとして全員起立し、歌を歌った。それは激しい風雨のような勇ましい行進曲であった。

生徒時代のすべての記憶の中で、夏休みほど胸躍るものはない。夏休みになると、校長と先生はいったん「舞台から退《しりぞ》き」、すべての時間は生徒のものとなる。生活の知恵比べ大会が始まるのだ。誰もが、自分が最も美しく、楽しく、有意義な暮らしをしたいと願っているのだ。

七月、何度か温かい雨が降ったあと、太陽が再び大地を蒸し焼きにした。あちこち暑くて、夜明け前の一瞬の涼しさだけが眠っている人々に甘い夢を見せていた。このとき、街は中学生でいっぱいになっていた。

一人の娘が急いで自転車に乗って北新橋から南に向かっていた。何か急用があるようだ。聞いてみると、彼女は待ちきれなさそうに言った。

「朝焼けに染まった天安門を見にいくんです。一人でね」

一列の兵士が「一、二」と叫んでやってきた。いや、兵士ではない。軍服を着た男子生徒だった。彼らは「紅突撃連」を組織し、士官に訓練してもらっていたのだ。豊沙《ほうさ》鉄道の沿線では、五人の娘が徒歩で官庁ダム(「官庁」は地名)へ向かっていた。彼女たちは水利グループの隊員でもう二日間歩き続けていたが、今晩到着する予定だった。

道中多くの親切な人たちが彼女たちに「車に乗っていきなよ? 大変だろ?」と声をかけた。だが、そう言われれば言われるほど、彼女たちは歩いていかなければと決心を固めたのであった。七時半、太陽が昇ると各学校の「夏休みの家」が扉を開けた。生徒たちは教室を掃除し、それぞれ自分の家からかけ時計、書画、鉢植えの花、籐《とう》の椅子、刺繍《ししゅう》のテーブルかけ、蓄音機、そしてソファー、骨董《こっとう》品、さらにはキリギリス、カワセミといった生き物までも運んできたのだ……。

どこの家よりも上品で、快適なように配置された「夏休みの家」を訪れた生徒は多く、本を借りる者、将棋を借りる者もいれば、音楽を聴く者もいる。その日、奉仕活動で来ていた男子生徒はとても頑張っていた。なぜかというと、後で女子生徒が来るからだ。

丸一日、各地の公園や郊外で生徒たちは「小旅行」を楽しんだ。青龍橋の近くから山登りをしようとしていた元気いっぱいな若者たちは「笑笑グループ」を作っていた。彼らの夏休みの取り組み課題は単純明快、すなわち笑い、大笑いすることだった。

彼らは遠足に出かけると、九割の時間は強行軍で汗をかき、一割のそれでは風景を一望して楽しんだ。大雨が降るとずぶ濡《ぬ》れになり、濡れネズミになって町に戻るのだ。そんなときはきっと「ワハハ……」と笑い続けているのだろう。

一番素敵なときは間違いなく夜であった。夏の夜は楽しい。あるところでは野外映画がもうすぐ終わるところで、またあるところでは高校生の劇団公演が始まったばかりだった。「おじいさん」役が泣いている最中に運悪く髭《ひげ》が外れてしまい、また進行係も終わるときに幕を引くのを忘れてしまい、笑いを誘った。まったく予期していなかった「お笑い」の要素が入り込んでしまったようだ。

ある家では高校生の家族たちが小さなベンチに座って演奏会を開いていた。おばあさんは「楊《よう》三姉妹の仇討《あだう》ち」、弟は「子猫の魚釣り」を歌った。寮では、勉強中の生徒が昼間に故宮の建築物を観察した際の記録を整理している。

さて、あなたはどうする？　運動場に行ってみよう。そこではいくつかの学校が合同で「月光舞踏会」を開催していた。月光だけでなく、蛍《ほたる》も場を明るくしてくれる。アコーディオンを奏《かな》でている生徒はすぐ音色にうっとりしてしまった。一方、二胡《にこ》を弾《ひ》いている生徒は正反対だった。その彼は真面目で近寄り難く、襟《えり》を正して座っていた。演奏中のダンス音楽は朝鮮童謡「小白船」であったが、三拍子のリズムで舞っていた。

青き空の天の川
小さな白い舟一艘《そう》……

深い青い夜空を見上げれば小さな白い舟が雲海を漂っているだろう。胸を打たれ、ダンスしたくなることだろう。でも、彼女たちを強く抱いてはいけない。高校生はあまり社交ダンスに慣れていないから、少々恥ずかしいのだ。

露が衣服を濡らすころ、賑《にぎ》やかな夏休みの一日も人間たちに別れを告げた。「月光舞踏会」の最後の曲を踊り終え、街を歩いていく。生活がなんと多彩、新鮮かつ魅力的なことか。人がこれほどまでに自由であるということ。それに初めて気づいた感があった……。

夏休みには楽しくない生徒もいる。そう、卒業生たちだ。毎年夏、何人かの生徒が母校と同級生に別れを告げる。勇んで、楽しみにしながらも名残惜しさを感じつつ、明日へと向かっていくのだ。一方、何人かのおどおどした新しい生徒が学校生活に加わってくる。好奇心の塊《かたまり》で、目をぱちくりさせている。

そして新学期が始まると同級生たちの顔つきが変わった。日常とは、もともとこういうものなのだろう。常に自《おの》ずと進んでいき、流れ続けるのだ！　卒業のときには希望もあれば悩みもある。苦い思い出もあれば、数えきれないほどの色鮮やかな記憶もあるのだ。卒業のとき、みんなの心は落ち着かないものである……。さぁ、一緒に高校生活の中で最も輝かしい最後の一ページを開こう……。

第三十五章　卒業したら、お祝いしような

時間が過ぎるのは早かった。高三クラスでは前倒しで卒業試験が行われた。残りの時間、生徒たちは個々人で授業の復習に真剣に取り組んだ。高校三年間で学んだ教科書、講義、ノートのほとんどを一生懸命に読み、暗記した。この努力の末に、青春時代における最大の難関、そう大学入試が待っているのである。

学生募集委員会から進路届が配布された。一人あたり四つの志望を記入しなければならない。これは生涯の運命を決める一大事なので、みんなは延々と悩んだ。何を選択すべきか決められない。午前中に記入しても、午後にまた気が変わる。あちこちで議論したり、相談したり、助言を求めたりしている……。これに加えて宿題の負担も大きく、みんな痩《や》せてしまった。

最近、周小玲《しゅうしょうれい》はあちこちで悩み相談をしていたが、この日の夜の自習が終わってから彼女は机に座って呉長福《ごちょうふく》に三度目の相談をした。

「長福。私、何を勉強すればいいと思う？　体育を勉強したいけど、物理、化学、数学を捨てるのはもったいないわ。これらも本当に気合入れて勉強してきたんだから！

地質も勉強したいの。関連人材が足りないでしょ。でも、地質に関する仕事って具体的に何をするんだかよく分からなくて、これにしよっ！て決められないの。

私って好みがはっきりしててさ。初めから終わりまで範囲が決まってて、自分でそれを完結できる仕事がしたいの。地質の仕事って舞台の裏方みたいに人を補佐する感じじゃない？　春休みに鞍山製鉄所《あんざんせいてつじょ》の実習から帰って来た大学生の話を聞いて、溶鉱炉《ようこうろ》のそばで働いてみたいとも思ったけど、暑いのは苦手なの。これじゃ何もできないわね……。

体育も好きだから、体育を勉強したら選手になることができるし、生徒に教えることもできる……。で、体育学院っていったい何を学ぶんだろう？　分かんないなぁ。まずいわ。今は何も記入できない。学部、学科全部一度体験してみて、それから何を学ぶのが最も合っているのか分かればいいのにね」

「選《え》り好《ごの》みし過ぎよ」

呉長福は首を振って周小玲に指摘した。

「私なんか、どこの学科でも、どこの大学でも、とにかくどこでも入れる大学さえあれば……神様仏様、ありがとうございます！なのよ。でも私の成績は合格水準に達しているのかしら？　心配なのは、今年はそのうえ大学を受けるお役所の幹部が三万人もいるってことよ。おしまいじゃない。私じゃ受かるわけない。受かるわけが……」

周小玲は志望を選ぶのが難しいと頭を抱え、呉長福はそもそも進学できるかどうかが心配だと嘆《なげ》いていた。彼女たちはそれぞれ悩みを抱えていた。周小玲はしつこく言い続けた。

「いったい何勉強すればいいの？　本当ふざけてるわ！『少女の進路選択』を描いた作家は誰だっけ？　一人目が教師になると言って、二人目は医者になると言って、三人目は？　バレリーナだったかもしれない。もう、知らない。そんな簡単になれるもんなの？

私たち、高校の卒業生って大学で何を勉強すればいいのかなんて分からない。大学に受かるかどうかも心配だし。悩みでもう頭がパンクしそうよ。作家は優しく、繊細に、甘い言葉で少女を描写していたけどさ。あんな本、書かせたのは誰？　実際に経験したことがないのよ！」

「その通りよ！」

呉長福は強く共感した。

「私の食べる量減ったのよ。一度の食事で食べる饅頭《まんとう》は五個から四個半になったの。体重は五十九キロから五十八・五キロまで減ったのよ！」

「五十八・五キロ？　けっこう体重あるのね。長福」

楊薔雲《ようしょううん》は運動場を散策していた。少年先鋒《せんぽう》隊員の奉仕活動によって、運動場は平坦《へいたん》に改修された。薔雲はいち早くやってきて跳ねたり、走ったりして気持ちが良かった。

「朝のジョギングを続けなきゃね」

こんないい運動場、こんないい走路、六年間毎朝四百メートル走れば筋肉がどれだけ発達し、四肢がどれほど柔軟になるだろうか。肺活量もそうだ。どれだけ新鮮で美味《おい》しい空気を吸い込めることか。薔雲は自分に言い聞かせた。惜しむらくは何度か早朝の運動を始めたが、一方で何度か中断してしまったことだ。

バレーボールのスタンドがあった。薔雲は網のかかった鉄製のボルトを握った。高校一年生のときの女子付属高との試合が思い起こされた。ボールを受けようと、怪我《けが》のおそれを顧《かえり》みず無理やり飛び込んで膝《ひざ》を打ち、痛めたのだ。だから、高校二年生になってからまともに練習しなかったのかも。もしかしたら自分は周小玲に少しも劣らない選手になっていたかもしれない。

運動場から高三の教室を眺めた。薔雲は窓越しに自分の席を捜していた。姓名：楊薔雲、バッジ番号：五八〇二、その席は来年度にはなくなるのだ。机に差している光がだんだん暗くなっていった。机の主《あるじ》も入れ替わるのだ。楊薔雲はこの席で本を読み、授業を受けた。絵を描き、碁《ご》を打ち、日記を付けたりしたのだ。この席でどれだけのことをしただろうか。実際、たくさんのことができるのだ。

例えば、日記だ。高校一年生のときは毎日付けていた。高校二年生のときは毎週。高校三年生の最初の前学期には思い出したとき。そして後学期になると半年で三日。どうして毎日書かなかったのか？　一日一日目標をしっかり定めて、過ごすべきだった！　中学・高校六年間の日記があったならば。自分への手紙、自分宛に書いた本、自分への叱咤《しった》激励の言葉があったならば。かけがえのない贈り物となっただろうに。

六年間、あっという間に過ぎてしまった。二千四百余りの日々、三百週間、長かった！　自分は中学一年はあの教室で、中学二年はあそこで、中学三年は向こうで……。教室から教室までは数十歩しか離れていないが、今の彼女は入学したばかりのころとはもう別人のように変わったのだ。

人は将来に期待し過ぎるところがあるようだ。中学のときは高校を楽しみにしていたが、高校に入ったら大したこともない。高校のときは卒業を考えるとどきどきする。誰かが卒業や大学進学について話せば、期待しながらも不安になって「やめてよ。言わないで」と叫んでしまう生徒もいた。

今はと言うと、すんなり卒業するのだ。試験があり、写真を提出し、身体検査を受ける。卒業証明書と受験票が配られ、蒸《む》し暑い日に頭にタイガーバームを塗って試験を受けるのだ。こんなもんかな？　言いたいことがたくさんあるようだが、誰に話せばいいのか分からない。薔雲は少しもどかしかった。暗がりの中で教室、実験室、図書館を見て回った。全校生徒数千人の眠りを覚ます鐘の音が思い起こされた。すっかり慣れた、この平凡で、ややおんぼろの学校。その一木一草、レンガ、瓦《かわら》の一つ一つ……。

だが、ふとそれらが急に新鮮で生き生きとし、かつ感慨深いものに見えてきた。あぁ、もしもう一度高校時代をやり直せるならば真面目に過ごしたいなと彼女は思った。本は一字一句きちんと読み、百メートル走は一歩一歩大地を踏みしめ、歌を歌うときは一節一節心を込めただろうにと。一日一日、一瞬一瞬を大切に過ごせばよかったと反省した。大切に過ごしてこそ、充実した青春が送れるのだ……。さようなら、六年の青春！　薔雲はもう十分覚悟はできていた。明日、自分の新しい人生が幕を開けるのだ。

大学を卒業したときには、少しも後悔しないようにしよう。やり残したこともないようにしなければ。誇りを持って何の未練もなく、過ごした時間に別れを告げるのだ！　薔雲は高校生が大好きな歌を歌った。

あの春の日の、鳥の群れのように
あの五月の、河の流れのように

薔雲は信じていた。録音機はなく、「某月某日にここへ来た」という落書きもせず、仰々しく樹皮に名前を彫ることもない……。それでも、自分の歌声、笑い、情熱と思いは決して消えないのだと。自分は何かを残したのだ。学校の空、地面、広い隅っこ、狭い隅っこ。少なくともどこか一か所の狭い隅っこに朽《く》ち果てることのない何かがある。美しい六年間があるのだ。

寮に戻ると、蘇寧《そねい》が彼女に手紙を持ってきた。太い字を見て、誰が書いたのかすぐわかった。


卒業したら、お祝いしような。

君の友　六月二十九日

張世群《ちょうせいぐん》が書いた、たったこれだけの文字でも薔雲は何と表現していいかわからない気持ちでいっぱいになった。このありふれた言葉を何度も読み返し、何度も新鮮な感動を覚えるのだ……。

張世群は自分の「卒業のとき」を覚えていてくれたのだ。いつ卒業するか忘れていなかった。張世群のような人はなかなかいないだろう。いつも周囲を思いやり、またその情熱で周囲を鼓舞するような人は……。

「卒業したら、お祝いしような」

そう。祝い、励まし、見送る。人生の大きな一歩を踏みだそうとしている人に本当に必要なものなのだ。人生の旅立ちを見送ってくれる人こそが、友達なのだ。友が見送ってくれてこそ、人生の第一歩を輝かしく踏みだすことができるのだ。

薔雲は手紙をしまって寮を駆けていった。とても、とても嬉《うれ》しかった。

第三十六章　運命は……厳し過ぎないわ

大学入試が終わった翌日、七月十五日のこと。

張り詰めた雰囲気は消えていた。朝の八時ごろ、高校三年生の寮ではまだ起床していない生徒がたくさんおり、けだるそうにおしゃべりしていた。試験監督のなまりがどうだの、会場の入り口のアイス売りがどうだの、さらに作文の課題がやっかいだなどなど。ときどき恥じらいもなくあくびしたり、大笑いしたり。前日まで彼女たちの頭痛の種《たね》であった入学試験は、今では笑い話のネタになっていたのだ。

鄭波《ていは》は元気なさそうにみえた。こっそり起きて顔を洗い、学校の中をうろうろしていた。教頭室の扉を開け、楊薔雲《ようしょううん》がお辞儀をして出てきた。彼女は鄭波を見ると急いで手を取って「話があるんだけど……」と言った。

彼女たちが教室に入り着席する前に、薔雲が待ちきれない様子で「関節炎があるの？」と聞いてきた。鄭波は質問の意味がわからないかのように、ポカンとしていたが、「うん。ちょっとね」と答えた。

「はぁ……」

薔雲はがっかりしたように腰を下ろした。

「教頭先生から聞いたわ。学校は私と袁新枝《えんしんし》に留学予備部を受験させるんだって。将来海外で勉強することになるはずよ。なんであなたが入っていないのかと不思議に思ったけど、教頭は『鄭さんは関節炎が……』とおっしゃった。なんてこと……」

薔雲の言葉を聞いて鄭波は感動した。でも、鄭波はそんな感情は出さなかった。一瞬何かを思っただけで、あとは平静を装《よそお》い薔雲に言った。

「おめでとう。海外へ行けるなんてよかったね。私はたぶん大学には行かないわ」

「え？　何？」

薔雲は聞こえなかったのように、聞き返した。

「大学には行かない」

鄭波は作り笑いをしていた。

「なんでよ？」

薔雲が瞳を見開いた。

「なんで驚くの？　別に、そんな大事じゃ……。私、先生になることに……したの」

鄭波は少し言葉を区切りながら、そっけなくかつ淡々とした口調で話した。

「教頭は解放以降、生徒の数が数倍も増えたのに、教員が少なくて不足してるとおっしゃったわ。それで、今年教育局は高校の卒業生を少人数引き留めて、教師にすることに決めたそうよ。教頭にどうしますと聞かれたとき、私学校に残ることに同意したの」

「あなた？　教師として残るの？」

薔雲はまだ信じていないようだ。

鄭波はうなずいた。

「あなた、橋梁《きょうりょう》建設の仕事したかったんじゃないの？」

薔雲が問いただした。

鄭波は頬杖《ほおづえ》をつき、考え込んでいるようだ。そして言った。

「教師になるかならないかは、あなたの気持ち次第と教頭はおっしゃったわ。でも、自分は残らなければいけないと思うの。教師が少ないと多くの生徒を募集することができないし、子供が学校で勉強する機会を失っちゃうわ。

解放前、私は勉強の機会を失ったことがあるの。勉強したくても勉強できない子供が、学校の鐘の音を聞くのがどんな気持ちなのか知ってるのよ。私は『別の橋』を建設すべきなの。子供たちはその橋を渡って文化、科学、そして決意にたどり着けるの……」

しばらくして、薔雲は眉をひそめ、憤慨《ふんがい》して言った。

「不公平よ。私は海外で勉強するのに、あなたが大学に行かないなんて不公平よ。教頭に言うわ。私、どこにも行かない。あなたと一緒に生徒を教えるわ」

「妙なこと……」

鄭波がこの言葉を言ったときの口調が、まさに先生のようだと薔雲は感じた。

「海外に行くことがどれだけ素晴らしく、貴重なことか！　あなたの視野がどれだけ広がることか。本当にたくさん役立つことが学べるんじゃないの！　行っといでよ！」

「何言ってんのよ。そんなことはいい。行かないわ」

薔雲は顔を赤らめてうつむいた。

「運命は……あなたに厳し過ぎるのよ」

沈黙が続いた。薔雲は自分が言い過ぎたことに気づいたが話の収まりがつかなくなり、もじもじしていた。鄭波の頭がかすかに揺れるのが見えた。その左の瞳は少しばかり閉じられていたが、右のそれには力が宿り、大きく開かれていた。

鄭波は言った。

「変なこと言うのね。運命じゃないの。私の心よ。心が私がなすべきことを教えてくれるの。まさか教師になる運命がよくないって言うつもり？　だとしたら、あなたの考え方は高尚《こうしょう》じゃないわよ」

鄭波のきつい物言いは、自分を論破《ろんぱ》するというよりも、諦《あきら》めさせるためなのだと薔雲は分かっていた。

「違う。違うの。そんなつもりじゃない。でも、大学進学や留学ならもっといい環境が与えられるのに……」

「環境が何だってのよ」

鄭波は断固とした口調で言った。

「環境がよければ伸び伸びとできるでしょうね。でも、それが厳しくても却《かえ》って意志は鍛《きた》えられるわ。将来留学するであろうあなたと切磋琢磨《せっさたくま》してみたいわ。どちらが勝つか、やってみない？」

鄭波にしては珍しい挑発的な言葉が、薔雲の心に火を点《つ》けた。

「やりましょう！　競争は大好きだからね！」と薔雲は言った。

「でも留学予備部に合格できるとは限らない……」と、今度は弱気になった。鄭波は薔雲の言葉尻を捉《とら》えた。

「ほぉら、やっぱり海外に行きたいんでしょ」と薔雲の鼻を指さしながらからかったのだ。二人は笑った。

だが、またすぐに薔雲は明日を思った。鄭波はお別れで、それぞれ違う道を歩んでいくのだ。海外留学という「特急列車の切符」を手にした自分と、混み合う教員休憩室に居続けることを選択した鄭波。薔雲はため息をついた。

「鄭波、もし卒業してばらばらになってもこれまでと同じように親友でいられるかしら？　それともだんだん疎遠《そえん》に……」

「そんなことないよ」

「本当？　高校時代の友情を長く続けることは難しいと聞いたことがあるの。離れたら、それから他人になっちゃうかもしれない。本当に心配なのよ」

鄭波は薔雲を抱きしめた。

「他人の話を気にしたらだめよ。私たちはずっと親友よ。そうなるわ。あなたは私とあなた自身を信じなきゃ」

「信じるわ。信じる」

薔雲はつぶやき、鄭波の肩に頭をもたせかけた。鄭波の長い髪が自分の顔にかかり、くすぐったかった。そして薔雲は出ていきながら、首を振って言った。

「いったん街から出ないといけないの。もうすぐ出発するわ」

振り返らずに教室を出ていく薔雲に、鄭波は尋ねた。

「家には帰る？」

「ううん」

「今夜の宴会には遅れないでね！」

薔雲の姿はもう見えなくなっていた。

「あの子ったら！」

鄭波は笑って、時計を見た。そして、校長室へと歩いていった。

「鄭波さん、どうぞお座りください」

郭《かく》校長は「さん」の二文字を強調した。すでに鄭波を生徒としてではなく、先生として扱っているということだった。

「これは杭州《こうしゅう》から来た友人が持ってきてくれた本場の西《せい》湖《こ》龍《ろん》井《じん》茶《ちゃ》よ……」

校長が急須を高く持ち上げ、茶碗《ちゃわん》に茶を注《そそ》いだ。茶が注がれていく音は美しかった。

「これから一緒に仕事することになります。つまり同僚になるということですね。楽しみね」

校長はのんきに話し続けた。

「はい。教師の仕事は楽しみです」

「本当？　この仕事をしたくない人もいるのよ」

鄭波は自分が楊薔雲に話した理由を校長にも話した。

「その通りね」

校長は鄭波をほめたが、また首を振った。

「でも、そう決めたのはあなたが仕事自体の楽しさより、責任の重さに魅力を感じたからではないかしら？」

鄭波は少し間を置いてから、「はい」と正直に答えた。

郭校長はソファーに寄りかかり、少し疲れた心配そうな目で鄭波を見つめた。

「中高時代について教えて。この六年間過ごしてどうでした？」

「何からお話ししましょうか。これほど長い間に多くのことが……」

鄭波は困惑したように言った。

「卒業するときはいつも何かを思い出すものよ。その思い出から話してごらんなさい」

鄭波はうなずいた。

「昨日の夜、しばらく考えていました。この六年間、本当にあっという間でした。中高時代は楽しくて、印象深かったです。そして複雑かつ単調でした」

「印象深くて、楽しく、複雑かつ単調」

校長は鄭波の言葉を繰り返し、「ふうん。うまいこと言うわね。具体的に話してみて。忘れられないこととか……」と聞いた。

鄭波はお茶を飲んだ。その深いながらも、さっぱりしたお茶の香りを味わいながら、少し考えていた。そして、茶碗を置き話しだしたが、語りながら自分がその言葉で何を伝えたいのか考えた。

「あの日、私が高校一年生で支部の活動に参加した日。高一の団員と長い髭《ひげ》の生えた科学者と交流していました。彼女たちは楽しそうに両手を上げてテーブルを叩《たた》き、太鼓を叩いているみたいでした。それからあの子たちはゲームをしたりして、思いっきり笑っていました……。

あ、いま思い出しました。本当に世の中が大きく変わりましたね。私たちのクラス、高校一年のクラスですが、そのときちょうど抗米援朝運動が始まりました。その年の十一月に学校の小講堂で開いた集会を覚えています。アメリカ帝国主義の横暴を訴えました。あのころ、校長先生はまだいらしてませんでしたよね。

　集会のあった日は曇りで、雪も降っていたことを覚えています。青い布地の上着を着ていました……。父がアメリカ軍のジープに轢《ひ》かれて死んだので、私は壇上に上がってそのことを訴えました。私は泣いてはいませんでしたが、地団駄《じたんだ》を踏みました。

　途中で一人の高校生が、ふらっとして倒れてしまいました。今でも、目を閉じると彼女の白紙のような青ざめた顔が思い浮かびます。その子は看護師の懐《ふところ》に抱かれていましたが、その看護師のだぶだぶの服も覚えています。

　後になって、その子のお母さんが青島《ちんたお》でアメリカの水兵に強姦《ごうかん》され、自殺したことを知りました。そのことを、ずっと誰にも話したことがなかったそうです……。ですから、高校で初めて学んだことは憎しみだったんです。

　あのとき、青年芸術劇場では『パーベル・コルチャーギン』が上演されていました。団員全員が観にいきましたが、寮生は帰っても寝なかったんです。毎晩どうやったら全人類の解放事業に自分は貢献できるのか？と討論してました。

　劇を観にいった翌日の午後、私たちのクラスは劉胡蘭《りゅうこらん》戦闘隊を立ち上げたんです。団区委員会の書記も参加し、生徒たちが自発的に計画して軍事、救護、防空を学びました……。私たちはみんな『いったん有事あれば、直《ただ》ちに前線に赴《おもむ》く』決心をして、右手を挙げ『抗米援朝の偉大な闘争の中で、劉胡蘭のような強さ、純潔さを……』と誓ったんです。

宣誓していたら涙が流れたので、最後に、涙を拭《ふ》いてから勇ましいスローガンを叫《さけ》びました。一昨日、試験会場に行ったとき劉胡蘭戦闘隊の副隊長にも会いました。彼女は軍に入隊し、文化教員になったそうです……。

これらのことはもう過去のことです。でも、私はずっとその情熱的な日々を愛し、懐《なつ》かしんでいます。若い私の魂《たましい》は鍛えられました。今でも『祖国』や『建設』という、しょっちゅう聞く言葉ですが、それらを口にすると自分のすべてを捧《ささ》げたいと強く思います。

今の高一の生徒とは違いますよね。あの子たちには戦時の不安もなく、最近朝鮮で停戦協定も締結されました……。でも、本当に安心していいのでしょうか。いえ、私の考えはこんな時代でも各学校に大きな鐘を作り、毎日鐘を鳴らし、生徒たちに過去を思い起こさせるべきということなんです。

安心している生徒たちの意識を呼び覚ますことで、祖国が非常に困難な過去や壮絶な闘争を経験してきたこと、そして今も敵の包囲の中で経済建設をしていることを思い起こさせるということなんです。

彼らに鐘の音を聞かせてから、『インターナショナル』を歌うんです」

　　起《た》て！　飢えたる者よ
　　目覚めよ！　我が同胞よ

鄭波が言い終わると、郭校長は立ち上がった。落ち着きなく部屋の中を歩き回ってから、身をかがめて言った。

「その情熱的な日々の中で、先生があなたたちに何を授けることができたか、教えてくれますか」

「それは……」

鄭波は口ごもった。

「この数年、先生方は知識を私たちに教えてくださいました。ですが、私たちの思想や人格の成長について……先生方からいただいたものは少なかったんです」

「そうね」

校長はため息をついた。

「それはあるべき姿ではない。生徒の身体《からだ》、頭脳、心構え、人格、興味関心……それらすべて、すべてに対し教師とは、生徒が初めて出会う責任者かつ導《みちび》き手であるべきなのです。

　現在、多くの教師はまだそれができていません。生徒たちの成長は早いです。かつ感受性豊かで、心は美しい。教師たちはあっという間に成長していく生徒たちの前でなす術《すべ》がないかのようでした」

　校長は立ち止まって、両手をぐっと握った。

「中高時代はなんと貴重なものでしょう！　その人生に対する意義は大き過ぎます。本当に優れた教師が必要なんです！　もしあなたたちが、自分が経験したその時間を貴重なものと思うのならば……。多くの子供たちの中高生活も同じく貴重なものとしてあげて欲しいです。よき師となり後に続く者を支え、導いていきましょう！

　あるいはあなたが言ったように、鐘を鳴らす者になりましょう。鐘をカンカンと鳴らし、青年に祖国を建設する力量を授けるだけでなく、その心にも火を灯《とも》してあげましょう！」

「おっしゃる通りです」

校長の熱い言葉に鄭波は心から賛同し、またその言葉は自身をも奮《ふる》い立たせた。鄭波は自分と他の生徒との中高時代を思い起こした。自分は中高の教師になるのだ。そう思うと心の中が、何と言ったらいいか……崇高《すうこう》な幸福感で満たされたのだ。彼女の潤《うる》んだ瞳は徐々に光を宿し、優し気な顔立ちも次第に力強く引き締まっていった。

そして、鄭波と校長、この年齢の離れた二人の未来の同僚は、立場の上下を気にせず親し気に抱き合ったのだ。

第三十七章　ずっと、ずっと、お友だち

見渡す限りの晴天であった、太陽の光が果てしなく続く大地を照らしている。新たに整備された郊外の道路の路面は熱で柔らかくなった。家畜が牽《ひ》く車が通り、轍《わだち》と蹄鉄《ていてつ》の跡がくっきりと刻まれていた。道路修繕工らが土砂の積まれた車を押し、シャベルで土砂をアスファルトの路面にまき散らした。そんな修繕工を迂回《うかい》して、一台の自転車のようなものが振り向きもせずにさっと走っていった。

楊薔雲《ようしょううん》は片手でハンドルを握りながら、渋滞している市街地を出て、ずっと続く大通りを疾走していた。全力で車輪を漕《こ》ぎながら、びゅんびゅん通り過ぎていく左右の風景に目をやった。ふと下を見ると、自転車に乗った自分の威風堂々たる黒い影がある。脇には濃い緑の作物がたくさん見えた。作物のそばには新たに建てられた、あるいは建設中の建物がそびえ立っている。彼方《かなた》の地平線には霧が浮かんでいる……。

視線をかすめていったたくさんのはっきりした景色が薔雲の心を映しだしているかのようだ。薔雲は興奮し、気分爽快だった。高校を卒業したばかりの楊薔雲。彼女の心は空と同じように広く、太陽のように明るく、大地と同じように熱く、作物のように青々とし、そしてそびえ立つ建物のように活気に溢《あふ》れている。そして、大規模に開発されてる北京《ぺきん》文化区へ行くのは初めてであったが、

そこには最高の友がいた。

今年のメーデーの夜、天安門の前で狂喜乱舞していたとき、張世群《ちょうせいぐん》は自分の住所を薔雲に教えてくれた。「東三棟、五〇三号」、薔雲はしっかり覚えていた。今、彼女は北京地質学院の校門の近くを走っていた。とはいっても、実は校門はなかった。校門の代わりに一時的に設置された看板を過ぎ、校内の道を走っていくしかない。

だが、これまた道と呼べるほどの代物ではない。組まれた鉄筋、コンクリート、作業小屋、水たまり……。これらの間に自然にできた小道に過ぎない。そんな小道に沿って住所を探り、張世群の寮にやってきたのだ。

五〇三号室の前に行くと扉にはめ込まれた名札に張世群と書かれていた。薔雲は笑った。扉に耳を近づけて見たら、あの豪快な笑い声が聞こえてくるかもしれない。

扉をノックした。反応はない。もう一度ノックしても、しんとしていた。扉を押し開けると、ひょろっとした男子学生が横になって居眠りをしていた。薔雲の足音がかすかに聞こえたのか、はっと起き上がったが、見知らぬ女性が入ってきたのを見ると慌ててシャツを着た。櫛《くし》を手に取り、頭髪を整えている。

薔雲は思わず声を出して笑ってしまった。このお兄さんはなんで人が来たのに、真っ先に髪を整えているんだろう?

「張世群さんに会いに来たのですが」

「張世群に会いに来た？　そっか。彼はいないよ」

薔雲はがっかりして「え……」と声を出した。表情がすぐ暗くなった。ひょろっとした男は慌てて言った。

「張世群は今、寮にいないんだよ。図書館にいる。階段を下りてから……。うん、いいや。連れて来てあげる」

きれいな、ペンキのにおいがする部屋に、薔雲一人だけ残された。窓に近づき、七階建ての本館を建築するために組まれた足場を楽しそうに眺めた。そこではコンクリートミキサー車が轟々《ごうごう》と音を立てていた。張世群がこういう活気溢れる建設現場の熱気を感じながら勉強しているとは、なんとも羨《うらや》ましい……。薔雲が頭を下げたら、たまたま窓枠の上に斜めに立てかけられている一冊の小説が見えた。

ツルゲーネフの短編小説『初恋』。最初のページには「一九五三・七・十四　張世群　西郊で購入」と書かれている。昨日買ったばかりで、これを読んでいるのか？　思いのままにめくって見ると、美しい挿絵があった。若いロシア人女性、少年、庭園、トランプの上にある糸巻、馬に乗った人……。最後の二ページをめくると、何行かの文字が薔雲の目に飛び込んできた。

> ああ、青春よ！　青春よ！　お前はどんなことにも、かかずりあわない。
> 憂愁《ゆうしゅう》でさえ、お前にとっては慰《なぐさ》めだ。悲哀《ひあい》でさえ、お前に似つかわしい。
> お前は思い上がって傲慢《ごうまん》で、「われは、一人生きる」などと言う。

薔雲は本を閉じ、これらの文章をどこで見たのか頑張って思い出そうとした。よく知られていて、心に響き、魅力的なのだ……。もう一度読んでみよう。

お前の日々は刻一刻と去り、跡かたもなく、何もなかったかのように、消えてしまうのだ。

さながら、太陽に照らされた蠟《ろう》のように、雪のように。

いや、そうじゃないわ。ツルゲーネフはなぜ青春を嘲笑《あざわら》うのかしら？　日々は無為には終わらない。地質学院で高層建物が建てられ、什刹海《じゅうさつかい》公園のそばに新しく植えられた小さな木が成長している。楊薔雲は賢《かしこ》く、逞《たくま》しい大学生になろうとしているのだ。

続けて読んでみるか。

ひょっとすると、お前の魅力の実態とは結局のところ、すべてを成しうることではなく、すべてを成しうると考えられるところに、あるのかもしれない。

薔雲は笑った。これは自分に対する何かの皮肉みたいだ。

薔雲は小説を元の場所に戻した。窓を開けたら、その下で奉仕活動をしている大学生が見えた。男女の学生たちが散らばった石やゴミをきれいに掃除し、瓦で弓の形をした花壇を作っている。シダレイトスギや名前のわからない他の花が植えられていた。あけっぴろげで、腕時計を付けた南方出身の学生たちが、彼ら特有の朗らかな大声と笑い声とで周囲を驚かしている。

薔雲がうっとりしていると、誰かが自分の名前を呼んでいるのが聞こえた。張世群が遠くから手を振っているではないか。建物の窓の内側にいた楊薔雲を見上げながら、急いで走ってきたのだ。

「やっと……やっと来たんだな。本当いい奴《やつ》だな！」

張世群はずっと待っていたかのように、息を切らしながら薔雲の手を強く握った。

「会えないんじゃないかって、心配してたわ」

「会えるさ。会えないわけないだろ。でも、よく見たら背が伸びたな！」

張世群は何かに気づいたかのように喜んで、ほめてくれた。

「背がけっこう伸びたじゃないか」

張世群が自分に背が高くなったとしきりに言ってくるが、その言葉の裏には「きれいになったね！」という称賛が隠されていると薔雲は思った。私の美しさは女子生徒みんなの目を釘付《くぎづ》けにしているのかも？　薔雲は自慢げに思いながらも少し恥ずかしそうにベッドのそばに座った。

「もう相手にしてくれないかと思ってたけど、来てくれたのは予想外だったよ……」と張世群。

「ふん。何言ってんのよ。メーデーの夜、誰が誰を捜してたんだっけ？　今回もまた、誰が誰を捜していたんでしょうね？」

「今日来てくれてよかったよ。うちらはちょうど明日の夜、出かけるとこだったんだ。温泉調査のため周口店《しゅうこうてん》で実習があるのさ。野外活動は初めてでね」

「実習に行くなら、前もって教えてよ」

「ところで、まだ聞いてなかったけど、どんな学部を受験するの？」

「機械製造……」

「おいおい。なんでうちらの地質学院を受験しないんだよ？　今、地質人材は金の卵だぞ。政府の地質部部長が講義に来てくれてさ、開口一番『君たちは、未来の大地の守り神とその神の妻である』って言ったんだぞ。大学の建物もあんなに高くて、大きい。今やっと七分の一完成したところで……」

「地質学院は立派だけど、残念なことに受験の機会を逃しちゃったの。進路届を書くとき、この大学を第一志望にしたいと思ってたんだけど、『地質』の二文字をどう書いたらいいか突然ど忘れしたの」

「理由になってないぞ！」

「……」

このお笑いみたいな会話の中にも、親密さと純真な友情といった、青春にしかない特別な幸せが溢れていた。

午後、二人は頤和園《いわえん》裏山の蘇州《そしゅう》川岸に遊びに行った。ここは清らかで趣《おもむき》のある所であった。両岸は膝の高さまで野草が伸びている。野草に混じって可憐《かれん》で小さな白い花が咲いていた。その花は少女の小指の爪の四分の一くらいしかない。蝶《ちょう》が接吻《せっぷん》しただけで、花はお行儀よく深く腰をかがめてしまう。

小さな白い花のそばで、楊薔雲と張世群は石を探して腰を下ろした。梧桐《ごとう》の木の丸い葉っぱで編まれた影は穴だらけだが、二人に覆《おお》い被《かぶ》さっていた。

頭を下げると、川の水がゆっくりと流れているのが見える。トンボと紫色の羽虫が水面に伸びた枯れた小枝を訪れ、休息していた。一匹のアオガエルが浮草に飛び乗ったと思ったら、また滑り落ちて行った。上を見上げたら、小さな赤い橋が目に入った。その橋の上、遥《はる》か彼方には白い雲が漂《ただよ》っていた。白雲の下に視線を移すと、山の斜面にカササギがいて、チッチッと鳴いていた。

広々した自然のこの一角に、澄んだ風が優しく吹いてきた。万物すべてが、それぞれに合ったところにいるのだ。楊薔雲も十分に息抜きすることができた。彼女の中でわき起こる幻想は一時停止し、炎のような情熱もいったん落ち着いたのだ。心穏やかに何をすることもなく、時が経《た》つままに過ごしていた。

さらに彼女は目を閉じ耳を澄ますと、次々に音が聞こえてきた。呼吸する自分自身、ブンブン飛び回るトンボ、サラサラ揺れる水面の細かい波、低空を旋回する飛行機のエンジン音、近くの村で吠《ほ》える野良犬《のらいぬ》の鳴き声、郊外の軍部隊の訓練の音……。いろんな音を聞いてから、今度はいろんな匂《にお》いを嗅《か》いだ。春菊、土、水面から蒸発した川泥、遊覧船から吹いて来る淡い白粉《おしろい》の匂いがする。

そうしているうちに気持ちが高ぶってきた楊薔雲は、ふと我を忘れて自然の音色と人間の息吹《いぶき》の混じり合いに酔ってしまった。考えることもなく自然に身体《からだ》が動き、そこにあった枯れた枝を拾い上げ、水面に投げた。投げると水紋が広がり、臆病な小魚はびっくりしてしまった。

岸辺の山の斜面から男子生徒たちが降りてきた。先頭の人は「来た。一、二、三……歌って」と叫んだ。そこで、朝鮮語で「泉のそばで」をみんなで一斉に歌いだした。薔雲は思わずぽかんとして、張世群を見つめた。

前方の河の曲がったところから古くさいが、洒落《しゃれ》た小船が現れた。船乗りは竹竿《たけざお》を使って悠然《ゆうぜん》と小船を漕いでいる。その上には朝鮮人の生徒たちが乗っており、手足を動かしながら、楽しそうに踊っていた。朝鮮人女子生徒の鮮やかな服は、陽の光を浴び一層輝いて見えた。

そして、中国人男子生徒たちは「泉のそばで」を少し歌ってから、みんなで一斉に朝鮮語で「朝鮮のみなさん、こんにちは！」と挨拶《あいさつ》した。

朝鮮の友人たちは思いがけない歓迎に大喜びした。大人も子供も船の片側に来て大声で叫び、サイダーの瓶をあげてやたら叩《たた》き合ったので小船は平衡を失い急に傾いた。小船の中と岸辺の人たちはどっと笑った。

「あんたたち男子生徒は、本当におどかすのが好きね」

薔雲はからかうように言った。

「そんなことないよ。元気いっぱいなだけ」

彼らはわいわいがやがやいろんなことを熱く語り合っている。男子生徒は朝鮮の友達から挨拶、品のよさや前向きな考え方、礼儀、歌、言葉を学ばなきゃとまで語っている。

けっこう時間が経《た》った。薔雲は別れ際に、張世群に伝えた。

「世群、私海外留学に推薦されるかもしれないの」

「本当？」

張世群は嬉《うれ》しそうに飛び上がった。

「良かった。良かったね。おめでとう！」

世群は大きな手を伸ばし、薔雲の手をぎゅっと握ると強く揺らした。

「留学したら七年はかかるそうよ。頤和園に行けなくなるのは本当に辛《つら》いと思うわ」

「大丈夫。海外の療養地に行けば、そこの海浜公園がきっときれいだよ」

「北京から離れて、かなり遠くに行くと思うわ」

「何が遠いんだよ。共産主義社会が実現したら……北京から世界どこへでも、君らの七女から地質学院まで行くように近くなるさ」

「そうね」

薔雲は同意した。

「これからお互いたくさん手紙を書こう」

「やだ。書かない」

「書こうよ」

張世群は遠くを見つめるかのように目を細めた。すでに西に傾いている太陽を眺め、感慨深げに言った。

「ときどき、僕は別れがとても怖くなる。例えば二人が親友で、最高の友達だとする。別れてから最初は一週間に一通の手紙が来て、その後一か月に一通、やがて一年に一通だけしか手紙が来なくなる……。

しまいにはだんだん連絡しなくなって疎遠になり、心に距離ができる。そうしてお互いのことを思わなくなっちゃうんだな」

豪快な大男のくせに、世間のことをよく知っているような口ぶりね……。少し純粋で、繊細なところもあるわ。薔雲は思わず笑ってしまった。

張世群は薔雲の気持ちを誤解してしまった。彼女が自分の真剣な思いをさらっと受け流していると思ったのだ。

「もちろん、僕も遠くへ行くことに憧《あこが》れるときがある。例えば、僕の親友、まぁ、君がね、遠いところに行ったら、世界がどれほど広くて、文化がどれほど多彩かと知るんだろうね……。行きたいところに行っておいでよ。遠くの、未知なる国に行ってみればいい。自分の視野を広げて、そこで闘争の日々を送ればいいさ！　手紙を書くか書かないかは大したことじゃない。僕らは数千里、数万里離れているけど、毎日昼も夜も忙しい。同じ目標のためにね」

「いいこと言うじゃない。聞いたら、気分がすっきりしたわ」

薔雲は世群をほめた。そして、立ち上がると水辺に行き、遊覧船で時計をしている人に時間を聞くと、戻ってきた。

「もう行くね」

「五分待って。楊薔雲、僕をよく見てみて。何か変わったと思わない？」

「知らない。知らない。分かんないよ」

「冗談じゃなく真面目な話だぞ。はるばる遠くから来てくれて、いい奴だな……。僕が今、感じているのはさ……。幸せ、いや、ひょっとしたらとても幸せなんだろうな」

張世群は恥ずかし気にうつむいている。そのとき、薔雲は少し後ずさりした。何か怖かった。求めていない何かに怯《おび》えたのだ……。なんと表現していいかは分からなかった。

「頼むよ。良き友よ。笑わないでな。うちのクラスでね……」

張世群は力んだのか手をこすり合わせている。

「うちのクラスで一人の女子学生と知り合ったんだ。とても仲良くなってね。もしかしたら僕の思い込みかもな……。本当にどうかしているのかもしれない。どうしたもんかな？」

そうか。結局そういうことか。いきなり天地がひっくり返った気分よ。突然ね。張世群は私から離れていってしまうのね。うんと遠くへ。そして薔雲は悲しいかな気づいてしまった。自分は何もわかっていない小娘だということを。張世群と同じクラスの女友達……。目に見えない何かが結び付けたんでしょ。辛《つら》いなんて思っちゃだめね。

薔雲はうつむいてから、また顔を上げた。信頼と友情の眼差《まなざ》しで張世群を見つめている……。二人は昆明湖《こんめいこ》の畔《あぜ》で出会ってから、今に至る。朝顔はあのときと同じように満開で、青松もまた同じように風に揺れている。湖は相変わらず清らかで、静かだ。昨年訪れたときと変わらない。

自転車で帰れば遠くない。でも、薔雲はふと風で砂が舞い、空が暗くなったような気がした。もう帰りたくない。自転車は枯れ木にもたせかけたままにして、地面に身体を横たえたい。

空では太陽が雲に覆《おお》われてしまった。まさか、雨が降ってくるのだろうか。一面の雲しか見えない。高粱《こうりゃん》の葉が嗚咽《おえつ》するような音を立てた……。朝から今まで自分は自転車でどれくらい走ってきただろうか。もう悲しむのは止めよう。

張世群に対する……彼女の心の中にあった、貴《とうと》い何とも言えない感情の芽は、彼女自身も知らないうちに摘み取られてしまった。きらきらした涙が真珠のように、組んだ腕の上にこぼれていった。

だが、泣くなんてみっともないと薔雲は思った。泣いちゃだめ。顔を上げたら、雲は四散していた。空はさっきよりも明るくなった。振り向くと大通りを建築資材を載せて疾走する大型トラックが見えた。もしかしたら地質学院の建築現場で使う材料かも。本当に大きな大学なのね。張世群はそんなところで学んでるんだ。

私たちは大の親友よ。楊薔雲は誇らし気にそう思った。だんだん彼女は分かってきた。張世群が自分に好きな人がいると教えてくれたおかげで、自分と彼女との関係はより一層私欲のない、純粋で、麗《うるわ》しいものとなったのだ。この自負は、目には見えない傷と引き換えに得られたものではあった。とはいえ、涙を流したあとに魂《たましい》はより崇高《すうこう》なものとなるだろう。間違いない。大の親友は何よりも貴いのだ。

人は誰しも時間には逆らえない。そして、その時、その時は一度きりだ。青春のよき心と熱き思い、それはあたかも泉のように湧き出て止《や》むことはない。そんなときには、一日に百曲の歌を歌いたいとも思うだろう。あらゆる歌が深い思いと感動とを引き起こすのだ。一日に数十編日記を書いてもみたい。己を知り、表現して、かつ批判し反省を促《うなが》したい。

日々に起こるかすかなさざ波。一時のにわか雨、一陣のそよ風、一首の詩は、悲喜こもごもの感情を相次いで引き起こすことができる。そんなときでも、人に喜んでもらう、人のために働きたいという願望はすべてを圧倒する。親し気に「こんにちは」と挨拶するか、あるいはちょっとした冗談を言うならば、それらはみんな比べようのない善意や聡明《そうめい》さの表れなのだ。

青春に出会った心の友とは、偶然出会ったとしても、またたとえ出会いが短い間であっても構わない。幸運にも出会ったその友が、自分と同じ心や愛を持っていて、また同じように友に尽くしたいと願うのならば、その思いはすべて末永く残る。

時が経ち、場所が離れていても……いや、そうであればあるほど、却《かえ》って記憶は鮮明かつ魅力的になるのだ。日常のせいで、青春時代の友達とはいつも一緒にいられなくなる。互いにそれぞれ違う場所で生き、思い出以外は何もかも雲散霧消《うんさんむしょう》してしまう。

だが、楊薔雲と張世群は違う。歳月が流れ、緊張した戦いの日々が彼らを繋《つな》ぐ心の糸を擦り減らしてしまったとしても、額《ひたい》にしわが刻まれ、もみあげも白い老人になったとしても、残っていた友情が二人を結び付けるのだ。

その間、何かの集いで予期せず再会するかもしれない。風の便りで互いの消息を知るかもしれない。それらはすべて二人の情熱に火を点《つ》け、幸せな記憶を呼び覚ますことだろう。楊薔雲がキャンプの炎のそばで高らかに朗読したこと、張世群がスケート場で偉そうに評論したこと……。老いや衰《おとろ》え、疲れや無関心。これらはすべて再び顔を見せた春の太陽の光にはかなわず、そっと消えていくのだ。

第三十八章　放たれた光

七時半、薔雲《しょううん》は学校に帰って来た。生徒が校庭にたくさんいて、集合しようとしていた。談笑しながら水を飲んでいる子、スイカを食べずに他の子にあげている子、お下げを結《ゆ》う手伝いをしている子もいる。みんな楊《よう》薔雲を見ると、一斉に寄って来た。

「あなたね。待ちくたびれたわよ。どこ行ってたの？　来なかったらどうしようって心配してたのよ」

袁新枝《えんしんし》が駆け寄り、薔雲の手を引いて寮へ走った。

「早く着替えて。でも、ご飯食べた？」

薔雲は手を振り払い、あいまいにうなずいた。袁新枝が薔雲について来て、楽しそうに言った。

「みんなから聞いた？　今夜のために、一番おしゃれな服を着なきゃって……。いっちばんおしゃれな服をね……」

薔雲はやっと袁新枝を意識して見つめた。袁新枝は目立つようにわざと派手なピンクの丸襟《えり》のシャツを着ていた。襟元の白いスカーフには濃い緑、黄、白い斑点が付いている。頭髪には三つ編みがたくさんあったが、それらの中でも二本の三つ編みは特に長かった。三つ編みの先は純白のリボンで結ばれていた。

そして、スカートには朝顔の模様と大きな緑の蓮《はす》の葉が描かれている。ベルトの留め具も、緑の花びら模様のボタンと水色の小さいガラス玉がそれぞれ二つずつ付いており、これまた派手であった。

袁新枝の装《よそお》いは色鮮やかだが純粋で、また子供っぽいが成熟した雰囲気をも醸《かも》し出《だ》していた。薔雲は彼女の肩に手をポンと置いた。

「あら、やっぱりきれいね。こんなスカーフ持ってたんだ」とほめた。袁新枝はスカーフを摘《つま》んで、元気そうに瞳を輝かせた。

「ほこりが嫌なんだけどね……」と謙遜《けんそん》しながら。

薔雲は笑って、自分の小さなトランクのそばに行った。袁新枝のおしゃれには感服するほかなかった。だからと言って、自分がとびっきりのおしゃれをするつもりはなかった。袁新枝の猛反対を押し切って、彼女は一番ありきたりな襟の開いたシャツを着た。袖をまくり上げると、右腕の小さな傷（それは子供のころ、腕白だったことの「証《あかし》」）が露出した。

薔雲の髪は長くなかったので、袁新枝は絹《きぬ》のリボンで薔雲の右の髪を束ねた。でも、薔雲はリボンを引っ張って外すと、代わりにゴム紐《ひも》で髪を縛《しば》り、さっと鏡で姿を見た。髪型は整っておりふくよかだ。眉毛がかすかにぴくぴくと動き、瞳には興奮と不安が入り混じっているかのようだ。鏡での確認はこれで終わり！

それから天津《てんしん》で新しく発売された短いスカートに穿《は》き替えた。白い布地の上にはおしゃれの最先端を行く縞《しま》模様が付いていた。そして最後、乳白色の夏の革靴に履き替えると申し訳なさそうに袁新枝を見て言った。

「これでいいでしょ」

袁新枝は楊薔雲を連れて来てから、仲間たちの服装を「巡回」して検査した。卒業のときは確かに以前とは違う。人は成長すると着る服も大胆になるものだ。

衣装にこだわらない李春《りしゅん》であったが、今日は杏色《あんずいろ》のワンピースを着ていた。襟がないので、背中と肩の一部が露出していた。眼鏡をかけなければ、どんなにきれいだったことか。

鄭波《ていは》は、かわいい！　初めて長い髪を二つの短い三つ編みにしていた。青、黄、褐色の三色で織られた小さな花の模様がついたシャツも、とても美しかった。

蘇寧《そねい》は、はてどうしたことか？　普段は、派手な服を着ていたはずだが？　今日は単色のベージュのシャツと青いスカートを身に着けているだけだ。

周小玲《しゅうしょうれい》は綿布製の半ズボンを穿いていた。日焼けした丈夫な太腿《ふともも》が誇らし気に露出している。

マリ・フーはいつもと同じく色褪せた長ズボンを穿いていた。小さいころから跪《ひざまず》いて聖書を読んでいたせいで、膝に厚いたこができてしまい、周りに見られたくなかったのだ。でもシャツはこれまで着たことのない花柄であった。奨学金をさらに節約して買った服だ。彼女の雰囲気はやはりいつもとは違って見えた。

袁新枝はうきうきしながら、批評し合った。仲間たちそれぞれの服装をほめ称《たた》えていた。楊薔雲は笑いながら、眺めていた。彼女の心は……。この色とりどりの少女時代を越えて、何かもっと大切なことへとたどり着いたかのようであった。

八時半、彼女たちは北海公園白塔そばの山頂に集まった。

「静かにね。街を眺めてみましょうよ」と誰かが言った。

北京《ぺきん》市街を一望できる塔のそばまで行った。夜のとばりが垂れ下がり、西の空の赤い夕焼けは紫色、そして灰色になると、徐々に暗さを増しやがて消え去った。街灯が一斉に点《つ》き、店や住宅の電灯も次々と光を放っていった。

北海大橋の上空には白い霧がかかっていたが、橋では車の照明が交錯し南風とともに「ブー、ブー」という音が流れてきた。公園のいたるところで蟬《せみ》が、暗くなってから一層大きな声で鳴いている。ポプラ、白樺《しらかば》の葉も暗がりの中でざわめいていた。

足元に視線をやると緑の樹木と赤い壁とが、視界に入りにくかったが、見えた。光る湖面にまばらな灯影が揺れている。五龍亭のそばから、青年団の祝日を過ごしている若者の笑い声と湖上の歌声とが同時に聞こえてきた。遠くを見ると、西には白塔寺の小さな白塔がそびえ、北には鐘楼がある。南にはそびえ立つ黄色の宮殿……。暗がりの中にあったが、はっきりと見分けることができた。

さらに、彼女たちは白塔に登った。自分の家、学校、行きつけの百貨店、本屋、映画館、そして奉仕活動に参加したことのある街や広場を捜した。自転車の練習中に人にぶつかった場所や国慶節のパレードでよく休んでいた道端も捜そうとしていた……。みんなあそこだとわかると、確信を持って「あそこよ。あそこ！」と指さした。みんなも気づいて、「そうそう。あそこ」と続いた。

山頂に立っていると、不思議と眼下の古都が自分たちに語りかけてくるかのように感じた。多くの幸せをくれ、日々長い時間を共にしてきた。この古都「北京」が……。

こんにちは。おめでとう。こっちをよく見てごらんなさい。もうお別れかもしれませんね。あなたたちが私を愛してくれたこと、よくわかってますよ。あなたたちのご先祖様がこの壮大で立派な北京を作り上げたのです。それから激動の時代を経《へ》て、あなたたちのお父さんやお兄さんが敵の魔手からこの都を奪い返してくれました。
そして、あなたたちが生き生きと過ごしてくれたおかげで、北京は青春の輝きを取り戻したのですよ。今、私が一番楽しみにしているのは、そう……。みんなが早く立派に成長して、この北京をより美しい都市にしてくれることです。ちょうど、みんながかわいく、おしゃれをしているようにね。

マリ・フーは一人で東側に行き、郊外の工業地帯の何本かの煙突と新築の建物を見つめていた。さっと風が吹いてきて冷たくなり、光も隠されたかのようだ。みんなが喜んで笑っているのに、マリ・フーはあまり笑えなかった。他の生徒に比べ足りないものがたくさんあるかのように……。

自分はすでに他の生徒たちと一緒に暮らしているのではないか。苦痛に打ち勝って、「生き抜くわ」と自ら宣言したじゃないか。そうよね。今は他の人と変わらないように見える。迷わず、新しい道を選んでいる。だが、長い記憶が彼女を強く押さえつけていたのだ。一晩の悪夢に苛《さいな》まれた人が朝すっきり目覚められなかったかのように。

マリ・フーにとってもっと恐ろしいことは、信仰の炎も下火になってしまうおそれがあるということだ。一昨日祈禱《きとう》したとき、恐ろしい考えがぱっと現れた。

「今の日常はすべて偽りではないだろうか。ジョセフ・李《り》こそ毎日祈ってくれているのではないか？」

この考えに彼女は身震いした。悪魔のささやきだ！　それから今日まで告解《こっかい》をしていた。

「何見てるの？」

袁新枝はしばらく一人で突っ立っていたマリ・フーを放っておけなかった。彼女のそばに来て、心配そうに尋ねた。マリ・フーの答えを待たずに、天真爛漫《てんしんらんまん》に言った。

「北京はどう？　東側の郊外、建物が本当に多いわね。知っている？　私の志望は建築を学ぶことなの。北京に新しく建てられた建物がこんなに多いのを見てね、将来卒業してから私が設計する機会がないんじゃないかって心配してるの。

もし私が設計したなら、きっとね……市の中心部を花の形にして、中心から放射状に広がる街が花びら、真ん中に建てる高い建物が花芯みたいに配置するつもりなの。もし飛行機に乗って上から見下ろしたら……」

李春は楊薔雲と並んで一本の年季の入った松の下に座っていた。李春は言った。

「実言うとね。楊《よう》ちゃん、卒業のときあなたが私の一番大切な、大切な……友達だと思ったの。高校時代の批判や思想闘争って本当に面白かったわ。いつまでもあなたと一緒にいたい。一人で気軽に、気づいたらすぐに、私のあらゆる欠点をとことん指摘して欲しいの。言い換えるなら、耳に痛いことを言ってくれる人が必要ってことなのよ」

別の隅っこで周小玲が呉長福《ごちょうふく》に聞いていた。

「どうやったら思い悩めるのか？　思い悩んだことのある生徒はたくさんいて、それでみんな成長したみたいだけど、私はできなかったの。卒業のときの青年団の評価で『比較的、単純』と言われちゃったけど。そうなのかな？　今でさえ深く思うことはほとんどないんだけど……」

呉長福は同情してうなずいた。

時間になり、袁新枝は石の上に立つと手を叩《たた》いてみんなを集めた。月はすでに頭上に昇り、かすかな青い光を放っていた。袁新枝は堂々と胸を張り頭を上げ、興奮しながら言った。

「親愛なるみなさん、私、袁新枝がクラスの全生徒を代表し、私たちの親愛なる都市、親愛なる祖国、親愛なる人々すべてに宣言します。

私たちは、卒業しました！」

「卒業しました！」

生徒たちが声を揃《そろ》え熱く答えた。かすかにこだまが聞こえてきた。

「……卒業しました……卒業しました……」

袁新枝は続けて言った。

「私たちは卒業したのです。誇りも持っています。私たちは毛主席の教えの下《もと》、首都北京で、六年間の学習を無事に終えました。

今、生活の新たな局面へと足を踏み入れたのです。未来は私たちにどれだけの陽の光と花の束とをくれることでしょう？　どれほどの責任と期待が双肩《そうけん》に懸《か》かって来るのでしょう？

私たちはまだよくわかりません。ですが、未来へと続く道を強く信じています。その道とは祖国のため、社会主義のためにすべてを捧《ささ》げるということです！」

みんな割れんばかりの拍手を送った。手が赤くなり、痛くなるまで拍手した。新枝は続けて言った。

「新鮮で、どれほど複雑になるのか予期できない生活が始まります。けれども、未来は腕を広げて私たちを歓迎してくれています。まもなく、私たちはお別れしないといけません。北京の街に別れを告げなければいけない生徒もいることでしょう。

今この瞬間、高校時代の最後に、一緒に、最も盛大で楽しいひとときを過ごしましょう。お互いの心の絆《きずな》は永遠です。親愛なるみなさん！　人生はこんなにも美しいです。私たちの父兄も弟妹も羨《うらや》ましそうに私たちを見つめています。労働と表彰が私たちを待っています。高校時代のあらゆる情熱、聡明《そうめい》さと美しさとを捧げましょう。思う存分歌いましょう。踊り、笑いましょう。地球がその楕円《だえん》形の軌道から外れない限り、どれほど揺れても大丈夫です！」

生徒たちは声を揃えて「乾杯」の歌詞を替えて歌った。

「明日、もし会えるのならば、その友誼《ゆうぎ》はより貴《とうと》し……」

みんな互いに握手してお祝いした。アコーディオンを奏《かな》で横笛を吹き、次々と自分が好きな詩句を暗誦《あんしょう》した。あらゆる詩が披露されていく。

自作のもの、詩人のもの、中国のもの、外国のもの、近代のもの、古代のもの……。「金色の中学時代」を歌ってからは、「故国に神《こころ》遊し、多情まさに我を笑うべし、早《つと》に華髪《かはつ》を生ぜしを」（蘇《そ》軾《しょく》『念奴嬌《ねんどきょう》・赤壁懐古《せきへきかいこ》』を参照）を吟《ぎん》じた。

「余は己がため人では能《あた》わざる記念碑を建てし」（プーシキンの『記念碑』を参照）から「槌《つち》と詩よ。賛美、青春の大地」（マヤコフスキー『善なるもの（中国名「好」）』を参照）まで……。

彼女たちはまた毛主席の詩も朗読した。

「恰《あたか》も同学少年にして、風華正に茂れる。書生の意気は、揮斥《きせき》して方《まさ》に遒《つよ》し……」

一言一句どういう意味なのかはわからなかった。とはいえ、結局は良い詩であれば今宵《こよい》の喜びにぴったりなのだ。朗読すれば情熱を表現できるのだ。

彼女たちがありとあらゆる詩歌《しいか》に陶酔しているところに、袁《えん》先生が息を切らして駆け付けてきた。会議を終えてからすぐ出かけ、道端で買った乾パンを持っている。今日、袁先生は教師という立場を捨てて、完全に若い生徒の一人として溶け込んだ。袁先生は声を張り上げ岳飛の「満江紅《まんこうこう》」を歌った。四十年前に父親から教わったとのことであった。

散水車が最後の水を撒き終えると、路面が清新な湿気を放った。労働者たちが路面電車の線路を引き剝《は》がしている。夜間に修繕を行い翌日の安全を守るのだ。二酸素管がシュッシュッと音を立て、青い火花が静かに地面にこぼれた。

交通警察がその場から離れた。キノコのような交番に寂し気についた明かりが、近くの二つの半円型の花壇を照らしていた。一面の緑の中で咲き誇っているのは丸くて、様々な色の小さな花であった。

「ここで見張り番するのも悪くないわね」

薔雲が鄭波に言った。

「たくさんお花がある。この花は夏じゃなくて、秋の花のようね」

「なんで秋の花があるの？」

「春には桃と李《すもも》が満開でしょう。一面火が燃えているようね。夏には大輪の牡丹《ぼたん》、芍薬《しゃくやく》。華やかで豊満でしょ。秋は朝顔、ジャスミンがたくさん咲く。これらは葉が密集してるから、花が小さい。咲いても、すぐ萎《しぼ》んじゃう」

「そんなことないわ。カンナは秋に咲くでしょ。でも、あなたは本当に細やかで『鑑賞眼』がいいわね。残念なことは、あなたがここで見張り番したら、必ず交通事故が起きるってことよ」

「確かに。自分の鑑賞眼と戦わなきゃね」

「戦う？」

「そうよ。私の集中力をかき乱して、車両指揮の邪魔をするの」

「でも、あんた交通警察じゃないでしょ？」

鄭波は楊薔雲が何を考えてるのかまだよくわからず、ちょっと滑稽《こっけい》だなと思った。

「一つのことに気を取られちゃうの。他のことでもそうなの」

薔雲もしつこい。

前方にまた何人か労働者の姿が見えた。路面を補修している。でこぼこで、割れた路面を掘り、鼻をつくような青い煙を立てたアスファルト補修材を中に埋めていた。

毎晩、幸せな若者が安らかに素敵な夢を見ているとき、どれだけの労働者が首都市民の便利な生活のために働いていることだろうか。なんと大変なことだろう！　みんながこのことを話しだしたら、周小玲が提案した。

「みんなさ。私が一、二、三と言うから、それから一緒に『労働者のみなさんお疲れ様でした！』って挨拶しようよ」

そして、一、二、三……とみんなで叫《さけ》んだ。意外な心遣いを受け、労働者たちは笑ってしまった。労働者は次々と彼女たちに手を振って応えた。ある人は手を振りながら「みんな、こんばんは」と言ってくれた。

「楊ちゃん、教えてくれない？　さっきなんであういうこと言ったの？」

鄭波が不思議そうに尋ねた。楊薔雲は歩みに合わせて話し方が早くなったり、ゆっくりになったりした。

「卒業のときたくさんのことを考えたの。これまでどれだけ至らない点があったか、どれほど軽率だったのかってね……。今日私、ある大学に行ったんだけど、大学と高校って全然違うの。見上げるような建物があって、校舎も広大よ……。立派な友達もいたわ。

私が心から願っていることは大学に入ったら、もっとよい自分になりたいってことよ。別人みたいに変わりたいの。勉強、仕事、思索に全力を傾けなきゃ。夏休みには図書館にこもって本を読む……。鑑賞眼について言えばね。私はもう十分に鑑賞し、感動してきたの。吸収してきたのよ。だから、やるべきことはそれとは逆の実践なの」

「あなたの言う通りに実践したら、どうな……」

薔雲は鄭波の話を遮《さえぎ》ると、「幼虫が脱皮して蝶《ちょう》へと変わるように、『別人ね』と言われるくらい成長したいの」と強く言った。

「すべてが変わるの？　少女時代の誓いも変えちゃうの？」

鄭波は不思議そうに尋ねた。

「誓いは変わらないけど、その誓いを実現したら人は変われるのよ。刹那の情熱に身を任せることもなくなるの……」

薔雲は言い終わる前に鄭波から目をそらし、道の先を眺めた。

突然、薔雲が前に出て振り向くとみんなに声をかけた。

「みんな、ばらばらに歩かないでさ、手を繋《つな》ぎ合って歌でも歌わない？」

「賛成！」

そして一列一列腕を組み、遮る物のない大通りを、満天の星の下声高らかに歌って進んだ。

歌声のせいで、道端の自転車屋の見習工は目が覚めてしまった。ギィッと扉を押し開けると寝ぼけまなこで女子生徒たちをちらっと見た。声を出してあくびをすると、また背中を丸めて戻っていった。生徒たちはいたずらがうまくいったかのように満足気に笑った。

少年少女らの青春の象徴や生活の一場面である天安門が目の前に姿を現した。やったぁ。

天安門は凛《りん》としたお姫様のようにそびえ立っていた。美しい東西の長安街は彼女の長い腕であり、平らかな天安門広場は彼女の広い心のようだ。彼女は祖国と首都を代表し、高校生活を終えた少女たちを歓《よろこ》んで迎えているのだ。

建国の壮大な式典が行われたときから、天安門は威容を正し、かつ親し気になった。その偉大なる瞬間に毛主席は新中国建国を宣言し、続いて、礼砲の音が四海を震わせたのだ。高校生たちは花と旗でもって、紅《あか》い海に一陣の波を作って、天安門を通り過ぎた。

それから、晴れて澄んだ日、大雨の降った日、建国後のメーデーと国慶節に、彼女たちは光を放つ天安門を、誇らし気に通ったのだ。富国強兵への道へと導くラッパの音色に、自分たちの歓声を添えたのだ。

そして緑豊かな夏になると、彼女たちは中山公園で音楽に耳を澄まし、あるいは労働人民文化会館で踊ったのだ。彼女たちが過ごしたこれらの場所は天安門のすぐ隣にある。そのとき、みんなはこの「お姫様」に親愛の情が湧き、手を振ったのだ。

今、深夜に彼女たちはまたやってきた。天安門を仰ぎ見ると勇ましい過去の思い出や輝かしい未来への期待が思い浮かぶ。そして、門を前にして小心な者は自信を持つようになり、ケチな者は太っ腹になり、凡庸《ぼんよう》な者は偉大な考えを持つようになるのだ。

天安門に近づくと、漢白玉石《かんぱくぎょくせき》で造られた金水橋の欄干のそばで、拍手喝采《かっさい》している男子生徒たちが見えた。ある男子生徒が「さぁ、天安門を見上げるぞ！」と言った。彼らは散らばって離れ、意気揚々と天安門を「仰ぎ見て」いる。

「何しに来たんですか？」

男子生徒が女子生徒たちを見て驚き、尋ねた。

「あなたたちこそ、何をしてるんですか？」

女子生徒も驚いて、聞き返した。

「僕たちは高校の卒業生なんです」

「私たちもですよ！」

それでお互い一緒になって大きな輪を作り、みんなでダンスを踊ることにした。この意外で、誰かが計画したかのような出会いにみんな喜んでいた。

楽しい時間を過ごしたが、どれほど時が経《た》ってからか、銀灰色の車が長安街を西から東へと走っていった。深夜に疾走する車があるとは……。高校生は驚き、言った。

「誰だろう？　こんな遅くに……」

袁新枝が真っ先に興奮してみんなに言った。

「毛主席に違いないわ」

袁新枝の言葉で、電流がさっと全員に流れ込んだかのようだった。生徒みんなの心に熱い波が湧き起《た》ったかのようでもあった。心を落ち着けてから、みんな毛主席が自分のそばにいるかのように感じた。

そして、天安門の毛主席の肖像画の下にみんなは自《おの》ずと集まり、告げた。

「敬愛する毛主席、私たちは卒業しました」

「しっかりと歩んでいきます」

誰かが一言付け加えた。するとみんなが「しっかりと歩んでいきます」と一斉に言った。

マリ・フーは必死に涙を堪えながら、ゆっくりと顔を上げた。

毛主席の優しい瞳とやや厳格さを感じさせる目尻のしわが見える。この瞳が祖国を見つめているのではないか。その祖国とは愛する我が子を、たとえ一度いなくなってしまっても、ずっと思い続けているのではないのか。

「主席……ありがとうございます！」

マリ・フーは静かに言った。

彼女たちは大声で歌いながら学校へ帰ることにした。天安門の前の水色の光の中を進むとき、人民英雄記念碑建設用の高い足場の先が放つ、金色の輝きが……瞳に映った。

（完）

あとがき

空が見えないほど生い茂った松林を通り過ぎていく者は、地面のちっぽけな雑草など意識すらしないだろう。大海原の波濤《はとう》を渡ってきた者は、木の葉の露など気にも留《と》めないことだろう。

あれは一九五三年、四半世紀前のことだった。私は十九歳で、初めてペンを手にとって大胆にもこの拙《つたな》い作品を著《あらわ》した。今読み返してみると、なんと無邪気で、またなんと幼かったことか！

二十五年が過ぎた。我が党、国家、人民はみな栄光の長き道のりを歩んできた。著者も労働者、農民、兵士とともに世界観を改めるはるか先を目指した。歩みは小さかったが、社会は大きく変わった。

時代が違えば、生活にも多くの変化が生じるものだ。例えば、当時は中学・高校の党員が少なかったので、増やすよう努めていた。だが、現在では増やすようなことはしていない。これは当時の革命闘争における必要性の産物であった。

あのころは社交ダンスも流行《はや》っていた。中学、高校、大学で教師は「先生」と呼ばれ、生徒や学生の寮は、「某号院」ではなく「某斎」と呼ばれていたのだ。さらに当時の男女交際の中で芽生えていた、ある種のふんわりとしながらも、自然で、かつ何かに導《みちび》かれるような想《おも》い……これらあらゆる事象が若い読者にとっては驚きではなかろうか。

それにしても、私の文体はなぜかくも繊細なのか。細部についこだわってしまうときがあるのだ。私は、どうして時代の風雨をより大局的に描き出し、かつ社会主義時代における新しき人間をより深く描写しなかったのか。

あのころは、私自身が描いた主人公のように私も若過ぎたのだ。そう、若過ぎた。私が描きだしたのは都市部の高校生である。彼女たちも人民民主革命に加わり、党や新しい社会を愛していたが、彼女たちの革命や社会主義の事業に対する理解はなんとも浅かった。子供が両親を愛しているとしても、両親を完全に理解しているとは限らないのだ……。

とはいえ、この愛はもちろん善なるものである。貴《とうと》く、真《まこと》に誠実である。一九五〇年代の高校生活の中にある良き伝統と美しい情景は、今でも振り返るに値し、また歴史に残すべきではないだろうか。例を挙げてみよう。思想と学業の双方において優れていたこと、均衡の取れた人格成長を追求したこと、団体組織と学校クラスでの多種多様な活動に積極的に貢献したこと、生徒間の友情、助け合いといったことが挙《あ》げられる。

そして、それらに影響を与えたもの。すなわち、新社会での人間関係、構築されたばかりの教師と学生間の新たな関係も重要である。特に、青年世代の党、毛主席、社会主義祖国に対する尽きることない深い愛情は刮目《かつもく》に値する……。林彪《りんぴょう》ら「四人組」はこれらを容赦なく踏みにじって破壊してしまった。そして今、乱れた世を正し、あるべき姿を取り戻し、根本に立ち返ることにより、四つの近代化戦略を実現することが求められている。

くり返しになるが、一人の人間は、子供から大人になるまで多くの変化を経る。内面の変化もあり、伸び悩みと飛躍とを交えて成長し続けるのである。だが、少年・少女時代に形成された人格はその後もあまり変わらないものである。長所は伸ばすべきであるが、短所はよくよく注意して、矯正しなければならない。

であるならば、五十年代のある都市の高校生の日常生活や思想・感情を振り返ってみることも、無意味であるとは言えないだろう。

こう考えて私は自分を納得させた。この在りし日の露を帯びた小さな草を読者に紹介したい。小さな草ではあるが、多少なりとも新中国の朝陽《あさひ》の輝きを映し出しているはずだ。

この書を、一九五三年北京《ぺきん》市東四区の高校マトローソフ夏季キャンプに参加した友人たちに捧《ささ》げる。そのキャンプの高校生の中には、今では有名な物理学者もいる。情熱的な作曲家である鄭律成《ていりつせい》はかつて若者たちの要望に応えて夏季キャンプのために「キャンプの歌」を作曲した。

その中ではこう歌われている。

我らには一人、親愛なる友あり
名はマトローソフ、一介の兵士なり
祖国のために己が命を捧げたり
……我らわが祖国を愛す
我ら祖国の人民を愛す

過ぎし日を振り返るならば、恥ずべきことが多々あるが、
明日を眺めるならば、魂の勇躍が止《や》むことはない。

一九七八年十月　北京にて

王蒙

日本語版に寄せて

一九四五年八月十五日、まだ十一歳になっていなかった私はラジオで日本の天皇の玉音《ぎょくおん》放送を聞いた。クラスはざわめいていた。先生がその学期に使っていた『修身』の教科書に書いてある「中日満親善協力」の部分を強く批判した。興奮した気分のまま授業は終わった。私は国家とは何かを知った。感極まって涙が流れ、己《おのれ》の一生を、命を、国のために捧《ささ》げる決意を固めた。

だが、日中戦争の後にすぐさま内戦の暗雲がやってきた。北京《ぺきん》全域で「反飢餓、反内戦、反迫害」の大規模デモが起き、アメリカ軍の中国人大学生に対する性的暴行を糾弾《きゅうだん》する「反暴力」デモも起きた。

私はまだ幼かったが、国民党接収委員のやり方にはとても失望していた。一九四六年の春、共産党、国民党、アメリカの三者で構成された軍事調整執行部北平支部の共産党代表である葉剣英《ようけんえい》将軍に仕えていた李新《りしん》さんに私は出会った。この縁が契機となり、私は有名なスポーツ選手かつ地下党員であった何平《かへい》さんと連絡を取り合うようになったのである。何平さんは有名な若手スポーツ選手でもあった。そして、一九四八年十月、中国共産党中央華北局都市工作部に属する中学工作委員会委員であった黎光《れいこう》さんの紹介により、私は中国共産党に加入した。

入党した日はちょうどあと五日で十四歳になるというときであったが、後になって十二歳で入党した少年がいるということを知った。年端《としは》のいかない少年の入党は、革命気運がいかに高まっていたかの一つの証拠であろう。例えば、本書でも出てくる劉《りゅう》胡蘭《こらん》は十六歳で勇敢にもその命を捧げ、偉大な生、光栄な死を体現する共産主義烈士となった。その頃、ソ連から少年共産党員を意味する「小共」「少年ボルシェビキ」という名詞が伝わってきて、これをCYと略した。このCYは、私が一九四六年に学校の地下党員何平さんと連絡を取ったときに初めて学んだ左翼の政治用語でもあった。

私は真に運が良かった。入党と同時に解放戦争の三大戦役がちょうど始まり、革命が勝利を重ねていく日々を過ごしたのだ。国民党軍は雪崩《なだれ》を打つように敗れ続け、至る所で赤旗が翻《ひるがえ》った。人々はヤンコ踊りをし、腰鼓《ようこ》を打ちながら「解放区の空は明るいよ」「お日様昇った。光でいっぱい。お山も赤くなったよ」と歌ったものである。そんな時代だったのだ。

北京が解放された後、地下党員全員が北京大学の第四号棟講堂で会議を開き、「インターナショナル」を歌った。彭真《ほうしん》、葉剣英、林彪《りんぴょう》も参席していた。国民党の圧制の下にあっても、北京の地下党員数は千名に達し、そのうち二十歳未満の者が約三分の一を占めていることも知った。中学、高校、大学はまさに革命家のゆりかご、養成所、修練の場だったのである。北京解放後にこれら中高大の若者の革命活動はより強まり、芸術や生活を通じた宣伝活動は一層盛んになった。人々の内面は大きく変化したのだ。

このようなこれまでなかった光景には、これまた空前のソ連文学・芸術の流行が影響していた。『鋼鉄はいかに鍛えられたか』『若き親衛隊』『ゾーヤとシューラの物語』等の書籍が中国全土で人気を博した。「カチューシャ」「我々の祖国はなんと広いことか」「共青団員の歌」等の歌は誰でも歌えた。また、『幸せな生活』『田舎の女性教師』等の映画を四、五回連続で鑑賞した若者もいたのである。

私のような一九三〇年代生まれの中国人は、青年期に旧中国から新中国への歴史的転換を目《ま》の当《あ》たりにした。かつて中国は半植民地化され、賠償金を求められ、主権を失った。屈辱《くつじょく》にまみれ、東アジアの病人と揶揄《やゆ》され、崩壊・滅亡の危機に瀕《ひん》していたのである。だが、力強く団結した中国人はついに夜明けを迎えた。勇敢に進む中華人民共和国が滅亡の危機を救ったのである。一九三〇年代生まれの私たち青少年は、幸いにもこの偉大な時代を生きた。あらゆる大きくかつ情熱的な体験を通じて、自分たちの青春の炎に火を灯《とも》したのだ。中国と世界の歴史に生じた新たな変化を語ることができた。異なる時代を生きた人々が必ずしも得られるとは限らない熱い青春を記録し、描くことができたのだ。

そして、私は十九歳のとき長編小説『青春万歳』を書いた。海外でも高校生を題材にした作品はあり、それらは児童文学に属していたが、私はこの自作を青春文学として執筆しようとした。あまりにも大きな歴史の転換点に遭遇してしまった青少年たちは、年齢相応の遊びを経験できなかったかもしれない。だが、その代わりに私たちは情熱的かつ雄々しい青春を送ることができた。『青春万歳』は一九五六年に上海《しゃんはい》の『文匯報《ぶんわいほう》』に掲載され、主要媒体の一部も拙著の出版を予告してくれた。その後四半世紀の間、日の目を見ることがなかったのだが、一九七九年に再度出版された。以降二〇二三年に至るまでの四十四年間出版され続けている。拙著は版を重ねており、今でも書店や青少年の机の上に置かれ、読まれ続けているのである。拙著の「序詩」は多くの青少年、俳優、アナウンサー、テレビ司会者に朗読され、テレビやインターネットでも流された。数えきれないほど読まれたのだ。

そして、この度晴れて日本語版が出版されることとなったが、その過程で創価学会の名誉会長である池田大作先生ご逝去の報に接した。思わず一九八七年の春に私が日本を公式訪問した際の池田先生との出会いや交流が脳裏に蘇《よみがえ》った。池田先生が語られた世界、人生、健康へのお考え及びご知見は大変印象的であった。池田先生の中国文化に対する思い入れ、中国人民への友情も忘れ難《がた》いものである。この訪日時に池田先生は創価学会を代表して「平和文化賞」を私に授けてもくださった。

　世紀が変わってからは、池田先生と私の青年に関する対談が香港《ほんこん》の『明報《めいほう》月刊』に二〇一五年十一月から二〇一六年十二月まで約一年間連載され、二〇一八年九月にはこの対談を基にした『贈給未来的人生哲学——凝視文学與人——』が香港明報月刊出版社から出版された。中日両国に跨《またが》った出版事業としては、『未来に贈る人生哲学——文学と人間を見つめて——』の日本語版が二〇一七年五月に潮出版社より、中国語版が二〇一七年十一月に人民出版社よりそれぞれ送り出された。さらに、二〇二〇年十二月に台北《たいぺい》で財団法人創価文教基金会より同書の中国語繁体字版も出版された。

　偉大な哲学者は世を去ったが、中国・日本両国の友好・交流が途切れることはない。この『青春万歳』日本語版に私の池田先生への懐旧《かいきゅう》、そして哀悼《あいとう》の念を込めたい。最後になるが拙著の翻訳、出版を手掛けて下さった潮出版社ならびに創価学会に心より御礼申し上げたい。私の経験や環境は日本の方々のそれらとは大きく異なるだろうが、拙著をお手に取ってくださった日本の読者の皆様方に深く感謝申し上げたい。

二〇二三年十二月二四日　北京にて

王蒙

訳者あとがき　文学青年に思いを馳《は》せて

訳者が王蒙《おうもう》先生と初めてお会いしたのは二〇一七年の晩秋のことである。その頃、私は香港《ほんこん》メディアの特派員として東京で働いていたのだが、お世話になっていた桜美林大学《おうびりんだいがく》北東アジア総合研究所（現：一般財団法人アジア・ユーラシア総合研究所）の故川西重忠《しげただ》教授から王蒙先生が来日されるので、通訳や案内等お願いできないかと連絡があった。王蒙先生は奥様の単三娅《たんさんあ》女史と共に来日され、創価学会や桜美林大学等に足を運ばれたが、私も王蒙先生と親しくお話しすることができた。二〇一八年六月には単夫人のご友人である広西《こうせい》チワン族自治区欽州《きんしゅう》市の徐立京《じょりつけい》副市長からのご招待により訳者は、陶芸家の安藤工《たくみ》先生と共に同市で開催された第一回陶芸博覧会にお邪魔することになった。行事には王蒙先生も来られていたので、再会することができた。中国文壇の巨星と日本、中国で二度にわたり交流できたのは何よりであった。

その後、訳者は十八年にわたる日本生活を終え二〇一九年九月から中国貴州《きしゅう》省の貴州民族大学外国語学院で教鞭《きょうべん》を執《と》ることになった。私と王蒙先生とのご縁、そして王蒙先生と池田大作先生とのご縁を活《い》かし、同学院に池田大作王蒙研究所を設立し、そこで両先生の著作の翻訳・研究に携わることになった。

この『青春万歳』は初版の発行から七〇年の歳月が経《た》っているので、今回改めて読み返したところ、気になる点があった。その点について昨年の秋に王蒙先生と話したのだが、なかなか面白い話であったのでここに記したい。

まずは、第五章の最後「(鄭波《ていは》)歩きながら黄麗程《こうれいてい》がくれたケーキ(当時のケーキは今より大きく、現在の日本で言えば蒸しパンのようなものであった)を六つに割って……」という場面である。実はこの部分、原文では「蛋糕《たんこう》(Dangao)」となっていた。中国語学習者ならご存知と思うが、「蛋糕」の意味はケーキである。だが、歩きながらケーキを六つに分けるという器用な芸当ができるのかと共訳者の堤先生がまず頭を悩ました。私も調べてみたが、今の中国にそんなケーキはないと答えるしかなかった。それで王蒙先生に確認したところ当時のケーキは今より大きく、ナイフで切るのではなく、手で簡単に割れるものだったとのこと。この答えには驚かされた。堤先生にも伝えたところ電話口から「へぇー……」という声が返ってきて、結局カッコ書きで説明を加えたのである。

また、もう一点は第二十一章の鄭波と田林《でんりん》が花屋に行った際の「桜花《おうか》」という言葉である。実はこの「桜花」、原文では「桜芋」と表記されているのだが、「桜芋」が何かいろいろ調べてみたが、正体不明であった。この件も王蒙先生にお聞きしたところ、当時北京《ぺきん》・中山公園の植物園に行って案内板の植物名を書き写してきたので、もしかしたら写し間違えたのかもしれないね、との由《よし》。

このやり取りを終え訳者の脳裏に浮かんできたのは、今では想像もできないような大きなケーキを歩きながら手で割る少女たち、そして執筆の楽しみに胸膨らませながらも、植物園でうっかり花の名前を写し間違えてしまった文学青年の姿であった……。王蒙先生の名誉をちょっと傷つけたかもしれないが、微笑《ほほえ》ましい逸話なので記すことにした。

本書の出版に当たって創価学会国際部の梶浦伸作副部長、潮出版社の南晋三社長、同社編集担当の北川達也様に厚く御礼申し上げたい。潮出版社は二〇一七年五月に池田大作先生・王蒙先生の対談集『未来に贈る人生哲学――文学と人間を見つめて――』を出版しており、同書の第一章には『青春万歳』についての両先生の対話が記されている。今回の翻訳版でも、再び創価学会や潮出版社の皆様にご尽力頂いたことに心より御礼申し上げたい。

この中国のロングセラーがより多くの方々に読まれ、日本の皆様の現代中国に対する理解が深まればこれ以上の喜びはない。

二〇二四年四月十日

李　海

訳者あとがき　日本・中国、年に四季あり、人に情あり

この本には左記のように自然風景に登場人物の心情を投影させた部分がいたるところにある。

「どうして雪は鄭《てい》波《は》を取り囲んで舞っているのだろう。鄭波の髪、眉、耳に降り立つと、すぐに溶けて消えてしまう。そんな雪たちが、鄭波の心を静かに揺さぶった。鄭波はまだその場に立ち続けていた。雪のお陰でこんなにも優しくなれるのだ。

豪雨が降ったとき、雷が落ちたとき、多くの人は大自然の力を感じる。でも、今の鄭波のような者はいるだろうか。この汚れなき、静かで、心に刻まれる初雪から……自然が秘めた無限の力を感じる者は。こんな空の下で生きる幸せを感じている者は、いるのだろうか」（本書一七六ページより）

主要な登場人物の一人である少女・鄭波が初恋の人・田林《でんりん》と一緒に帰り、途中でわかれた直後の描写である。幼なじみと久しぶりに会い、心が温かくなり、かつ自分でも気づいているかいないかのような初恋の兆《きざ》しに胸躍らせる少女の内面が、ふんわりと描かれている。

筆者・王蒙《おうもう》先生自らが「細部に拘泥《こうでい》してしまう」と述べられているが、これら描写を通じて読者は中国・北京《ぺきん》の豊かな四季と、そこで暮らす人々の情に思いを馳《は》せることができるだろう。目を瞑《つぶ》れば、そのような光景が思い浮かぶかもしれない。

春夏秋冬の季節の移り変わりと、それら折々での人と人との情を重んじる――そんなところは、

中国人・日本人相通ずると言える。

一方で、本書における政治体制に関する記述は一九五三年の中国のそれであり、当時の、また現代の日本の政治体制とも異なる。とはいえ、文化や風土が異なれば政治体制も異なるものである。日本で隣の都道府県に移動したら言葉が通じなくなるということは、沖縄の現地語を除きあり得ないだろう。一方、中国では、同じ省内でも離れた地域に移動したら言葉が通じないということが現在でも起こり得る。まして、五十六に及ぶ民族を抱え、アヘン戦争や列強の支配など、近代から外国の脅威にさらされ続けた中国で求められる政治体制が、日本のそれと同じであるとは考えにくい。

この政治体制に関する記述に違和感を覚える読者も当然いるだろう。だが、疑問を持ったならば異質と捉《とら》えて思考を止めるのではなく、「では、なぜその国や民族がそのような体制を持つに至ったのか」、どうか「その背景や歴史」をお考えいただければと思う。

なお、神の名を騙《かた》るエセ宗教の害悪が描かれた章や、誠実だったのに欲に刺激され不正や家庭内暴力に走った商人の悲劇が描かれた章は、現代日本への警鐘としても当てはまるだろう。むしろ、これら弊害は信教の自由や、経済活動の自由といった「自律を忘れ、自由が暴走しがちな日本」においてこそ深刻化しやすいだろう。他山の石とすべきではないか。

次に、この訳に当たって共訳者が主に留意した点を三つ述べたい。

第一に、中国語では一文であっても、二文以上とした部分があるということである。これは両国言語の特徴に鑑《かんが》みてのことである。例えば、日本語の「今日、私は遅くに退勤します」という一文は中国語では「今天我下班晩」となる。中国語を日本語に翻訳すると字数で二倍になってしまうことがよくある。このように中国語の一文を日本語でも一文で訳すとすると、文が長くなり過ぎて読み辛《づら》いので適宜調整を加えた。

第二に、反語の取り扱いである。例を挙げるならば、中国語で「谁不知道！」と書かれていた場合、直訳すれば「誰が知らないのか？」となる。ただ、このように直訳するよりは、「みんな知ってるよ！」と意訳した方がいいと判断し、そうした部分があるということである。このように反語を直訳しないなど、共訳者が思い切って意訳した部分がある。

第三に、一九五三年の中国・北京という場所・時代設定を考慮し、同時代の日本・東京の人物が使う言葉を推測して訳している。教科書や書籍の引用に文語体も混ざっているのはそのためである。また、主な登場人物が女子高生なので、女言葉も多い。実は中国語は日本語に比べ女言葉が極めて少ない。よって、例えばすでに挙げた「谁不知道！」は「みんな知ってるよ！」に意訳したうえで、さらに「みんな知ってるわよ！」と女言葉へ変化させたのである。

訳者は韓国語・英語の日本語訳にも携わったことがあるが、両言語とも女言葉はほとんどない。日本語というのは東アジア、いや世界において真《まこと》に細やかな言葉であると改めて思った。このように主として三つ、原文の意味を損なわないよう、日本の老若男女《ろうにゃくなんにょ》の読者に読み易《やす》い表現での訳を心がけたつもりである。中国語に関心のある方はぜひ原本に当たっていただき、この翻訳本を批判材料にして頂ければ幸いである。

この翻訳出版に当たって、出版を引き受けて下さった株式会社 潮出版社代表取締役社長の南晋三様、同社編集局次長の北川達也様、及び創価学会国際渉外局国際渉外第二部副部長の梶浦伸作様に心より御礼申し上げたい。実は、潮出版社と私とのご縁は、高校生の頃に手塚治虫の漫画『ブッダ』を手に取った時に遡《さかのぼ》る。人間は己《おのれ》が生き残るために戦争や奪い合いを繰り返す存在であると説くダイバダッタに対し、「そんなことが続いてはこの世は破滅する」と断固否定し、人間の魂《たましい》を救い続けたブッダの姿が今でも忘れられない。それから約三十年の歳月を経て、潮出版社の書籍翻訳に携《たずさ》われたことを大変嬉しく思う。

また共訳の機会をくださった中国・貴州民族大学の李海先生には感謝に堪えない。李海先生とは長い付き合いになるが、私の遅筆を辛抱強く耐えてくださった。ときには一言一句に関してどのように訳そうかと話し合ったが、両国の言語や文化の違いも踏まえながらの議論は、大変有意義な時間であった。李先生と一緒に作業し、本書を出版できたことを心から喜びたい。そして、七十年の歳月を越え、四季に青春の情緒を織り込んだ名作の日本での翻訳出版を快諾して下さった王蒙先生に、深い敬意を表したい。

最後に、本書を手に取って下さった日本の読者の皆様が中国への興味・関心を持ち、中国を訪れたり、中国人と交流してくれたらと心より思う。現在、両国間の課題は少なくない。だが、このような民間交流も両国の友好と平和に繋《つな》がってくれればと願って止まない。

四季の美しさ、人と人との情、二つの国は思われているよりもずっと近いはずなのだから……。

二〇二四年四月十三日

堤　一直

本書は一九七九年中国・人民文学出版社で単行本として発刊された同名小説を、著者自身の許諾により、日本語版として翻訳出版したものです。

王蒙……おう・もう／ワン・モン

作家。一九三四年、北京市生まれ。十九歳で処女作『青春万歳』を著し、『組織部にやってきた若者』で文壇の脚光を浴びる。その後反右派闘争及び文化大革命期には創作を中断。一九六三年から一九七八年まで下放政策により中国西北端の新疆で居住。一九七八年中国作家協会に復帰。文芸誌『人民文学』の編集長、中国作家協会副主席、中国共産党中央委員、全国政治協商会議常務委員、中央政府文化部部長（大臣に当たる：一九八六～八九）などを歴任。邦訳に『胡蝶』『淡い灰色の瞳』『応報』など。現代中国文学界の重鎮として、現在でも国内外で活躍中。

李海……り・かい／リ・ハイ

一九八二年、四川省生まれ。文学博士（名古屋大学）。中国・貴州民族大学外国語学院日本語科准教授。著書に『日本亡命期の梁啓超』『中国の日本語教育の実践とこれからの夢』『現代日本社会に問う』『私の日本語作文指導法』。訳書に『中国外交論』（日本語を中国語に翻訳）など。

堤一直……つつみ・かずなお

一九八〇年、東京都生まれ。翻訳家、学術博士（早稲田大学）。訳書に『王蒙先生論語を語る—天下、仁に帰す—』（中国語を日本語に翻訳：共訳）、『混迷する日韓関係を打開せよ！』（韓国語を日本語に翻訳）、『戦後期における在留特別許可制度をめぐって』（英語を日本語に翻訳）など。その他、韓国・慶熙大学附設国際日本学研究所首席研究員などを務める。

青春万歳

2024年7月17日　初版発行

著者
王 蒙

訳者
李 海
堤 一直

発行者
南 晋三

発行所
株式会社 潮出版社
〒102-8110 東京都千代田区一番町6　一番町SQUARE
電話／03-3230-0781（編集）　03-3230-0741（営業）
振替口座／00150-5-61090

印刷・製本
株式会社暁印刷

ISBN978-4-267-02431-3 C0097

www.usio.co.jp